BLT

Mit der Welt
auf Buchfühlung

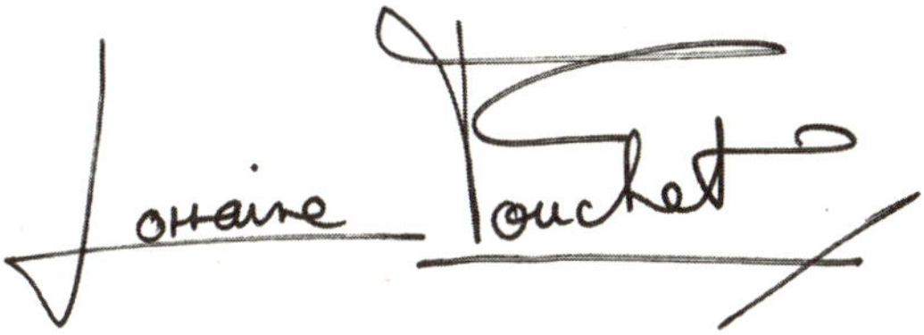

Lorraine Fouchet ist Ärztin und erfüllte
mit dieser Berufswahl den Traum ihres Vaters,
der starb, als sie siebzehn war. Mittlerweile hat sie sich
ihren eigenen Traum erfüllt und schreibt seit 1977
mit großem Erfolg Romane. »Hundert Möglichkeiten,
sein Leben zu ändern«, mit dem Pressepreis »Maison de la
Presse« ausgezeichnet, wurde in Frankreich ein Bestseller
und fand auch bei den deutschen Lesern großen Anklang.

Lorraine Fouchet

An einem Abend in *Paris …*

Aus dem Französischen von
Monika Buchgeister

BLT

BLT
Band 92 200

1. Auflage: Januar 2006

Vollständige Taschenbuchausgabe

BLT in der Verlagsgruppe Lübbe

Deutsche Erstausgabe
Titel der französischen Originalausgabe:
LE BATEAU DU MATIN

Lektorat: Daniela Bentele-Hendricks
Textredaktion: Bärbel Brands
Umschlaggestaltung: Gisela Kullowatz
Titelbild: © LOOK/Endler, Heinz
Autorenfoto: © by Renata Parisi
Satz: hanseatenSatz-bremen, Bremen
Druck und Verarbeitung: GGP Media GmbH, Pößneck
Printed in Germany
ISBN 3-404-92200-X

Sie finden uns im Internet unter
www.luebbe.de

Der Preis dieses Bandes versteht sich einschließlich
der gesetzlichen Mehrwertsteuer.

Für alle, die schon einmal davon geträumt haben,
auf einer Insel zu leben

Für die Bewohner der Insel Groix

Für alle, die die Bretagne lieben

1

September 2004

Jeder hat schon einmal davon geträumt, auf einer Insel zu leben. Auch sie hatte diesen Wunsch verspürt, aber sie glaubte sich dazu verurteilt, im Dunst der Hauptstadt zu bleiben.

Hätte man ihr vor einem Jahr erzählt, was während dieser zwei Wochen geschehen sollte, so hätte sie es nicht geglaubt. Alles hat seine Grenzen.

Hätte man ihr die Helden dieses Abenteuers beschrieben, die von überall her auf der Insel zusammengetroffen waren, so hätte sie lauthals gelacht.

Hätte man ihr von aufgewühlten Herzen erzählt oder gesagt, den Zufall gebe es nicht, so hätte sie die Achseln gezuckt.

Und doch …

2

Donnerstag, 21. August 2003, erster Tag

Viel zu weit vom Ozean entfernt, warf der Montparnasse-Turm seinen Schatten über den Platz jenes Pariser Viertels, das noch am ehesten an die Bretagne erinnern konnte. Evas Laune wäre auf der Beaufort-Skala bei 1 anzusiedeln gewesen: leichte Brise, ruhiges Meer, ein wenig gekräuselt, schlaffe Segel, Ruder notwendig. Mit dem Baguette in der Hand blieb sie auf der Schwelle des Zeitschriftenladens stehen, um ein junges Mädchen mit grünen Haaren und einen hoch aufgeschossenen Jungen mit rasiertem Kopf vorbeizulassen. Plötzlich hielt der Junge das Mädchen an den Schultern zurück.

»Haltet sie!«, schrie er. »Sie ist eine Diebin, sie hat gestohlen!«

Eva hielt erstaunt inne und musterte die beiden. Die Kunden wandten sich um, um zu sehen, was vor sich ging. Der Händler legte die Stirn in Falten und beugte sich über seine Kasse.

»Durchsuchen Sie sie!«, rief der Junge nun noch etwas lauter.

Der Händler ging steif auf sie zu. Das Mädchen mit den grünen Haaren wehrte sich nicht. Eva wollte ihr gern helfen, sie war ungefähr so alt wie sie selbst.

»Sie ist eine Diebin!«, beharrte der Glatzkopf unerbittlich. »Ich sage es Ihnen, durchsuchen Sie sie!«

Er drehte das Mädchen um die eigene Achse, bis es ihm das Gesicht zuwandte.

»Sie hat gestohlen«, wiederholte er plötzlich ganz sanft. »Sie hat mein Herz gestohlen!«

Er lächelte sie unwiderstehlich zärtlich an und drehte sich dann zu den Anwesenden: »Kennen Sie den Film ›Mogambo‹ mit Ava Gardner und Clark Gable? ›Mogambo‹ heißt auf Suaheli Leidenschaft. Das Leben mit ihr ist ›Mogambo‹ ...«

Er beugte sich zu ihr, um sie leidenschaftlich zu küssen. Die Kunden wandten sich beruhigt ab. Der Händler zuckte die Achseln und kehrte hinter seine Kasse zurück. Eva sah den beiden nach, wie sie eng umschlungen fortgingen. Sie beneidete das Mädchen aus tiefster Seele darum, von einem Jungen geliebt zu werden, der solche Auftritte inszenieren konnte.

Sie kaufte ein paar Zeitungen und eine Schachtel tictac, dann trat sie wieder auf die sonnenbeschienene Straße hinaus. Vor zehn Tagen waren der glühenden Hitze viele alte und schwache Menschen zum Opfer gefallen. Die Beerdigungsinstitute waren überfordert, die Zeitungen berichteten von erschreckend vielen Todesfällen, die Stadt brodelte vor Hitze, während es an der Atlantikküste einfach nur schön war.

Beschwingt ging Eva über den Platz und dachte an die kleine Insel des Morbihan, die sie voller Wehmut am Tag zuvor mit der Morgenfähre verlassen hatte, um wie jedes Jahr am Ende des Sommers wieder in die Hauptstadt zurückzukehren. Als das Postschiff, das die alten Inselbewohner ›den Dampfer‹ und die Feriengäste ›die Fähre‹ oder ›das Boot‹ nannten, zwischen den roten und grünen Lichtern aus dem Hafen von Groix ausgelaufen war, hatte sich ihr Herz zusammengezogen. Ein Wolkenstreifen hing zwischen der Insel und dem Festland.

Alexis und sie würden erst zu Weihnachten wieder herkommen.

Sie bog in die Avenue du Maine, sodass der Montparnasse-Turm Steuerbord lag, streichelte im Vorübergehen die Schnauze des Metalllöwen, der das Eingangstor ihres Hauses zierte, stieg in die vierte Etagen hinauf, einen Aufzug gab es nicht, und betrat die große, sonnendurchflutete Wohnung.

»Der Mensch lebt nicht vom Brot allein«, sagte sie und legte das Baguette, den »Figaro«, den »Nouvel Observateur«, »Libération«, »Ouest-France« und das »Télégramme« auf den Küchentisch.

Alexis hatte das Frühstück vorbereitet. Das intensive Blau seines Hemdes brachte seine klaren Augen zur Geltung, er wirkte jünger als fünfundfünfzig mit seinem großen, schlanken und geschmeidigen Körper, seinen schwarzen Haaren und seinem sonnengebräunten Gesicht. Sein dunkler Anzug gab ihm das Aussehen eines Bankiers, dabei war er Jurist: Rechtsanwalt Alexis Foresta, medienwirksames und fähiges Mitglied der Pariser Anwaltschaft, ein Meter neunzig, achtzig Kilo. Seine Hände waren lang und sehnig wie die eines Pianisten, aber das war eher das Metier seiner Tochter: Eva Foresta, zweiundzwanzig Jahre alt, leidenschaftliche Liebhaberin mechanischer Musik, ein Meter siebzig, siebenundfünfzig Kilo.

Der Vater war stets tadellos gekleidet, die Locken gegelt, glatt rasiert, Designer-Brille, Anzüge von Ermenegildo Zegna, dazu handgefertigte Schuhe und natürlich bei jeder Gelegenheit das passende Wort auf den Lippen. Das schwarze Haar der Tochter dagegen war stets zerzaust, der Blick schüchtern, die Kleidung lässig, blaues T-Shirt mit Warhol-Druck, Jeans, rote Puma-Schuhe und eine Vorliebe für die Stille. Stil und Charakter waren sehr unterschiedlich, aber ihre Familienähnlichkeit ließ sich nicht leugnen: die gleichen wasserblauen Augen, der gleiche sinnliche Mund, das gleiche eigenwillige Kinn, die gleiche hoch aufgeschossene Gestalt, die gleiche lockere, runde Handschrift. Hinter seinem ernsthaften Auftreten als Anwalt war Alexis ein Träumer, und hinter Evas verträumtem Aussehen verbarg sich eine ernsthafte Musikerin.

»Wie fühlst du dich?«, fragte sie, während sie ihre Baguettehälfte der Länge nach aufschnitt.

»Besser als mein Klient«, antwortete Alexis, während er seine Hälfte quer durchschnitt und willkürlich eine Zeitung aufschlug.

Am Abend zuvor war der ehemalige Abgeordnete Charbanier in einer Fernsehsendung aufgetreten, wovon ihm Alexis eindringlich abgeraten hatte. Nun zierte ein Foto von ihnen beiden die erste Seite, darüber in fetten Lettern:

ANFANG SEPTEMBER WIRD DER PROZESS GEGEN DEN EHEMALIGEN ABGEORDNETEN CHARBANIER ERÖFFNET. DIE ANKLAGE LAUTET AUF VERUNTREUUNG ÖFFENTLICHER GELDER. RECHTSANWALT FORESTA HAT SEINE VERTEIDIGUNG ÜBERNOMMEN.

»Gar nicht übel«, gab Eva ihr Urteil ab, als sie ihm über die Schulter sah. »Hübsche Krawatte«.

»Die hast du mir geschenkt.«

»Eben. Ich habe einen guten Geschmack!«

Sie lächelten sich verschwörerisch an.

Evas Mutter war eine Woche nach ihrer Geburt gestorben, und Alexis hatte das kleine Mädchen so gut es ging allein aufgezogen. Jahr für Jahr buchstabierte er das Wort Zärtlichkeit aufs Neue. Ab und zu hatte er ein Abenteuer mit einer Kollegin, aber es war nie von Dauer, da ihm seine Vaterrolle wichtiger war.

»Der ›Figaro‹ hat dich auf die zweite Seite verbannt«, stellte Eva fest.

»Solange ich nicht in der Rubrik ›Todesanzeigen‹ lande, ist alles in Ordnung«, erwiderte Alexis.

Jeden Morgen machte er sich über die Manie seiner Tochter lustig, die Todesanzeigen zu studieren. Sie antwortete ihm, dass sie sich anschließend lebendiger fühle, irgendwie beruhigt. In den Spalten waren die am Vortag Verstorbenen aufgelistet, ob sie nun eines plötzlichen Todes, im hohen Alter oder nach langer Krankheit gestorben waren, und die Hinterbliebenen gaben das Hinscheiden nun mit Schmerz- oder Trauerbekundungen bekannt. Die Auflistungen der Namen gaben Aufschluss über die Familienverhältnisse, es steckten Geschichten von Liebe und Hass dahinter. Aus der Anzahl der Zeilen – eine Zeile kostete unter der Woche zwanzig Euro, am Wochenende fünfundzwanzig, abzüglich der Ermäßigung für Abonnenten – erschloss sich die Bedeutung des Verstorbenen oder die seines Erbes. Manchmal teilte nur ein einziger Freund einen Todesfall mit; dann wieder leisteten sich zehn Kinder, dreißig Enkel, zwanzig Urenkel, eine treue Haushälterin und eine weit verzweigte Verwandtschaft eine opulente, aufwändige Anzeige; oder irgendwelche Verwaltungsräte, Verbände und Unternehmen hatten sich nicht lumpen lassen. Ein ganzes Leben wurde hier auf ein paar Zeilen zusammengedrängt – ganz gleich ob Arzt, Unternehmer, Anwalt, Künstler, Arbeitsloser, Mutter, Großmutter oder Kind. Fasziniert ging Eva diese Spalten Tag für Tag durch, als läse sie einen Roman. Die Menschen meinen, ihr Leben stets im Griff zu haben, lassen dabei aber zwei wesentliche Dinge außer Acht: die Geburt und den Tod.

»Isst du heute Abend zu Hause oder triffst du dich mit Florent?«, wollte Alexis wissen.

Auch Eva hatte nach einer verwandten Seele gesucht und glaubte, sie im Bruder ihrer besten Freundin Laure gefunden zu haben: Florent, ein junger Anwalt, der gerade sein

Studium abgeschlossen hatte. Aber Florent hatte sie mit einer blondierten Gerichtsschreiberin betrogen. Er beteuerte zwar, er liebe nur sie allein und das mit der Gerichtsschreiberin sei nichts als ein sexuelles Abenteuer gewesen, Eva hatte trotzdem auf der Stelle mit ihm Schluss gemacht.

»Ich will nie mehr etwas von diesem Schuft hören«, sagte sie bissig.

»Ich mochte den Jungen.«

»Na, dann kannst du ihn ja heiraten, er ist ungebunden!«

Alexis entfuhr ein leises Lachen.

»Was wirfst du ihm vor? Er gibt dir Halt. Er steht mit beiden Beinen auf dem Boden.«

Eva legte los.

»Mit beiden Beinen auf dem Boden stehen, das heißt für dich doch nur, ein pralles Bankkonto besitzen und den Titel ›Rechtsanwalt‹ auf die Visitenkarten drucken lassen, oder?«

In ihren blauen Augen funkelten Blitze.

»Du beschimpfst mich zu Unrecht«, erwiderte Alexis ruhig. »Ich bin Anwalt geworden, um unabhängig zu sein und um frei denken und handeln zu können. Das ist ein wundervoller Beruf, denn wir sind Unruhestifter und merzen den Dreck mit Scharfsinn, Höflichkeit und Streitlust aus.«

Eva zuckte die Achseln.

»Weißt du, was ich beim Einkaufen gesehen habe?«

Sie erzählte ihm die Geschichte von dem Mädchen mit den grünen Haaren und dem schlaksigen Jungen mit der Glatze.

»Das war wild, lustig, erfinderisch, einmalig! Florent mag unschlagbar sein, was das Strafgesetzbuch angeht, aber ansonsten ist er vollkommen fantasielos … Da ist mir ›Mogambo‹ lieber!«

Alexis lächelte.

»Vor zweiundzwanzig Jahren warst du es, die mir mein Herz gestohlen hast«, sagte er und sah seiner Tochter tief in die Augen. »Und davor hat deine Mutter das Gleiche getan. Es heißt, die Katzen hätten sieben Leben. Was mich angeht, so habe ich am Ende drei Herzen.«

Gerührt wollte Eva schon nachgeben, da fiel ihr Blick auf die fette Überschrift in der Zeitung, und sie regte sich wieder auf.

»Florent gefällt dir, weil er dich nachahmen und berühmt werden will«, sagte sie und warf ihr Haar zurück. »Er redet dir nach dem Mund, damit du ihn förderst.«

Alexis schüttelte den Kopf.

»Lieber hätte ich dich gefördert. Mit meinen Beziehungen hätte dir die Welt zu Füßen gelegen …«

Jetzt war es wieder heraus.

»Das hast du mir schon hundert Mal gesagt. Ich habe dich enttäuscht, ich enttäusche dich und ich werde dich enttäuschen. Anstatt über die Gerichtssäle zu herrschen, vergeude ich meine Zeit damit, schlechte Musik zu machen!«

»Das habe ich nie gesagt«, widersprach Alexis. »Sehr viele meiner Kollegen schreiben, malen oder singen in einem Chor … aber eben am Samstag nach der Arbeit!«

»Die Musik ist meine Leidenschaft«, verkündete Eva bestimmt.

»Du hättest mit dem Fotografieren oder dem Klavierspielen weitermachen können …«

Beides beherrschte Eva ganz hervorragend, aber seit einem halben Jahr hing ihr Herz an der mechanischen Musik, und sie hatte alles andere aufgegeben.

»Mich interessiert einzig und allein die Drehorgel! Im neunzehnten Jahrhundert wurde sie von fremden, fahrenden Musikanten gespielt, sie sprachen einen Dialekt, den keiner verstand, und ihre Instrumente waren durch das

Umherziehen verstimmt. Nur deshalb waren die Leute misstrauisch und taten diese Musik als primitiv und unzivilisiert ab. Und ich fühle mich auch unzivilisiert – und fremd!«

War es Alexis bisher gelungen, sich zu beherrschen, so verlor er jetzt die Fassung.

»Was willst du mit deinem Leben anfangen, Eva? Auf der Straße oder in der Metro spielen? Glaubst du, das macht mich stolz?«

»Und was ist mit mir? Glaubst du, es macht mich stolz, einen Vater zu haben, der verlogene Abgeordnete verteidigt?«, erwiderte Eva schlagfertig.

Alexis seufzte.

»Ich möchte heute nicht streiten.«

Eva schob den Stuhl zurück und stand auf.

»Mama hätte mich verstanden, wenn sie noch leben würde …«, stieß sie heiser hervor.

»Tut mir Leid für dich, da hast du keine Wahl. Es gibt nur mich!«, entgegnete Alexis barsch.

Eva verließ das Zimmer und schlug die Tür hinter sich zu. Ihre Laune war bei 8 Beaufort angekommen: heftig auffrischender Wind, stürmische See mit mittlerer Dünung: an Land mit doppelten Leinen festmachen.

Wütend und frustriert ballte Alexis die Hände zu Fäusten.

Am anderen Ende der Wohnung schloss Eva sich in ihrem Zimmer ein. Sie setzte sich vor das Instrument, das ihr Lehrer Pierre ihr geliehen hatte, schob einen perforierten Karton in den Schlitz der Melodiewalze und begann die Handkurbel im Uhrzeigersinn zu drehen. Der wie eine Ziehharmonika gefaltete Karton lag erst links von der Drehorgel, entfaltete sich dann nach und nach, bis er sich auf der anderen Seite wieder zusammenfaltete. Währenddessen erklangen jazzige Tonfolgen im Zimmer. Natürlich konnte sie keine falschen Töne spielen, aber es kam darauf an, sich in die Musik hineinzufühlen und genau im richtigen Augenblick das Tempo über eine Bewegung der Schulter und des Handgelenks zu beschleunigen oder zu verlangsamen. »Man ist nicht mit dem Arm am Werk, sondern mit dem Ohr«, hatte Pierre auf die Frage geantwortet, in welchem Rhythmus man die Handkurbel drehen sollte. Die Musik der Drehorgel war stärker als jedes Wort: Sie konnte das Papier löchern …

Ein Zauber ging von diesem Instrument aus. Der Karton besaß für sie eine erstaunliche Ästhetik. Es weckte Träume in ihr, wenn er über die Melodiewalze lief und die Musik sich wie eine Kaskade ergoss, immer dieselbe, und doch niemals gleich. Zu ihrem siebten Geburtstag hatte ihr Vater ihr eine Spieluhr geschenkt, die einmal ihrer Mutter gehörte. Sie hatte sie auseinander genommen, um nachzusehen, wo die Noten versteckt waren …

Eva konzentrierte sich so auf das Stück, um den Streit zu vergessen. Alexis machte sich noch einen Kaffee. Sie konnten nicht ahnen, dass sie zum letzten Mal miteinander gestritten hatten.

Eva überquerte die Kreuzung Voltaire-Charonne und parkte in der Straße, in der Pierre wohnte. Sein Atelier lag in einem Hinterhof. An drei Wänden stapelten sich die perforierten Kartons bis zur Decke: Links diejenigen für Orgeln mit siebenundzwanzig Tasten, rechts für diejenigen mit vierundzwanzig Tasten, ganz unten die Kartons für jene Orgeln, die mit einem Blasebalg betätigt werden – eine umfangreiche, faszinierende Bibliothek mit Werken, die für die Drehorgel bearbeitet oder eigens komponiert wurden.

Pierre arbeitete hier mit seiner Lebensgefährtin Fabienne und ihrer Katze Mirza, die am Todestag von Nino Ferrer geboren worden war. Er spielte entweder im Duo mit einer anderen Orgel, einer Sängerin, einem Pianisten oder mit einer Jazzband, manchmal auch als Solist in einem symphonischen Orchester. Er spielte auf einer Odin-Orgel mit einhundertvierzehn Ventilen, drei Registern, chromatischer Tastatur mit zweiundvierzig weißen und schwarzen Tasten, die einhundertfünfzig Kilo wog, zwei Meter lang und zwei Meter breit war. Er arbeitete auch als Notenschreiber und Lochbandstanzer, das heißt, er stellte die perforierten Kartons her, um sie zu verkaufen. Es gab nur noch vier Personen in Frankreich, die diesen Beruf offiziell ausübten. Anfangs hatte Pierre mit Schere, Cutter, Uhu und Packpapier gearbeitet. Aber dank der Informationstechnik benutzte er nun bereits seit zehn Jahren eine computergesteuerte Perforierungsmaschine. Die Leute fragten ihn manchmal bestürzt: »Wenn jetzt jeder Partituren transkribieren kann, braucht man dann gar keine Musiker mehr?«

Und Pierre antwortete: »Früher schrieben die Schriftsteller und Dichter mit Feder und Tinte auf Papier. Heute haben sie Textverarbeitungsprogramme. Aber das sind lediglich Maschinen, die den Menschen brauchen, um aus Buchstaben Worte, Sätze und schließlich Bücher zu machen. Auch mein Computer hat Noten, aber es muss schon ein Musiker her, der sie zu einer Melodie zusammenfügt …«

Eva liebte die wehmütigen Melodien, die die »Tonmaschine«, wie Pierre sie nannte, hervorbrachte. Aber man konnte auch Ungewöhnliches mit der Drehorgel spielen. Sie war nicht immer schon ein Straßeninstrument gewesen. Leopold Mozart, der Vater von Wolfgang, Haydn, Beethoven und Bach hatten wunderschöne Stücke für sie geschrieben. Auch Jazz konnte man spielen, zum Beispiel Chick Corea, Sylvie Courvoisier, Martial Solal oder zeitgenössische Musik von Xenakis, Satie, Marius Constant.

»Wie wär's, wenn du loslegst?«, fragte Pierre. »Ich weiß,

dass du darauf brennst, mir deine Komposition vorzuspielen. Also!«

Eva hatte improvisiert und den Karton selbst hergestellt, ohne die Partitur vorher niederzuschreiben. Das Resultat war zunächst wild und feurig, schließlich sanft – eine rohe Musik für eine stille Revolution, ein reifes Stück Musik von einem Mädchen, dessen Liebe der Handkurbel und den Lochkarten gehört. Die Orgel war für sie kein nostalgisches Schmuckstück, sondern ein geheimnisvolles Instrument, das ungeahnte Möglichkeiten bereithielt. Sie hatte ihrem ersten Stück den Titel »Höllenschlund« gegeben, nach einer Gegend auf der Insel Groix.

»Ich mag es«, sagte Pierre. »Wirklich.«

Sie glaubte, nicht richtig gehört zu haben.

»Könntest du das wiederholen?«

»Ich mag es«, sagte Pierre und lächelte sie an. Dann zwinkerte er Fabienne zu und schubste Mirza vom Tisch, auf den sie gerade gesprungen war.

Eva warf den Kopf nach hinten.

»Wow!«, stieß sie erleichtert hervor.

Das Leben war manchmal so einfach und friedlich, so eindeutig und simpel wie diese Kartons, die sich auseinander und wieder zusammenfalteten.

Fabienne schenkte ihnen Kaffee ein und erzählte von ihrem Projekt, dem »Katerklub«, einer Notunterkunft für Katzen in Paris.

»Endlich kann ich diesen Tag genießen«, sagte Eva. »Ich muss nur kurz einen Anruf erledigen.«

Sie kramte im Rucksack nach ihrem Nokia-Handy, tippte Alexis' Nummer ein, besann sich dann aber anders.

»Kann ich von hier aus anrufen?«, fragte sie Pierre und zeigte auf sein Telefon.

»Natürlich.«

Es war genau zwölf Uhr mittags. Sie griff nach dem Apparat und wählte die Nummer. Es klingelte einmal, zweimal, dann schaltete sich der Anrufbeantworter ein.

»Guten Tag, Sie sind mit der Mailbox von Rechtsanwalt Foresta verbunden. Sie können mir gerne eine Nachricht …«

Enttäuscht legte sie wieder auf. Sie hatte keine Lust, sich gegenüber einem Anrufbeantworter zu rechtfertigen. Sie würde sich heute Abend entschuldigen, und alles wäre wieder in Ordnung. Sie war heute Morgen zu weit gegangen. Sie verehrte ihren Vater und war sehr stolz auf ihn. Er hatte ihr so viel gegeben, war in so viele Rollen für sie geschlüpft. Aber er gehörte eben zu einer anderen Generation und sah die Dinge anders als sie.

Im Gerichtsgebäude sprang Alexis auf und griff nach seinem Handy, zu spät. Der Anrufer hatte keine Nachricht hinterlassen, und seine Nummer wurde nicht angezeigt. Enttäuscht zuckte der Anwalt die Achseln. Eva konnte es nicht gewesen sein, denn ihre Nummer und ihr Name wären auf dem Display erschienen. Alexis bedauerte ihren Streit. Er war fest entschlossen, sich heute Abend mit ihr zu versöhnen. Es war nicht so, wie er heute Morgen gesagt hatte. Sie war für ihn das Kostbarste und Wunderbarste auf dieser Welt. Sie war mit ihren zweiundzwanzig Jahren noch ein Kind und glaubte an das Glück, und er wollte sie beschützen.

An diesem Vormittag brummte es in der Notaufnahme des Necker-Kinderkrankenhauses wie im nächtlichen Dschungel. Hilflose und aufgescheuchte Erwachsene warteten mit ihren verängstigten oder apathischen, leidenden Kindern. Ohnmächtiges Aufbegehren und Angst breiteten sich aus.

Laure, eine braunhaarige, rundliche junge Frau mit grünen Augen, die ihr – sehr gutes – Abitur bereits mit sechzehn Jahren gemacht hatte, arbeitete dort als Dienst habende Assistenzärztin. Selbstsicher bewegte sie sich mit ihren zweiundzwanzig Jahren und den achtzig Kilo bei einem Meter siebzig mit einer etwas schwerfälligen Anmut innerhalb dieses traurigen Universums. Sie lächelte den kleinen Kranken zu, beruhigte die Eltern, gab Erklärungen, behandelte und linderte die Schmerzen.

»Frau Doktor!«, rief ein wütender Vater. »Wir warten jetzt schon zwei Stunden, meine Tochter blutet ...«

Laure beugte sich über das Kind, entfernte vorsichtig den Verband und begutachtete Größe und Tiefe der Wunde.

»Es müssen acht Stiche gemacht werden. Wir werden uns darum kümmern.«

Der Vater und das Kind verschwanden in einem Behandlungszimmer, das gerade frei geworden war.

»Frau Doktor, Amaury hat heute Nacht gut geschlafen ...«

Laure wandte sich zu der Frau mit den jugendlichen Gesichtszügen und der alten Stimme um, die neben ihrem Sohn saß. Seit Laure den Unterarm des autistischen Jungen eingegipst und er sie zaghaft angelächelt hatte, kam seine Mutter jede Woche und hoffte auf eine neuerliche Aufhellung seiner Gesichtszüge. Laure konnte nichts für die beiden tun, aber sie brachte es nicht über sich, sie fortzuschicken. Die Mutter war Polizeiinspektorin und nahm sich extra frei, um an den Tagen zu kommen, an denen Laure Dienst hatte.

»Guten Tag, Amaury, ich freue mich, dass du da bist«, sagte sie und sah dem hübschen Jungen, der wie erstarrt vor sich hin blickte, direkt in seine braune Iris.

Amaury fixierte sie ohne sichtliche Reaktion. Seine Mutter lächelte Laure aus tiefster Seele an.

»Er erkennt Sie wieder, sehen Sie?«

Laure wollte ihrem flehenden Blick ausweichen. Da entdeckte sie Eva in der Nähe des Eingangs, die mit zerzausten Haaren und strahlenden Augen auf sie wartete.

»Entschuldigen Sie bitte, ich werde erwartet …«

Die Mutter stand auf, wirkte für einen Augenblick erleichtert und brach dann mit ihrem Sohn, der in seiner inneren Welt gefangen war, wieder auf. Laure ging zu ihrer besten Freundin.

»Was verschafft mir das Vergnügen deines Besuchs?«

Eva klimperte mit den Autoschlüsseln.

»Beeil dich«, sagte sie. »Ich stehe in der zweiten Reihe.«

»Mich beeilen? Warum?«

»Pierre fand meine erste Komposition für mechanische Orgel gut, das muss gefeiert werden! Wann ist dein Dienst zu Ende?«

Laure sah auf ihre Armbanduhr.

»In sechs Minuten. Lädst du mich in ein nettes Restaurant zum Essen ein?«

Eva nickte. »Es gibt Hähnchen-Sandwich mit Mayonnaise und Kaffee von der Tankstelle. Du wirst es lieben.«

Laure zog amüsiert die Augenbrauen hoch. »Ach ja?«

»Wir nehmen das Postschiff am Abend«, erklärte Eva.

Laures rechte Augenbraue kräuselte sich, während die linke hochgezogen blieb.

»Die Fähre, wenn dir das lieber ist! Ich lade dich ein, auf einem Felsen mitten im Atlantik zu Abend zu essen. In fünf Stunden sind wir dort.«

Laure schüttelte den Kopf.

»Das ist unmöglich. Ich bin mit dem Chefarzt verabredet. Morgen Früh muss ich zum Zahnarzt. Ich habe unendlich viel Wäsche zu bügeln. Ich habe Florent versprochen, mich mit ihm zu treffen. Und ich habe in drei Tagen wieder Dienst.«

»Dein Chefarzt will dich nur ärgern. Der Zahnarzt kann warten. Deine Schränke sind voll. Dein Bruder ist ein gemeiner Verräter. Wir werden in drei Tagen zurück sein. Sonst noch Einwände?«

Laure seufzte.

»Ich kann nicht, Eva. Es ist alles andere als vernünftig.«

Eva lächelte sie breit an.

»Jetzt hast du dieses blöde Wort ausgesprochen. An meinem achtzehnten Geburtstag habe ich mir geschworen, dass ich mich niemals zu ernst nehmen werde. Wir sind erst zweiundzwanzig, Laure. Vernünftig können wir später noch sein. Wir sind einfach viel zu jung dafür!«

Laure gab sich geschlagen.

3

Die Fußgängerfähre nach Loctudy, zwei Euro pro Person hin und zurück, war gerade ausgelaufen. Erlé Le Gall saß auf der Terrasse des »Chez Huitric«, einer Kneipe auf dem Kai der Île-Tudy, in einem kleinen Hafen an der Mündung des Flüsschens Pont-l'Abbé. Er überblickte die Bucht von Benodet im südlichen Finistère. Erlé sah zu, wie die Fähre ablegte, und stand auf. Eine Armbanduhr trug er nicht, die Fähre zeigte ihm die Zeit an. Er stieg auf sein Fahrrad und fuhr die Hafenstraße hinauf. An der Segelschule bog er ab, um den Ozean-Boulevard entlangzufahren. Er kam an der Kirche und dem Seefriedhof vorbei und erreichte schließlich den Strand mit seinen Badegästen.

Saint Tudy, Mönch und Mystiker aus dem fünften Jahrhundert, hatte der kleinen Insel seinen Namen gegeben. Im Jahr 1852 war sie durch den Bau des Deiches von Kermor zur Halbinsel geworden. Früher ein Fischerei- und Handelshafen, in dem Bordeaux-Weine und andere Waren umgeschlagen wurden, ist Saint Tudy heute ein Badeort mit einem langen, feinen Sandstrand, der sich bis nach Sainte-Marine erstreckt und ein ideales Gelände für Muschelsucher abgibt.

Erlé bog links ab und entfernte sich vom Wasser. Er wechselte den Gang, stieg in die Pedale und tänzelte keuchend den Hang hinauf, der zum Haus seiner Mutter führte. Er war aus der Übung. Auf der Straße zeichneten sich immer mehr dunkle Flecken ab.

»Oh nein! Das nicht auch noch!«, stöhnte er und blickte nach oben.

Ein dicker Regentropfen zerplatzte auf seiner Nasenspitze. So sehr er auch strampelte, es kam ihm vor, als rollte er rückwärts. In der Wettervorhersage hatte man 5 Beaufort angekündigt: frische Brise, hoher Seegang mit Wellen und Gischt: an Land musste man seinen Hut festhalten. Schon bald rann ein feiner, für das Finistère typischer Regen seinen schwarzen Regenumhang hinunter. Hier in der Gegend trugen nur Feriengäste gelbe Wachsjacken und blaue Gummistiefel. Die Bretonen hatten es nicht nötig, Matrosen zu spielen. Erlé zog die Schultern ein, fixierte die Straße und stieg mit aller Macht in die Pedale.

»Los, Kleiner!«, rief ihm eine spöttische Stimme zu.

Eine dicke rote Limousine hatte auf gleicher Höhe die Fahrt verlangsamt. Am Steuer saß sein Bruder Louis.

»Du siehst aus wie ein begossener Pudel!«, stellte der Fahrer grinsend fest.

»Es geht schon ...«, brummelte Erlé. »Sag ihr, dass ich gleich da bin.«

Das Auto überholte ihn und entfernte sich mit fröhlichem Hupen.

»So ein Schwachkopf«, schimpfte Erlé.

Zehn Minuten später hielt er vor dem Haus mit den blauen Fensterläden. Er lehnte sein Fahrrad an den Hortensienstrauch, schüttelte sich, ging ins Haus und hängte seinen triefenden Umhang an die Garderobe. Dankbar nahm er das Handtuch, das seine Mutter ihm reichte, und trocknete seinen nassen Schopf.

Auf dem Fahrrad konnte er es mit jedem aufnehmen. Zu Fuß hinkte er leicht.

»Alles Gute zum Geburtstag, Mama!«, sagte er und beugte sich zu ihr.

Louis saß bereits am Tisch, entkorkte den Champagner, den er mitgebracht hatte, und füllte drei Sektschalen. Als die getigerte Katze ihn erkannte, verließ sie eilig die Fensterbank und flüchtete ins Obergeschoss. Mit dem Hinweis auf seine vermeintliche Katzenallergie versetzte Louis ihr immer wieder hinterhältige Fußtritte.

»Auf die Allerschönste!«, deklamierte er übertrieben und leerte seine Schale.

»Auf dich, Mama«, sagte Erlé.

Er sah die alte Frau zärtlich an, benetzte die Lippen und tat so, als tränke er.

Marie Le Gall wirkte zart und zerbrechlich mit ihrem weißen Haar und den wässrigen Augen. Die vielen Jahre als Lehrerin hatten sie gebeugt. Sie hatte drei Jungen großgezogen. Bruno, Louis und Erlé. Bruno war viel zu früh von dieser Welt gegangen, um sich um die Häuser und Gärten des Paradieses zu kümmern. Louis Le Gall, achtundzwanzig Jahre alt, ein Meter fünfundsechzig, achtzig Kilo, braune, lauernde Augen, schmale Lippen, ein gestutzter Schnurrbart, kurzärmlige Hemden in unpassenden Farben, grelle Krawatten und rote oder gelbe Blazer. Erlé Le Gall war sechsundzwanzig, ein hoch aufgeschossener Kerl von einem Meter neunzig bei achtzig Kilo Muskeln, eine Statur wie ein Menhir. Seine Augen waren von einem sanften Grau und umgeben von Lachfalten, die Haare aschblond, sein Kinn energisch, die Hände schwielig. Er hatte einen athletischen Körper, trug immer Schwarz, ganz gleich ob T-Shirt oder Hemd, Pullover oder Jeans, Jackett und Clarks. Er liebte Filme und Fotos in Schwarz-Weiß und die Schauspieler vergangener Tage, er liebte Domino, Dalmatiner und Apfelschimmel.

Erlé und Louis waren ebenso wenig Brüder wie Marie

ihre Mutter war. Sie hatte sie nach Brunos Tod adoptiert, als sie noch ganz klein gewesen waren. Zuerst Louis, dessen Vornamen sie selbst ausgewählt hatte, dann Erlé, dem seine leibliche Mutter diesen Namen gegeben hatte, bevor sie ihn der öffentlichen Fürsorge übergab. Sein Erbe bestand in einem leichten, aber unheilbaren Hinken, einem seltenen Herzfehler und diesem bretonischen Vornamen, der so geheimnisvoll klang, dass er ihm reichlich Spott von seinen Klassenkameraden eingebracht hatte.

»Warum bist du nicht mit dem Auto gekommen?«, stichelte Louis.

»Ich hatte Lust, mir die Beine zu vertreten«, log Erlé und warf seinem Stiefbruder einen bitterbösen Blick zu.

Louis war der geborene Schnüffler und wusste mit Sicherheit Bescheid. Vor sechs Monaten war Delphine, Erlés Freundin, von einem Tag auf den anderen mit dem Motorbootbesitzer Paul aus Paris durchgebrannt. Nicht einmal eine Segeljacht, sondern eine teure, stinkende Barkasse, auf deren Deck er ständig herumlag, um sich seinen wabbligen Bauch zu bräunen. Erlé, verraten und verkauft, hatte sich in den beiden Kneipen auf dem Kai, dem »Winch« und dem »Mamalok«, bis zur Bewusstlosigkeit betrunken. Unglücklicherweise wollte er anschließend nach Hause, um nachzusehen, ob seine Freundin nicht doch zurückgekommen wäre. Er hatte sich ans Steuer gesetzt und hatte vergeblich versucht, mit seinem Twingo einen Baum hinaufzufahren. Er war allein und kam mit ein paar Schrammen davon. Sein Alkoholpegel hatte ihm dennoch ein Jahr Gefängnis auf Bewährung eingebracht, sechs Monate Führerscheinentzug, sechs Strafpunkte und ein dickes Bußgeld als Dreingabe. Als er wieder nüchtern war, packte ihn die Wut, weniger auf die Strafe als auf ihn selbst: Er hätte dabei draufgehen können, es hätte ihm jemand entgegenkommen können, er hätte im Rollstuhl landen oder einen Unschuldigen erwischen können. Er hatte sich geschworen, in seinem Leben nie wieder einen Tropfen Alkohol anzurühren und Wort gehalten. Seine Freunde hatten versucht, ihn umzustimmen: »Du gehst doch kein Risiko ein, jetzt, wo du Fahrrad fährst«, »Sei kein Trottel, nüchtern sein ist nicht gerade lustig«, »Komm, sei kein Schlappschwanz!«, aber er war standhaft geblieben.

Von Delphine hatte er nichts mehr gehört, und das war vermutlich auch gut so.

Sie hatten sich vier Jahre zuvor an der Universität von Rennes kennen gelernt, wo sie beide an der Filmhochschule studierten. Schon bald waren sie zusammengezogen. Erlé, der ein sehr geschickter Handwerker war, hatte die Möbel für ihre Wohnung selbst gebaut. Er hatte die beste Abschlussarbeit im Bereich Film vorgelegt und dafür einen Preis erhalten, der es ihm ermöglichte, seinen ersten Kurzfilm zu drehen. Der Film trug den Titel »Der Apfelbaum« und war eine Meditation über einen Satz von Louis Luther: »Wenn ich wüsste, dass die Welt morgen unterginge, so würde ich dennoch einen Apfelbaum in meinem Garten pflanzen«. Die Anerkennung war groß, und Erlé hatte ein Stipendium für einen längeren Film erhalten. Aber zum großen Erstaunen aller lehnte er das Stipendium ab, um nach Île-Tudy zurückzukehren und sich dem Schreinerhandwerk zu widmen. Delphine war mit ihm gegangen. Sie wohnten zusammen, schliefen im selben Bett, teilten das Geld und liebten sich von Zeit zu Zeit. Ihre Beziehung war zärtlich, aber ohne große Leidenschaft. Dennoch hatte es Erlé schwer getroffen, dass sie gegangen war.

Seit sie ihn vor sechs Monaten sitzen gelassen hatte, hatte er weder eine Frau noch einen Führerschein, er fuhr Fahrrad, widmete sich der Restaurierung alter Möbelstücke und beglückwünschte sich jeden Morgen, in jener verrückten Nacht nicht in den Tod gefahren zu sein und niemanden verletzt zu haben.

»Hier ist mein Geschenk, Mama«, verkündete Louis und reichte seiner Mutter ein langes, flaches Päckchen.

Marie öffnete die Schachtel und entdeckte ein elegantes und kostbares Halstuch von Hermès, das sie nie tragen würde. Sie dankte ihm herzlich und wandte sich dann ihrem Jüngsten zu.

»Meines ist selbst gemacht«, murmelte Erlé.

»Hast du ihr eine Muschelkette gebastelt? Wie reizend …«, spottete Louis.

Marie zerriss das Geschenkpapier und war sprachlos. Erlé hatte ein Buch aus feinem Duftholz geschnitzt. Es war aufgeschlagen, und man hatte den Eindruck, als würde sich gerade ein Blatt wenden, die Illusion war perfekt.

»Es ist Thuya-Holz aus Marokko«, erklärte er.

Seine kräftigen Hände hatte er auf den Tisch gelegt, links und rechts neben seinen Teller, nach vorn gebeugt wartete er auf ihr Urteil. Maries Gesicht strahlte.

»Danke«, sagte sie ganz einfach.

Vierzig Jahre lang war sie Grundschullehrerin gewesen. Sie liebte Bücher.

»Ratet mal, wo ich den Geburtstagskuchen erstanden habe!«, ließ sich plötzlich Louis vernehmen, der damit die stille Harmonie des Augenblicks zerstörte.

»Beim teuersten Konditor von Pont-l'Abbé!«, riet Erlé.

Marie und er brachen angesichts der verdutzten Miene von Louis in Lachen aus. Als Marie in die Küche ging, um das Essen zu servieren, nutzte Erlé die Gelegenheit und goss seinen Champagner aus dem Fenster.

Das Mittagessen verlief wie gewohnt. Louis zählte ihnen all die unverkäuflichen Schuppen auf, die seine Immobilienagentur auf Lager hatte, und beschrieb ihnen dann die hübschen Fischerhäuschen am Meer, die oft innerhalb eines Tages verkauft wurden, meistens an Fremde. Diese Leute tauchten mit großen Geldbeträgen bei den Nachkommen der Seeleute auf, deren Familien schon seit ewigen Zeiten am Meer gelebt hatten und die ihr Haus eigentlich gar nicht verkaufen wollten. Durch verlockende Angebote, manchmal das Fünffache des tatsächlichen Verkaufswertes, ließen sie sich jedoch überzeugen, ins Landesinnere zu ziehen. Manche bereuten es später, manche begnügten sich damit, in ihrem funkelnagelneuen Häuschen, abgeschnitten vom Horizont, auf ihrem Reichtum zu hocken. Die neuen Besitzer ließen die alten, geschichtsträchtigen Häuser abreißen und bauten an deren Stelle futuristische Glaswürfel mit großartigem Blick aufs Meer.

»Das ist unmoralisch«, befand Erlé.

»Das ist das Gesetz von Angebot und Nachfrage«, sagte Louis. »Unglücklicherweise laufen die Privatverkäufe nicht mehr über uns, aber wir halten uns an den Baugesellschaften schadlos.«

»Bist du etwa stolz darauf, die Küste durch Wohnanlagen zu verschandeln, in denen die Leute zusammengepfercht werden wie Sardinen in der Büchse?«

»Und du, bist du etwa stolz darauf, den Handwerker zu spielen, wo du so reich wie Spielberg hättest werden können?«, hielt Louis ihm entgegen.

»Hört auf, ihr beiden!«, unterbrach sie Marie mit der Strenge einer Lehrerin.

Für den Rest der Mahlzeit gaben sie sich Mühe, kein heikles Thema mehr anzuschneiden. Louis schob als Erster seinen Stuhl zurück.

»Ich muss los. Ich habe einen Termin mit den Erben eines Hauses am Ufer des Odet, die keine Ahnung haben, was sie da besitzen. Ich habe sie einem anderen Mitarbeiter der Agentur weggeschnappt, der so naiv war, etwas von Ethik zu faseln. Und jetzt werde ich die Kommission einstecken!«

Er drückte seiner Mutter einen Kuss auf die Stirn.

»Auf dem Heimweg geht es für dich ja nur bergab«, sagte er zu Erlé und lachte hämisch. »Du brauchst nicht einmal zu treten!«

Erlé beherrschte sich und nickte.

»Noch immer keine Neuigkeiten von Delphine?«

Erlé hätte ihn am liebsten als Köder an seinen Angelhaken gespießt. Louis legte mit Vorliebe den Finger in die Wunde. Als Kind hatte er Erlé immer wieder wegen seines Hinkens und seiner Krankheit gehänselt. Er war maßlos eifersüchtig auf seinen jüngeren Bruder, der viele Freunde hatte, während er selbst nicht gerade beliebt war. Mittlerweile hatte er Geld, eine Frau, Kinder, Beziehungen zu Politikern und ein großes Haus. Aber die Zeit hatte weder ihre Streitereien noch seine Eifersucht gemildert.

»Du wirst noch zu spät kommen«, mischte Marie sich ein und schob Louis in den Garten.

Die dicke rote Limousine fuhr davon. Sofort kam die getigerte Katze wieder herunter und rieb sich an den Beinen der alten Frau. Marie und Erlé wechselten einen einvernehmlichen Blick.

»So ist dein Bruder eben«, sagte sie resigniert. »Er hat keinen Vater gehabt, der ihm den Hintern versohlt hätte. Das hat ihm gefehlt.«

Erlé lächelte ihr zu.

»Ich auch nicht, falls ich das anmerken dürfte.«

Marie sah ihn mit einem verschmitzten Funkeln in den wässrigen Augen an.

»Ihr seid eben sehr verschieden. In drei Tagen darfst du wieder Auto fahren, oder?«

Erlé starrte sie verdutzt an.

»Du … du wusstest es? Die ganze Zeit über? Und du hast nichts gesagt?«

»Ich habe darauf gewartet, dass du es mir von dir aus erzählst.«

»Ich wollte nicht, dass du dir Sorgen machst.«

Marie sah ihn an, als hätte er etwas Ungeheuerliches von sich gegeben.

»Lieben bedeutet, dass man sich um diejenigen sorgt, die man liebt. Das solltest du in deinem Alter eigentlich wissen«, sagte sie.

4

Der Schnellzug fuhr aus dem Bahnhof Montparnasse und ließ ein paar hundert Meter weiter die Hochhäuser der Rue Vercingétorix erzittern. Voller Neid sah Zaka Djemad durch das geöffnete Fenster dem Zug nach, der zum Meer fuhr. Für die Reisenden unsichtbar winkte sie ihnen zu. Wie jedes Mal träumte sie auch jetzt davon, einmal in den Zug zu steigen und Paris zu entfliehen. Sie sah sich in einem bunten Kleid in einem Abteil des Orient Express sitzen und mit den wunderlichsten Fahrgästen plaudern, die geradewegs ihrer Fantasie entsprungen waren: einem Araber, der seine Wasserpfeife rauchte, einem Matrosen in weißer Uniform mit roter Bommelmütze, einem Fischer in gelbem Wachszeug, einem Mann im Smoking, einer Frau in einem altmodischen Kleid und kleinen, braven Jungen in blau-weiß gestreiften T-Shirts. Und alle tranken sie eisgekühlte Coca-Cola. Kemal, Zakas ältester Bruder, hasste Amerika, und deshalb gab es zu Hause keine Coca-Cola.

Als sie zehn Jahre alt war, hatte sich beinahe ihr innigster Wunsch erfüllt, einmal das Meer zu sehen: Sie durfte mit der Wohlfahrt einen Tag in Deauville verbringen und hatte bereits ihre Tasche samt Badeanzug, Handtuch, Buch und Sonnencreme gepackt, so wie all die anderen Mädchen aus ihrer Klasse, die in die Ferien fuhren. Aber im letzten

Augenblick hatte sich Kemal entschlossen, ihren Platz einzunehmen. Man stritt nicht mit Kemal. Zaka war in der Rue Vercingétorix geblieben. Fünfte Etage. Sie hatte ihren Badeanzug angezogen, sich mit Sonnencreme eingerieben, auf das Handtuch gesetzt und ihr Buch gelesen – mit leeren Augen und schwerem Herzen.

In der Schule sollten sie etwas über einen Text von Pierre Loti schreiben, einen Auszug aus seinem Buch »Roman d'un enfant«:

»Ich war am Abend mit meinen Eltern in einem Dorf an der Küste bei Saintes angekommen, wo wir für die Badesaison ein Fischerhaus gemietet hatten. Ich wusste, dass wir hierher gekommen waren wegen etwas, das ›das Meer‹ hieß, das ich aber noch nicht gesehen hatte (da ich noch sehr klein war, verstellte ein Dünenstreifen mir den Blick) und ich war sehr neugierig, es kennen zu lernen.«

Zaka, die nun siebzehn Jahre alt war, wurde nicht müde, diesen Text zu lesen. Daraufhin nahm sie einen Kohlestift und zeichnete Wellen, einen Hafen, Seemänner und Häuser am Meer. Auch sie selbst war stets auf diesen Bildern zu sehen, mit ihren dunklen, langen Haaren, ihrer hellen Haut, ihren leuchtenden Augen und ihren schlanken Beinen. Kemal wurde wütend, wenn er ihre Zeichnungen fand, und zerriss sie.

»Du vergeudest deine Zeit, hilf lieber deiner Mutter im Haushalt«, schimpfte er.

Zaka verdrängte ihre dunklen Gedanken, seufzte und vertiefte sich erneut in den Stoff, den sie zu lernen hatte. In einer Woche würde sie eine Aufnahmeprüfung an der Zeichenschule im dreizehnten Arrondissement machen. Sie war eine gute Schülerin und hatte ihr Abitur im ersten Anlauf bestanden. Sie machte sich keine Sorgen um die Noten, aber sie musste hervorragende Leistungen vorweisen, um ein Stipendium zu erhalten, das die Studiengebühren deckte. Die Prüfung umfasste einen theoretischen Teil mit allgemeinen Fragen zu Kunst und Kultur und einen praktischen Teil.

»Zaka! Pass auf deine Brüder auf, ich muss weg«, rief ihre Mutter durch die halb geöffnete Tür.

Widerwillig legte Zaka ihr Buch beiseite. Die drei Jungen waren fünf, sechs und sieben Jahre alt und würden ihr keine Ruhe lassen. Saïd ließ sich alle möglichen Streiche einfallen, Ali führte sie aus, Aziz verletzte sich und Zaka wurde bestraft.

»Du hattest mir versprochen, dass du mich lernen lässt, Mama. Nächste Woche, das verspreche ich dir, mache ich alles, was du von mir verlangst.«

Ein seltsames Leuchten flackerte auf in den Augen ihrer Mutter.

»Ich brauche dich heute«, sagte sie, vermied es aber, ihre Tochter dabei anzusehen.

5

Alexis Foresta verließ das Gerichtsgebäude durch eine Seitentür in Höhe des Quai des Orfèvres. Während sich die meisten seiner Kollegen im Auto fortbewegten, benutzte er ein altes Hollandrad. Selbst die Motorroller fanden bei ihm keine Gnade: Sie stanken abscheulich, waren zu schwer und alles andere als zuverlässig. Sein Fahrrad dagegen ließ ihn nie im Stich.

»Alexis!«, hörte er eine Stimme, als er gerade sein Rad aufschloss.

Er drehte sich lächelnd um. Sophie kam auf ihn zu. Sie trug noch ihre schwarze Robe mit dem weißen Brustlatz, die deutlich machte, dass sie nicht zur Pariser Anwaltskammer gehörte. Diese hatten einen linken Schulterstreifen aus Hermelinpelz zur Erinnerung an die Enthauptung von Ludwig XVI. und Marie-Antoinette auf dem Hof dieses Gerichtsgebäudes. Ihre langen kastanienbraunen Haare fielen in Locken auf ihre Schultern.

»Du trägst noch deine Robe?«, fragte er erstaunt.

Die verhandlungsfreie Zeit hatte am 10. Juli begonnen und dauerte noch bis zum 1. September. In diesen Monaten wurden nur unaufschiebbare Fälle verhandelt.

»Eine dringende Angelegenheit, Angriff auf die Persönlichkeitsrechte.«

»Kommst du oder gehst du gerade?«

»Ich bin fertig. Und ich habe große Lust auf ein Stück Schokoladenkuchen!«, sagte sie genüsslich.

Er fragte sich zum hundertsten Mal, wie sie es anstellte, kein Gramm zuzunehmen bei all den Süßigkeiten, die sie verschlang. Sie musste von einem anderen Stern kommen.

Wie üblich nahmen sie im »Gerichtskeller« Platz und bestellten zwei Tee und ein Stück Schokoladenkuchen. Und wie üblich versuchte Alexis, Sophie einen Bissen zu stibitzen, während sie ihr Stück mit allen Mitteln verteidigte.

»Du brauchst nur selbst eines zu bestellen!«, protestierte sie. »Ich kann es nicht leiden, wenn man auf meinem Teller herumstochert. Du bist ein echter kapitalistischer Spaghettifresser, den man die ganze Kindheit über mit wunderbaren, hausgemachten Nudeln und herrlichen Eiscremes voll gestopft hat. Ich dagegen bin die Tochter eines französischen Arbeiters und Gewerkschaftlers, habe mit meinen sechs Geschwistern gedarbt, und jetzt teile ich nichts mehr!«

Alexis lachte los. Sie warf ihm vor, allein deshalb Rechtsanwalt geworden und dem großbürgerlichen Juristenclan beigetreten zu sein, um ein wenig mit der schlechten Gesellschaft in Berührung zu kommen, um aus sicherer Distanz einen Blick auf den Abschaum zu werfen und sich im Schwarzmarktmilieu umzutun, ohne sich die Hände schmutzig zu machen. Für eine Frau war das ein schwieriges Arbeitsgebiet. Sophie hatte sich auf die Verteidigung literarischen und künstlerischen Eigentums spezialisiert. Sie vertrat Klagen zum Recht am eigenen Bild und zählte zahlreiche Prominente zu ihren Klienten.

»Ich beantrage mildernde Umstände«, entschuldigte sich Alexis, »Ich wollte nur wissen, was du denkst.«

»Du willst wissen, was ich denke?«, fragte sie und überließ ihm die Spitze des Kuchenstücks. »Ich möchte heute Abend von dir in ein italienisches Restaurant eingeladen werden. Ich stelle mir vor, dass wir einen gut gekühlten Prosecco trinken, Spaghetti Vongole essen, danach Tiramisu und dass wir uns anschließend bis zum Morgengrauen lieben.«

Ihre grünen Augen funkelten bei dem Gedanken an das bevorstehende Vergnügen. Sophie war eine zarte, unverheiratete Vierzigjährige und nahm das Leben wie eine tägliche Mahlzeit, die unweigerlich mit einem Dessert und Sex endete. Seit zwei Jahren aß Alexis häufig mit ihr zu Abend.

»Dein Plan gefällt mir sehr, für morgen Abend«, sagte er.

Sophies Miene verfinsterte sich.

»Wenn es wegen deiner Tochter ist, nehme ich noch ein Stück Kuchen«, drohte sie. »Magst du dicke Frauen?«

»Es geht mir um dich und nicht um deinen Taillenumfang. Es tut mir Leid, Sophie. Ich habe mich heute Morgen mit Eva gestritten. Wir haben uns dumme Sachen an den Kopf geworfen. Ich muss einfach mit ihr sprechen. Verstehst du?«

Sophie schüttelte den Kopf.

»Nein, aber ich akzeptiere es. Im Übrigen habe ich ja gar keine andere Wahl, oder? Wenn ich wütend werde, behauptest du am Ende noch, dass ich es nicht verstehen kann, weil ich keine Kinder habe, und dann werde ich mit Sicherheit ausfallend.«

Alexis erhob Einspruch.

»Ich habe niemals …«

»Ich weiß«, fiel Sophie ihm ins Wort. »Mit dir ist niemals etwas *ipso facto,* nichts ist von vornherein festgelegt. Das schätze ich ja so an dir, auch wenn ich erst nach deiner Tochter komme. Wir haben noch das ganze Leben vor uns. Ich reserviere also einen Tisch für morgen, einverstanden?«

»Abgemacht, Frau Präsidentin«, stimmte Alexis zu und nutzte den günstigen Augenblick, um auch den letzten Bissen von ihrem Kuchen zu stibitzen.

Sophie musste lachen. Sie konnte nicht ahnen, dass er ihr nie wieder das Dessert streitig machen würde.

6

Im Finistère zur selben Zeit griff Erlé Le Gall nach der Spezialpolitur im Regal, um einen alten Schrank damit einzuwachsen. Er besaß eine überbordende Fantasie und liebte es, die Vergangenheit eines jeden Möbelstücks heraufzubeschwören. Er stellte sich den Schreiner vor, der diesen Schrank gezimmert hatte, um darin die Aussteuer aufzubewahren. Dann kam ihm ein kleiner ausgelassener Junge in den Sinn, der sich eines Abends beim Versteckspiel in dem Möbelstück verkrochen haben mochte, und schließlich ein verängstigter Fallschirmspringer, der dort vielleicht Zuflucht vor den Nazis gefunden hatte. Er roch den Duft gestärkter Hemden, die sich einst auf den Regalbrettern stapelten, das Mottenpulver aus dem schwarzen Anzug, der auf den Tod seines Besitzers wartete, um mit ihm beerdigt zu werden, den süßlichen Hauch des Eau de Toilette der eleganten Dame, die ihre Garderobe darin aufbewahrte, den würzigen Wohlgeruch des Möbellagers, in dem der Schrank darauf wartete, wieder hergerichtet zu werden.

»Bald wirst du wieder benutzt«, murmelte Erlé und polierte energisch weiter.

Plötzlich klingelte das Handy in seiner Jackentasche. Widerwillig legte Erlé sein Tuch beiseite und warf einen Blick auf das Display. Die Nummer war nicht in seinem Speicher, sie begann mit 06, das Gespräch kam also ebenfalls von einem Handy.

»Hallo?«

»Erlé, bist du es? Komm schnell her!«

Die panische Stimme einer Frau, nicht irgendeiner Frau: Es war Delphine.

»Was ist passiert?«, fragte er beunruhigt.

»Er ist verrückt geworden, du musst ihn dazu bringen, dass er aufhört. Er hat mich geschlagen. Ich habe mich in meinem Zimmer eingeschlossen ...«

Erlé zwickte sich, um sicher zu sein, dass er nicht träumte.

»Von wem sprichst du?«

»Von Paul ... Ich habe Angst, Erlé ... Ich flehe dich an, bitte komm her!«

»Hast du die Polizei gerufen?«

»Auf keinen Fall. Er hat mir gedroht, mich hinter Gitter zu bringen, wenn ich ihn beschuldige. Er ist dazu in der Lage. Mein Wort wird gegen seines stehen, und er spielt mit einem Richter Golf. Geld ist Macht ...«

Erlé konnte sich gerade noch beherrschen, sie daran zu erinnern, dass sie ihn wegen des Geldes dieses Idioten verlassen hatte.

»Wenn er getrunken hat, dreht er durch«, fuhr Delphine fort. »Er ist jetzt fortgegangen, aber er kommt sicher wieder zurück ...«

»Wo bist du?«, fragte Erlé und schnappte nach seiner Jacke.

»Place de Catalogne, direkt hinter dem Montparnasse-Turm ...«

»Du bist in Paris? Und du hast niemanden, den du um Hilfe bitten kannst? Jemanden aus deiner Nähe?«

»Niemand außer dir kann mir helfen!«

Ihre Stimme versagte, und einen Augenblick lang konnte sie nicht weitersprechen. Dann fasste sie sich wieder und gab ihm ihre genaue Adresse, bat ihn noch einmal, sich zu beeilen, und der Kontakt riss ab. Als Erlé sie zurückrufen wollte, war ihre Mailbox eingeschaltet.

Er schaute zum Schrank, ließ seinen Blick durch das stille Atelier schweifen und blieb an dem surrenden Kühlschrank hängen, in dem jetzt nur noch alkoholfreie Getränke standen. Nur hundert Meter entfernt lag der Strand. Die Badegäste stapelten sich. Sie tauchten ihre kälteempfindlichen Zehen ins Meer. Die Fischer, die am Morgen ihre Netze eingeholt hatten, waren nun dabei, sie zu säubern. Den ganzen Sommer über hielt die Presse sich mit der Tragödie von Vilnius auf, dem gewaltsamen Tod der Schauspielerin Marie Trintignant.

»Beweg dich nicht, ich komme zurück«, flüsterte er dem Schrank zu.

Er schnappte seine Schlüssel, trat eilig auf die Straße und stolperte fast über seinen weißen Twingo, mit dem er seit sechs Monaten nicht mehr gefahren war. In drei Tagen würde er seinen Führerschein zurückbekommen. Aber Delphine war wirklich in Gefahr.

»Mist …«, entfuhr es ihm wütend.

Zum Bahnhof war es mit dem Fahrrad zu weit. Das einzige Dorftaxi war um diese Zeit entweder unterwegs zum Fischen oder reserviert. Mit zitternden Fingern wählte er die Handynummer seines Bruders, aber auch dort erreichte er nur die Mailbox.

»Das gibt es doch nicht!«, schimpfte er.

Er versuchte es in der Immobilienagentur, wo man ihm sagte, Louis wäre bereits nach Hause gegangen. Er rief dort an, aber seine Schwägerin teilte ihm mit, dass ihr Mann bei seiner Mutter wäre. Um sein Gewissen zu beruhigen, rief er seine Mutter an, die nicht die geringste Ahnung hatte, wo sein Bruder steckte. Louis hatte also entweder eine Geliebte oder er war noch unterwegs, um seinem Kollegen etwas wegzuschnappen.

Erlé blätterte hastig die Fahrpläne mit den Zügen nach Paris durch. Der nächste Zug nach Paris fuhr in einer dreiviertel Stunde in Quimper ab. Ein paar Sekunden zögerte er, dann stieg er ins Auto und drehte den Zündschlüssel herum. Der Motor sprang sofort an. Der Tank war voll. Nach dem Unfall war der Twingo abgeschleppt worden, der hiesige Automechaniker hatte ihn repariert und wieder vor seine Tür gestellt. Die Vordersitze waren noch mit einer Schutzhülle abgedeckt.

Erlé fuhr vorsichtig und senkte den Kopf häufig, um nicht erkannt zu werden. Sobald die Straße vierspurig wurde, beschleunigte er, achtete aber darauf, die Geschwindigkeitsbegrenzungen nicht zu überschreiten. Als ihm ein Polizeiauto entgegenkam, durchfuhr ihn der Schreck, und als ihn ein Krankenwagen überholte, fuhr er auf den Seitenstreifen, obwohl es gar nicht notwendig war. Er hatte nicht mit den Staus in Quimper gerechnet. Zwischen all den Autos eingeklemmt, dröhnten ihm ihre Hupgeräusche in den Ohren und er dachte an Delphine, die es in sechs Monaten nicht geschafft hatte, einen einzigen Vertrauten in Paris zu gewinnen. Ihm war klar, in welcher grotesken Situation er sich befand: Er fuhr ohne Führerschein und riskierte eine Gefängnisstrafe, nur um einer Frau zu Hilfe zu eilen, die ihn wie einen alten Lappen weggeworfen hatte. Aber wenn er jetzt umkehrte und ihr tatsächlich etwas passierte, würde er nicht mehr in den Spiegel schauen können.

Als es wieder voranging, war es bereits zu spät. Erlé erreichte den Bahnhof genau in dem Augenblick, als sich der Zug in Bewegung setzte. Er schlug so heftig auf das Lenkrad, dass ihm der Schmerz bis in die Schulter zog. Zwei Minuten früher und alles wäre in Ordnung gewesen!

Er presste seine Finger an die Schläfen und dachte nach. Der Zug von Quimper nach Paris brauchte vier Stunden und vierzig Minuten. Der nächste ging in drei Stunden. Rechnete man noch den Weg vom Bahnhof zu der angegebenen Adresse hinzu, so kam er auf etwa acht Stunden. Mit dem Auto wäre er in sechs Stunden da, also schneller, aber er durfte auf keinen Fall in eine Verkehrskontrolle geraten …

Er war weder feige und noch egoistisch. Er hinkte vielleicht, vermutlich war er ein Bastard, aber mutig war er ganz sicher. Komme, was wolle. Er drehte die Lautstärke des Radios auf, um seine Zweifel zu übertönen, und machte sich auf den Weg nach Paris. Er fuhr nicht sehr schnell, und so konnte er rechtzeitig bremsen, als das Auto vor ihm ohne Vorwarnung an der Abzweigung nach Rennes ausscherte. Der Fahrer lehnte sich aus dem Fenster, fluchte und hupte wie verrückt. Ein schwarz-weiß gescheckter Hund befand sich mitten auf der vierspurigen Straße. Die Autos wichen ihm aus und machten einen großen Bogen. Das Tier folgte der Straße schnurstracks geradeaus. Erlé fuhr langsam an den Hund heran und rief ihm zu:

»Man wird dich noch überfahren!«

Der Hund drehte seinen Kopf zu ihm hin und wurde langsamer. Die Promenadenmischung hinkte mit seiner linken Vorderpfote und hatte offenbar keine Angst vor Autos. Erlé ähnelte weder seinem Bruder noch seiner Mutter, aber mit diesem räudigen Hund mit dem sanften Blick hatte er einiges gemein. Er setzte den Warnblinker und hielt auf dem Seitenstreifen. Der Hund blieb stehen.

»Ich habe es eilig«, sagte Erlé beim Aussteigen. »Ich bin unterwegs, um einer dummen Gans zu helfen, die genauso leichtsinnig war wie du. Hast du ein Halsband?«

Auf seinem Hinterteil sitzend hörte der Hund Erlé mit zur Seite geneigtem Kopf und angelegten Ohren zu. Er hatte kein Halsband.

»Hast du Hunger? Ich werde dir an der Tankstelle ein Sandwich kaufen. Wenn du nicht platt gewalzt werden willst, dann spring ins Auto. Ich habe keine Zeit, um in die Stadt zurückzufahren und dich auf der Polizeiwache abzugeben. Das mache ich morgen auf dem Rückweg. Du hast doch sicher ein Herrchen, das dich sucht!«

Erlé hätte schwören können, dass der Hund den Kopf schüttelte.

»Die Zeit drängt«, sagte er. »Kommst du jetzt mit mir oder nicht?«

Der Hund rührte sich nicht. Erlé öffnete die hintere Tür, um ihn zum Hineinspringen zu bewegen.

»Hopp! Mach schon!«

Der Hund wich hinkend zurück.

»Wir gehören beide zur Gemeinschaft der Lahmen. Ich bin dein Schutzengel. Komm!«

Der Hund senkte seinen Kopf. Ihm war heiß, seine rosa Zunge hing aus dem Maul, seine schwarzen Augen zögerten. Er war eine seltsame Mischung aus Dalmatiner und Cocker.

»Du wirst es noch bereuen«, prophezeite Erlé. »Bei drei schließe ich die Tür. Eins …«

Keine Reaktion.

»Zwei …«

Der Hund schüttelte sich.

»Drei …«

Mit drei wackligen Sätzen sprang der Hund in den Wagen. Erlé schlug die Tür wieder zu und setzte sich ans Steuer. Er streckte vorsichtig seine Hand aus, streichelte den weichen Kopf und sah, dass der Hund keine Marke trug.

»Du hast dich richtig entschieden«, sagte er und ließ den Motor an.

Die Zahlen des Kilometerzählers liefen unaufhörlich weiter. Bei jeder Polizeistreife, die ihn überholte, fühlte sich Erlé wie ein entflohener Sträfling. An einer Tankstelle füllte er den Tank auf und kaufte drei Käse-Schinken-Sandwichs, die er gerecht aufteilte. Hinten in seinem Kofferraum fand er einen Topf und gab dem Hund etwas zu trinken. Außerdem lag dort eine halb volle Flasche Jack Daniel's, die aus jener Nacht stammte. Als er den Rest ins Gras schüttete, fing der Hund an zu bellen.

»Ich werde es dir irgendwann erklären«, versprach Erlé.

Er warf die Flasche in den Mülleimer. Der Hund schnüffelte gierig an dem alkoholgetränkten Gras.

»Magst du das? Du hast noch gar keinen Namen. Würde dir Jack Daniel's gefallen?«

Der Hund schlürfte und benetzte sich dabei die herabhängenden Ohren.

»Das ist zu lang«, befand Erlé. »Also nur Jack?«

Der Hund hob den Kopf.

»Abgemacht! Komm, Jack. Wir müssen eine Frau retten!«

Satt und zufrieden sprang der Hund auf die Rückbank. Er schlief bald ein und schnarchte vor sich hin, während sich das Auto auf die Hauptstadt zu bewegte.

Hinter der ersten Mautstelle nahm der Verkehr zu. Erlé sah auf seine Armbanduhr. Was Delphine wohl gerade tat … und vor allem dieser Idiot Paul?

Jack lag derweil auf dem Rücken und bewegte im Traum hin und wieder seine vom Asphalt geschundenen Pfoten. Plötzlich fuhr Erlé der Schreck in die Glieder. Auf der linken Spur wurde der Verkehrsfluss durch eine Polizeikontrolle unterbrochen. Autos wurden auf den Seitenstreifen gewunken und die Papiere ihrer Fahrer überprüft. Eine weitere Streife winkte die übrigen Autos vorbei. Erlé zog den Kopf ein, so wie er es einst in der Schule getan hatte, wenn der Lehrer seinen Blick über die Reihen gleiten ließ, um jemanden an die Tafel zu rufen.

»Nicht ich«, flehte er still. »Nicht ich!«

Die Streife bedeutete einem Toyota, rechts heranzufahren. Ein Peugeot und ein Renault wurden vorbeigewunken. Ein Porsche hielt hinter dem Toyota an. Ein Range Rover fuhr weiter. Erlé fuhr langsam, seine Hände waren feucht, er hatte den Sicherheitsgurt angeschnallt, er telefonierte nicht am Steuer, die gültige Versicherungs- und die letzte TÜV-Plakette prangten deutlich sichtbar auf der Windschutzscheibe, es war also nach außen alles in Ordnung …

Sein Blick kreuzte den des Streifenpolizisten, und er zwang sich, ihn nicht abzuwenden. Der Mann bedeutete ihm, sich rechts einzuordnen.

Voller Verzweiflung kam er der Aufforderung nach. Er scheiterte knapp vor dem Ziel. Man würde ihn nicht weiterfahren lassen, und niemand würde ihm glauben, wenn er die Wahrheit sagte: »Herr Polizist, ich bin der edle Ritter ohne Führerschein, der einer verzweifelten Dame zu Hilfe eilen will, die mich sitzen gelassen hat, um sich von einem Idioten besteigen zu lassen, der sie verprügelt …«

Die anderen Autofahrer holten den Kraftfahrzeugschein und ihren Führerschein hervor. Erlé wollte sofort alles gestehen. Über ihren Computer würden sie die Wahrheit rasch herausfinden und ihn gleich einsammeln. Was würden sie mit Jack anstellen? Ihn in einen Zwinger sperren?

»Tut mir Leid, mein Lieber. Du hast Pech«, murmelte er und drehte sich zur Rückbank.

Der Polizist gab dem Fahrer des Wagens vor ihm die Papiere zurück und kam auf den Twingo zu. Erlé setzte an, um alles zu beichten …

Jack, mit einem Mal hellwach, sprang auf und begann wie verrückt zu bellen.

»Willst du wohl still sein!«, schimpfte Erlé.

Der Polizist wartete. Jack schäumte vor Wut. Erlé wusste sich nicht mehr zu helfen.

»Ich weiß auch nicht, was in ihn gefahren ist …«, schrie er und versuchte, das Gebell zu übertönen.

In den Augen des Polizisten lag ein Lächeln.

»Aber ich weiß es!«, sagte er mit starkem südfranzösischen Akzent. Er lehnte sich durch das geöffnete Fenster. »Ich werde Ihnen mal etwas sagen …«

Sein Akzent war sehr ausgeprägt. Erlé fragte sich, ob sie ihm Handschellen anlegen würden.

»Sie sind nicht der Einzige«, fuhr der Polizist fort. »Ich habe auch einen Hund, der Uniformen nicht leiden kann. Das ist das Schlimmste an meinem Beruf … All meine Kollegen machen sich darüber lustig, stellen Sie sich das mal vor!«

»Ja, das kann ich mir vorstellen«, wiederholte Erlé wie hypnotisiert.

»Geh mir nicht auf die Nerven!«, sagte der Polizist gutmütig zu Jack. Dann wandte er sich wieder an Erlé. »Alles in Ordnung, fahren Sie weiter. Vergessen Sie bloß nicht, ihm zu trinken zu geben. Hunde schwitzen ja nicht, sie hecheln, und das macht sie durstig.«

Erlé glaubte, nicht richtig gehört zu haben.

»Alles in Ordnung! Sind Sie taub?«

Erlé startete den Motor, setzte den Blinker und der weiße Twingo reihte sich wieder in den Verkehr ein. Der Polizist winkte zum Abschied. Als seine Gestalt aus dem Rückspiegel verschwunden war, heulte Erlé vor Erleichterung auf. Jack sah ihn misstrauisch an und legte sich wieder schlafen.

»Du bist der wundervollste Hund der ganzen Welt«, beteuerte Erlé. »Wenn ich dein Herrchen nicht finde, behalte ich dich bei mir, einverstanden?«

Jack schnarchte bereits. Erlé konzentrierte sich auf den Verkehr. Bald würde er bei Delphine sein, an der Place de Catalogne. Er fragte sich, was dann geschehen würde. Seine Größe und seine breiten Schultern wirkten meist abschreckend. Er mochte Gewalt nicht und hatte sich nie geschlagen, nicht wegen seines seltenen Herzfehlers, sondern weil es ausreichte, sich den angriffslustigen Schwächlingen zu zeigen, um sie einzuschüchtern. Das würde auch bei Paul so sein: teure Armbanduhr, Auto mit Ledersitzen, Fotohandy, das Boot eines Blenders, aber Pudding in den Armen und nichts in der Hose.

Erlé hatte nicht vor, Delphine mit zu sich nach Hause zu nehmen. Er würde sie bei ihrer Familie in Sainte-Marine absetzen, um dann hoffentlich nie mehr etwas von ihr zu hören. Das Kapitel war für ihn abgeschlossen.

Aber sein Leidensweg war noch nicht zu Ende …

7

Zur selben Zeit hatte Eva in ihrem schwarzen Twingo die gleiche Strecke in entgegengesetzter Richtung zurückgelegt: die Autobahn bis Rennes, dann die vierspurige Schnellstraße Richtung Quimper und vor Quimper war sie nach Lorient abgebogen. Sie legte sich in die Kurven, brauste als Erste los, sobald die Ampel auf Grün sprang, und erreichte den Hafen von Lorient fünf Minuten vor Abfahrt des Postschiffes nach Groix. Sie parkte den Wagen gegenüber dem Landungssteg.

Die »Tour de la Découverte«, ein alter Leuchtturm aus dem achtzehnten Jahrhundert, überragte die am Kai festgemachten Schiffe. Lorient hatte früher einmal »L'Orient«, der Orient, geheißen, weil die Schiffe der von Colbert im Jahre 1664 gegründeten Indiengesellschaft von hier aus in See stachen. Das erste, 1667 erbaute Schiff trug den Namen »Soleil d'Orient«, Sonne des Orients. Alexis und Eva hatten schon viele Male das Museum der Indiengesellschaft in der Zitadelle von Port-Louis besucht, um in ferne Welten einzutauchen mit ihren fremden Düften und Gewürzen und ihren unbekannten Schätzen.

Laure war von der letzten Nachtwache erschöpft und hatte die gesamten fünf Stunden Fahrtzeit geschlafen wie ein Stein. Als Eva sie weckte, musste sie blinzeln.

»Beeil dich, sonst verpassen wir das Boot!«

Laure wankte, von der Freundin gezogen, zum Schalter.

»Ein Ticket für Erwachsene und eines für Anwohner«, verlangte Eva und zeigte ihren Ermäßigungsausweis.

Drei Minuten später legte die »Kreiz Er Mor«, Kreuz der Meere oder Mittelpunkt der Meere, ab. Eva zog Laure mit auf das obere Deck, um die Aussicht zu genießen.

»Dauert es lange?«, fragte Laure besorgt.

»Vierzehn kurze Kilometer, fünfundvierzig kurze Minuten, ein Katzensprung!«

Die Fähre glitt über das ruhige Wasser, verließ den dicht an die Spitze des Damms gedrängten Hafen und kam steuerbord an den Kaimauern des Industriehafens von Kergroise vorbei. Backbord lagen der Militärhafen und die breite Flussmündung des Scorff. Eva stieß ihre Freundin an und zeigte auf den Ort Locmiquélic.

»Das ist ein kleiner Außenhafen. Von hier aus fanden die ersten Wallfahrten nach Sainte-Anne d'Auray statt.«

Schließlich tauchte vor ihnen der Fischerhafen der kleinen Insel Saint-Michel auf. Die ehemalige Einsiedelei ist zu einem militärischen Sperrgebiet geworden.

»Es gibt viele Leute, die sie zurückkaufen wollen, aber das Militär will sie behalten!«

Sie passierten die stillgelegte Unterseebootstation von Keroman, dann Kernével mit den beiden prunkvollen Villen, in denen einst der Admiral residiert hatte. Hinter der kleinen Bucht von Port-Louis ließ die Fähre die Zitadelle mit ihrem Turm backbord und den spitzen Turm der Kirche »Notre-Dame« von Larmor steuerbord liegen und nahm Kurs auf »Les Courreaux«, die westliche Fahrrinne, die das Festland von der Insel trennte.

Ein paar Jugendliche saßen auf den von der salzhaltigen Luft verwitterten Bänken und sangen. Eine alte Frau wiegte ihren Kopf hin und her und ließ ihren Blick über das Meer gleiten. Mit Rucksack und Wanderschuhen ausgerüstete Touristen studierten auf einer Karte die Küstenpfade der Insel Groix. Ein verliebtes Pärchen küsste sich leidenschaftlich. Überforderte Eltern versuchten, ihre Kinder im Zaum zu halten.

»Ja, das ist genau das, was mir gefehlt hat«, flüsterte Eva und seufzte lustvoll auf. Der starke Wind zerzauste ihr Haar. »Das ist wirksamer als Vitaminpillen und Protein-Cocktails!«

Von Übelkeit geplagt, hielt Laure ihre Augen geschlossen. Sie wurde seekrank, sobald sie den Fuß auf ein Boot setzte.

»Lass mich in Frieden sterben. Das ist das letzte Mal, dass ich mich auf etwas Schwimmendes begebe … Sind wir bald da?«, stöhnte sie, während sich ihr der Magen umdrehte.

»Ja. Schau doch, wie schön sie ist! Man nennt sie auch die Granatinsel, wegen ihrer geologischen Vielfalt, und Feen- oder Hexeninsel …«

Die grüne, lang gestreckte Insel Groix tauchte mit ihren acht Kilometern Länge und vier Kilometern Breite aus dem Meer auf. Sie kann 2061 Sonnenstunden im Jahr vorweisen, ebenso viele wie Cannes. Ein Sprichwort besagt: »Wer Groix erblickt, erblickt die eigene Freude.« In der Ferne hob sich ein rosa getünchtes Haus von den anderen ab. Das war das Hafen-Café »Chez Soaz – letztes Bistro vor Lorient«. Eva lächelte. Die behäbige Fähre »Kreiz Er Mor« drosselte das Tempo, um die beiden Hafenampeln von Port-Tudy zu passieren. Bevor der heilige Tudy sein Kloster in einem Dorf im Finistère gegründet hat, lebte er als Einsiedler auf Groix und ist zum Schutzpatron der Insel geworden. Der Legende nach habe er das Meer auf einem Menhir überquert.

Unter dem Beifall der Jugendlichen fuhr das Schiff ganz nah an die Kaimauer heran und legte an.

»Du bist ja genauso grün wie die Boje«, stellte Eva fest.

Laure setzte ihre Ellbogen ein, um auf schnellstem Wege wieder festen Boden unter die Füße zu bekommen.

»Ich hasse es«, presste sie mit erstickter Stimme hervor.

»Lass uns in der ›Auberge du Pêcheur‹ etwas trinken, dann wirst du dich gleich besser fühlen.«

Sie kamen an den Auto- und Fahrradvermietungen vorbei, an dem Geschäft für Schiffsbedarf und dem für Bekleidung, dann am Ökomuseum, und von dort gingen sie den steil ansteigenden Pfad, der in den Ort Le Bourg führte. Alexis schätzte die Auswahl an Whisky, die es in dieser herzlichen und einladenden Kneipe wenige Minuten von der Anlegestelle gab, und kehrte dort regelmäßig ein, bevor er, Leib und Seele wohlig warm, die Steigung mit dem Fahrrad erklomm. Von außen sah die Bar mit ihrer grün gerahmten roten Tür und den roten Fensterrahmen wie ein irischer Pub aus. Drinnen aber ging es durch und durch bretonisch zu.

Nach einer halben Stunde und einem Panaschee kehrte die Farbe auf Laures Gesicht zurück.

»Wer als Letzte am Haus ist, macht das Abendessen und bezieht die Betten«, bestimmte Eva.

Sie rannten die Steigung hinauf, bis sie vor Anstrengung keuchten. Am »Hôtel de la Marine« wurden sie langsamer. Sie kamen an der Kirche »Saint-Tudy« vorbei, deren Glockenturm ein Thunfisch anstatt eines Wetterhahns zierte. Die Bewohner der Insel Groix waren eben eher Fischer als Bauern. Eva begrüßte Gwenola, die vor ihrem Laden »Bleu Thé« mit jemandem plauderte, und kraulte den Basset, der vor dem Eingang der Apotheke schlief. Sie zeigte Laure das hübsche Rathaus an der Ecke. Hinter der Kirche »La-Trinité« beschleunigten sie, bis sie, nachdem sie den Ort Lomener passiert hatten, die Steilküste erreichten.

»Die geduckten Häuser hier in den Dörfern schmiegen

sich aneinander, um den Stürmen zu trotzen«, erklärte Eva. »Unseres ist das mit dem blauen Zaun.«

Allen Anzeichen von Müdigkeit zum Trotz war Laure mit einem Mal hellwach und rannte zu dem Zaun. Atemlos ließ sie sich fallen.

»Und ich hatte Mitleid mit dir«, empörte sich Eva, als sie Laure eingeholt hatte.

»Ich habe gewonnen … Ich werde … die Füße hochlegen …«, japste Laure und strahlte.

Das Haus lag hoch über dem Meer, ein Pfad führte durch die Klippen zum Wasser hinunter. Die Wellen schlugen gegen die Felsen. Bei heftigem Wind und Unwettern brodelte die Gischt so hoch, dass der Schaum bis in den Garten flog und man meinte, es würde schneien.

Auf Groix waren Werkzeuge gefunden worden, die aus dem frühen Paläolithikum, vierhunderttausend Jahre vor Christi Geburt, stammten. Groix war damals noch mit dem Festland verbunden. Die Klimaerwärmung und das damit einhergehende Abschmelzen der Gletscher hatten Groix in der mittleren Steinzeit, zwischen 10 000 und 5000 Jahren vor unserer Zeitrechnung, vom Kontinent abgetrennt und zu einer Insel gemacht. Die Grabstätte von Port-Mélite stammt aus der Bronzezeit und das Steinfeld von Kervédan aus der Eisenzeit. Auch hatte man die Überreste eines Wikingerschiffs aus dem zehnten Jahrhundert gefunden.

Im elften Jahrhundert wurde die Insel in Ost und West geteilt, »Primiture« und »Piwisi«. Erst im Jahr 1384 gelang es dem Adelsgeschlecht der Rohan, die Insel wieder zu vereinen. Während der Kriege unter Ludwig XIV., im siebzehnten Jahrhundert, wurde die Insel von den Holländern und den Engländern angegriffen. Sie war zu einem strategisch wichtigen Punkt geworden, um die Schiffe der Indiengesellschaft zu schützen, die bei ihrer Heimkehr den

Hafen von Lorient ansteuerten. Deshalb hatte man auch Befestigungsanlagen gebaut. Früher gab es außerdem sieben Mühlen und einen großflächigen Getreideanbau.

Im achtzehnten und neunzehnten Jahrhundert erlebte die Insel einen großen Aufschwung durch den Fischfang, insbesondere von Thunfisch und Sardinen, die auf der Insel, in einer Konservenfabrik, weiterverarbeitet wurden. Die alten, offenen Kutter wurden durch größere Schiffe mit einfachem Dreieckssegel und später durch elegante Thunfischfänger ersetzt: leicht zu manövrierende und sehr ökonomisch gebaute Segelschiffe mit typisch bretonischer Takelage und sehr stabilem Rumpf, über dessen kantigem Heck das Segel des hinteren Mastes weit hinausragte.

In der Zeit von 1870 bis 1940 war Groix der wichtigste Thunfischhafen Frankreichs, und man nannte Groix »die Insel der Thunfischfänger«. Dann gewann der Fischerhafen von Lorient an Bedeutung. Nach dem Krieg und dem Abzug der Flotte wurde die nationale und internationale Konkurrenz so stark, dass die Einwohner von Groix sich dem Tourismus zuwandten.

Die Bevölkerungszahl schwankte: Zu den ungefähr zweitausendvierhundert Einwohnern kamen im Sommer die Feriengäste und Ausflügler. Es gab zwei Grundschulen und zwei Gymnasien auf der Insel, ein staatliches und ein privates. Aber für die Oberstufe mussten die Jugendlichen in ein Internat auf dem Festland.

Eva kramte den Schlüssel aus ihrer Tasche, und die beiden Freundinnen betraten die gemütliche Küche. Im Wohnzimmer gab es einen großen Kamin. Zu beiden Seiten des Kamins waren Steinnischen in die Wand eingelassen, in denen sich die Kinder und die Alten einst aufgewärmt hatten. Etwa fünfzig wundervolle gerahmte Fotografien hingen an einer Wand des Wohnzimmers und am Treppenaufgang. Auf fast allen Aufnahmen war Wasser zu sehen: auf Groix, in Indien, in Essaouira, auf Zanzibar, in Schottland und in Italien.

»Das sind großartige Fotos!«, schwärmte Laure. »Wer hat sie gemacht? Hat dein Vater sie gekauft?«

Eva lächelte.

»Bevor ich mich auf die Musik gestürzt habe, war ich ganz vernarrt ins Fotografieren. Mein Vater hat meine Bilder rahmen lassen.«

»Willst du etwa sagen, dass du sie gemacht hast?«, fragte Laure verblüfft.

Eva nickte.

»Früher habe ich die Farben der Welt gesehen, ohne die Töne wahrzunehmen. Wie besessen habe ich alles fotografiert, als könnte ich die Minuten einsperren und die Zeit anhalten. Und dann bin ich eines Tages aufgewacht, hörte das Rauschen der Welt und wusste, dass nichts mehr so war wie vorher.«

»Warum?«, wollte Laure mit der typischen Neugier eines Mediziners wissen. »Was war der Auslöser dafür?«

Eva wurde rot.

»Du wirst das dumm finden. Ich glaube, es war der Sex. Ich war in einen Cellisten verliebt, und mit ihm habe ich zum ersten Mal geschlafen. Ich schwöre dir, dass es so war. Am nächsten Morgen war alles voller Musik, und ich musste mich einfach auf sie einlassen ... Ich hätte wissen müssen, dass es zwischen deinem Bruder und mir nicht klappen würde. Es gab so viele falsche Töne, dass einfach keine Harmonie entstehen konnte.«

»Ich muss dir etwas gestehen: Ich verabscheue Musik«, sagte Laure. »Ich finde lyrische Lieder albern, Opern langweilig, klassische Musik finster und Varieté öde. Ich weiß, das ist politisch nicht korrekt ...«

Eva lachte.

»Deine Patienten verlangen von dir, dass du mit dem Stethoskop umgehen kannst, so hat jeder sein Instrument.«

Laure schüttelte den Kopf.

»Ich bin vollkommen unbegabt, was das Hören angeht. Wenn ich gestehe, dass ich Musik nicht mag, dann schauen mich die Leute an, als würde ich Kinder hassen.«

»Die Drehorgel ist ganz anders als andere Instrumente. Man muss kein Musiker sein, um sie zu spielen. Im Gegensatz zu einem Klavier kann man sie tragen. Sie ist ein programmierbares Instrument, man kann ihr sogar vollkommen unspielbare Dinge vorgeben – und sie spielt sie. Man muss kein Virtuose sein, es kommt nicht auf die Fingerfertigkeit an. Ich werde dir etwas vorspielen ...«

»Nein, Erbarmen!«, flehte Laure und verzog das Gesicht zu einer Grimasse.

»Die Musik ist zeitlos, überflüssig und doch ganz wesentlich. Wir können sie nicht besitzen. Wir vergehen und sie bleibt. Die Menschen glauben manchmal, dass sie Schlösser oder Schmuck besitzen, dabei sind sie in Wahrheit nur deren Treuhänder. Ein Musikstück gehört nicht einmal seinem Komponisten, denn der fügt nur die Noten nach seinen Vorstellungen zusammen, die er sich gewissermaßen geliehen hat. Ich verstehe dich nicht: Lass dich doch zumindest einmal darauf ein!«

Laure wies auf die Fotografien an den Wänden.

»Ich verstehe nicht, warum du das aufgegeben hast. Du wärst eine große Fotografin geworden ...«

Eva zuckte die Achseln.

»Alexis wollte, dass ich eine große Anwältin werde. Es ist mein Schicksal, die Menschen, die ich liebe, zu enttäuschen. Daran müsst ihr euch gewöhnen!«

8

Zaka lächelte, als sie hörte, wie sich am frühen Abend der Schlüssel im Schloss drehte. Ihre Mutter kam zurück, und sie würde wieder lernen können. Der Übermut ihrer Brüder Saïd, Ali und Aziz hatte seine Spuren in der Wohnung hinterlassen: Um ihren Verfolgungsjagden ein Ende zu machen, war Zaka auf die unheilvolle Idee verfallen, ihnen eine Seefahrergeschichte zu erzählen. Saïd hatte sich zum Piratenanführer aufgeschwungen, Ali war sein geschätzter Adjutant und Aziz der Kapitän des feindlichen Schiffes. Ali hatte alle Wasserhähne der Wohnung aufgedreht, während Saïd »Entern!« schrie und den Kampf mit Aziz aufnahm. Das Badezimmer hatte Zaka noch vor einer Überschwemmung bewahren können, aber das Waschbecken in der Küche war übergelaufen, und Aziz hatte ein blaues Auge.

»Was ist passiert? Hatte Mama nicht gesagt, du sollst auf sie aufpassen, Zaka?«, schimpfte Kemal wütend.

Er war mit seiner Mutter zurückgekommen. In ihrer Begleitung befand sich ein fremder, etwa sechzigjähriger Mann mit Schnurrbart, der Zaka mit durchdringendem Blick musterte.

»Genau das habe ich getan, ich habe auf sie aufgepasst«, protestierte Zaka. »Aber sie sind zu dritt, und wenn ich einen festhalte, stellen die beiden anderen schon wieder etwas Neues an!«

Kemal zuckte die Achseln.

»Sie bleiben jetzt bei uns. Geh du in dein Zimmer.«

Zaka war froh, dass sie dem Fremden ausweichen konnte, und zog sich in ihr Zimmer zurück, öffnete das Fenster und wandte sich wieder ihren Büchern zu, um den Prüfungsstoff zu wiederholen.

Sie las noch einmal das Gedicht »Der See« von Alphonse de Lamartine, als Saïd an ihrer Tür vorbeihüpfte.

»Frau Zaka, Frau Zaka, Frau Zaka!«, sang er laut vor sich hin.

Ärgerlich runzelte Zaka die Stirn und versuchte, über den Lärm hinwegzuhören.

»Herr Karim und Frau Zaka!«, johlte Ali nun und jagte Saïd hinterher.

Zaka seufzte. Sie liebte ihre kleinen Brüder über alles, aber sie raubten ihr den letzten Nerv. Ein Aufprall, dann ließ sich ein ersticktes Schluchzen am anderen Ende des Flurs vernehmen.

Zaka stieß hastig den Stuhl zurück. Aziz hatte die Kurve zu schnell genommen, war ausgerutscht und auf die Knie gefallen. Tränen standen ihm in den Augen, und er krümmte sich stöhnend vor Schmerz. Zaka kniete sich neben ihn.

»Tut es sehr weh? Zeig mal her …«

»Ich will nicht«, stieß Aziz mit gepresster Stimme hervor.

»Du willst es mir nicht zeigen? Ich will dir helfen, ich puste einmal und schon ist es wieder gut, einverstanden?«

Der Kleine schüttelte den Kopf.

»Nein! Ich will nicht, dass du weggehst! Lass mich nicht allein!«

Zaka fühlte, wie ihr der kalte Schweiß ausbrach.

»Warum sollte ich denn weggehen?«, sagte sie ruhig.

Aziz’ Gesicht hellte sich auf.

»Stimmt das? Dann heiratest du diesen Mann gar nicht? Dann haben sie nur Spaß gemacht?«

Mit weichen Knien beruhigte Zaka ihn, so gut sie konnte. Sobald er verschwunden war, schlich sie sich auf Zehenspitzen zur Wohnzimmertür und lauschte.

»Sie wird tun, was man ihr sagt«, sagte Kemal. »Wir haben ihr viel zu viele Freiheiten gelassen: das Abitur, das Malen ... all diese Kindereien! Sie ist hübsch, hat aber einen schlechten Charakter ... Man muss sie erziehen.«

»Ich hatte fünf Schwestern. Ich weiß schon, wie ich sie anpacken muss«, antwortete der Fremde.

Seine Stimme war mit einem seltsamen Pfeifen unterlegt, als hätte er Atemprobleme.

»In zehn Tagen wird sie achtzehn. Die Hochzeit muss vorher stattfinden. Wenn Sie einverstanden sind, überweisen Sie uns das Geld und nehmen sie mit«, fuhr die Mutter fort.

»Wenn Sie sie sofort haben wollen, wird es noch einmal zehn Prozent teurer ...«, schacherte Kemal.

Betäubt hörte Zaka zu, wie ihr Schicksal verhandelt wurde, als ginge es um eine Verabredung zum Abendessen.

»Wir sind uns also einig«, wiederholte die pfeifende Stimme. »Hat sie die französische Staatsbürgerschaft?«

»Sie ist in Frankreich geboren worden, hat immer hier gelebt und an ihrem sechzehnten Geburtstag hat sie sie bekommen, wie es das Gesetz erlaubt«, erklärte Kemal. »Ich habe ihr bei den Formalitäten geholfen und sie begleitet.«

Zaka wollte ihren Ohren nicht trauen.

»Ich habe mich erkundigt«, fuhr die Stimme fort. »Ich erhalte die französische Staatsangehörigkeit automatisch nach einem Jahr Ehe mit ihr. Schneller geht's, wenn sie ein Kind bekommt.«

Zaka zitterte.

»Aber nur unter der Bedingung, dass das Paar unter einem Dach lebt, Karim«, erinnerte ihn die Mutter.

»Ich werde sie schon überreden«, sagte der Mann, anscheinend Karim. »Auf jeden Fall wird sie bei uns nicht oft Gelegenheit haben, das Haus zu verlassen …«

Bis ins Mark getroffen schlich sich Zaka fort. Wie konnten sie ihr so etwas antun? Ihre Mutter kannte ihre Pläne und Träume, sie wusste genau, was die Prüfung in der nächsten Woche für sie bedeutete … und nun verkaufte sie sie an einen Mann, der dreimal so alt war wie sie und sie lediglich benutzen wollte, um selbst in Frankreich bleiben zu können! Ihr Bruder feilschte wie auf dem Flohmarkt! Man wollte ihr alles nehmen, was ihr Leben ausmachte. Man wollte sie einsperren wie die arabischen Frauen, die man in den Nachrichten sah und die für Zaka, die selbst in Paris geboren wurde, einfach nur Fremde waren!

»Das kann nicht sein …«, murmelte sie vor sich hin.

»Frau Zaka, Frau Zaka!«

Saïd kam wieder angesaust, sein treues Gefolge hintendrein. Zaka schluckte mühsam. Wenn ihr großer Bruder oder ihre Mutter bemerkten, dass sie die Unterredung belauscht hatte, wäre sie verloren.

»Habt ihr Lust auf ein Eis?«, flüsterte sie. »Ich gehe welches holen. Aber seid leise, sonst gibt es keins. Einverstanden?«

Sie strahlten. Zaka hatte das Erstbeste ausgesprochen, das ihr eingefallen war. Alles war besser, als auf Jahre hinaus eingesperrt zu werden.

»Schsch …«, hauchte sie und legte den Finger auf die Lippen. »Macht keinen Lärm. Ich bin gleich zurück …«

Ihr Entschluss war in einer Sekunde gefasst. Sie würde alles zurücklassen, Zeichnungen, Bücher, Kleider und Erinnerungen. Sie würde fliehen, bei einer Klassenkameradin unterkommen, die ihr bis zu der Prüfung und ihrer Volljährigkeit Zuflucht gewähren würde. In zehn Tagen wäre sie frei. Ein braves junges Mädchen geht erst von zu Hause fort, wenn es verheiratet ist: Sie würde also kein braves Mädchen sein – dafür aber unabhängig, mündig und glücklich.

»Ich möchte Erdbeereis!«, verlangte Saïd.

Sie nickte, schloss die Tür hinter sich und huschte so leise wie möglich die Treppe hinunter.

Atemlos erreichte Zaka die Straße. Ein ankommender Zug riss sie aus ihrer Verwirrung. Sie hob den Kopf, um ein letztes Mal zu der Wohnung emporzublicken, in der sie siebzehn unbeschwerte Jahre verbracht hatte. Der Schreck fuhr ihr durch alle Glieder. Etwas bewegte sich in der fünften Etage.

»Oh nein ...«

Niemand passte auf ihre Brüder auf. Sie sah die Szene vor sich, als würde sie selbst dort oben sein. Saïd musste die Idee gehabt haben, auf die Fensterbank zu klettern und draußen den Sims entlangzubalancieren. Ali hatte, wie üblich, die Ausführung übernommen. Aziz würde es ihm nachmachen wollen und fallen.

»Erdbeereis!«, rief eine fröhliche Kinderstimme.

»Neeein!«, schrie sie.

Die Passanten drehten sich nach ihr um. Ein Mann hob den Kopf, um zu sehen, wohin sie blickte. Wie erstarrt stand Zaka da, sie begann zu zittern. Eine kleine Gestalt war erschienen und hob sich im Abendlicht von der früher einmal weiß gestrichenen Fassade ab. Schon war hinter ihr eine zweite zu sehen.

»Rufen Sie die Polizei!«, rief jemand.

»Nein, die Feuerwehr, die hat lange Leitern ...«

»Sie werden niemals rechtzeitig hier sein!«

»Das ist die Wohnung von den Djemad«, rief eine Frau, stürzte zur Klingel und drückte mehrmals auf den Knopf der Wohnung 5C.

»Ja?«, fragte die verzerrte Stimme von Kemal.

»Ihre Kinder springen gleich aus dem Fenster!«

Mit bleischweren Beinen sah Zaka ihren Bruder vor sich, wie er in ihr Zimmer stürzte. Nun hob sich auch die zweite Gestalt vor der schmutzigen Wand ab. Ali war wendig und würde nicht hinunterfallen. Aber Aziz.

»Allah, beschütze sie … Es ist meine Schuld … Ich hätte bei ihnen bleiben müssen … Ich habe sie angelogen …«

Sie flehte aus tiefster Seele.

»Sehen Sie doch! Jetzt ist er auf der Kante!«

Die Menge erstarrte. Zaka glaubte sich einer Ohnmacht nahe. Ali setzte ganz ruhig einen Fuß vor den anderen. Aber wie sie es geahnt hatte, ging Aziz viel zögerlicher vor. Die Gestalt eines Erwachsenen erschien am Fenster.

»Die Feuerwehr ist unterwegs, ich habe sie über mein Handy verständigt!«, erklärte ein junger Mann.

»Es wird zu spät sein …«

Zaka schloss die Augen. Oben hatte Kemal Aziz beinahe erreicht. Der kleine Junge wollte ausweichen, sein Fuß glitt ab. Die Menge stöhnte auf vor Schrecken. Zaka hielt die Augen geschlossen und sah den zarten Körper ihres kleinen Bruders bereits durch die Luft segeln und dann auf den Boden aufprallen.

»Er hat ihn! Er ist gerettet!«

Zaka blinzelte. Kemal hatte Aziz gerade noch fassen können, bevor er ins Leere gefallen wäre, und ihn durch das Fenster in die Wohnung gezogen wie einen Putzlappen. Er würde mit ein paar blauen Flecken und einer gehörigen Tracht Prügel davonkommen.

Aus dem rechten Augenwinkel nahm Zaka nun eine seltsame Aufregung am Eingang ihres Wohnblocks wahr. Ihre Mutter war dort mit Karim aufgetaucht. Sie spähte umher. Zaka riss die Augen auf, duckte sich und suchte Schutz hinter einem kräftig gebauten Mann. Sie konnte nicht fliehen, ohne auch ihren anderen Bruder in Sicherheit zu wissen.

»Sie kann nicht weit sein!«, schnaubte ihre Mutter wutentbrannt.

»Zaka!«, rief Karim mit pfeifendem Unterton. »Zaka Djemad!«

Sie machte sich ganz klein.

»Deine Mutter ruft nach dir.« Ein Nachbar hatte sie entdeckt.

Oben ging Kemal über die Kante, fasste Ali um die Taille und schimpfte mit ihm, noch bevor er wieder in der Wohnung war.

»Sie sind gerettet«, raunte die Menge, fast ein wenig enttäuscht über den glücklichen Ausgang eines Dramas, das einen guten Stoff für die Nachrichten abgegeben hätte.

»Hat jemand Zaka gesehen?«, fragte ihre Mutter mit lauter Stimme.

»Hier ist sie!«, rief der Nachbar.

Zaka nahm die Beine in die Hand. Sie war nicht sehr sportlich, aber jetzt ging es um ihre Zukunft. Sie stürzte durch die Menge, stieß die Schaulustigen beiseite und bahnte sich kratzend und schlagend mit aller Gewalt einen Weg. Überrascht wichen die Leute schimpfend zurück.

Ihre Mutter konnte aufgrund ihres Hüftleidens nicht schnell laufen. Karim aber holte trotz seiner sechzig Jahre auf. Sein chronisches Asthma machte sich zwar bei jedem Atemzug pfeifend bemerkbar, aber seine Beine funktionierten wie Autokolben.

Diese Göre war seine rettende Planke, seine Eintrittskarte in den französischen Sozialstaat. Durch sie wäre er versorgt und könnte eine Familie gründen. Er war ein guter Mensch, er würde ein braver Ehemann sein und ihr schöne Kinder schenken. Sie hatte Angst, weil sie jung war, aber am Ende würde sie sich fügen, sie hatte gar keine andere Wahl!

Zaka hatte sich durch die Menge gekämpft und rannte

die Rue Vercingétorix zum Montparnasse hinauf. Karim war ihr auf den Fersen, schon hörte sie seine Schritte.

»Du gehörst mir«, keuchte er. »Ich will mit dir reden.«

»Bleib stehen!«, schrie Kemal, der ein hervorragender Sportler war und sie mit seinen ausholenden Sätzen bald erreichen würde.

Er war überzeugt, im Recht zu sein und etwas Gutes zu tun. Seine Familie brauchte dieses Geld. Er liebte Zaka, obwohl er ihre seltsamen Anwandlungen nicht verstand. Sie würde mit Karim Hamoud glücklich sein. Er war ein guter und wohlhabender Mann.

Zaka schauderte. Würden sie sie einholen, wäre sie verloren. Dieser Gedanke verlieh ihr Flügel. Sie bog links in die Rue Alain, warf einen Blick zurück, um abzuschätzen, wie weit ihr Bruder noch entfernt war. Dann stürzte sie atemlos auf die Place de Catalogne.

9

Nestor Dumont, Philosophielehrer und seit kurzem im Ruhestand, hatte seinen 2CV in der Rue du Château geparkt. Trotz seiner achtzig Jahre fuhr er noch Auto, allerdings mit größter Vorsicht, denn er wusste, dass man ihm beim ersten Unfall den Führerschein entziehen würde. Wegen seines weißen Bartes, seines Bäuchleins und seiner fröhlichen Augen verglich man ihn oft mit dem Weihnachtsmann und um das Bild zu vervollständigen, kleidete er sich vornehmlich in Rot. Nach seiner offiziellen Pensionierung hatte er bis Juni an einer Privatschule unterrichtet. Seine Kollegen hatten ihm zum Abschied eine Digitalkamera geschenkt – ein recht merkwürdiger Einfall: Nestor war ein eingefleischter Junggeselle, der niemals in die Ferien fuhr. Er hatte weder eine Familie, die er hätte fotografieren, noch Freunde, denen er seine Aufnahmen hätte zeigen können. Hinzu kam, dass er nicht einmal wusste, wie man einen Computer einschaltete. Aber er war fest entschlossen, sich mit dem Apparat vertraut zu machen und sich des Geschenks als würdig zu erweisen. Man ist in jedem Alter lernfähig, und wenn er Platon und Sokrates verstanden hatte, so würde eine mit elektronischen Schaltungen gespickte Metallplatte ihn wohl kaum in Verlegenheit bringen.

»Wir tun, was wir können, auch wenn wir nur wenig

können!«, hatte er seinen Schülern immer wieder gepredigt.

Für den heutigen Abend hatte er in seinem Terminkalender vermerkt: »Die ersten Schnappschüsse mit meiner Ixus 400 Digitalkamera machen.« Sein erstes Motiv sollte der Shamaï-Haber-Brunnen sein, der mitten auf der Place de Catalogne stand: eine gewaltige, geneigte Granitplatte, über die bei Regen das Wasser herunterrieselt. Die vollendete Form des Kunstwerks inspirierte ihn in philosophischer und ästhetischer Hinsicht: Er sah in ihr das Zentrum der symbolischen Welt und auch das seiner eigenen.

Er liebte das Montparnasse-Viertel, in dem er schon zur Welt gekommen war. Der Name des Viertels ging auf die Zeit unter Ludwig XIV. zurück. Studenten hatten einen künstlichen Hügel aus Mauerschutt so genannt, den sie mit Apollos Gefilden verglichen und als Terrain für ihre Liebesabenteuer nutzten.

Nestor wies seine Schüler immer wieder darauf hin, dass der Berg Parnass, an dessen Hängen Delphi lag, die Heimat des Apollon war. Der Legende zufolge hatte Deukalion, der Sohn des Prometheus, nach der Sintflut an diesem Ort eine neue griechische Rasse begründet. Das beeindruckte seine Schüler jedoch wenig. Sie konterten, dass es am Montparnasse schöne Kinos, billige Restaurants, viele Leute mit Knete und Stadtstreicher ohne einen Pfennig Geld gäbe – und das sollte die neue Rasse sein?

Auch Nestor fühlte sich wie ein Überlebender, denn er hatte die glühende Hitze der letzten Wochen überstanden. Jeden Tag hatte er vier Flaschen Mineralwasser getrunken, hatte beinahe stündlich geduscht und dabei Haare und Bart feucht gelassen. In seiner Zweizimmerwohnung hatte er nasse Vorhänge vor die Fenster gehängt und sich mit nacktem Oberkörper vor den Ventilator gesetzt.

Vierzehntausend alte Menschen waren während dieser

mörderischen Hitze gestorben, und da sich niemand um ihn kümmerte, hätte ihn leicht das gleiche Schicksal ereilen können. Ein Weihnachtsmann weniger. Niemand hätte sich um ihn gesorgt – abgesehen von dem Geschäft, aus dem der Fotoapparat stammte und das ihn mit Ablauf der Garantie nach einem Jahr angeschrieben hätte, den Veteranen aus dem Zweiten Weltkrieg, die ihn auf der Jahresversammlung vermisst hätten, und dem Citroën Club, der ihn zur Entrichtung seines Mitgliedsbeitrages aufgefordert hätte.

Es hätte sehr leicht mit ihm zu Ende sein können. Seitdem betrachtete er die Zeit, die ihm jetzt gewährt wurde, als eine Art Bonus, einen Nachschlag, eine Dreingabe für gutes Benehmen. Daher hatte er eine Liste mit den Vorhaben erstellt, die er noch erledigen wollte, bevor es ans Sterben ging, und bemühte sich, jeden Tag eines in Angriff zu nehmen.

Seit ihm die Geschichte eines Überlebenden der Titanic zu Ohren gekommen war, der in seiner Badewanne ertrunken ist, beschränkte er sich ausschließlich aufs Duschen. Er liebte das Leben mit jeder Faser seines Körpers. Das Alter war nur ein winziges Detail seines Lebens, er wollte mehr und war glücklich darüber, noch immer da zu sein.

Er setzte seine Lesebrille auf und studierte die Bedienungsanleitung: »Die Compact Flash-Karte einstellen, Datum und Uhrzeit eingeben, Sprache auswählen … der LCD Bildschirm ist das Produkt einer sehr präzisen Technik … Auflösungsvermögen 4 Millionen Pixel …«

»Im Ernst?«, murmelte Nestor und fragte sich, was zum Teufel ein Pixel sein mochte!

10

Alexis Foresta schloss die Wohnungstür hinter sich ab. In Jeans und seinem weißen Lieblingssweatshirt – es fühlte sich weich an, war allerdings so zerschlissen, dass es in die Mülltonne gehörte, aber wer verriet schon alte Freunde? – lief er behände die Treppe hinunter, begegnete ein paar Nachbarn, die die Zeitung gelesen hatten und ihn beglückwünschten, schloss sein Fahrrad am Fuße der Treppe auf und schob es aus dem Flur auf die Avenue du Maine.

Jeden Abend machte er Sport, um den Großstadtstress abzubauen. Die Füße fest in den Pedalschlaufen, warf er den Kopf zurück, sodass er den Wind in seinen Haaren spüren konnte. Er atmete den Geruch des Pariser Sommers ein, eine Mischung aus Abgasen und lieblichen Düften.

Schon bog er in die Rue du Commandant-René-Mouchotte, die auf die Place de Catalogne führte. Der Platz erinnerte an die barocke italienische Architektur, und das Bauwerk von Ricardo Bofill aus dem Jahr 1985 nahm dort großen Raum ein. Eine geschwungene Fassade verband zwei runde Plätze im Innern miteinander, zu denen man durch einen gewaltigen Bogen in der Mitte gelangte. Der katalanische Architekt hatte die Formen der Klassik auf ironische Weise zitiert: Die Kapitelle trugen nichts, die Glassäulen bildeten die Erkerfenster der Wohnungen und gebaut waren die Häuser aus Beton. An den Seiten standen zwei abgerundete Gebäude, die Maurice Novarina im Jahre 1988 gebaut hatte. Ihre Proportionen waren auf die der anderen Häuser abgestimmt, die Säulen waren reine Attrappen.

Alexis liebte diesen Platz, dessen Gestaltung sich wohltuend vom hochtrabenden Klassizismus anderer architektonischer Meisterstreiche in Paris abhob. Seine Gedanken zogen im Rhythmus seiner Pedaltritte vorüber. Er dachte daran, dass der Prozess des Abgeordneten Charbanier genau das versprach, was ihn in seiner Anwaltskarriere immer wieder herausforderte: Aufsehen und Leidenschaft. Dann dachte er an seine Geliebte, die ihn weder heiraten noch mit ihm zusammenziehen wollte. Alexis hatte sie in aller Deutlichkeit gefragt, aber Sophie betrachtete ihre Beziehung wie ein Mann, dem seine Unabhängigkeit wichtiger ist. Als Alexis ihr seine Tochter Eva hatte vorstellen wollen, hatte sie das abgelehnt.

»Du bist nicht mehr in dem Alter, in dem man seine Freundin den Eltern vorstellt. Ich habe die Ehre, dich nicht um deine Hand zu bitten, Kollege Foresta. Wir wollen unsere Namen nicht unter eine Urkunde setzen, einverstanden?«

Alexis akzeptierte sie, so wie sie war. Nach dem Tod von Agnès hatte er sich ausschließlich seiner Tochter gewidmet, die das Lächeln und die Stimme ihrer Mutter hatte. Es zählte nur die Gegenwart, die er mit all seiner Kraft für Eva gestalten wollte. Es stimmte ihn außerordentlich froh, dass er den medienträchtigsten Prozess dieses Herbstes führen würde. Aber er haderte furchtbar mit sich wegen seines Streits mit Eva heute Morgen. »Was willst du mit deinem Leben anfangen, Eva? Auf der Straße oder in der Metro spielen? Glaubst du, das macht mich stolz auf dich?«

Er hatte es in guter Absicht zu ihr gesagt, weil er sie

schützen wollte ... aber wovor eigentlich? Nachher würden sie gemeinsam über diesen absurden Streit lachen. »Mama hätte mich verstanden, wenn sie noch leben würde ...«, hatte Eva erwidert.

Agnès hatte ihnen beiden gefehlt. Als sie starb, war sie so alt wie Eva jetzt. Wer hätte an ihrem Hochzeitstag vorhersehen können, dass ihr nur noch ein Jahr zu leben vergönnt war?

Er hätte nicht so heftig reagieren dürfen. Eva hatte keine Mutter gehabt, und er hätte begreifen müssen, dass ihr Aufbegehren nicht Wut, sondern Schmerz war.

Er beschleunigte, bog in die Rue du Commandant-René-Mouchotte und trat wütend in die Pedale. Es gibt Menschen, die auf einen Punchingball einschlagen, um ihre Wut loszuwerden, er hingegen bevorzugte das Fahrrad.

Die Place de Catalogne lag verlassen vor ihm. Schwungvoll steuerte er darauf zu. Eine schwarze Katze tauchte auf dem rechten Gehweg auf und wollte den Platz überqueren. Abergläubisch wie jeder »vernünftige« Italiener, legte auch Alexis nie einen Hut aufs Bett, reichte nie jemandem das Salz von einer Hand zur anderen und überquerte nie eine Straße hinter einer schwarzen Katze. Wenn die Katze vor ihm über die Straße marschierte, würde er ganz gewiss den Charbanier-Prozess verlieren. Er legte sich nach vorn, spannte alle Muskeln an und gab Gas, um dem Unheilsboten den Weg abzuschneiden.

11

»Wir sind gleich da, Jack!«, kündigte Erlé an, als er auf den Boulevard Pasteur bog.

Die Tankanzeige leuchtete bedrohlich rot, aber er würde erst auftanken, wenn Delphine außer Gefahr war. Ohne die Hände vom Steuer zu nehmen, warf er einen Blick auf den Zettel mit Delphines Adresse. Er musste die Eingangshalle durchqueren, dann nach rechts biegen und die vierte Treppe im Uhrzeigersinn hinaufgehen.

»Du wartest besser im Auto auf mich«, erklärte Erlé dem Hund. »Ich komme und hole dich, wenn alles erledigt ist ... So, wir sind da!«

Mit dreißig Stundenkilometern fuhr er auf die Place de Catalogne und bestaunte die Gebäude, die dort aufragten.

12

Gegen Abend hatte es sich etwas abgekühlt, die Tauben segelten in dem lauen Lüftchen. Nestor hatte den Brunnen von allen Seiten fotografiert und die »Großaufnahme«, die »Einstellung auf unendlich« und die »Verwendung des digitalen Zooms« ausprobiert. Er ging bis zur Brücke zurück, um den Modus »Panoramaaufnahme« zu testen. Aber er machte etwas falsch und aktivierte den Modus »Videoaufnahme«.

Ein Videoclip konnte maximal drei Minuten lang sein, bei fünfzehn Bildern pro Sekunde. Genau um zwanzig Uhr speicherte die Ixus den Unfall in Realzeit in ihrem elektronischen Gedächtnis:

Ein Radfahrer, den Oberkörper über den Lenker gebeugt, rast aus der Rue du Commandant-René-Mouchotte kommend auf die Mitte der Place de Catalogne zu …

Ein junges Mädchen mit langen dunklen Haaren taucht im Laufschritt aus der Rue Alain auf …

Der Fahrer eines Wagens, der langsam aus dem Boulevard Pasteur kommt, reißt das Lenkrad herum und bremst, kann dem jungen Mädchen aber nicht mehr ausweichen, das hinter der Karosserie verschwindet …

Der Radfahrer will dem Auto ausweichen ohne zu bremsen. Er vollführt einen wilden Schlenker und prallt bei seinem Sturz auf die Bordsteinkante …

Ein Hund beginnt in dem stehenden Auto zu bellen, der Fahrer springt heraus und eilt zu der Verletzten, dabei hinkt er leicht …

Nestor stopfte seine Kamera in die Tasche, um dem jungen Mädchen und dem Radfahrer zu Hilfe zu eilen, die regungslos auf dem Boden lagen.

13

Zur selben Zeit saßen Eva und Laure an der Steilküste unterhalb des Hauses. Sie hatten sich einen Platz am südlichsten Zipfel ausgesucht, dort, wo jenseits der Heide die spitzen Klippen ins Meer stürzten. Vor sich die endlose Weite, bewunderten sie die Lichtreflexe der untergehenden Sonne auf dem Wasser des Atlantiks. Laut Gezeitenmessung war der Tiefpunkt der Ebbe um 18.29 Uhr gewesen, und nun stieg das Wasser langsam wieder an.

»So lange ich zurückdenke, hat mir dieser Ort ein Gefühl der Sicherheit gegeben«, murmelte Eva und sog die jodhaltige Luft tief ein.

Ihre Eltern waren in den Ferien hierher gekommen und hatten sich sofort in diesen Flecken verliebt. Sie hinterließen ihre Adresse und Telefonnummer bei einem Immobilienhändler, der sich einen Tag nach dem Tod ihrer Mutter bei Alexis meldete. Alexis hatte darin einen Wink des Schicksals gesehen und das Haus gekauft.

»Manchmal«, fuhr Eva fort, »nennen mich die Leute versehentlich Eve, dabei ist das ein so starrer Vorname. Eva klingt viel luftiger, viel offener. Alexis sagt immer, dass mein Vorname Glück verheißt ... Er hat mir auch erzählt, dass die Seeleute früher ihren Weg von Norden nach Süden fanden, indem sie dem Polarstern folgten. Sie kannten die Sternkonstellationen noch nicht und konnten deshalb nicht von Osten nach Westen steuern.«

»Ich finde es seltsam, dass du deinen Vater beim Vornamen nennst«, sagte Laure in der Dunkelheit.

Der Algengeruch, das Rauschen des Meeres und die karge Landschaft beeindruckten die beiden.

»Ich kann ihn nicht Papa nennen, er war mehr für mich: Vater, Mutter, Großeltern und Geschwister!«, erwiderte Eva mit einer gewissen Logik.

Laure, die Vater und Mutter hatte, dazu eine Großmutter, einen Bruder und einen ganzen Schwarm Onkel, Tanten, Cousins und Cousinen, konnte sich einfach nicht vorstellen, Weihnachten zu zweit zu verbringen. Im letzten Winter hatte sie Eva und ihren Vater zum Weihnachtsessen mit ihrer Familie eingeladen, aber sie hatten die Einladung abgelehnt und Paris verlassen, um nach Groix zu fahren.

»Ich hoffe, dass ihr nächstes Jahr zu Weihnachten kommt«, sagte sie. »Wir sind immer um die zwanzig Leute, meine Großmutter spielt Klavier und stimmt ein jiddisches Lied an, mein Vater singt ›Heilige Nacht‹, um das Gleichgewicht wieder herzustellen, meine Mutter kocht, mein Freimaurer-Onkel erzählt uns etwas über Brüderlichkeit, mein Pfarrer-Cousin segnet uns, meine alkoholsüchtige Tante erzählt das Blaue vom Himmel, meine Huren-Cousine bricht früh auf, weil sie zur Arbeit muss. Es ist ein heilloses Durcheinander …, aber wir sind eine Familie und schreien uns die ganze Zeit an, wir lieben uns eben, verstehst du?«

»Es fällt mir schwer«, gestand Eva lachend. »Ich habe nur Alexis und er nur mich. An Heiligabend teilen wir uns vor dem Kamin einen Hummer und essen Austern von hier. Um Mitternacht gehen wir zum Wasser hinunter und trinken Champagner. Am nächsten Tag essen wir Basilikumnudeln und Hähnchenflügel mit Banane, Korinthen, rosa Pfeffer und Ingwer. Und Stille und Schönheit tanken wir günstiger als bei einer Thalassokur!«

Die Sonne war hinter der endlosen Wasserfläche verschwunden. Der Mond warf sein Licht auf die Felsen. Die Dorfhunde Rebecca, Uriel, Garçon, Iris, Naïs, Cerise und Nelly bellten in die Stille. Eine einsame Möwe flog tief über die Wasseroberfläche.

»Alexis behauptet, die Möwen wären die Gespenster der verschollenen Seeleute«, sagte Eva.

»Fragen wir sie doch. Hallo, Frau Möwe, was waren Sie früher einmal?«

Die Möwe wandte ihren Kopf dem Geräusch zu, nahm den Geruch von Menschen wahr, vermisste den Fischgeruch, verlor das Interesse und segelte ins Weite hinaus.

»Ich muss sie verärgert haben«, mutmaßte Laure.

»Leihst du mir dein Handy? Ich versuche es ein letztes Mal ...«

Laure fragte nicht, wen sie anrufen wollte. Eva wählte, wartete, zuckte die Achseln und gab ihr das Gerät zurück.

»Es ist immer schwer, von hier aus eine Verbindung zu bekommen ... das regt mich auf!«

»Warum willst du mein Handy nehmen und nicht deines?«

»Weil ich Alexis ganz überraschend anrufen und auf schuldig plädieren will. Wenn meine Nummer auf seinem Display angezeigt wird, hat er genug Zeit, seine Verteidigung vorzubereiten!«, sagte sie lachend.

Laure nahm den Faden auf.

»Apropos Verteidigung. Ich habe den Auftrag, meinen Bruder zu verteidigen. Florent hat sich wie ein Idiot benommen, das ist ihm jetzt klar geworden, und es tut ihm Leid. Willst du ihm nicht eine zweite Chance geben?«

»Soll das ein Witz sein? Er kann herumbumsen, mit wem

er will, wo er will und wann er will, Laure. Das Vertrauen ist futsch, es ist aus und vorbei.«

»Er hält große Stücke auf dich, ich habe ihn noch nie so …«

»Hör auf«, schnitt ihr Eva das Wort ab. »Nicht ich bin der Buhmann in dieser Geschichte, sondern er. Ich habe geweint, er hat mir sehr wehgetan. Die Liebe soll das Leben verschönern und nicht verderben. Ich will ›Mogambo‹!«

»Du willst was?«

Eva lächelte, stand auf und klopfte ihre Jeans ab.

»Ich habe Lust auf eine deftige Crêpe und eine Schale süßen Cidre in der Crêperie im Dorf, ›Ar Breton Kalonek‹. Wir sind mit dem Fahrrad in zehn Minuten dort. Lust?«

»Mein Magen hängt mir schon in den Kniekehlen«, rief Laure begeistert.

14

Die für gewöhnlich stark befahrene Place de Catalogne war seltsam leer, die Vögel waren verstummt, die Zeit schien stillzustehen, von der schwarzen Katze war nichts mehr zu sehen. Zwei Sekunden nach dem Unfall stürzte Erlé vollkommen aufgelöst aus seinem Wagen und eilte zu der zehn Millimeter vor seinem Vorderreifen liegenden Zaka.

»Alles in Ordnung?«

Sie öffnete die Augen und nickte. Aber bei dem Versuch aufzustehen, verzog sie schmerzerfüllt das Gesicht.

»Mein Bein …«

»Rühren Sie sich nicht. Ich rufe den Krankenwagen!«

Nestor war zu Alexis gerannt, der zusammengekrümmt auf der Bordsteinkante lag und sich nicht rührte. Er legte ihm die Hand auf die Schulter.

»Hallo?«, hauchte Nestor, »Hören Sie mich?«

Der Verletzte sah aus, als würde er schlafen. Erlé kam dazu und kniete sich hin:

»Antwortet er nicht?«

Nestor schüttelte den Kopf. Erlé holte sein Handy heraus. Er verständigte den Krankenwagen, erklärte, wo sie sich befanden und in welchem Zustand die Verletzten waren. Dann wandte er sich wieder Zaka zu.

»Sie kommen gleich«, versprach er.

Nestor kauerte noch immer an der Seite von Alexis. Nach und nach ging in den umliegenden Fenstern das Licht an, das Abendprogramm nahm seinen Lauf: Die Kinder badeten, die Eltern tranken einen Aperitif, man sah sich die Nachrichten an und bereitete das Abendessen zu. Eine Ewigkeit später, so schien es Alexis, öffnete er ein Auge, stöhnte leise und stützte sich auf den Bordstein, um sich mit der Hilfe dieses fremden Weihnachtsmanns, der sogar ein rotes Hemd trug, unbeholfen aufzurichten.

»Was mache ich denn hier auf dem Boden?«, stammelte er.

Nestor lächelte ihn an.

»Sie hatten einen Unfall. Erinnern Sie sich nicht?«

»Nein …«

Alexis' Blick ging ins Leere, benommen sah er auf sein weißes, altes Sweatshirt. Alles verschwamm vor seinen Augen und sein Kopf schmerzte.

»Was ist geschehen? Ich muss nach Hause …«

Er betastete seinen Schädel, wo er auf die Bordsteinkante aufgeschlagen war, und versuchte, einen klaren Kopf zu bekommen. Ein Gedanke ließ ihn dabei nicht los: Er musste sich mit seiner Tochter versöhnen.

»Ich muss los. Ich muss mit meiner Tochter sprechen …«

»Sie müssen sich zuerst von einem Arzt untersuchen lassen«, sagte Nestor bestimmt.

»War ich zu Fuß unterwegs?«

Er hatte keinerlei Erinnerung an die letzte halbe Stunde.

»Sie hatten ein Fahrrad«, klärte ihn Nestor auf.

»Wo ist es?«, wollte Alexis wissen.

Nestor wies auf ein futuristisch anmutendes zweirädriges Gebilde, das ohne aufzufallen in einem Museum für moderne Kunst hätte stehen können. Zittrig streckte Alexis seine Hand aus und strich über seine demolierte Rennmaschine. Dann sah er den Platz, das Auto und den über Zaka gebeugten Erlé.

»Was genau ist geschehen?«, wiederholte er beharrlich. »Bin ich gestürzt?«

»Das junge Mädchen ist auf die Straße gerannt, das Auto wollte ihr ausweichen, und Sie kamen angerast, als sei Ihnen der Teufel auf den Fersen …«

Alexis vergrub das Gesicht in seinen Händen und versuchte vergeblich, sich zu erinnern. Nur der Streit mit Eva tauchte wieder auf.

»Ich muss telefonieren«, murmelte er. »Es ist ungemein wichtig. Wo ist mein Handy?«

Er wühlte in seinen Taschen. Das Handy war in lauter Einzelteile zerbrochen. Er musste darauf gefallen sein.

»Meine Tochter wartet auf mich. Wir haben uns gestritten, Sie wissen ja, wie das ist …«

Nestor schüttelte den Kopf. Er hatte keine Ahnung von Vater-Tochter-Beziehungen. Er war Einzelkind gewesen und hatte selbst keine Kinder.

»Sie ist reif genug, um sich mir zu widersetzen«, fuhr Alexis fort. »Sie hat eine eigene Persönlichkeit und einen eigenen Charakter. Ich habe sie gereizt, um zu sehen, wie sie reagiert, aber ich bin vielleicht ein wenig zu weit gegangen. Ich meinte das gar nicht so, wie ich gesagt habe. Wir werden uns versöhnen und all die Dummheiten vergessen, die wir uns an den Kopf geworfen haben …«

Das Sirenengeheul des Krankenwagens unterbrach ihn.

Zaka lag mittlerweile auf einer Trage neben dem Brunnen. Der Arzt übermittelte den Stand der Dinge über Funk. Die Augen des jungen Mädchens füllten sich mit Tränen. Ihr Bein schmerzte, aber das war unwichtig. Alles war verloren: Sie würde die Prüfung nicht ablegen können, kein Stipendium erhalten, ihre Familie würde sie aufspüren und verkaufen. Sie würde Frau Karim Hamoud werden – das Spiel war aus. Skizzenhefte, Zeichenpapier, Pastellfarben oder Kohlestifte – auf all das müsste sie künftig verzichten.

Sie verrenkte sich den Hals, um nach ihrem Bruder oder Karim zu suchen, aber sie waren verschwunden. Der Arzt bemerkte ihre Bewegungen.

»War jemand bei dir?«

Zaka schüttelte erschöpft den Kopf.

»Wie alt bist du?«

»Fast achtzehn.«

Der Arzt nickte. Ab fünfzehn wurden Jugendliche von der normalen Ambulanz versorgt.

»Wie heißt du?«

»Ich weiß nicht mehr«, stammelte Zaka, um Zeit zu gewinnen.

Ein alter Mann mit weißem Bart beugte sich immer noch über einen Mann mit schwarzen Haaren und blauen Augen, der mit leerem Blick neben etwas kauerte, was einmal ein sehr schickes und sehr teures Fahrrad gewesen sein musste.

Aus ein paar Metern Entfernung starrte ein blonder, groß gewachsener, stattlicher Mann zu Zaka herüber. In seinen grauen Augen spiegelte sich immer noch der Schreck.

»Sie ist mir vor den Wagen gelaufen, ich konnte ihr nicht ausweichen. Gott sei Dank bin ich nicht schnell gefahren …«, stieß er aufgewühlt hervor.

»Kommen Sie bitte mit mir«, forderte ein Polizist ihn auf.

Fünf Minuten später fuhren die beiden Krankenwagen mit Blaulicht und Sirenengeheul davon, um Zaka und Alexis ins Krankenhaus zu bringen.

Erlé sprach noch immer mit den Polizisten. Jack bellte wie ein Verrückter, sobald sich einer von ihnen dem weißen Twingo näherte.

15

Gildas, der Dienst habende Assistenzarzt in der Notaufnahme, aß gerade sein Nutellabrötchen und lächelte Evelyne, der Oberschwester, komplizenhaft zu. Sie hatten seit dem Morgen keine Pause mehr gemacht.

»Puh, ich hatte wirklich ein paar Kalorien nötig. Wie viele Patienten warten noch draußen?«

»Ungefähr zehn. Letzte Woche um die Zeit waren es noch dreimal so viele. Zum Glück hat die Hitze nachgelassen.«

»All die delirierenden oder komatösen alten Menschen, die nicht genug getrunken hatten. Es war furchtbar«, pflichtete Gildas ihr bei.

»So etwas habe ich noch nie erlebt ... Ihr Vater übrigens auch nicht!«

Gildas winkte ärgerlich ab. Sein Gesicht war von Sommersprossen übersät und ließ ihn jünger wirken als vierundzwanzig. Er hatte dunkle Haare und braune Augen, war groß und sehr schmal, trotz der erstaunlichen Nahrungsmengen, die er vertilgte. Um älter zu wirken und mehr Autorität auszustrahlen, hatte er sich einen Bart wachsen lassen.

»Wer ist denn Ihr Vater?«, wollte Clarisse wissen, die gerade ihr erstes Praktikum angetreten hatte.

Im Gegensatz zum übrigen Personal trug Gildas kein Namensschild.

»Professor Murat«, antwortete Evelyne.

Gildas warf ihr einen wütenden Blick zu, und Clarisse staunte.

»Der Dekan der Fakultät? Wow!«

Sie runzelte die Stirn und rechnete.

»Das ist ja seltsam. Ich hätte eher geglaubt, dass er –«

Gildas fuhr dazwischen.

»Mein großer Bruder ist, ich weiß«, sagte er gereizt. »Als ich geboren wurde, waren meine Eltern fünfzehn und gingen noch zur Schule. Sie haben sehr früh angefangen, Papa und Mama zu spielen.«

Clarisse hörte gespannt zu.

»Sie haben mit einer Sondergenehmigung geheiratet, meine Mutter hat mit der Schule aufgehört und ein Jahr später haben sie sich scheiden lassen. Mein Vater war der jüngste Ehemann in Frankreich, heute ist er der jüngste Dekan. Ich habe die Nase voll davon, dauernd über ihn sprechen zu müssen! Ich habe durch ihn keinerlei Vergünstigung und keinerlei Vorteil. Wenn wir uns begegnen, nennt er mich Doktor Murat und ich spreche ihn mit Professor Murat an. Und Sie können mich Gildas nennen. Haben Sie die Atmung bei dem Patienten mit der Speichenfraktur überprüft?«

Clarisse nickte.

»Wie viel raucht er?«

»Zwei Päckchen am Tag.«

Gildas schüttelte den Kopf.

»Das ist die Antwort eines Laien, nicht die eines Mediziners. Wie viele Zigaretten macht das pro Jahr?«

Clarisse zog die Augenbrauen hoch, ohne ihn zu verstehen.

»Die Praktikantinnen wissen einfach nichts«, seufzte Gildas. »Wie lange raucht er schon zwei Päckchen am Tag?«

Clarisse kramte in ihrem Gedächtnis.

»Er hat während seines Militärdienstes angefangen, da war er zwanzig Jahre alt. Jetzt ist er fünfzig.«

»Also seit dreißig Jahren ... Zwei Päckchen am Tag, und das dreißig Jahre lang. Sechzig mal dreihundertfünfundsechzig Päckchen also. Früher ging man nur von dieser Zahl aus, ganz gleich, ob er sechzig Jahre lang ein Päckchen am Tag rauchte oder zwanzig Jahre lang drei Päckchen am Tag. Man glaubte, die Folge sei die gleiche. Heute weiß man, dass die Dauer schlimmere Folgen hat als die Menge, aber trotzdem stellt man immer noch die gleiche Rechnung auf. Verstehen Sie?«

»Ja, Doktor Mu... äh ... Gildas!«

Der Assistenzarzt strich über seinen Bart.

»Meine Eltern haben sich vor dreiundzwanzig Jahren scheiden lassen. Seitdem habe ich meinen Vater zwei Mal gesehen. In Päckchen pro Jahr macht das sechsundvierzig. Können Sie mir folgen?«

»Absolut«, erwiderte Clarisse. »Ich habe meinen Vater dreihundertfünfundsechzig Tage pro Jahr gesehen, und das zwanzig Jahre lang, meistens in betrunkenem Zustand. Mir wäre es lieber gewesen, ihn einmal pro Jahr zu sehen und das (sie rechnete im Kopf) siebentausenddreihundert Jahre lang!«

»Meiner ist in Indochina gefallen«, warf Evelyne ein, »ich habe ihn kein einziges Mal pro Jahr gesehen und das fünfundfünfzig Jahre lang. Draußen warten noch zehn Patienten: zehn mal eins, fünf mal zwei. Und sie haben dort lange genug gewartet!«

Gildas stand auf und streckte seine langen Glieder.

»In Ordnung«, fügte er sich. »Heilen wir also Kranke, damit sie sich anschließend ihre Lungen voll Nikotin pumpen, sich die Arterien mit Cholesterin zukleistern, sich die Leber vom Alkohol zerfressen lassen und ungeschützten Sex haben, um Aids zu bekommen!«

Er verließ den Raum.

»Ist er immer so?«, fragte Clarisse erstaunt.

»Er spielt den Hartgesottenen, aber eigentlich ist er sanft und behutsam. Die Kinder und die alten Leute vergöttern ihn«, erklärte die Oberschwester amüsiert. »Ganz im Gegensatz zu seinem Vater …«

»VUMP im vierzehnten Arrondissement, zwei Verletzte, einer GT und kurz OB, der andere am Bein, sie sind schon unterwegs!«, informierte eine Stimme auf dem Gang.

Clarisse sah Evelyne fragend an.

»Verkehrsunfall mit Personenschaden«, übersetzte sie, »einer der Verletzten hat ein Gehirntrauma und war kurzzeitig ohne Bewusstsein, der andere hat ein gebrochenes Bein. Begleiten Sie Gildas, dabei können Sie viel lernen.«

Clarisse eilte dem Assistenzarzt hinterher.

Seit ihrer Ankunft in der Notaufnahme ließ der gelangweilte Sanitäter, dem Zaka in die Hände gefallen war, sie nicht mehr aus den Augen.

Gildas kümmerte sich um Alexis und kam nach eingehender Untersuchung zu dem Schluss, Alexis sei noch verwirrt.

»Seine Antworten kommen mit Verzögerung«, erklärte er Clarisse. »Die neurologische Untersuchung hat keine Anomalie aufgezeigt, aber wir werden noch eine Computertomografie machen, um ein Hämatom im Gehirn auszuschließen …«

Vor dem Aufnahmeraum war eine lange Schlange.

»Ich muss nach Hause und mit meiner Tochter reden, es ist ungemein wichtig für mich«, wiederholte Alexis zum zehnten Mal. »Ich verstehe nicht, warum Sie mich hier behalten wollen. Sie erzählen mir etwas von einem Unfall, aber ich erinnere mich an nichts. Ich fühle mich vollkommen gesund!«

»Ich verstehe Sie ja«, antwortete Gildas ruhig. »Aber ich bestehe darauf, dass wir eine Aufnahme machen. Sie haben ein schweres Trauma und waren bewusstlos. Da besteht immer die Gefahr eines Gehirnhämatoms …«

»Könnte ich nicht morgen wiederkommen?«

Gildas schüttelte den Kopf.

»Nein. Das wäre zu riskant.«

»Danach kann ich aber gehen?«, wollte Alexis wissen.

»Wir werden die Ergebnisse gemeinsam besprechen«, wich Gildas aus.

»Gut, ich bleibe. Versprochen ist versprochen und wird nicht mehr gebrochen«, ergab sich Alexis.

Der Assistenzarzt sah ihn leicht irritiert an. Plötzlich öffnete Evelyne die Tür.

»Gildas, wir brauchen dich dringend. Drei dehydrierte Patienten sind gleichzeitig eingeliefert worden, einer liegt im Koma. Das sind noch immer Auswirkungen der Hitze …«

»Bin schon da«, sagte der Assistenzarzt. »Ich komme später wieder zu Ihnen, wenn wir die Aufnahme haben«, wandte er sich an Alexis. Dann verließ er das Zimmer und sprach mit Clarisse.

»Patienten mit einem Gehirntrauma erinnern sich nur selten an Einzelheiten des Unfalls, den sie hatten. Wenn sie die vorangegangenen Ereignisse vergessen, so nennt man das eine retrograde Amnesie. Bei diesem Mann besteht die Gefahr einer Gehirnblutung. Im Mittelalter hätte man den Schädel öffnen müssen, um Gewissheit darüber zu erlangen. Heute haben wir die Computertomografie, die ist um einiges ungefährlicher für die Patienten. Leg ihm eine Infusion, dann kann er sich nicht aus dem Staub machen. Weißt du zufällig, ob noch Nutella im Stationszimmer ist?«

Alexis wartete. Er nahm keine Armbanduhr mit, wenn er Fahrrad fuhr. Er las die Zeit von seinem Handy ab, aber das war ja nun zerbrochen. Man hatte ihm etwas von einem Unfall erzählt, an den er keinerlei Erinnerung hatte, und allmählich fragte er sich, ob man ihm vielleicht einen üblen Streich spielte oder ihn mit jemandem verwechselte.

Die Zeit verging. Weiße Kittel flitzten den Gang entlang, Krankenwagen kamen an, andere fuhren los. Bald achtete er nicht mehr darauf. Es dauerte ihm alles zu lange hier, Eva würde sich Sorgen machen. Er öffnete die Tür, sah sich vorsichtig um und schlich hinaus. Ein paar Pflegerinnen begegneten ihm, ohne auf ihn zu achten ... schließlich trat er auf die Straße und war frei.

Eine Stunde später kam Gildas in den Behandlungsraum zurück. Er war leer.

»Wo ist der Patient aus Warteraum sieben?«, schrie er.

Clarisse sah ihn gequält an.

»Ich habe noch nie allein eine Infusion gelegt. Das muss mir jemand zeigen. Ich habe gewartet, bis jemand Zeit hat. Als ich zurückkam, war er fort ...«

Die Gesichtszüge des Assistenzarztes verzerrten sich vor Wut.

»Scheiße!« Er war außer sich.

Man konnte die Leute nicht gegen ihren Willen behandeln. Die Notaufnahme war wieder einmal überfüllt. Er eilte zum nächsten Patienten.

16

Die Polizisten brauchten nicht lange, um herauszufinden, dass Erlé ohne Fahrerlaubnis unterwegs war. Er mochte ihnen die Umstände erklären, wie er wollte, Ihnen versichern, dass er den Führerschein in drei Tagen zurückbekommen würde, dass sich das junge Mädchen vor sein Auto geworfen hätte – sie hörten ihm gar nicht zu. Man müsse sein Auto schließlich unter Kontrolle haben und dürfe Fußgänger nicht mit Kegeln verwechseln. Der Tatbestand lautete also »Fahrlässige Körperverletzung« und wurde ergänzt durch »Fahren ohne Führerschein«.

»Sie waren zu einer Haftstrafe auf Bewährung verurteilt, jetzt werden Sie Ihre Strafe wohl absitzen müssen!«, sagte eine Polizistin zu ihm.

Er flehte die Beamten an, ihn zu Delphine zu begleiten, die genau gegenüber auf der anderen Straßenseite wohnte, um seine Aussagen zu bekräftigen und ihr zu helfen.

»Ich schwöre Ihnen, dass sie mich um Hilfe gebeten hat. Sie sehen doch, dass ich nüchtern bin. Ich würde doch nicht ohne einen triftigen Grund riskieren, ins Gefängnis zu kommen. Ich bitte Sie!«

Der älteste, offenbar hochrangigste Polizist, muskulös, borstiger Schnurrbart, helle Augen, seufzte. Er hatte die Schnauze voll von all den Trinkern, die ihm beim Leben ihrer Mutter alles, aber auch alles schworen, oder von den

Drogenabhängigen, die bereit waren, ihre Kinder zu verkaufen, nur um an die nächste Dosis zu kommen. Aber dieser Typ war anders.

»Sie hatten nur sechs Monate Führerscheinentzug. Jetzt hätten Sie ihn zurückbekommen, und Sie haben alles aufs Spiel gesetzt!«

»Er hat sie geschlagen«, wiederholte Erlé starrsinnig. »Was hätten Sie da an meiner Stelle getan?«

»Ich hätte die Polizei unterrichtet und jemanden gebeten, mich nach Paris zu fahren, oder ich hätte einen späteren Zug genommen«, sagte der Schnauzträger.

Erlé seufzte.

»Gehen Sie wenigstens mit mir zu Delphine hoch, damit ich das alles nicht umsonst gemacht habe ...«

Der Polizist sah auf seine Armbanduhr. Würde er jetzt ins Kommissariat zurückkehren, so bestand die Gefahr, dass er vor Feierabend noch einmal einen Einsatz fahren müsste. Da war es doch besser, diesen Typ hier zufrieden zu stellen.

»Einverstanden. Aber es darf nicht länger als fünf Minuten dauern.«

Gemeinsam gingen sie zu dem Wohnhaus. Der Polizist reichte Erlé lediglich bis zu den Schultern. Er bemerkte, dass Erlé leicht hinkte.

»Haben Sie sich bei dem Unfall verletzt?«

»Nein, das ist ein Geburtsfehler«, brummte Erlé. »Ich habe auch ein gutes Herz, aber es ist auf der rechten Seite und nicht auf der linken wie bei den anderen Menschen.«

Jack humpelte ebenfalls.

»Und er?«

»Er hinkt auch und hat ein besonders großes Herz.«

Sie fuhren mit dem Aufzug nach oben. Jack drehte sich in diesem Käfig der Magen um.

»Welche Tür ist es?«

Erlé zögerte. Er entschied sich schließlich für diejenige, vor der eine Fußmatte mit einem Leuchtturm darauf lag. Er klingelte. Man hörte Schritte. Paul öffnete. Er trug ein grünes Lacoste-Hemd und eine karierte Golfhose. Angesichts des seltsamen Trios vor der Tür runzelte er die Stirn: der große Erlé im Regenmantel, der schnauzbärtige Polizist in Uniform und der zerzauste Mischlingshund.

»Ja?« Er sah sie fragend an.

»Wir möchten mit Delphine sprechen«, sagte Erlé und verrenkte sich den Hals, um sie hinter ihm zu entdecken.

»Liebling!«, rief Paul mit zuckersüßer Stimme.

Lächelnd erschien Delphine. Frisiert, geschminkt und dünner als er sie in Erinnerung hatte. Sie trug ein glitzerndes T-Shirt und eine enge Hose mit Leopardenmuster, über die sie sich früher zusammen totgelacht hätten. Erlé zögerte, dann sah er, dass das dunkle Make-up eine blutunterlaufene rechte Schläfe und ein blaues Auge verdeckte.

»Alles in Ordnung?«, fragte er sie.

»Ja, alles bestens …«

Paul legte beschützend einen Arm um ihre Schultern. Es herrschte ein endloses Schweigen, bis Jack zu kläffen anfing.

»Ich lade dich zum Abendessen ein«, sagte Erlé zu Delphine. »In Erinnerung an die guten alten Zeiten. Ich habe ein paar Neuigkeiten von zu Hause, bringe dir einen Hauch Bretagne mit, verstehst du?«

»Leider haben wir heute Abend schon etwas vor«, antwortete Paul mit gezwungenem Lächeln. »Nicht wahr, mein Liebling?«

»Das stimmt«, versicherte Delphine, »wir wollten übrigens gerade gehen.«

»Wir werden Sie nicht länger aufhalten«, schaltete sich der Polizist ein.

»Komm doch wenigstens auf einen Kaffee mit in den Montparnasse-Turm. Den schuldest du mir wirklich …«, beharrte Erlé und sah Delphine fest an.

»Unmöglich«, sagte sie etwas zu schnell. »Es ist alles in Ordnung. Ich glaubte, ein Problem zu haben, aber es hat sich alles geklärt. Ich habe mich unnötigerweise aufgeregt. Alles ist bestens. Nett von dir, dass du bei uns vorbeigeschaut hast.«

Bei *uns* vorbeigeschaut. Die Botschaft war klar. Erlé lachte kurz auf. Wie grotesk. Er würde die Nacht im Gefängnis verbringen, weil Delphine sich in ihrer vulgären Hose von diesem Volltrottel verprügeln ließ.

Jack knurrte.

»Halten Sie Ihren Hund zurück«, brummte Paul.

»Auf Wiedersehen, Delphine«, sagte Erlé. »Sag mir Bescheid, wenn du irgendetwas brauchst …«

Er wollte ihr bedeuten, dass er immer für sie da wäre, wenn sie in Bedrängnis geraten würde. Sie hielt es für Ironie und glaubte, dass sie beim nächsten Mal selbst zusehen müsste. Mit versteinerter Miene schloss sie die Tür.

»Haben Sie ihre Wange gesehen?«, fragte Erlé den Polizisten, während sie zum Aufzug zurückgingen. »Komm schon, Jack!«

Der Hund sträubte sich.

»Wir gehen!«

Der Hund stürzte zur Treppe.

»Haben Sie ihr blaues Auge gesehen?«, wollte Erlé wissen.

Der Aufzug fuhr ins Erdgeschoss hinunter.

»Ich sehe jede Woche Frauen, die verprügelt werden und uns um Hilfe rufen«, sagte der Schnauzbärtige. »Wenn wir kommen, schlagen sie uns die Tür vor der Nase zu und verteidigen die Männer, die sie schlagen, auch noch wie Furien. Es ist traurig, aber wir können nichts dagegen tun. Ich hoffe, dass Ihre Freundin das begreift, bevor sie in der Notaufnahme landet.«

Erlé seufzte.

»Danke, dass Sie sich darauf eingelassen haben, mit mir hinaufzugehen. Sie glauben mir jetzt doch, oder?«

»Ich habe Ihnen von Anfang an geglaubt, aber ich glaube auch, dass Sie die größte Dummheit Ihres Lebens begangen haben, als Sie sich heute ans Steuer setzten, auch wenn Sie einen guten Grund hatten.«

Die Aufzugtür öffnete sich. Jack erwartete sie.

17

Freitag, 22. August, zweiter Tag

Die Sonne war schon vor einer Weile über der Insel aufgegangen. Das Wasser stieg wieder an. Der höchste Stand der Flut war für 13.41 Uhr vorhergesagt. Die Morgenfähre, die »Kreiz Er Mor«, hatte bereits eine Fahrt hinter sich und ihre Ladung Feriengäste und Arbeiter an Land gebracht. Für die Inselbewohner war die Fähre so etwas wie die U-Bahn für die Städter. Sie kannten jede Geräuschnuance des Motors, jede Wegmarke. Aber anders als in der Pariser Metro waren die Farben des Meeres und des Himmels jedes Mal anders. Das Meer hielt Morgen für Morgen eine Überraschung für denjenigen bereit, der ihm seine Aufmerksamkeit schenkte.

Eva streckte sich, auf dem Rücken liegend, in ihrem Bett aus, sah verschlafen auf ihre Armbanduhr, drehte sich dann auf den Bauch und schlief wieder ein. Laure lag zusammengerollt da und holte den fehlenden Schlaf nach. Da die Fensterläden fest verschlossen waren, wussten die Nachbarn nicht, dass jemand im Haus war. Rebecca, der Spaniel von Jean-Pierre und Monique, hatte sich auf seine übliche Runde durch das Dorf gemacht. Jeanne arbeitete bereits in ihrem Garten. Der Bäckerwagen machte seine Tour. Der Briefträger schob hier und da einen Brief unter der Tür hindurch. Und die beiden jungen Frauen schliefen immer noch.

Gegen zwölf Uhr öffnete Eva erst ein Auge, dann das zweite und stellte fest, dass sie hungrig war.

»He, du Murmeltier! Einfach unverschämt, wie du schnarchst! Noch lauter als dein Bruder!«

»Dich selber hast du wohl nicht gehört«, schimpfte Laure und vergrub das Gesicht in ihrem Kopfkissen. »Vorhin dachte ich, ein Rettungshubschrauber würde landen …«

»Weißt du, wie spät es ist?«

Laure setzte sich widerwillig auf.

»Warum weckst du mich?«

»Damit wir mit dem Tag noch etwas anfangen können. Kaffee, bretonischer Kuchen, Musik!«

Unten in der Küche füllte Eva Wasser in die Kaffeemaschine, griff nach einer Blechdose, gab drei Löffel Kaffee in den Filter und schaltete sie ein. In einer anderen Dose fand sie ein paar Kekse. Im Radio lief ein Lied von Norah Jones. Sie öffnete die Läden der Terrassentür.

»Ich dusche noch schnell, während der Kaffee durchläuft!«, rief sie.

Sie rannte die Treppe hinauf, um ihr Vorhaben durchzuführen, und strich über das Holz der alten Drehorgel, die sie bei einem Trödler in der Nähe von Lorient erstanden hatte und wieder herrichten wollte.

Laure wandelte noch ziemlich verschlafen durch den Garten.

»Es ist zwölf Uhr, wir senden Nachrichten«, verkündete eine ernste Stimme in der verlassenen Küche. »Unvorhergesehene Entwicklung im Prozess gegen den ehemaligen Abgeordneten Charbanier. Sein Anwalt Alexis Foresta wurde heute Morgen tot in seiner Pariser Wohnung aufgefunden …«

Eva trällerte unter der Dusche vor sich hin, während Laure unter den lauernden Blicken einer Eidechse und einer grauen, scheuen Katze auf dem Steinmäuerchen bei den Malven saß, den Kopf hin und her wiegte und die Sonne genoss.

Als Eva, den Duft frischer Minze auf der Haut, wieder herunterkam, ertönte im Radio ein Lied von Benjamin Biolay. Laure kam hinzu, und sie füllten den Kaffee in eine Thermoskanne, nahmen zwei Tassen, die Kekse und gingen die paar Schritte in den Garten, um sich ein Frühstück mit Blick aufs Meer zu gönnen.

Als sie die letzten Krümel vertilgten, kam ein Nachbar mit seinem Labrador über die Heide. Er sah sie, zögerte kurz und kam dann mit ernster Miene näher.

»Guten Tag«, sagte er zu Eva. »Mein … äh …« Er fingerte an der Hundeleine herum, um Haltung zu bewahren. »Mein Beileid …«, stieß er mühsam hervor.

»Danke«, antwortete Eva freundlich, als hätte er ihr einen schönen Tag gewünscht.

Der Mann ging weiter. Da Eva ganz ruhig blieb, dachte Laure, der Fremde sei vielleicht nicht ganz richtig im Kopf.

»Er ist ein bisschen seltsam, oder?«

»Er ist nett, ein echtes Original«, sagte Eva.

Dann trank sie in aller Ruhe ihren Kaffee aus, als sei nichts geschehen.

Ihr ganzes Leben lang würde sie sich an ihre absurde Antwort und diesen surrealen Augenblick erinnern. Bis zum Ende ihrer Tage würde sie sich fragen, wieso ihr nicht der leiseste Zweifel gekommen war, wieso sie nicht reflexartig die Frage gestellt hatte, warum zum Teufel er ihr sein Beileid ausdrückte …

Manchmal sagen die Leute irgendetwas einfach so dahin. Manchmal gibt man unbedachte Antworten. Die Beileidwünsche an diesem sonnigen Morgen auf Groix waren so ungeheuerlich, dass sie zu keiner greifbaren Wirklichkeit passten. Eva hatte nicht den geringsten Anlass, darauf zu kommen, dass ihr Vater tot war. Und warum sollte es ausgerechnet ein Fremder vor ihr wissen?

Sie schenkte den Worten des Nachbarn keinerlei Aufmerksamkeit und verfrachtete sie unverzüglich in den hintersten Winkel ihres Gedächtnisses. Sie bezogen sich auf nichts, waren ohne Sinn und Verstand. Sie reagierte wie jene Krebspatienten im Endstadium, denen der Arzt die Aussichtslosigkeit auf Heilung verkündet und die darauf antworten: »Ja, aber mit Ihrer Behandlung habe ich gute Chancen, wieder gesund zu werden, oder?«

Die Sonne stand im Zenith. Die »Kreiz Er Mor« legte in Port-Tudy auf der anderen Seite der Insel an. Segelboote glitten über das Meer. Eva und Laure überließen sich einer wohligen Trägheit und träumten auf das Meer schauend vor sich hin. Laure stand als Erste auf.

»Ich gehe auch duschen«, sagte sie.

Sie gingen gemeinsam ins Haus zurück, und Laure verschwand im Badezimmer. Eva schaltete das Radio ein und begann, die Tassen abzuwaschen. Renaud sang »Manhattan – Kabul«. Eva griff nach der Thermoskanne, um sie auszuspülen.

»Es ist dreizehn Uhr, wir senden Nachrichten«, verkündete eine warme Männerstimme. »Unvorhergesehene Entwicklung im Prozess gegen den ehemaligen Abgeordneten Charbanier. Sein Anwalt Alexis Foresta wurde heute Morgen tot in seiner Pariser Wohnung aufgefunden …«

Von einer Sekunde auf die andere brach Evas Leben zusammen. In einem Film hätte die Heldin bei der Nachricht, ihr Vater sei tot, wahrscheinlich die Thermoskanne fallen lassen, die Hand vor den Mund geschlagen und geschluchzt oder geschrien. In der Realität stellte sie die Thermoskanne vorsichtig in den Schrank zurück und sah kurz ihr Spiegelbild in der Glastür des Ofens. Nichts hatte sich verändert.

Derselbe Kopf ruhte noch immer auf denselben Schultern. Sie hörte das Meer rauschen. Die Dose mit den bretonischen Keksen stand noch offen da. Die Angst schnürte ihr mit ungeheurem Druck die Brust zusammen. Der Nachrichtensprecher fuhr fort mit den Neuigkeiten aus Politik und Sport. Mit zitternder Hand schaltete Eva das Radio aus, dann stieg sie mit schweren Schritten die Stufen hinauf.

»Ich bin gleich fertig!«, rief Laure fröhlich.

Eva öffnete die Tür des Badezimmers.

»Wir fahren nach Paris zurück«, sagte sie mit einer Stimme, die ihr selbst fremd war.

»Was?« Laure hielt ihre Worte für einen Witz, schob den Duschvorhang beiseite und drohte, ihre Freundin nass zu spritzen. »Du entführst mich für drei Tage, und jetzt hast du es dir plötzlich anders überlegt?«

»Alexis ist tot«, sagte Eva. »Sie haben es gerade im Radio gebracht.«

»Was sagst du da?«

Fassungslos sprang Laure aus der Dusche, das Wasser lief an ihrem Körper herab. Eva stützte sich aufs Waschbecken, um den Schmerz aushalten zu können.

»Wir haben uns gestern gestritten«, sagte sie langsam. »Ich habe ihm nicht gesagt, dass ich hierher fahre. Er muss gestern Abend auf mich gewartet und sich Sorgen gemacht haben. Jetzt werden wir uns nie mehr versöhnen können ...«

Durch das Fenster des Badezimmers sah sie ein kleines Boot mit orangefarbenem Segel auf dem Meer. Eine Möwe stürzte in die Fluten hinab und tauchte mit einem Fisch im Schnabel wieder auf.

»Wenn die Möwen die Gespenster der toten Seeleute sind, zu was werden dann die Anwälte nach ihrem Tod?«, fragte Eva mit tränenverhangenem Blick.

Unterschiedlicher hätten die beiden Wege mit dem Fährboot nicht sein können. Eva kamen all die schicksalhaften Wendungen in den Sinn, die den Inseln vor der Bretagne ein Unheil andichteten, ganz gleich ob es nun Ouessant, Sein, Molène oder Groix war.

Sie hatten die Fähre um halb zwei verpasst und mussten auf das Postschiff um Viertel nach vier warten. Eva wurden mitfühlende Blicke und aufrichtige Anteilnahme von all denjenigen zuteil, die aus dem Fernsehen oder dem Radio bereits Bescheid wussten. Ihr Vater hatte ein hohes Ansehen genossen. Er hatte begriffen, dass es nicht ausreichte, ein kleines Haus auf Groix zu besitzen, um irgendwelche Rechte auf der Insel zu beanspruchen. Er war bescheiden gewesen und hatte den Einwohnern, ihrer Geschichte und auch der Natur Respekt und Anteilnahme entgegengebracht.

Eva hatte sich ans äußerste Ende des oberen Decks verkrochen. Mit fünfhundertzwanzig Passagieren und achtzehn Autos schob sich die »Kreiz Er Mor« mit zwölf Knoten durch das Wasser. Sie würde fünfundvierzig Minuten für die Strecke brauchen. Niedergedrückt vor sich hinstarrend bemerkte Eva Kleinigkeiten, die ihr bisher noch nie aufgefallen waren: die orangefarbenen Senkkästen, die eine bestimmte Anzahl von Schwimmwesten für Erwachsene und Kinder enthielten, die französische Flagge und die Fahne des Morbihan, die im Wind flatterten, die beiden Walfänger und ihre Seilwinden, die bretonischen Schalmeien in ihren weißen Schutzhüllen, die Rettungsbojen, die am Namensschild des Bootes befestigt waren, die sich drehenden Radarschirme. Tränen rannen über ihre Wangen. Drei Jugendliche boten einander Schutz gegen den Wind, um sich Zigaretten anzuzünden. Schmerzlich kamen ihr die Worte eines Liedes von Alain Souchon in den Sinn: »Ich wollte mit dem Segelboot aufs Meer hinaus, aber die Nacht gab die Sterne nicht frei.« Endlich tauchte die Zitadelle auf mit ihrem unpassend futuristischen Aussichtsturm, der sich wie ein Fremdkörper an das alte Bauwerk schmiegte. Darüber kreisten die Möwen.

Vor lauter Kummer um ihre Freundin hatte Laure vergessen, seekrank zu werden. Wieder auf festem Boden, war sie es, die sich schweigend ans Steuer des schwarzen Twingos setzte. Das Radio übermittelte mit verlässlicher Regelmäßigkeit die Nachricht in unterschiedlichen Varianten.

»Siebzehn Uhr, wir senden Nachrichten. Anwalt Alexis Foresta, der Hauptverteidiger im Prozess gegen den ehemaligen Abgeordneten Charbanier, ist einem Herzstillstand erlegen. Die Verhandlung wird vertagt ...«

»Jemand muss ihnen doch sagen, dass sie da etwas vollkommen Absurdes erzählen«, seufzte Laure.

»Warum denn?«, wollte Eva wissen.

Laure zuckte die Achseln.

»Einem Herzstillstand erliegen, das ist redundant, da ein Herzstillstand lediglich den Zustand des Todes definiert: Man hat keinen Puls mehr, keine Spannung, das Herz hört auf zu schlagen. In Wirklichkeit sterben die Menschen an einem Krebsleiden, einer inneren Blutung, einem Infarkt oder einer Embolie ...«

Während das Auto in Richtung Paris fuhr, zermarterte sich Eva das Hirn mit allen möglichen Fragen: Was war geschehen? Ihr Vater hatte eine Bärennatur, er war athletisch, sportlich, er aß gesund, er trank maßvoll und war erst fünfundfünfzig Jahre alt!

»Man kann vor Kummer sterben«, sagte sie schließlich in die Stille hinein. »Ob man auch vor Wut sterben kann?«

»Wenn man ein schwaches Herz hat, sehr wütend ist und dann etwas platzt, ein großes Gefäß. Aber ein kleiner Streit hat noch niemanden umgebracht.«

»Es war ein großer Streit, den wir hatten. Es sind viele verletzende Worte gefallen. Glaubst du, dass er vielleicht umgebracht wurde?«

»Eva, wir sind hier im richtigen Leben, nicht in einem amerikanischen Film.«

»Schon gut«, sagte Eva mit erstickter Stimme. »Wir sind im richtigen Leben, mein Vater ist eine richtige Leiche, wir werden ihn richtig beerdigen und er wird mir richtig fehlen ... Vielleicht verbringe ich nächstes Weihnachten doch bei euch!«

Sie konnte ihre Tränen nicht mehr zurückhalten.

»Achtzehn Uhr, wir senden Nachrichten. Anwalt Alexis Foresta, der Hauptverteidiger im Prozess gegen den ehemaligen Abgeordneten Charbanier, ist heute Morgen einem Herzstillstand erlegen. Die Verhandlung wird fortgesetzt ...«

Sie hielten an um aufzutanken, und Laure aß einen Rohkost-Sandwich. Eva brachte nichts herunter. Sie war so verspannt, dass ihre Schultern schmerzten.

»Kannst du niemanden anrufen, um etwas Genaueres zu erfahren?«, fragte Laure.

»Wen soll ich denn anrufen?«

Ja, wen sollte sie anrufen? Die Kollegen von Alexis in der Kanzlei? Einen seiner Freunde? Die Hausmeisterin? Keiner von ihnen war Eva so vertraut, dass sie es für angebracht gehalten hätte, dort anzurufen. Im Übrigen hatte auch niemand versucht, sie zu erreichen.

»Neunzehn Uhr, wir senden Nachrichten. Es gibt immer noch keine näheren Einzelheiten über den plötzlichen Tod von Anwalt Alexis Foresta, dem Hauptverteidiger im Prozess um den ehemaligen Abgeordneten ...«

Mit den Nerven am Ende, schaltete Eva das Radio aus.

»Plötzlicher Tod«, presste sie zwischen den Zähnen hervor. »Sonst noch etwas?«

Zum ersten Mal in ihrem noch jungen Leben erreichte ihre innere Verfassung die Stufe 12 auf der Beaufort-Skala: Orkan, aufgewühltes Meer, abgrundtiefer Schmerz.

18

Auf sein Klappsofa gelümmelt verfolgte Gildas unaufmerksam die Zwanzig-Uhr-Nachrichten im Fernsehen und verschlang dabei eine riesige Pizza mit vier Käsesorten. Er dachte an die Ferien, die er für Dezember geplant hatte. Er wollte mit Freunden nach Nordschweden fahren, in das ganz nah am Polarkreis liegende Eishotel von Jukkasjärvi. Wenn es im Sommer wärmer wurde, schmolz das komplette Hotel. Jeden Winter wurde es vollkommen aus Eis wieder aufgebaut. Die Gäste hatten die Wahl zwischen einer Safari auf Schneemotorrädern, Ausflügen mit dem Hundeschlitten oder Skifahren. Anschließend ging es in die glühend heiße Sauna, und an der Eisbar trank man Wodka aus Eisgläsern. Das nahrhafte Abendessen wurde auf Eistellern serviert, und man schlief bei minus fünf Grad in speziellen Schlafsäcken auf Eisbetten. Eine solche Verrücktheit hatte ihren Preis, und Gildas musste ein ganzes Jahr dafür sparen, so wie er im letzten Jahr für sein heiß geliebtes Motorrad gespart hatte. Sie würden nach Stockholm fliegen, von dort den Nachtzug nach Kiruna nehmen, wo man sie abholen würde …

»Oh nein!«, schrie er plötzlich mit weit aufgerissenen Augen.

Er verschluckte sich an seinem Stück Pizza, hustete, Tränen stiegen ihm in die Augen, er keuchte, beugte sich nach vorn und konnte nicht glauben, was er da sah. Der Mann, dessen Foto auf dem Bildschirm erschien, war sein Patient vom Tag zuvor. Derjenige, der nicht im Krankenhaus bleiben wollte und sich davongemacht hatte, ohne seine Entlassung zu unterschreiben.

Der Adrenalinausstoß ließ ihn aufspringen.

»Sie werden mich aus dem Krankenhaus werfen … mir einen Prozess machen … mir mein Leben lang verbieten, als Arzt zu arbeiten … und meine Mutter wird vor Kummer sterben!«

Verzweifelt ging Gildas in seinem zwanzig Quadratmeter großen Appartement auf und ab wie ein Tiger im Käfig. Der Mann musste eine innere Blutung bekommen haben, oder ein Hämatom war geplatzt, sodass sich eine Blutung im Kopf oder im Bauch gebildet hatte. Gildas hatte oft genug wiederholt, dass er sich ohne die Computertomografie in Lebensgefahr begab, aber er war trotzdem verschwunden.

Gildas war unschlüssig. Sollte er sich in die Höhle des Löwen wagen, Daniel Meunier, den Chefarzt, aufsuchen und ihm alles erzählen? Rein fachlich gesehen hatte sich Gildas von Anfang bis Ende korrekt verhalten. Er hatte keine eindeutige Diagnose gestellt, aber als verantwortlicher Arzt zu Recht seine Bedenken angemeldet. Durch die Hitzeperiode mussten sie in diesem Sommer eine schwierige Situation meistern: Es gab zu viele Patienten und zu wenig Personal, beinahe wie in Kriegszeiten. An manchen Tagen hatte Gildas geglaubt, es nicht mehr aushalten zu können, aber er hatte es geschafft und war davon ausgegangen, dass das Schlimmste nun hinter ihm lag. Und jetzt, da die Temperaturen zurückgingen und sich der Betrieb in der Notaufnahme normalisierte, verlor er einen Patienten auf so unglückliche Art und Weise!

Er beschloss abzuwarten. Im richtigen Augenblick würde er eine Entscheidung treffen. Vielleicht brauchten sie im Eishotel jemanden zum Schneeschippen. Das war alles, was ihm als Alternative einfiel, wenn man ihm seine Approbation entziehen würde. Dort am Nordpol könnte er sich vielleicht von dem ernähren, was die Gäste übrig ließen …

19

Nicht möglich!«, rief Nestor erstaunt, als er vor seinem Martini im Café saß und die Zeitung aufschlug.

Sein Tagesplan sah vor: »20 Uhr, Aperitif im ›Chien qui fume‹«. Trotz der vielen Menschen, die der Hitze zum Opfer gefallen waren, hatte der Sommer in Paris seine schönen Seiten, man sah die schönen Beine und Schultern der Frauen, draußen vor den Cafés tummelten sich die Gäste, die Gesichter braun gebrannt und erholt, die Bedienungen lächelten und sogar der Montparnasse-Turm hatte etwas Feierliches an sich. Aber auf der Titelseite prangte das Foto des Mannes, den er gestern Abend vom Fahrrad hatte stürzen sehen.

Jedes Mal, wenn ein Mensch starb, der jünger als er selbst war, fühlte sich Nestor ein wenig schuldig – er hatte nicht einmal eine Familie zu versorgen. Rasch verscheuchte er diese finstereren Gedanken und blickte auf das, was die nahe Zukunft für ihn bereithielt: »21 Uhr, Navarro im Fernsehen ansehen, sich um BHL kümmern, den restlichen Hackbraten essen«. Nestor mochte Roger Hanin, der ein aufrechter und ordentlicher Typ war und nichts mit diesen ungekämmten, kaum der Pubertät entwachsenen Burschen gemein hatte, die jetzt zuhauf auf dem Bildschirm zu sehen waren. Noch mehr mochte er seine Katze Bernard-Henri Lévy. Und ganz verrückt war er nach dem Hackfleisch, das der Metzger eigens für ihn zubereitete.

Er fragte sich, was er nun tun sollte: die Polizei anrufen und eine Zeugenaussage machen oder schweigen. Er entschied sich für die zweite Lösung. Er wollte nicht sterben, ohne alles erlebt zu haben, und er hatte noch lange nicht all seine Vorhaben auf der Liste abgehakt.

An der Place de Catalogne hatte ihn ein Polizist für einen Schaulustigen gehalten und ihn aufgefordert weiterzugehen. Also war er seiner Wege gegangen, ohne jemandem seinen Namen zu hinterlassen.

20

Obwohl Laure eindringlich bat, sie begleiten zu dürfen, setzte Eva ihre Freundin zunächst ab und fuhr dann weiter in die Avenue du Maine. Es war fast elf Uhr abends. Sie parkte den schwarzen Twingo und ging zu ihrem Haus. Wie immer strich sie über die Schnauze des Metalllöwen auf dem Eingangstor. Als sie klein gewesen war, hatte Alexis behauptet, dass das Tier sie ohne diese Liebkosung nicht hereinlassen würde, und sie hatte dieses Ritual beibehalten.

Als Eva das Haus betrat, sprang die Concierge bereits hinter ihrem Sichtfenster hervor.

»Fräulein Eva, es ist schrecklich … Ich habe ihn heute Morgen gefunden, als ich die Bügelwäsche hochbringen wollte.«

Eva blieb abrupt stehen.

»Wo lag er?«

»In seinem Bett. Ich glaubte zuerst, er würde schlafen. Ich habe ihn angesprochen, um ihn aufzuwecken. Dann habe ich ihn angefasst, und er war kalt und steif … Ich wusste nicht, wo Sie waren, da habe ich die Polizei verständigt. Der Tisch war für zwei Personen gedeckt, aber er hatte allein gegessen, und Ihr Bett war nicht benutzt …«

Eva hörte ihre Worte nicht mehr. Alexis hatte auf sie gewartet und gehofft, dass sie noch käme. Vergeblich. Alles war ihre Schuld. Verzweifelt senkte sie den Kopf.

21

Zaka, auf ihre Kopfkissen gestützt, lauschte den Geräuschen des Krankenhauses. Es war die erste Nacht in ihrem Leben, die sie nicht zu Hause verbrachte. Man hatte ihr erklärt, dass sie einen glatten Schienbeinbruch erlitten hatte. Bei einer solchen Verletzung kann man normalerweise das Krankenhaus am nächsten Tag wieder verlassen und muss dann vier Wochen einen Gehgips tragen. Ihr Bein war jedoch so stark angeschwollen, dass es nicht sofort eingegipst werden konnte. So lag sie da, das Bein provisorisch geschient und die offene Wunde verbunden.

Man hatte sie auf die Chirurgie für Erwachsene gelegt, wo sie das Zimmer mit einer alten tauben Frau teilte, die sich den Oberschenkelhals gebrochen hatte und unablässig wiederholte: »Ich muss heute Abend auf den Ball gehen … Wo ist denn mein Kleid geblieben?« Um den Fernseher einzuschalten, brauchte man Münzen, aber Zaka hatte kein Geld bei sich. Sie hatte ihren Namen und die Nummer ihrer Sozialversicherung angegeben und vorgeschützt, ihre Eltern seien im Urlaub, man müsse also niemanden benachrichtigen. Dennoch war ihr klar, dass sich schon bald die Tür öffnen und ihre Mutter, Kemal, Karim oder alle drei ins Zimmer kommen könnten.

Der Sanitäter, der sich um ihr Bein gekümmert hatte, war sehr mitfühlend und hatte versucht, sie zu beruhigen, ohne zu ahnen, warum es sie mit einer solchen Panik erfüllte, in diesem Bett zu liegen, aufgespießt wie ein Schmetterling auf der Korkplatte eines Insektenkundlers und damit ihrer Familie wehrlos ausgeliefert. Er hatte sie damit getröstet, dass sie das Krankenhaus in drei Tagen wieder verlassen könnte, aber sie hatte ihn angefleht, so lange wie möglich bleiben zu dürfen. Als Minderjährige unterstand sie der Obhut ihrer Mutter. Als Volljährige könnte sie gehen, wohin sie wollte und ihr eigenes Leben leben.

Zaka zitterte, als sich plötzlich die Zimmertür öffnete. Sie war bis aufs Äußerste angespannt. Aber es war nur die Nachtschwester, die wissen wollte, ob alles in Ordnung sei.

»Brauchen Sie etwas zum Schlafen?«, fragte sie. »Haben Sie Schmerzen?«

Zaka schüttelte den Kopf. Sie hatte Angst, aber dagegen konnte die Nachtschwester nichts tun.

22

*Samstag, 23., Sonntag, 24., Montag, 25. August,
dritter, vierter und fünfter Tag*

Eva erfuhr nun am eigenen Leib, wie die Polizei bei einem solchen Todesfall vorging. Wenn jemand tot zu Hause aufgefunden wurde, der offenbar weder krank noch besonders alt war, leitete man die Ermittlungen ein und befragte die Nachbarschaft.

Also wurden alle möglichen Leute vernommen, während man die Leiche zur Obduktion ins Gerichtsmedizinische Institut brachte. Erst nach drei Wochen würde der Generalstaatsanwalt die Ergebnisse freigeben. Eva versuchte die Gedanken an das, was man mit der Leiche ihres Vaters veranstalten würde, zu verdrängen, aber sie hatte zu viele Filme gesehen, zu viele Bücher gelesen. Alexis selbst hatte im Rahmen mancher Prozesse dem Sezieren beigewohnt und ihr beschrieben, wie man dabei vorging.

Sie beantwortete die Fragen der Polizisten, die auch Laure vernahmen und ihre Aussagen miteinander verglichen. Sie füllte Formulare über Formulare aus, suchte irgendeinen Sarg mit irgendwelchen Griffen aus, erklärte dem Pfarrer der Gemeinde, dass Alexis zwar der Kirche angehörte, den Glauben aber nicht praktizierte, und sie überließ es seinen Kollegen, eine Todesanzeige in die einschlägigen Zeitungen zu setzen.

Sie selbst übernahm den »Figaro« und kaufte fünfundfünfzig Zeilen für eine viereckige Anzeige in der Rubrik

»Aktuelles« – für jedes Lebensjahr ihres Vaters eine. Sie bestand darauf, die Zeilen leer zu lassen, und ließ lediglich mitten in den weißen Kasten schreiben »Alexis Foresta ist von uns gegangen, um seine Plädoyers oben bei den Sternen zu halten«.

Am Montagmorgen wurde die zugenähte Leiche zurückgebracht. Die Bestattungsunternehmen hatten die enorme Anzahl der Beerdigungen in diesem Sommer endlich bewältigt, und so konnte ihr Vater beerdigt werden.

Die Kirche war überfüllt. Die meisten Besucher waren Rechtsanwälte und Juristen. Laure war gekommen, begleitet von ihrer jüdischen Großmutter, ihrem christlichen Vater, ihrem Freimaurer-Onkel, ihrem Pfarrer-Cousin, ihrer alkoholsüchtigen Tante, ihrem Nichtsnutz von Bruder und sogar der Huren-Cousine, die wie üblich früh aufbrach, da sie zu tun hatte. Eva fühlte sich nicht dazu in der Lage, ihre eigene Komposition zu spielen, und so übernahm Pierre diese Aufgabe an seiner eigenen Drehorgel. Er spielte außerdem ein Jazzstück, das Alexis sehr gemocht hatte, und drei Trauermärsche von Mozart.

Auf dem Friedhof Montparnasse, wo nun beide Elternteile von Eva ruhten, drückte Florent Eva die Hand und murmelte:

»Ruf mich an, wann immer du willst. Vergessen wir, was zwischen uns stand. Dein Vater mochte mich, und ich werde ihm seine Zuneigung zurückgeben!«

Trotz ihres Schmerzes lief sie rot an.

»Über einen Toten sprechen, um Kapital daraus zu schlagen, das ist einfach widerlich …«, zischte sie.

»Du bist ungerecht, Eva!«

Sie sah ihm fest in die Augen.

»Nein. Ich war blind, aber das ist jetzt vorbei.«

Sie drehte sich um und ging fort. Ursprünglich ist der Friedhof auf dem Land dreier ehemaliger Bauernhöfe entstanden und gehörte im siebzehnten Jahrhundert zu einem religiösen Orden. Erst im neunzehnten Jahrhundert kaufte der Präfekt Frochot ihn zurück, und es wurde ein öffentlicher Friedhof daraus. Viele bekannte Persönlichkeiten hatten dort ihre letzte Ruhestätte gefunden: Serge Gainsbourg, Ossip Zadkine, Charles Baudelaire, Chaim Soutine, Camille Saint-Saëns, Emile-Antoine Bourdelle, Jean-Paul Sartre und Simone de Beauvoir, Jean Seberg, Dreyfus, Poincaré ... und nun auch Alexis Foresta.

Eine Frau mit langen kastanienbraunen Haaren und verweinten Augen kam auf sie zu.

»Ich heiße Sophie Davoz. Ich war eine Kollegin Ihres Vaters«, brachte sie mühsam heraus. »Ihr Vater war eine sehr außergewöhnliche Persönlichkeit, und Sie haben ihm unendlich viel bedeutet ...«

Eva nickte. Alle stellten sich dieselbe Frage: Woran war Alexis Foresta mit seinen fünfundfünfzig Jahren gestorben? Gesetz und Medizin machten bei solchen Fragen feine Unterschiede: Sein Tod war zwar seltsam, aber noch nicht verdächtig. Nur Eva kannte die Wahrheit: Ihr Vater war nicht alt, aber auch nicht mehr jung. Sie hatte ihn bis aufs Äußerste gereizt, hatte ihm die Tür vor der Nase zugeschlagen und das hatte ihn krank gemacht. Die Ungewissheit würde mit den Ergebnissen der Autopsie ein Ende haben. Man würde aufdecken, dass sie eine schändliche und gewissenlose Tochter war, die ihren Vater umgebracht hatte. Natürlich nicht mit Absicht. Aber jetzt war nichts mehr zu ändern. Verbale Gewalt mit Todesfolge. »Mama hätte mich verstanden, wenn sie noch leben würde«, Worte so scharf wie ein Tranchiermesser – wie hatte Eva sie nur aussprechen und ihn nur eine Sekunde glauben lassen können, sie hätte ihre Mutter lieber um sich als ihn. Am liebsten hätte sie beide gehabt!

Von nun an war sie allein, sie musste mit der Verantwortung und der Schuld leben. Sie musste morgens allein aufstehen, einen Fuß vor den anderen setzen, essen, trinken, weiterleben und am Abend versuchen, trotz der quälenden Gewissensbisse zu schlafen.

23

Dienstag, 26. August, sechster Tag

Fünf Tage nach dem Unfall teilte der Dienst habende Assistenzarzt Gildas Murat der Patientin Zaka Djemad mit, dass sie entlassen würde und damit wieder frei war. Er legte selbst den Gips an, der unterhalb des Knies anfing und bei den Zehen endete. Sie würde ihn einen Monat tragen müssen. Die erste Woche sollte sie sich mit Krücken fortbewegen, die sie leihen könnte. Danach würde sie einen Gehgips bekommen. Damit würde sie zwar nur humpeln können, aber sie bräuchte keine Krücken mehr. Er verordnete ihr blutverdünnende Mittel, um Embolien zu verhindern. Und er gab ihr die Termine für die unerlässlichen Kontrolluntersuchungen, die nach acht Tagen, zwei Wochen, einem Monat, zwei Monaten und drei Monaten vorgenommen werden mussten.

»Ihre Familie kann Sie abholen kommen.«

»Ich habe keine.«

Mit seinen Gedanken schon beim nächsten Patienten, drehte sich Gildas auf der Schwelle noch einmal um:

»Jeder hat eine Familie!«

»Ich nicht.«

Der junge, bärtige Assistenzarzt mit den vielen Sommersprossen runzelte die Stirn. Sie war eine Göre, minderjährig noch dazu, eine arabische Französin. Er vermutete einen Streit in der Familie und beschloss, dass ihn das nichts anging. Er hatte genug zu tun mit seinen eigenen Sorgen. Er wartete mit eingezogenen Schultern auf die Befragung zu dem Tod des Anwalts, aber bisher war noch nichts geschehen und er atmete schon wieder etwas ruhiger. Vielleicht war seine berufliche Karriere doch noch nicht an ihr jähes Ende gelangt. Noch war alles möglich.

»Ich wollte mich bei Ihnen bedanken, Herr Doktor«, sagte Zaka und reichte ihm ein paar Blätter Papier.

Er kam noch einmal zurück. Sie musste die Schwestern um Papier und Bleistift gebeten haben, sie hatten ihr alte Formulare gegeben. Auf dem ersten Blatt war sie selbst mit dem geschienten Bein in ihrem Bett abgebildet – vollkommen wirklichkeitsgetreu. Auf dem nächsten hatte sie ihn gezeichnet: seine schmale, hoch gewachsene Gestalt, seine Sommersprossen und seinen braunen Bart. Die Ähnlichkeit war frappierend, noch erstaunlicher war jedoch, dass die Zeichnung sein Inneres nach außen kehrte. Gildas fühlte sich entlarvt: Man sah keinen Arzt im weißen Kittel, sondern einen Heranwachsenden, der ängstlich darauf bedacht war, alles richtig zu machen und zu beweisen, dass er ein Mann war.

»Sie zeichnen verdammt gut«, brummelte er.

Zaka errötete, zugleich erfreut und verwirrt.

»Ich muss noch so viel lernen. Ich wollte eine Zeichenschule im chinesischen Viertel besuchen, aber …«

Ihre Augen füllten sich mit Tränen. Gildas reagierte gereizt. Wenn sie jetzt losheulte, würde er sie trösten müssen, seine gesamte Visite würde sich verzögern und damit auch das Mittagessen.

»Brauchen Sie ein Taschentuch?«

Zaka schüttelte beschämt den Kopf.

»Ich weiß nicht, wohin ich gehen soll«, gestand sie. »Ich kann nicht mehr zu meiner Familie zurück. Ich muss eine Prüfung ablegen, um ein Stipendium zu erhalten, aber jetzt ist alles verloren.«

Gildas seufzte und setzte sich aufs Bett.

»Was ist denn passiert?«

»Mein Bruder hat mich an einen alten, kranken Mann verkauft, der nur auf die französische Staatsbürgerschaft aus ist. Aber mein Traum ist es, zu zeichnen und einmal das Meer zu sehen ... Das wird er mir niemals erlauben!«

Ihre Verzweiflung rührte Gildas.

»Sie können sich weigern, wir sind in einem freien Land.«

Zaka lachte leise und traurig.

»Ich bin noch minderjährig, ich kann nicht irgendwo schlafen. Meine Prüfung ist in drei Tagen, und in fünf Tagen werde ich achtzehn.«

Gildas verzog mitfühlend das Gesicht.

»Ich bin Araberin«, fuhr Zaka leise fort.

Er nickte zum Zeichen, dass er dies bereits bemerkt hatte.

»Ich bin in Frankreich geboren wie Sie, aber man fragt mich immer, aus welchem Land ich komme. Dabei bin ich Französin und nichts anderes! Würde ich Julie Durand heißen, wäre alles ganz einfach. Aber eine Zaka Djemad muss in Frankreich immer besser sein als die anderen. Sonst hat sie keine Chance!«

Er bedeutete ihr, dass er verstand, was sie meinte.

»Ich habe kein Geld, um ein Hotel zu bezahlen«, fügte Zaka hinzu.

Gildas wurde misstrauisch. Sie würde ihn jetzt doch wohl nicht um Geld bitten? Am Anfang seines Studiums hätte er sofort seinen Geldbeutel gezückt, aber seine Erfahrungen hatten ihn unempfänglich für solche Finten gemacht. Manche Patienten waren sehr gerissen, und er war öfter darauf hereingefallen als ihm lieb war.

»Dann müssen Sie doch nach Hause zurück«, befand er.

Ihre Augen flehten ihn an.

»Ich wollte eine Klassenkameradin bitten, mich bei ihr wohnen zu lassen, aber mit dem Gips ist das schwierig. Könnte ich nicht fünf Tage bei Ihnen wohnen? Ich könnte den Haushalt machen, abwaschen und Ihrer Frau helfen?«

Er schüttelte energisch den Kopf. Ein Damoklesschwert hing bereits über seinem Haupt.

»Sie sind minderjährig, junge Dame. Das würde mir eine Gefängnisstrafe einbringen. Ich habe keine Frau und auch kein schmutziges Geschirr, und Sie haben eine Familie und einen Gips!«

»Gut«, murmelte Zaka verzweifelt. »Es ist hart, auf seine Träume verzichten zu müssen. Wollten Sie immer schon Arzt werden?«

»Ja.«

»Haben Sie schon einmal das Meer gesehen?«

Er nickte. Er liebte das Mittelmeer und hatte in seiner Kindheit die felsigen Buchten bei Marseille erkundet.

»Wie ist es?«

»Nass.«

Sie zuckte enttäuscht die Achseln.

»Sie machen sich über mich lustig. Ich weiß, dass es komisch wirkt, wenn man weder den Atlantik noch das Mittelmeer kennt.«

»Sie haben von Ihrem Bruder gesprochen ... ist Ihr Vater denn auch einverstanden?«

Zaka schüttelte den Kopf.

»Alle meine Freundinnen, deren Eltern in Frankreich geboren wurden, haben einen Vater, auch wenn er geschieden, davongelaufen, streng, versoffen oder tot ist – er existiert oder hat zumindest einmal existiert. Bei uns ist das anders. Mein Vater hat mehrere Frauen. Er wurde sehr jung verheiratet. Meine Mutter war seine erste Frau. Er hat sie hierher gebracht und ist dann wieder fortgegangen, um eine andere Familie zu gründen. Das können Sie nicht verstehen ...«

Gildas presste die Lippen fest aufeinander. Bei Vätern konnte ihn nichts mehr erschüttern. Zaka gehörte also zu der gleichen Spezies wie er, zu den abgeschobenen Kindern. Er war ihr Solidarität schuldig.

»Ich werde Ihnen Adresse und Telefonnummer eines Heims für junge Mädchen geben«, sagte er. »Ich habe schon öfter Patientinnen in einer schwierigen Lage dorthin geschickt. Im August sind die Studenten noch in den Ferien, man wird Sie dort für eine Woche aufnehmen. Danach kommen Sie sicher allein zurecht.«

Zaka starrte ihn an und schöpfte neue Hoffnung. Verklärt sah sie aus dem Fenster und betrachtete den Himmel über Paris. Dann lächelte sie den Assistenzarzt an.

»Glauben Sie, das ist möglich?«

»Ich habe Ihnen einen wunderbaren Gips verpasst, da wäre es doch schade, wenn man sich nicht weiter darum kümmern würde«, sagte er und wich ihrem dankbaren Blick aus.

»Sind Sie mein Kavalier, junger Mann?«, fragte plötzlich eine brüchige Stimme und ließ sie auffahren.

Die Patientin aus dem Nachbarbett war aufgewacht und musterte Gildas mit fiebrigen Augen.

»Wir müssen heute Abend auf den Ball gehen, aber ich habe mein Kleid verloren ...«

Der Assistenzarzt trat zu ihr und legte ihr eine Hand auf die Schulter. Für die anderen sah sie wahrscheinlich aus wie eine Großmutter, aber seine eigenen Großmütter waren noch nicht einmal sechzig Jahre alt. Sie machten ihn verantwortlich für die familiären Zwistigkeiten und hatten deshalb nicht besonders viel für ihn übrig.

»Ich hoffe, Sie können gut Walzer tanzen!«, forderte er sie heraus.

Die alte Dame warf ihm einen verstohlenen Blick zu.

»Probieren geht über Studieren«, gab sie zu bedenken und lachte so frisch wie ein junges Mädchen.

Gildas war jemand, der seine Versprechen hielt. Nach seiner Visite ging er ins Ärztezimmer zurück, leerte eine Tüte gesalzener Erdnüsse und rief in dem Heim an, von dem er Zaka erzählt hatte. Da die ihm bekannte Direktorin in den Ferien war, reichte man ihn an eine Vertreterin weiter, die ihm reichlich frostig vorkam.

»Es gibt keine Probleme, wenn das Mädchen volljährig ist.«

Gildas zögerte nicht.

»Das ist sie.«

»Ich nehme Ihre Daten auf, falls wir einen Ansprechpartner brauchen. Bürgen Sie für sie?«

»Natürlich«, sagte er. »Ich bin Doktor Murat. Das schreibt sich wie Joachim.«

»Der Sänger mit den blauen Augen? Ich dachte, der heißt Jean-Louis?«

Gildas lächelte.

»Ich meinte Napoleons General …«

»Wer übernimmt die Kosten für ihre Unterbringung?«, fragte die Vertretung gleichgültig. »Wenn sie keine Studentin ist, muss sie die ganze Woche im Voraus bezahlen.«

Gildas biss sich auf die Lippen.

»Wie viel wäre das?«

Die Summe war bescheiden. Zaka hatte kein Geld, aber sie musste sich fünf Tage lang verstecken. Danach brauchte sie sich nicht mehr davor zu fürchten, von ihrer Familie aufgespürt und eingesperrt zu werden. Gildas überlegte hastig. Sein Gehalt als Assistenzarzt war nicht hoch, er musste seine Miete bezahlen, brauchte Benzin für sein Motorrad und musste für das Eishotel sparen. Aber Zaka hatte ihn mit der Geschichte von ihrem Vater gerührt. Sie hatte Talent, sie würde es schaffen und brauchte dazu nur ein klein wenig Hilfe.

»Sie wird das Geld bezahlen«, versprach er.

Er legte auf und ging zurück zu dem Zimmer, in dem Zaka lag, um ihr die gute Nachricht mitzuteilen. Unterwegs begegnete ihm ein südländisch aussehender Mann, der jemanden zu suchen schien.

»Kann ich Ihnen helfen?«, fragte er, als er sah, dass keine Krankenschwester in der Nähe war.

Der Mann nickte.

»Ich suche meine Schwester. Man hat sie offenbar hierher gebracht, ein Auto hat sie vor fünf Tagen angefahren. Sie heißt Zaka Djemad.«

Gildas zeigte keinerlei Regung.

»Ich bin der Assistenzarzt auf dieser Station«, erklärte er. »Hier liegt keine Patientin, die so heißt.«

»Aber am Empfang wurde mir versichert, dass sie hier ist.«

Unbeeindruckt schüttelte Gildas den Kopf.

»Da hat man Ihnen etwas Falsches gesagt. Sie verwechseln dort unten immer wieder die orthopädische und die innere Chirurgie. Sie müssen wieder hinuntergehen, den Durchgang ins andere Gebäude nehmen und dort in die dritte Etage fahren.«

Der Mann lächelte gequält und ging murrend die Treppe hinunter, das Geräusch seiner Schritte verhallte langsam. Gildas schnappte ein Paar krankenhauseigene rosarote Krücken und eilte in Zakas Zimmer.

»Schnell«, sagte er außer Atem. »Ihr Bruder ist hier. Für den Augenblick habe ich ihn abgeschüttelt. Man erwartet Sie in dem Heim, von dem ich Ihnen erzählt habe. Ziehen Sie sich rasch an, ich bleibe an der Tür und passe auf.«

Zaka war bleich geworden, stieg aber eilig aus ihrem

Bett und bewegte sich mithilfe der Krücken zum Kleiderschrank, in dem sich ihre Sachen befanden. Als sie fertig war, klopfte sie gegen die Wand, und Gildas öffnete die Tür.

»Der Weg ist frei«, flüsterte er. »Also los …«

Er führte sie den Flur entlang bis zu dem Personalaufzug. Er musste den Kopf verloren haben: Er verheimlichte dem Oberarzt nicht nur, dass einer seiner Patienten gestorben war, jetzt half er auch noch einer Minderjährigen dabei, vor ihrer Familie zu flüchten. Wenn sich nun herausstellte, dass sie mythoman, paranoid oder sogar schizophren war?

Während sie auf den Aufzug warteten, sah er sie eindringlich an. Sie hatte schöne, goldbraune Augen, einen klaren, aufrichtigen und angsterfüllten Blick. Wenn dieses Mädchen in die Psychiatrie gehörte, dann hatte Gildas den falschen Beruf ergriffen. Sie hatte keine Wahnvorstellungen, war nicht schwachsinnig und auch nicht drogensüchtig, darauf würde er seinen Kopf verwetten. Sie hatte schlicht und ergreifend Angst.

Der Aufzug hielt im Kellergeschoss.

»Kommen Sie«, sagte er, »wir gehen über den Parkplatz. Ich parke hier mein Motorrad. Der Parkplatz führt auf eine Seitenstraße.«

Auf die Wangen des jungen Mädchens hatte sich wieder etwas Farbe gelegt.

»Danke«, murmelte sie.

Ihr schwindelte, und sie war den Umgang mit Krücken nicht gewohnt, aber es war ihre letzte Chance. Ausruhen konnte sie sich später.

»Ist das Heim weit weg?«, fragte sie keuchend, während sie sich hinter Gildas über den verlassenen Parkplatz schleppte. Nur der wacklige Zweivierteltakt ihrer Krücken war zu hören.

»Ganz in der Nähe, ich begleite Sie.«

»Muss ich nichts bezahlen?«, fragte sie besorgt.

Gildas griff in seine Tasche und zog ein paar Scheine hervor.

»Die erste Woche wird vom Krankenhaus bezahlt«, log er. »Danach haben Sie ja Ihr Stipendium. Außerdem sind Sie dann volljährig, und alles wird leichter.«

Zakas Gesichtszüge entspannten sich. Noch drei Tage, dann würde sie ihre Fähigkeiten unter Beweis stellen können. Noch fünf Tage, und sie würde selbst über ihr Schicksal entscheiden können.

24

Mittwoch, 27. August, siebter Tag

Der Prozess gegen den ehemaligen Abgeordneten Charbanier wurde vertagt, bis sich ein neuer Anwalt in den Fall eingearbeitet hatte. Laure schob einen Dienst nach dem anderen. Sie rief Eva an, so oft es ging. Evas Gesicht blieb verschlossen, ihr Blick war leer und sie zog sich vollkommen zurück. Florent rief sie mehrmals erfolglos an. Freunde von Alexis versuchten, mit ihr Kontakt aufzunehmen, aber sie wies sie höflich zurück und meldete sich nicht einmal bei Pierre und Fabienne. Niemand kannte die Wahrheit, niemand wusste, dass Alexis wegen ihr gestorben war, und deshalb konnte auch niemand verstehen, was sie fühlte.

Am siebten Tag, kam ein an Rechtsanwalt A. Foresta adressierter Brief in der Avenue du Maine an. Er trug den Stempel der Krankenhausverwaltung. Eva öffnete ihn wie alle Briefe, die an ihren Vater adressiert waren. Sie faltete das Blatt auseinander. Es musste sich zweifellos um Ergebnisse von Routineuntersuchungen handeln, denn Alexis war sehr gewissenhaft, was seine Gesundheit betraf.

Es war jedoch eine Krankenhausrechnung über eine externe Behandlung. »Sehr geehrte Damen und Herren, am 21. August 2003 wurde Herr Achille Foresta in unserem Krankenhaus behandelt. Die angefallenen Kosten entnehmen Sie bitte unten stehender Auflistung: Konsultation, Einheitstarif 20 Euro; Nachtzuschlag, 55 Euro; voller

Steuersatz. Bitte begleichen Sie die Rechnung innerhalb der nächsten zwei Wochen, entweder direkt an die Krankenhauskasse oder per Überweisung. Hochachtungsvoll …«

Eva runzelte die Stirn angesichts des Datums. Ihr Herz schlug wie wild. Was sollte das heißen?

Sie stürzte zum Telefon und wählte die angegebene Nummer. Freundlich erklärte ihr eine lispelnde Dame, dass unter »externer Behandlung« die Ambulanz zu verstehen sei und dass der Nachtzuschlag anfalle, wenn die Aufnahme nach zwanzig Uhr erfolge. Alexis war also am Donnerstagabend nach zwanzig Uhr im Krankenhaus aufgetaucht, später nach Hause zurückgekehrt und dort in seinem Bett gestorben. Dem Totenschein zufolge war er am Freitag, sehr früh am Morgen gestorben. Und am Abend vorher sollte er noch untersucht worden sein?

Eva trug keine Trauerkleidung. Sie brauchte ihren abgrundtiefen Schmerz nicht zu demonstrieren. Ganz in Blau gekleidet, machte sie sich mit dem Brief in der Tasche eilig auf den Weg zu ihrem schwarzen Twingo.

Zehn Minuten später war sie am Krankenhaus. Dort folgte sie den Schildern »Ambulanz«, gelangte in eine Halle, die ebenso überfüllt war wie die, in der sie für gewöhnlich Laure abholte, und las die Informationstafeln: »Allgemeine Aufnahme« in der Mitte, »Medizinische Versorgung« rechts und »Notaufnahme« links. Ein roter Rettungswagen der Feuerwehr parkte am Eingang der Ambulanz, die Türen weit geöffnet. Ein Krankenwagen hielt an, und eine blutverschmierte alte Frau in rosarotem, geblümtem Morgenmantel wurde hereingetragen. Eva fröstelte: Normalerweise betrat sie solche Kulissen nur, um auf Laure zu warten, nun aber war sie selbst betroffen. Seltsam verzerrte Boote fuhren auf ein unwirkliches Kachelmeer hinaus, und über ihnen kreisten die Silbermöwen in ihrem schmerzvollen Flug. Sie atmete tief ein, um sich Mut zu machen, ging auf die grün uniformierte Frau zu, die unter dem Schild »Allgemeine Aufnahme« saß, und reichte ihr die Rechnung.

»Mein Vater war am Abend des 21. August zur Untersuchung hier und wurde am nächsten Morgen tot in seinem Bett gefunden«, sagte sie mit gepresster Stimme. »Ich möchte mit dem Arzt sprechen, der ihn behandelt hat.«

Augenblicklich verschwand das Lächeln aus dem Gesicht der Krankenschwester. Sie nahm die Rechnung entgegen und sagte: »Ich werde nachsehen. Nehmen Sie bitte Platz, ich gebe Ihnen Bescheid.«

Eva wollte schon aufbegehren, aber der ehrliche Blick der Schwester hielt sie davon ab. Sie fügte sich. Als sie sich gesetzt hatte, griff die Krankenschwester zum Telefonhörer, um den Chef der Unfallambulanz zu informieren.

»Doktor Meunier, wir haben hier ein Problem ...«

Der Chefarzt war groß und hatte grau meliertes Haar. In einem Mundwinkel hing eine Pfeife, sein weißer Kittel hätte ein Bügeleisen vertragen können. Er hatte einen verschmitzten Blick. Man konnte sich gut vorstellen, wie er an Deck eines Schiffes bei Sonnenuntergang aufs Meer hinaussah – ein Eindruck, den die Fotografien von Segelbooten an den Wänden noch verstärkten.

Er notierte die Informationen, die die Krankenschwester ihm gab, und rief anschließend bei seiner Sekretärin an, damit sie ihm die Akten heraussuchte.

»Sagen Sie der Tochter des Patienten, dass ich gerade Sprechstunde habe und in einer Stunde für sie da bin.«

So blieb ihm genug Zeit, um sich einen genauen Einblick in die Fakten zu verschaffen. Fünf Minuten später lag eine weiße Akte mit blauem Schild auf seinem Schreibtisch. Er schlug sie auf, runzelte die Stirn und verzog das Gesicht. Das erste Blatt wies eine unheilvolle Leere auf. Natürlich waren die üblichen drei Zeilen auf den oberen Rand gedruckt: »Medizinische Beobachtung (Vorgeschichte, aktuelle Behandlungen, Krankheitsgeschichte oder Unfall, klinische Untersuchung, weiterführende Untersuchungen, Verordnungen)«. Und natürlich gab es die üblichen Zeilen am unteren Rand: »Ein korrekt ausgefüllter Patientenbogen ist vor Gericht die beste Verteidigung des Arztes, M. Drai, Präsident des Berufungsgerichtes«. Dazwischen jedoch stand nichts. Keine Beobachtung. Gar nichts.

Es fand sich noch ein weiteres Blatt, das in die Akte hineingeschoben worden war: das Formular der Rettungssanitäter, die den Patienten in die Notfallambulanz gebracht hatten. Wenigstens dieses war korrekt ausgefüllt. Dort stand, dass Herr Achille Foresta einen »Verkehrsunfall mit Personenschaden« gehabt hatte, dass er als Fahrradfahrer mit einem Auto zusammengestoßen war und dass er ein »Gehirntrauma mit kurzer Bewusstlosigkeit« samt »kurzzeitigem Gedächtnisverlust« erlitten hatte und dabei verwirrt und überempfindlich gewesen war.

Meunier schüttelte wütend den Kopf. Er studierte den Dienstplan an der Wand und stellte fest, dass der Dienst habende Arzt an dem fraglichen Abend Murat gewesen war, der ausgerechnet heute seinen freie Tag hatte – so war es ja immer. Er wählte dessen Nummer.

Gildas hatte gerade einen Big Mac verdrückt und wollte seinen Schokoladen-Shake in Angriff nehmen, als das Telefon klingelte. Nach dem dritten Klingelton nahm er ab.

»Murat? Hier spricht Meunier. Unten wartet die Tochter eines Patienten, der in der Nacht von Donnerstag auf Freitag letzter Woche hier war und unmittelbar nach deiner Behandlung gestorben ist. Foresta, Achille. Gehirntrauma mit kurzzeitiger Bewusstlosigkeit nach einem Unfall mit Personenschaden. Und vor mir liegt eine vollkommen jungfräuliche Untersuchungsakte. Kannst du mir das erklären?«

Für Gildas brach die Welt zusammen. Es blieb ihm nichts anders übrig, als dem Chefarzt nun zu erzählen, was sich zugetragen hatte.

»Er war bei Bewusstsein, aber ich bemerkte, dass er keine Orientierung hatte. Er wollte gehen, aber ich habe darauf bestanden, dass eine Computertomografie gemacht wird. Dann wurde ich zu drei dehydrierten Patienten gerufen, die gleichzeitig eingeliefert wurden und von denen einer bereits im Koma lag. In der Woche zuvor war es uns gelungen, alle dehydrierten Patienten zu retten, und ich wollte das auch diesmal schaffen ... Ich habe die Praktikantin gebeten, ihm eine Infusion zu legen, damit er nicht abhauen kann. Ich wusste nicht, dass sie noch nie eine Infusion gelegt hat und sich deshalb nicht sofort um ihn gekümmert hat. Als ich zurückkam, war der Patient verschwunden, das Wartezimmer platzte aus allen Nähten und die Notaufnahme war wieder einmal überfüllt ...«

»Und da hast du vergessen, das Formular auszufüllen ...«

»Ja«, antwortete Gildas bedrückt. »Die Kranken warteten auf mich ...«

»Und der Anwalt der Tochter wird jetzt auf dich warten, das garantiere ich dir! Ohne das Formular kann man dich nicht verteidigen, du Einfaltspinsel! Du wirst einen Heidenärger bekommen und wir ebenfalls!«

»Ich erinnere mich an jedes Detail seiner Untersuchung«, beteuerte Gildas. »Ich kann alles perfekt ...«

Meunier fiel ihm ins Wort.

»Es ist besser, dass ich nicht gehört habe, was du gerade andeuten wolltest, Murat. Es geht nicht darum, die ärztlichen Untersuchungen nachträglich zu dokumentieren. Der Patientenbogen ist leer, absolut leer. Wir halten uns an die Regeln. Du hast keinen medizinischen Fehler gemacht, aber du hast dich durch deine Dummheit ins Unrecht manövriert. Was steht denn unten auf den Formularen?«

Gildas runzelte die Stirn und wühlte in seinem Gedächtnis.

»›Ein korrekt ausgefüllter Patientenbogen ist vor Gericht die beste Verteidigung des Arztes‹«, zitierte er aus der Erinnerung.

»Ich werde dich nicht darauf festnageln! Nun gut. Du wirst dir ein Blatt Papier und einen Stift nehmen und mir einen ausführlichen Brief schreiben, in dem du mir alles erklärst, was du gerade erzählt hast. Du hast ihn untersucht, du hast ihn auf die Gefahren hingewiesen ... du bist weggerufen worden zu drei dehydrierten Patienten, du hast soundsoviel Zeit bei ihnen verbracht ... und als du zurückkamst, war er fort. Kurz und gut, die reine, lückenlose Wahrheit. Du beschreibst detailliert deine Untersuchung, gibst die Dauer eures Gesprächs an und alles, was du ihm gesagt hast samt seinen Antworten. Das wird dich den Tag über beschäftigen. Ich will diesen Brief heute Abend auf meinem Schreibtisch haben. Verstanden?«

Gildas hatte verstanden.

»Hast du einen Zeugen, der bestätigen kann, dass du ihn im Krankenhaus behalten wolltest? Eine Schwester? Einen Praktikanten?«

»Clarisse, die neue Praktikantin war anfangs da. Es ist ihr erstes Praktikum ...«

»Ich werde sie fragen«, sagte Meunier. »Ich werde mich vor dich stellen, solange du die Wahrheit sagst, Murat. Aber ich dulde es nicht, dass du mir einen Bären aufbindest. Dann kann ich sehr böse werden. Ich rate dir, ehrlich zu sein, absolut ehrlich. Haben wir uns verstanden?«

»Das haben wir«, erwiderte Gildas und bemühte sich, einen Hauch Entschlossenheit in seine Stimme zu legen.

»Zum Schluss noch eine Sache. Die Tatsache, dass du der Sohn deines Vaters bist, wird keine Rolle spielen, davon kannst du ausgehen. Das wird dir nicht helfen, aber auch nicht schaden. Du bist für mich ein Assistenzarzt wie jeder andere auch.«

»Das bin ich für ihn auch«, murmelte Gildas. »Werden Sie mit ihm darüber reden?«

»Was auf meiner Station geschieht, geht nur mich etwas an«, erwiderte Meunier, bevor er auflegte.

Der Chefarzt seufzte tief, nahm einen Stift und schrieb quer über das leere Blatt: »Keine Beobachtungen. Vgl. Brief des Assistenzarztes Gildas Murat und Aussage der Praktikantin«. Dann datierte er die Bemerkung und unterzeichnete sie. Der Bursche hatte sich einen schweren Schnitzer geleistet und in eine missliche Lage gebracht. Meunier stellte sich stets vor seine Assistenzärzte. Als Vorgesetzter genoss er Achtung, als Kollege Wertschätzung. Aber die Lage war ernst.

Er war leider schon mehrmals mit derlei Fällen konfrontiert gewesen: Patienten, die gestorben waren, nachdem sie in der Notfallambulanz die stationäre Aufnahme gegen den ärztlichen Rat abgelehnt hatten. Die Menschen bestehen aus Fleisch und zerbrechlichen Knochen, man kann sie nicht reparieren wie ein Auto, bei dem man nur die Teile auszutauschen braucht.

Weigerte sich ein Patient zu bleiben, so forderte man ihn auf, eine Erklärung zu unterschreiben, die das Krankenhaus jeder Verantwortung enthob. Verschwand er jedoch ohne diese Unterschrift, so stand das Krankenhaus in der Verantwortung. Doch vor kurzem wurde ein neuer Gesetzesentwurf verabschiedet. Der Untersuchungsrichter würde künftig von Folgendem ausgehen müssen: Hatte der Arzt den Patienten untersucht und ihn über die Risiken aufgeklärt, der Patient aber dennoch das Krankenhaus verlassen, so war er persönlich für die Folgen verantwortlich. Ging der Patient jedoch, weil er allzu lange auf das Erscheinen eines Arztes hatte warten müssen, so war das Krankenhaus verantwortlich.

In diesem speziellen Fall hatte der Arzt den Patienten umfassend und genau über die bestehenden Gefahren informiert. Aber das unausgefüllte Untersuchungsformular änderte die Sachlage. Der Arzt war im Unrecht.

Die Krankenschwester hatte Eva mitgeteilt, dass der Chefarzt sie nun endlich empfangen würde. So fuhr Eva mit dem Aufzug nach oben, ging den Flur entlang, bis sie vor der Tür mit der Aufschrift »Doktor Meunier, Chefarzt Ambulanz« angekommen war.

Das Zimmer war weiß gestrichen, an den Wänden standen Regale, die sich unter dem Gewicht medizinischer Fachbücher durchbogen, dazwischen hingen Fotos von Booten. Es gab drei große Fenster und hinter einem Schreibtisch saß ein Mann, der sie anlächelte und nun aufstand, um ihr die Hand zu reichen.

»Setzen Sie sich doch bitte …«

Eva entdeckte eine weiße Akte auf dem Schreibtisch und entzifferte die auf dem Kopf stehenden Worte »Medizinische Versorgung, Krankenhäuser von Paris, Name des Patienten: Foresta, Achille.« Ein Blatt schaute aus der Akte heraus, auf dem sie las »Vgl. Brief des Assistenzarztes Gildas Murat«. Der Mann schob das Blatt hastig in den Ordner zurück, aber der Name hatte sich bereits in flammenden Buchstaben in Evas Gedächtnis eingebrannt.

»Bitte …«, wiederholte der Arzt und wies auf den Stuhl. Sie konnte sein ruhiges und sicheres Auftreten kaum ertragen.

»Mein Vater hat Ihr Haus am Donnerstag letzter Woche abends aufgesucht. Am nächsten Tag wurde er tot in seinem Bett gefunden. Behandeln Sie so Ihre Patienten?«, setzte sie ihm die Pistole auf die Brust.

»Er wurde von dem Dienst habenden Assistenzarzt untersucht«, erwiderte Meunier ungerührt. »Dieser wollte Ihren Vater hier behalten, aber er hat sich geweigert.«

Eva war verblüfft, fühlte Wut in sich aufsteigen und ballte die Fäuste.

»Geweigert? Aber warum? Wenn er schon herkam, um sich untersuchen zu lassen, dann war er doch wohl beunruhigt, oder? Am Morgen war er noch kerngesund, dann kommt er zu Ihnen und kurz darauf ist er tot ... Ist das für Sie normal?«, schleuderte sie ihm entgegen.

Meunier antwortete mit ruhiger Stimme:

»Wir kämpfen um das Leben unserer Patienten, aber manchmal verlieren wir dennoch ...«

»Was für ein schöner Euphemismus!«, ereiferte sich Eva. »Er war vollkommen gesund, im besten Alter und sportlich. Sie hätten ihn retten müssen!«

»Bei seinem Sturz hat Ihr Vater vermutlich ...«

»Seinem Sturz? Welchem Sturz?«

Meunier sah sie erstaunt an.

»Sie wissen gar nicht, warum er in der Ambulanz war?«

Eva war so sehr darauf fixiert, dass sie für den Tod ihres Vaters verantwortlich war, dass sie unbeirrt fortfuhr:

»Wenn etwas Unangenehmes die Herzattacke ausgelöst hat, hätten Sie es dann nicht entdecken müssen? Ich nehme an, er hat sich nicht gut gefühlt, sonst wäre er doch mit dem Fahrrad unterwegs gewesen, wie jeden Abend ...«

»Das war er«, sagte Meunier. »Er hatte einen Unfall, und man hat ihn zu uns gebracht. Er hatte ein Gehirntrauma und einen kurzzeitigen Gedächtnisverlust, das heißt, er hatte den Unfall vergessen.«

»Was?«, rief Eva bestürzt.

Es kam ihr vor, als würde nicht über ihren Vater, sondern über eine fremde Person gesprochen.

»Er erinnerte sich an nichts. Als er hier eingeliefert wurde, war er bei Bewusstsein, aber verwirrt. Wie ich Ihnen bereits sagte, weigerte er sich, stationär aufgenommen zu werden. Der Assistenzarzt bestand jedoch darauf, eine Computertomografie zu machen. Dann wurde er zu einem anderen Patienten gerufen, und als er zurückkam, hatte Ihr Vater eigenmächtig das Krankenhaus verlassen.«

Meunier drückte sich klar aus und wählte jedes Wort mit Bedacht. Eva sah ihn mit großen Augen an.

»Er ist also nicht an einem Herzinfarkt gestorben?«

»Das ist nicht sehr wahrscheinlich. Um es jedoch genau zu wissen, bräuchten wir die Aufnahmen ...«

Eva wurde wütend.

»Sie hätten ihn daran hindern müssen wegzugehen. Sie hätten ihn zwingen müssen, in ärztlicher Obhut zu bleiben. Das ist unterlassene Hilfeleistung!«

Meunier schüttelte den Kopf.

»Man hat ihn über die Risiken aufgeklärt, die er einging. Wir behalten Patienten nicht mit Gewalt hier. Das ist ein Krankenhaus und kein Gefängnis ...«

Überwältigt und verwirrt von dem, was sie gerade erfahren hatte, versuchte Eva ihre Gedanken zu ordnen.

»Und ich glaubte, er hätte einen Herzinfarkt gehabt ...«

Zum ersten Mal seit dem Tod von Alexis atmete sie etwas befreiter. Sie war nicht mehr allein verantwortlich.

»Gut«, sagte sie und erhob sich. »Ich werde das klären. Mein Vater ist ... war ein bekannter Anwalt. Das Fernsehen und die Zeitungen haben in der letzten Woche über seinen Tod berichtet.«

Meunier zog die Augenbrauen hoch. Foresta ... Foresta ... aber natürlich. Der Zusammenhang war ihm bis jetzt noch gar nicht aufgefallen! Ein medienwirksamer Anwalt, dessen Tod die Presse aufgescheucht hatte. Mit Wonne würden sich die Journalisten auf den nicht ausgefüllten Untersuchungsbogen stürzen, noch dazu, wo es sich hier um den

Sohn jenes Dekans handelte, der als fünfzehnjähriger Schüler diesen Sohn bekommen hatte.

Eine Kleinigkeit passte noch nicht.

»Können Sie mir seinen Vornamen noch einmal wiederholen?«

»Achille steht in den Urkunden, aber in seinem Beruf verwendete er seinen zweiten Vornamen, Alexis.«

Meunier nickte. Auch die Polizei hatte keinen Zusammenhang mit dem Fahrradunfall gesehen. Aufgrund der abweichenden Vornamen war der Polizeibericht nicht mit dem der Unfallambulanz in Verbindung gebracht worden. Sonst hätte man bereits die Herausgabe der Akte verlangt. Sobald der Zusammenhang klar war, würde die Polizei ihn befragen, und der ganze Zirkus käme ins Rollen.

Er begleitete die Tochter des Patienten bis zur Tür und versprach, sie auf dem Laufenden zu halten. Dann ging er in sein Büro zurück und dachte eine Weile angestrengt nach. Die Autopsie würde bald die Antwort liefern. Er könnte den üblichen Verlauf einer solchen Prozedur abkürzen und selbst im Gerichtsmedizinischen Institut anrufen, aber er beschloss, es nicht zu tun. Im Falle eines Prozesses könnte sich eine solche Kleinigkeit unvorteilhaft für das Krankenhaus auswirken. Er zog es vor, die üblichen drei Wochen zu warten, bis die endgültigen Ergebnisse auf dem Schreibtisch des Richters lagen. Alles hat seine Ordnung, und am Ende siegt die Wahrheit.

25

»Ein Gehirntrauma«, teilte Eva ihrer Freundin Laure mit. »Alexis hatte einen Unfall, als er mit dem Fahrrad unterwegs war. Und dieser blödsinnige Assistenzarzt hat ihn einfach wieder gehen lassen.«

Laure runzelte die Stirn. Eva hatte sich sofort nach Verlassen der Ambulanz auf den Weg zu ihrer Freundin gemacht.

»Er muss ein extradurales Hämatom gehabt haben«, murmelte Laure.

Eva konnte ihr nicht folgen.

»Das ist die häufigste Ursache für den Tod nach einem Gehirntrauma. Bei dem Aufprall wird eine Arterie oder eine Vene verletzt. Das Blutgefäß platzt und eine Blutung setzt ein. Das Blut bildet eine Tasche, die immer größer wird und damit auch immer mehr auf das Gehirn drückt. Meistens geht das mit einer Fraktur einher, aber das muss nicht unbedingt sein. Es gibt immer eine Gedächtnislücke: Die Leute prallen mit dem Kopf irgendwo auf, sie verlieren kurz das Bewusstsein, dann kommen sie für eine gewisse Zeit wieder zu sich, und man glaubt, dass nichts geschehen ist. Aber einige Stunden später fallen sie dann ins Koma. Wenn man den Druck nicht sofort löst, indem man die Schädeldecke öffnet, um das Hämatom abzuleiten, nimmt es ein schlechtes Ende …«

Laure hielt inne. Eva schwieg einen Augenblick, dann wollte sie wissen:

»Hätten sie das sehen können?«

»Nur mit einer Computertomografie.«

Eva erinnerte sich, dass der Chefarzt in der Ambulanz von dieser Untersuchung gesprochen hatte.

»Wie stirbt man dann?«, fragte sie und versuchte sich vorzustellen, was Alexis wohl gespürt hatte. »Hat man Angst? Schmerzen?«

»Man fällt ins Koma wie die Leute, die im Schnee einschlafen«, antwortete Laure beschwichtigend.

»Es ist also ganz klar, dass Alexis ein Gehirntrauma hatte und nicht etwas am Herzen?«

»Wenn er mit dem Fahrrad unterwegs war und ein Gehirntrauma erlitten hat, so scheint dieser Verlauf logisch zu sein ... Es gibt ein einfaches Mittel, um mehr herauszubekommen: Normalerweise ruft man bei einem Unfall mit Personenschaden die Polizei, und die verfasst ein Protokoll über den Hergang des Unfalls.«

»Du bist ja wirklich im Bilde.«

»Florent hat einmal eine Frau angefahren. Es regnete, und sie überquerte die Straße – zwar an einem Zebrastreifen, aber sie tauchte hinter einem in zweiter Reihe geparkten Lastwagen auf. Glücklicherweise ist nichts Schlimmes passiert.«

»Aber bei Alexis schon«, gab Eva wütend zurück. »Wir wissen nur leider nicht, wo und wann es zu dem Unfall gekommen ist.«

Laure malte mit dem Zeigefinger ein großes Viereck in die Luft.

»Früher hatten die königlichen Wachen Federkiele und Pergament, heute haben die Polizisten Computer. Die Mutter von Amaury ist Polizeiinspektorin in Paris. Ich werde sie um ihre Hilfe bitten.«

Eva nickte beifällig.

Im Kommissariat hatte die Mutter von Amaury nichts mehr von der resignierten Frau mit den leeren Augen, die ihren Sohn in die Ambulanz begleitete. Aufrecht stand sie hinter dem Schalter und sah die Leute direkt an. Hier waren die Rollen vertauscht. Bei ihrer Arbeit strahlte sie Selbstbewusstsein aus. Sie hatte auf die Einhaltung des Gesetzes zu achten. Es gab Regeln, und die mussten zum Wohl der Stadt und der Bürger befolgt werden. Die Krankheit ihres Sohnes war ihr umso unbegreiflicher, als sie aus dem Rahmen des »Normalen« herausfiel. Beim Autismus gab es keine Normen, Gesetze oder Regeln, alles war verschwommen und jeder Hoffnungsschimmer wurde enttäuscht.

Laure hatte ihr wieder Mut gemacht, und sie war glücklich, ihr helfen zu können. Sie lächelte die beiden Besucherinnen an.

»Ich werde eine Suchanfrage im Computer starten. Wenn der Fall bereits erfasst ist, habe ich Zugriff auf alle Daten. Sie sagten, Foresta, mit einem A am Ende?«

»Ja, es ist ein italienischer Name«, murmelte Eva.

»Vorname?«

»Alex … nein, Achille. A-c-h-i-l-l-e«, buchstabierte Eva.

Laure sah sie überrascht an.

»Alexis ist nur sein zweiter Vorname. Den ersten hat er lieber verschwiegen. Die Journalisten hätten sich darüber hergemacht: ›die Achillesferse des Anwalts‹ oder ›die einzige verwundbare Stelle des großen Foresta‹!«

Die Finger der Inspektorin huschten über die Tastatur, und auf dem Bildschirm erschien eine Seite nach der anderen.

»Hier ist es! Achille Foresta … 21. August, 20 Uhr, Place de Catalogne … Drei beteiligte Personen: Autofahrer, Fahrradfahrer und Fußgänger …«

Eva hielt den Atem an. Die Mutter von Amaury druckte das Dokument aus und reichte es Laure.

»Das schulde ich Ihnen«, sagte sie.

Bei diesen Worten legte sich ein Schleier vor ihre Augen. Sie war nicht länger die Polizeibeamtin, sondern hatte wieder den traurigen Blick, mit dem sie die Welt in der Ambulanz des Necker-Krankenhauses betrachtete.

Mit dem wertvollen Dokument verließen Eva und Laure das Kommissariat.

»Zeig her!«

Das Protokoll war mager. Es enthielt die Namen und Adressen eines Autofahrers »Le Gall, Hervé«, eines Fahrradfahrers »Foresta, Achille« und einer minderjährigen Fußgängerin »Djemad, Zaka«. Der Fahrradfahrer und die Fußgängerin waren beide verletzt und deshalb ins nächstgelegene Krankenhaus gebracht worden. Le Gall war mit dem Auto unterwegs, obwohl ihm der Führerschein wegen Trunkenheit am Steuer entzogen worden war. Er behauptete, dass die Minderjährige ganz plötzlich vor seinem Twingo aufgetaucht sei und der Fahrradfahrer über sie gestürzt wäre.

»Das kennen wir ja, die Fußgänger und Fahrradfahrer schmeißen sich extra vor die Autos!«, ereiferte sich Eva. »Dieser Raser hat sie alle beide angefahren, und nun lügt er, um seine Haut zu retten. Das musst du dir mal vorstellen! Außerdem ist dieser Typ ein Wiederholungstäter!«

»Laut Alkoholtest hatte er keinen Tropfen getrunken«, gab Laure zu bedenken.

Empört warf Eva ihre Haare zurück.

»Alexis ist wegen ihm gestorben. Dafür soll er bezahlen!«

»Du weißt nicht, was geschehen ist. Du warst doch nicht dabei.«

»Willst du ihn verteidigen?«, staunte Eva. »Das ist ja wohl verkehrte Welt!«

»Ohne Beweise kannst du ihn nicht so einfach verurteilen«, befand Laure. »Warte doch wenigstens die Ergebnisse der Autopsie und der Untersuchung ab. Außerdem kannst du gegen diesen Unbekannten zwar vorgehen, aber deinen Vater bekommst du dadurch nicht zurück …«

»Ich werde Himmel und Hölle in Bewegung setzen, um diesen Schweinehund ausfindig zu machen!«, schrie Eva außer sich. »Und ich werde ihm keine Ruhe mehr lassen, bis er es bedauert, nicht selbst draufgegangen zu sein.«

»Du solltest die Sache der Justiz überlassen …«

Eva steigerte sich nur noch mehr in ihre Wut hinein.

»Dir kann das ja egal sein. Du hast eine große Familie. Aber ich, ich habe niemanden mehr. Wenn dir meine Vorgehensweise nicht passt, dann hau doch ab!«

Laure antwortete nicht. Eva war nun allein auf der Welt und litt darunter.

»Du weißt, wo du mich findest«, sagte sie knapp.

Sophie Davoz saß an ihrem Schreibtisch und drehte einen kleinen glänzenden Schlüssel zwischen ihren Fingern hin und her. Es war der Schlüssel zu der Wohnung von Alexis in der Avenue du Maine. Er hatte ihn ihr eines Tages geschenkt, um sie an seinem Leben teilhaben zu lassen, auch wenn diese Gleichung nicht aufgegangen war.

»Ich weiß, dass du ihn nicht benutzen wirst, aber es ist mir wichtig, ihn dir zu schenken.«

»Männer sind wirklich weitaus komplizierter als Frauen«, hatte sie ihm lachend geantwortet. »Ich komme nicht zu dir wegen deiner Tochter, aber ich habe den Schlüssel … und du, du kommst zu mir, aber du hast keinen Schlüssel!«

Seit dem Tod ihres Geliebten gewährte ihr nur der allabendliche Besuch des Schwimmbads eine kurze Phase der Entspannung. Nach und nach tauchte sie in das gechlorte Wasser ein – zuerst die Beine, dann der Unterleib, der Bauch, die Brüste, die Schultern, das Gesicht – die Augen weit geöffnet. Sie überließ sich dem Gefühl, die ganze Traurigkeit der Welt abzustreifen und neu zu erstehen, alle Gedanken und Sorgen hinter sich zu lassen und eine andere Frau zu sein. Die kleine Meerjungfrau in dem Märchen von Hans Christian Andersen wollte aus Liebe Mensch werden wie der Engel in Wim Wenders Film »Der Himmel über Berlin«. Sophie wollte ein Fisch sein, um ihr Schluchzen dem Wasser anzuvertrauen. Ein paar Schwimmer hatten versucht, sie anzusprechen, aber sie hatte sie abgewiesen. Das war wirklich nicht der Grund, aus dem sie hierher kam. Sie wusste, dass sie lange Zeit allein bleiben würde, dass noch viel Wasser die Seine entlangfließen musste, bis sie einen anderen Mann in ihrem Leben zulassen könnte. Alexis wäre überrascht gewesen, dachte sie mit einem traurigen Lächeln.

Das Telefon schreckte sie auf. Sie warf den Schlüssel in die Schublade, schloss diese wieder, schlüpfte in ihre Prada-Schlappen, legte die Hände flach auf den Schreibtisch und nahm den Hörer ab. Ihre Sekretärin war zu Mittag außer Haus.

»Anwaltskanzlei Davoz, guten Tag«, sagte sie mit abweisender Stimme.

»Äh … guten Tag. Mein Name ist Eva Foresta. Ich würde gerne mit Frau Anwältin Davoz sprechen. Es ist persönlich …«

»Das bin ich«, sagte sie herzlich.

Eine Stunde später saß Eva ihr gegenüber.

»Ich will diejenigen verklagen, die für den Tod meines Vaters verantwortlich sind: Doktor Murat, den Assistenzarzt der Ambulanz, der ihn hat gehen lassen … und Hervé Le Gall, den Raser, der ihn angefahren hat und der am Steuer saß, obwohl ihm sein Führerschein entzogen worden ist«, führte sie mit fester Stimme aus. »Können Sie den Fall übernehmen?«

Sophie zögerte einen Augenblick. Sie hatte sich auf den Schutz von literarischem und künstlerischem Eigentum spezialisiert. Seit Jahren hatte sie keinen anderen Fall mehr übernommen. Außerdem war sie persönlich betroffen und hätte schon deshalb ablehnen und Eva einen Kollegen empfehlen müssen. Aber für Alexis würde sie alle Ausnahmen dieser Welt machen. Sie lächelte und bekam einen Raubtierblick. Alle Macht dem Gesetz, und das Gesetz trug Trauer.

»Sie kommen wie gerufen«, sagte sie und griff nach ihrem Montblanc-Kugelschreiber. »Ich habe nichts Dringendes, wir werden rasch handeln, um sie in die Enge zu treiben. Wir werden auf fahrlässige Tötung klagen …«

26

Als Eva vor ihrem Haus ankam, hielt sie trotzig dem Blick des Löwen stand und stieß herausfordernd das Tor auf, ohne ihn berührt zu haben. Das Tor ächzte in seinen Angeln und öffnete sich langsam, aber der Löwe verharrte regungslos, brüllte nicht und riss auch nicht das Maul auf – er war nur ein altes, träges Stück Metall, dessen Oberfläche allmählich stumpf geworden war. Eva trat ein. Ihre bisherigen Bezugspunkte gingen nach und nach verloren. Das Gefühlschaos, das der Tod von Alexis in ihrem Leben angerichtet hatte, riss alles mit sich fort. Der Schnitt war vollzogen, nie wieder würde es die frühere Eva geben. Sie musste nun mit der neuen Eva leben, mit ihrer Verbitterung, ihren Zweifeln und ohne Illusionen.

»Wie geht es Ihnen, Ev…«

Eva stieg in großen Sätzen die Treppe hinauf, ohne der Concierge zuzuhören. Schluss mit der freundlichen, höflichen, liebenswerten und ordentlichen Eva. Sie wollte schreien, fluchen, zerstören, verletzen und schockieren.

Es schien ihr, als hinge der Tod in der Wohnung wie ein schleichender und hartnäckiger Geruch. Sie ging von einem Zimmer ins andere, ohne irgendwo Ruhe zu finden. Alles erinnerte sie an Alexis.

Als Kind hatte sie, wie viele Kinder, eine Zeit lang Angst vor dem Tod gehabt und ihren Vater jeden Abend gefragt:

»Versprichst du mir, dass du heute Nacht nicht stirbst wie Mama und da bist, wenn ich morgen Früh wach werde?«

»Versprochen ist versprochen und wird nicht mehr gebrochen«, hatte er geschworen und mit ernster Miene auf den gewachsten Holzfußboden gespuckt.

Er hatte sein Versprechen gebrochen, so wie der Löwe und so wie Florent. Eva fühlte sich zutiefst verraten. Sie beglückwünschte sich dazu, den Arzt und diesen Raser verklagt zu haben. Nichts würde sie jetzt mehr in Paris festhalten. Alexis war aufgrund einer medizinischen Fehleinschätzung, einer gefährlichen Fahrweise und eines blödsinnigen Streits gestorben. Ihre Worte hatten ihren Vater tödlich getroffen. Es hatte ihr zwar Erleichterung verschafft, die Anwältin Davoz einzuschalten, aber an ihrer eigenen Schuld änderte dieser Besuch nichts. Vor sich selbst konnte sie nicht davonlaufen. Sie konnte nur klagen und hoffen. Klagen, weil Alexis nicht mehr da war, und hoffen, dass sie eines Tages Frieden mit sich schließen konnte.

Es dämmerte bereits am Montparnasse. Sie zog die Flasche Lagavulin aus dem Schrank und trank einen ordentlichen Schluck. Dann aß sie ein paar Stück Schokolade, duschte und schlüpfte in einen alten Pullover ihres Vaters, dessen Ärmel ihr bis zu den Fingerspitzen reichten. Sie setzte sich im Schneidersitz auf den Wohnzimmerboden.

Es wurde Nacht und sie streckte sich auf dem Boden aus. Sie musste eingeschlafen sein, denn frühmorgens wachte sie zerschlagen, benommen und hungrig dort auf. Der Anrufbeantworter blinkte. Sie hatte am Abend vergessen, ihn abzuhören. Es waren drei Nachrichten darauf. Eine von Laure, die ihr vorschlug, mit ihr zu Abend zu essen. Eine von Florent, der sich in jämmerlichen Entschuldigungen verhedderte und sie zum Mittagessen einlud. Die dritte Nachricht war für Alexis: Ein aus den Ferien heimgekehrter Freund wusste noch nichts von seinem Tod und wollte ihm eine sensationelle Geschichte erzählen.

Eva zog den Stecker des Anrufbeantworters heraus, steckte ihren Geldbeutel ein, verließ die Wohnung und ging vorsichtig die Treppe hinunter, um das Knarren der Holzstufen zu vermeiden. An den Sichtfenstern der Concierge duckte sie sich, als hätte sie etwas zu verbergen. Sie eilte auf die Straße, ohne dem entzauberten Löwen auch nur einen Blick zu schenken, und lief die paar hundert Meter bis zum Bahnhof. Auf diesem Weg malte sie sich oft das Zugunglück aus, bei dem im Jahr 1965 die Lokomotive des Zugs Paris-Granville die Glaswand durchbrochen hatte und dann weiter unten zerschellt war. Der wieder aufgebaute Bahnhof war ein lang gestrecktes Gewölbe aus Glas, Beton und rostfreiem Stahl, in dem überall Kabel verliefen wie auf getakelten Schiffen.

Normalerweise fuhr Eva mit ihrem Twingo in die Bretagne, heute aber wäre sie nicht in der Lage gewesen, Auto zu fahren. Sie kaufte ein einfaches Ticket für eine einfache Fahrt nach Lorient und stieg in den erstbesten Zug, der fuhr, ohne darauf zu achten, ob sie in Rennes noch einmal umsteigen musste.

Die Motoren des Schnellzugs liefen bereits an, während noch immer Reisende den Bahnsteig entlangeilten, um den Zug zu erreichen. Dann schlossen sich die Türen, und der Zug nahm langsam Fahrt auf, verließ den Bahnhof und fuhr an den Hochhäusern der Rue Vercingétorix vorbei, deren Balkone mit Fahrrädern, Kinderwagen und Wäscheständern voll gepfropft waren. Eva lehnte ihren Kopf an die Scheibe, lauschte dem Rauschen in ihren Ohren und schlief ein.

Sie erwachte, als der Zug in den Bahnhof von Rennes einfuhr, und stieg wie ein Gespenst aus dem Zug. Die Feriengäste genossen ihre letzten Tage, für die Studenten der Universitäten von Paris oder Rennes hatte das Semester noch nicht wieder begonnen, und so war der Bahnsteig wie verlassen. Eva wartete und hatte nur eines im Sinn: zurückkehren nach Groix.

Der Regionalzug, in den sie nun stieg, schien aus dem letzten Krieg zu stammen. Die Landschaft veränderte sich. Der Zug fuhr durch Felder und an Dörfern vorüber, bevor er das Meer erreichte und den Blick auf Küstenstreifen und Häfen freigab.

In Lorient erwischte sie gerade noch den Bus zum Hafen in der Rue Gilles-Gahinet. Dieser Name entzückte sie normalerweise, denn er erinnerte sie an den Ozean: Gahinet und Eugène Riguidel hatten sich dadurch einen Namen gemacht, dass sie im Jahr 1979 mit denkbar knappem Vorsprung (fünf Minuten und zweiundvierzig Sekunden) ihre Konkurrenten Eric Tabarly und Marc Pajot bei der Überquerung des Atlantiks geschlagen hatten.

Sie bestieg die letzte Morgenfähre, die »Talhouant«, ein Schnellboot für einhundertachtzig Passagiere, das nur im Juli und August verkehrte, zusätzlich zu den beiden großen Autofähren.

Ein paar Jugendliche in ihrer Nähe sprachen voller Begeisterung über das dritte internationale Inselfilmfestival, das heute auf Groix begann. Eine Jury aus Filmliebhabern würde drei Preise in Form eines Thunfisches, dem Symbol der Insel Groix, verleihen. In diesem Jahr waren zwei Abende dem Indischen Ozean gewidmet: einer der Insel Mauritius und der andere der Insel Réunion. Es wurden achtzehn Filme aus der ganzen Welt gezeigt. Bis Sonntag würden den ganzen Tag über Vorführungen im Gemeindesaal und im »Familienkino« laufen, das dem Kino aus dem Film »Cinema Paradiso« glich wie ein Ei dem anderen.

»Der Inselsender berichtet jeden Tag auf 102,5«, sagte ein Mädchen in knappem T-Shirt, das ihren mit einem Stern tätowierten Bauchnabel sehen ließ.

»Der Samstagabend wird der Wahnsinn. Sie zeigen einen Film mitten im Meer auf einem riesigen aufblasbaren Bildschirm, vor dem Strand von Locmaria. Ich habe meinen Schlafsack mitgenommen und lege mich in den Sand«, verkündete ein Junge in rotem Pullover, dessen Hosenschritt in den Kniekehlen hing.

Eva versuchte wegzuhören. Sie hatte nur ein einziges Ziel: sich im Haus verkriechen. Um die Tränen zurückzuhalten, sagte sie sich im Kopf die Namen aller bretonischen Inseln von Norden nach Süden auf: Chausey, Bréhat, Batz, Ouessant, Molène, Sein, das Archipel von Glénan ... Groix natürlich, Belle-Île, Hoëdic, Houat, Arz, Île aux Moines, Yeu und ... jedes Mal vergaß sie den Namen der letzten Insel, auf der sich Napoleon vor seinem Exil auf Sankt Helena aufgehalten hatte.

Sobald das Schnellboot angelegt hatte, stürmte sie davon, vorbei an der Warteschlange der Passagiere für die Rückfahrt, ohne auch nur den Blick zu heben. Sie bestieg eines der Sammeltaxis, die ihre Fahrgäste für zwei Euro überall auf der Insel absetzen. Hinter ihr stiegen weitere Gäste ein. Der Fahrer erkundigte sich nach den verschiedenen Zielen und fuhr los. Eva kauerte sich in ihre Ecke, stieg als Letzte aus und schlich sich ins Haus.

Als sie in die Küche kam, fiel ihr der Name der letzten Insel ein: Aix. Sie ging zu der Schublade mit den CDs, zog sie auf, wählte »Molène« von dem bretonischen Pianisten und Komponisten Didier Squiban und schob sie ins Gerät. Die Musik erfüllte das Zimmer und schon atmete alles die Atmosphäre der Bretagne mit ihrem Meer, ihrer Gischt, ihren Inseln und dem Vergessen.

27

Donnerstag, 28. August, achter Tag

Die Zeichenschule lag mitten im dreizehnten Arrondissement, dem chinesischen Viertel von Paris. Zaka schluckte schwer, sah sich einmal gründlich um und nahm dann die Stufen in Angriff, die zur Eingangstür der Schule hinaufführten. Mit Krücken und Mappe war dies eine echte Herausforderung. Ein etwa gleichaltriger Junge mit einem Piercing in der linken Augenbraue und braunen, mit viel Gel wild aufgerichteten Haaren kam auf sie zu. Er trug eine blaue Latzhose und ein gelbes T-Shirt und hatte einen großen, grünen Zeichenblock unter dem Arm.

»Hübsch, deine rosa Krücken! Brauchst du Hilfe?«

Dankbar überließ sie ihm ihre Mappe.

»Kommst du auch zu der Prüfung?«, fragte er selbstsicher. »Sie werden mich aufnehmen, aber keine Sorge, es gibt Platz für zwei.«

Sie lachte leise. Seit ihrer Entlassung aus dem Krankenhaus hatte sie nur ein paar Schokoriegel gegessen. Das lieferte Energie und war nicht teuer, aber mit einem Mal wurde ihr flau im Magen. Außerdem hatte sie große Angst, ihr Bruder könnte vor der Schule auftauchen.

»Was zeichnest du?«, wollte sie wissen.

»Alles, aber man erkennt nichts.«

Er löste das Gummiband des Zeichenblocks und zog ein paar große Blätter hervor, die vor Farben und Formen überschäumten. In der Tat war nicht viel zu erkennen, aber er hatte eine ganze Welt mit all ihrer Kraft und ihrem Ungestüm eingefangen. Ein Unwetter in den Bergen, ein schwerer Himmel, ein aufgewühltes Meer – Zaka sah sich mit ihren Gefühlen konfrontiert.

»Das ist eine Katze, die sich das Maul leckt«, erklärte ihr der Junge verbindlich. »Ich heiße übrigens Jules.«

»Zaka«, sagte Zaka und wies auf ihre Mappe.

Jules öffnete sie. Auf dem ersten Blatt beobachtete ein Wächter das Meer von seinem Leuchtturm aus, auf dem zweiten steuerte ein Fischer sein Boot in den Sonnenuntergang, auf dem dritten legte sich ein Segler schräg in den Wind.

»Das ist eine Katze, die einen Fisch in einem Aquarium ansieht«, erklärte Zaka.

Jules nickte. Ein asiatischer Junge stellte sich zu ihnen. Auf seinem Gesicht lag ein breites Grinsen, seine quadratisch geschnittenen, borstigen Haare wippten bei jeder Bewegung. Er trug eine Jacke mit der Aufschrift »Vu, chinesischer Imbiss, alle Gerichte zum Mitnehmen«.

»Zaka, darf ich dir Tan vorstellen?«, sagte Jules förmlich. »Wir kennen uns seit der Vorschule«.

Tan verbeugte sich. Auf seiner Schultasche stand »Cheng, chinesische Suppen zu jeder Tageszeit«. Er zog erlesene, mit chinesischer Tinte gemalte Kalligrafien hervor.

»Das bin ich mir schuldig«, sagte er. »Ich bin in der Avenue d'Italie geboren und nicht weiter als bis Chinagora gekommen, aber es gefällt den Lehrern, sie stehen auf ethnische Kunst.«

Die Prüfung dauerte den ganzen Morgen. Zunächst konnten sie bei der theoretischen Prüfung zwischen drei Themen wählen: »La Montagne Sainte-Victoire« von Cézanne, die Deckengemälde der Pariser Oper von Chagall oder »L'Orchestre« von Nicolas de Staël. Dann folgte ein praktischer Teil, bei dem sie wahlweise einen Greis, ein Pferd oder Regen malen sollten.

Vollkommen erledigt verließen sie das Gebäude.

»Ich habe über de Staël geschrieben«, teilte Jules mit.

»Und was hast du gemalt?«, wollte Zaka wissen.

»Ich arbeite nicht auf Bestellung. Sie werden ihre Fantasie spielen lassen müssen. Immer wollen sie etwas erkennen!«

Zaka hatte Chagall gewählt und dann einen Hafen im Regen gemalt. Beim Betrachten ihres Bildes hörte man das Geschrei der Möwen, das Klatschen der Taue, das Prasseln des Regens oben auf Deck. Tan hatte das Bild von Cézanne analysiert und eine Kalligrafie angefertigt, deren Schriftzug »Alter Mann« bedeutete.

»Essen wir eine Suppe mit Fleischbällchen?«, schlug Jules vor. »Ich nehme dich in meiner Karosse mit, Zaka.«

»Hast du ein Auto?«, fragte sie erstaunt.

»Einen alten klapprigen Autobianchi mit frisiertem Motor, der meiner Großmutter gehört hat. Ich bin schon fast neunzehn Jahre alt, dass das nur klar ist! Der Wagen steht genau gegenüber ...«

Zaka schwankte, schüttelte dann aber den Kopf. Angesichts ihrer Finanzen musste sie sich auf Schokoriegel beschränken. Feinfühliger als Jules, erriet Tan die Gründe für ihre Ablehnung.

»Mein Vater lädt ein«, sagte er und wies auf seine Jacke und seinen Motorroller, mit dem er die Gerichte auslieferte. »Ich esse mittags bei ihm. Abends esse ich bei meinem Onkel Cheng. Da sie sich gegenseitig überbieten wollen, werde ich gratis durchgefüttert!«

Dankbar nahm Zaka die Einladung an. Jules und Tan halfen ihr die Stufen zur Straße hinunter.

Sie bemerkten Gildas nicht, der neben seinem Motorrad auf der Terrasse des Cafés an der Ecke saß. Er hatte sich daran erinnert, dass heute die Prüfung im chinesischen Viertel stattfand, hatte im Internet nachgesehen und mit ein paar Telefonaten die richtige Schule ausfindig gemacht.

Sie bemerkten auch Kemal nicht, der sie von einer Telefonzelle aus beobachtete, hinter der er sein Mofa versteckt hatte.

Als Gildas sah, dass Zaka nicht allein war, beugte er sich tief über seinen Espresso und aß sein Buttercroissant auf. Als Kind hatte er einmal eine ganz junge, verletzte Taube auf einem Platz aufgelesen. Er hatte sie in einem Karton gehalten und so lange gefüttert, bis sie sich erholt hatte und kräftig genug war, um fortzufliegen. Gildas erinnerte sich genau daran, was er fühlte, als das Vogeljunge zunächst ganz vorsichtig mit den Flügeln geschlagen hatte und schließlich in den klaren Himmel emporgestiegen war: Er war stolz und traurig zugleich und hatte sich geschworen, niemals in seinem Leben Täubchen zu essen. Bei Zaka war das ganz ähnlich. Auch sie würde er niemals anrühren.

Kemal beschloss, seine Schwester nicht vor Zeugen auf offener Straße anzusprechen. Er würde ihr folgen und einen günstigen Augenblick abwarten. Es blieben noch zwei Tage bis zu ihrer Volljährigkeit. Achtundvierzig Stunden – das war mehr als genug, um sie zu überraschen, wenn sie allein war, und sie zu zwingen, mit ihm zu kommen. Noch dazu, wo sie einen Gips hatte.

28

Auf dem Marktplatz von Île-Tudy erstand Erlé einen Salat bei einem alten Bauern, der das Gemüse in seinem Garten anbaute. Dann ging er auf Frédérics Verkaufswagen zu, der, als er Erlé erblickte, nach seiner Thermoskanne mit dem Kaffee griff.

»Eine deftige Crêpe am Morgen vertreibt des Seemanns Sorgen«, empfing er Erlé mit dem vertrauten Lächeln.

Einmal in der Woche frühstückten sie gemeinsam. Während der Saison konnte Frédéric dem Ansturm der Feriengäste, die pausenlos Crêpes bei ihm bestellten, kaum nachkommen. Ihre Qualität blieb jedoch unverändert gut. Er arbeitete rasch, aber ohne Hektik, und die Kenner waren geduldig, wohl wissend, dass sich das Warten lohnte. Jetzt, Ende August, nahm die Zahl der Feriengäste wieder ab, und so hatten sie Zeit, miteinander zu plaudern.

»Wir sind heute zu zweit«, merkte Erlé an und wies auf Jack, der neben ihm herhinkte. »Mein vierbeiniger Freund isst das Gleiche wie ich.«

Frédéric goss den Teig auf die heiße Platte, strich sie mit geübter Hand glatt und rund, wartete einen Augenblick, bevor er die duftenden Wurstscheiben auf der Crêpe verteilte, faltete sie zügig zusammen, schob sie in ein Küchenpapier und reichte sie Erlé, der sie gerecht zwischen Jack und sich aufteilte.

»Ich habe Ärger«, sagte Erlé.

»Was für welchen?«

»Ziemlich großen. Ich bin ohne Führerschein Auto gefahren und habe mich erwischen lassen.«

»So etwas Idiotisches hast du gemacht?«

»Ja«, gestand Erlé. »Für Delphine.«

Jack leckte sich die Schnauze. Frédéric legte die Stirn in Falten.

»Du hattest doch nicht …?«

»Nicht einen Tropfen. Ich bin schließlich nicht verrückt! Aber sie hat mich angerufen und um Hilfe gefleht …«

Frédéric nickte. Er hatte dem nichts hinzuzufügen und bereitete die zweite Crêpe zu.

»Du hast uns noch nicht bekannt gemacht«, sagte er und wies auf den Hund.

»Das ist Jack. Er ist mitten auf der vierspurigen Straße Richtung Rennes gelaufen. Er hinkt zwar nicht auf der gleichen Seite wie ich, aber so ergänzen wir uns. Ich habe ihn bei der Polizei gemeldet und die Tierärzte verständigt, aber er trägt keine Marke, und bisher hat ihn niemand vermisst.«

Erlé griff nach der zweiten Crêpe, teilte wieder mit Jack, der sein Stück genüsslich hinunterschlang.

»Was machen sie jetzt mit dir?«

»Endgültiger Führerscheinentzug und Haft ohne Bewährung. Ich war überrascht, dass sie mich nicht gleich eingesperrt haben, aber die werden sich sicher bald melden.«

Noch am gleichen Morgen erhielt er drei Briefe per Einschreiben, die wie üblich an »Hervé Le Gall« adressiert waren. Obwohl sein Vorname korrekt in seinem Personalausweis stand, schrieben die Leute ihn falsch. Manche glaubten, es handele sich um einen fehlerhaften Eintrag, den sie eigenmächtig korrigierten. Da es ungefähr sechzig Leute mit Namen »Hervé Le Gal« im Finistère gab, ging die Post oft verloren, wenn die Adresse nicht genau stimmte.

Der erste Brief kam vom Hohen Gericht in Paris und kündigte ihm den Tag seiner Verhandlung an. Die Anklage lautete »Fahren ohne Führerschein sowie fahrlässige Körperverletzung«. Der zweite Brief war von seiner Versicherung, die ihn darüber informierte, dass bei einem Unfall zwischen Auto und Fußgänger der Autofahrer als Verursacher und deshalb Verantwortlicher betrachtet wurde. Der Absender des dritten war Rechtsanwältin Davoz aus Paris, die ihm darlegte, dass ihn die Tochter von Achille Foresta der fahrlässigen Tötung ihres Vaters anklagte, der an den Folgen des Unfalls gestorben war.

Außer sich vor Schreck rief Erlé sogleich seinen alten Klassenkameraden Gwendal Diquélou an, einen Klassenkamerad, der Anwalt geworden war und eine Kanzlei in Quimper hatte. Gwendal machte ihn auf alles gefasst: Erlé würde ein fettes Bußgeld zahlen müssen, sein Führerschein würde weiterhin einbehalten werden und womöglich drohte sogar eine Gefängnisstrafe ohne Bewährung.

»Das Bußgeld und den Führerscheinentzug habe ich ja wirklich verdient«, entsetzte sich Erlé, »aber für den Tod des Fahrradfahrers kann ich nichts, ich habe ihn nicht einmal berührt. Es ist doch Wahnsinn, mich der fahrlässigen Tötung anzuklagen! Das Mädchen ist mir vors Auto gerannt, ich hätte sie überfahren können, aber ich habe schnell reagiert … Ich habe seit sechs Monaten keinen Tropfen Alkohol mehr getrunken!«

»Wenn du getrunken hättest, wärst du jetzt im Gefängnis«, bemerkte sein Schulfreund gelassen. »Ich übernehme deinen Fall und versuche den Schaden zu begrenzen. Vertrau mir, okay?«

Erlé nickte am anderen Ende der Leitung, als könnte Gwendal es sehen.

»Soll ich vielleicht die Tochter dieses Mannes suchen und ihr erzählen, was geschehen ist?«, lautete sein naiver Vorschlag.

»Das kommt nicht infrage!«, ereiferte sich der Anwalt. »Bei einem solchen Fall muss man sich an die Regeln des Gegners halten.«

»Ich bin nicht ihr Gegner, ich kenne sie doch nicht einmal!«

»Du hast Recht«, korrigierte sich Gwendal. »Du bist ihr Feind. Das ist eine Kriegserklärung, mein Freund. Wenn du den Kampf nicht aufnimmst, wirst du verlieren.«

Erlé seufzte.

»Ich will nicht, dass meine Mutter etwas erfährt. Einverstanden?«

»Darauf kannst du dich verlassen.«

Nachdem er aufgelegt hatte, verharrte er eine ganze Zeit lang mit hängenden Schultern auf seinem Stuhl. Es war ein alter Küchenstuhl, den er vor der unehrenhaften Entsorgung durch den Sperrmüll gerettet hatte. Er spürte das Holz des Rahmens unter seinem Hintern, das Weidengeflecht unter seinen Schenkeln, die Lehne an seinen Schulterblättern und Jacks raue Zunge an seinen Händen. Es war ihm vollkommen klar, was er mit seinem naiven ritterlichen Feldzug angerichtet hatte. Noch dazu umsonst: Delphine würde sich weiter von ihrem erbärmlichen Freund verprügeln lassen. Er hatte mehrmals versucht, sie zu erreichen, aber auf ihrem Handy war immer die Mailbox eingeschaltet und er wollte sie nicht durch eine Nachricht in Gefahr bringen.

Ein verzweifeltes Lachen entfuhr ihm.

»Eine deftige Crêpe am Morgen vertreibt des Seemanns Sorgen, aber die Post am Tag bringt Ärger und Plag«, brummelte er vor sich hin.

Jack versetzte ihm einen leichten Stups mit der Schnauze, sodass Erlé aus seinen Gedanken gerissen wurde und um sich sah. Das dunkle Mahagoniholz glänzte im Zwielicht. Er überließ sich seiner Fantasie und fragte sich, ob denjenigen, der einst die Dübel ins Holz getrieben hatte, wohl ebensolche Sorgen geplagt hatten wie ihn jetzt ... beispielsweise zur Zeit, als Staat und Kirche auseinander fielen, als in der Bretagne gewaltsame Auseinandersetzungen an der Tagesordnung waren. Erlé dachte sich immer Geschichten über die Vergangenheit seiner Möbel aus, letztlich hatte er deshalb sein Filmstudium aufgegeben. Anstatt anderen Geschichten auf Zelluloid zu erzählen, erfand er nun Geschichten zu den Möbeln, die er restaurierte. Wenn er einmal einen gesunden und wohlgeratenen Sohn haben sollte, würde er sie ihm erzählen.

29

Zur selben Zeit erhielt auch Gildas Post von Rechtsanwältin Davoz, die ihm mitteilte, dass die Tochter von Achille Foresta ihn der fahrlässigen Tötung ihres Vaters anklagte, der im Anschluss an die Behandlung in der Ambulanz gestorben war. Er hatte im Büro von Daniel Meunier eine lange Unterredung mit dem Anwalt des Krankenhauses, David Benaïm. Danach wollte er im Stationszimmer zu Mittag essen. Seine Kollegen saßen bereits am Tisch und verschlangen mit erstaunlicher Geschwindigkeit große Portionen Spaghetti Carbonara.

»Nun, Murat, hat man dich freigesprochen oder bist du abgehauen?«

»Hast du die Handschellen durchgesägt?«

Gildas zuckte die Achseln und sah sie trotzig an.

»Lasst mich in Ruhe, okay?«

»Die Gerüchteküche brodelt«, sagte ein Verwaltungsleiter versöhnlich. »Man spricht über nichts anderes mehr. Was ist denn genau vorgefallen?«

Gildas wiederholte seine Geschichte.

»Kommt es zum Prozess, so bekomme ich vielleicht eine Haftstrafe auf Bewährung, aber unser Anwalt ist sicher, dass ich am 14. Juli nächsten Jahres begnadigt werde und nichts in meiner Akte vermerkt wird …«

»Wir werden dir Orangen und Rotwein in den Knast bringen!«, rief ein Radiologe spöttisch.

»Und was sagt denn unser allseits geliebter Dekan, der glorreiche Vater des Angeklagten?«, brachte sich ein dicker Dermatologe ein.

Gildas musterte ihn scharf.

»Keine Ahnung. Murat ist nicht gerade ein seltener Name. Hört auf, mich damit zu nerven. Er war nie mein Vater, und es besteht keinerlei Verwandtschaft zwischen uns.«

Alle hörten mit einem Schlag auf zu essen, die Gabeln rührten sich nicht mehr, ein Lungenfacharzt verbrannte mit der Asche seiner Zigarette das Tischtuch.

»Aber wir dachten ...«

»Dann habt ihr euch eben getäuscht«, erwiderte Gildas barsch. »Ich habe euch in eurem Glauben belassen und hoffe, ihr seid ausreichend auf eure Kosten gekommen, mir reicht's jetzt. Mein Vater ist gestorben, als ich noch ganz klein war, und er war nicht einmal Arzt.«

Von dieser Neuigkeit etwas benommen, ging die Ärzteschaft wieder zum Essen über. Gildas setzte sich zwischen sie und zog die Spaghettischüssel zu sich heran.

30

Wie schon am Tag zuvor, hatte Zaka mit Tan und Jules bei Vu zu Mittag gegessen. Jules hatte anschließend ein paar DVDs in der Videothek ausgeliehen, um sie zu Hause anzusehen.

»Das sind Kultfilme«, hatte er beteuert. »Wenn du das Meer liebst, musst du ›The Big Blue‹ sehen!«

Zaka war überwältigt von den Bildern, die auf sie einprasselten, und den Gefühlen, die sie mit sich rissen. Das Zimmer von Jules war größer als die gesamte Wohnung der Familie Djemad. Er hatte einen todschicken Fernseher mit Flachbildschirm, einen DVD-Spieler und einen DVD-Recorder für sich ganz allein, dazu einen eigenen Kühlschrank mit Getränken, einen Computer mit riesiger Festplatte und der allerneuesten Grafikkarte. Die Räume befanden sich in der zweiten Etage einer schmucken Stadtvilla, die in einer kleinen Straße mit vielen Künstlerateliers lag.

»Ich kann einfach nicht glauben, dass du noch nie am Meer warst«, rief Jules aus. »Siehst du die Seine? So sieht auch das Meer aus, nur mit Wellen und Salz. Warte, ich werde dir etwas Lustiges zeigen …«

Er wühlte in seinem Schrank und zog Fotoalben hervor, die er rasch durchblätterte.

»Schau. Ich war in den Ferien mit meinen Eltern in Jordanien. Wir haben im Toten Meer gebadet. Sein Salzgehalt ist so hoch, dass das Wasser einen trägt!«

Auf dem Foto waren Jules und sein Vater zu sehen, die im Wasser lagen und Zeitung lasen. Die Köpfe, Beine und Füße schwammen auf der Wasseroberfläche, als wäre das Wasser fest.

»Findest du das nicht sehr merkwürdig?«

Zaka schüttelte mit einem entwaffnenden Lächeln den Kopf.

»Was ist daran so außergewöhnlich?«

»Warst du denn wenigstens schon mal im Schwimmbad?«

»Nicht wirklich«, gestand Zaka.

Aufgrund zahlreicher Ohrenentzündungen war sie immer vom Schwimmunterricht befreit gewesen. Während ihre Mitschüler herumplantschten, machte sie Zeichnungen von ihnen. Sie kannte das Schwimmbad vom Sehen, Hören und vom Geruch, aber sie hatte noch nie das Gefühl erlebt, wenn man ins Wasser steigt. Und zu Hause hatten sie keine Badewanne, sondern nur eine Dusche.

»Das ist einfach unglaublich«, Jules konnte es nicht fassen. »Meine Mutter hat ein Jacuzzi in ihrem Badezimmer, willst du es ausprobieren?«

Zaka geriet in Versuchung, lehnte aber ab.

»Ich habe keinen Badeanzug … und außerdem habe ich einen Gips.«

»Dann nehme ich dich mit nach Deauville. Wir können in zwei Stunden dort sein. Wir sagen Tan Bescheid, dass wir nicht zu Cheng kommen, und fahren los, ja?«

Wieder schüttelte Zaka den Kopf. Sie war ihm für seinen Vorschlag dankbar, aber seit dem gescheiterten Ausflug mit der Wohlfahrt hatte sie immer vorgehabt, das Meer allein zu entdecken. Diese Begegnung würde so besonders, so intensiv sein, dass sie sie nicht mit Jules teilen konnte, für den der Ozean genauso banal war wie das Wasser aus dem Wasserhahn, das er zum Zähneputzen benutzte.

»Ein andermal«, sagte sie.

Er zuckte überrascht die Achseln.

»Mädchen sind seltsam. Du musst es wissen.«

»Ich muss mich innerlich darauf vorbereiten«, erklärte sie.

»Aber wir essen doch bei Cheng zu Abend, oder?«

Sie nickte, glücklich bei dem Gedanken an eine zweite kostenlose Mahlzeit.

»Bist du sicher, dass wir das annehmen können?«, fragte sie besorgt. »Wird Tan auch ganz sicher keine Probleme bekommen?«

Jules brach in Lachen aus.

»Er ist doch dort zu Hause. Er fährt die Speisen für ein Taschengeld aus, und er kann alle Kühlschränke leer essen, ohne dass ihm jemand Vorwürfe macht. Einmal hat sein Onkel unsere ganze Klasse verköstigt. Tans Freunde sind immer willkommen.«

Zakas Augen strahlten.

»Danke für die Filme«, sagte sie. »Sagst du deinen Eltern nicht Bescheid, wenn du fortgehst?«

»Sie leben in Irland. Dreiviertel des Jahres bleiben sie dort, sie sind Steuerflüchtlinge, hier müssen sie viel zu viel VM bezahlen.«

»Was ist das denn?«

»Vermögenssteuer. Das hier ist mein Zuhause, nicht ihres.«

»Du meinst … das ganze Haus?«

Jules nickte.

»Seit meinem achtzehnten Geburtstag. Strom, Gas und Wasser werden automatisch abgebucht. Ich esse bei Tan oder bestelle mir eine Pizza. Ich bin eine gute Partie, glaube ich. Gehen wir? Ich habe Hunger.«

Vor der Villa stellte sich Kemal auf die Zehenspitzen, um durch die hohen Fenster zu spähen. Er konnte sich gerade noch verstecken, als sich die Tür öffnete und Zaka, gefolgt von Jules, heraustrat.

Kemal war wütend. Würde dieser Bursche seine Schwester denn gar nicht allein lassen?

Die beiden jungen Leute gingen zu dem Autobianchi. Kemal zögerte und sah sich kurz um. Ein Mann mittleren Alters mit einer mächtigen gescheckten dänischen Dogge tauchte an der nächsten Ecke auf. Kemal seufzte. Wieder eine Gelegenheit verpasst.

Der Autobianchi fuhr knatternd los. Kemal stieg auf sein Mofa und folgte ihnen.

31

Freitag, 29. August, neunter Tag

Gwendal Diquélou und David Benaïm, die Anwälte von Erlé und Gildas, nahmen Kontakt zu Sophie Davoz auf. In solchen Streitfällen erfahren, sagte jeder, was er sagen musste, um auf keinen Fall etwas versäumt zu haben. Sie wussten genau, was Sache war, und verhielten sich professionell. Auch wenn sie sich engagiert in einen Prozess stürzten, machten sie diesen im Gegensatz zu den Anwälten in amerikanischen Filmen, die ihren Ruf oder sogar ihr Leben aufs Spiel setzen, um die Hollywood-Heldin zu verteidigen, niemals zu ihrer persönlichen Sache. Gwendal Diquélou war noch nie ohne Führerschein Auto gefahren, und David Benaïm hatte nie jemanden aus der Notaufnahme gehen lassen, der am nächsten Tag gestorben war. Sie betrachteten die Sache aus der Distanz. Bei Sophie war das anders: Sie hatte ihren Geliebten verloren und war entschlossen, ihn zu rächen.

»Mein Mandant hat das Opfer mit seinem Auto gar nicht berührt«, erklärte Gwendal Diquélou.

»Mein Mandant hat darauf bestanden, dass das Opfer im Krankenhaus bleibt«, beteuerte David Benaïm.

»Wir werden auf fahrlässige Tötung klagen«, wiederholte Sophie schlicht.

Eva beharrte auf ihrem Standpunkt, als Rechtsanwältin Davoz ihr die unterschiedlichen Aussagen telefonisch vortrug, und teilte ihr mit, dass sie vorerst nicht von Groix zurückkehren würde. Ihr ging so viel durch den Kopf, und außerdem wollte sie die alte Drehorgel restaurieren.

Laure rief an und wollte sie besuchen, aber Eva zog es vor, allein zu bleiben. Florent rief sie auf ihrem Handy an, aber Eva ließ ihn abblitzen.

»Vergiss mich, vergiss diese Nummer, tu einfach so, als wären wir uns nie begegnet«, wiederholte sie aufgebracht.

»Hören wir doch auf zu zanken, Eva. Ich habe dich doch um Verzeihung gebeten. Du weißt, dass wir füreinander geschaffen sind!«

Das dachte er tatsächlich. Er hatte eine Dummheit mit dieser Gerichtsschreiberin begangen, die auf den Namen Jennifer hörte. Sie war nun einmal scharf, unerbittlich und sexy. Er hatte zu viel getrunken, und sie hatten einen Augenblick knisternder Erotik miteinander geteilt. Er hatte ihr klar gemacht, dass das eine Ausnahme blieb, und sie hatte es ihm übel genommen. Florent machte sich darüber lustig. Er wollte Eva zurückgewinnen. Er besaß einen genauen Plan für sein zukünftiges Familienleben, und Eva war darin die Rolle der Ehefrau zugedacht. Sie war schön, gut erzogen, ein wenig wunderlich, wie Frauen es oft sind, und außerdem die Tochter eines berühmten Anwalts. Sie würde ihm schöne Kinder schenken und Klavier spielen, wenn er nach Hause käme. Alexis' Tod stellte für Florent kein Problem dar. Hatte man keine Schwiegereltern, so hatte man auch keine Verpflichtungen zu Weihnachten oder an den Geburtstagen der Kinder, die sie einmal haben würden.

Nun lag ein Schatten über diesem idyllischen Entwurf: Eva schien nicht begriffen zu haben, dass ihre Verbindung unabwendbar war.

»Du benimmst dich wie ein kleines Kind«, warf er ihr vor. »Wir sind füreinander bestimmt, dagegen kannst du nichts tun.«

Seine Hartnäckigkeit beunruhigte Eva, und sie rief Laure an:

»Dein Bruder quatscht Blödsinn. Er verhält sich wie ein Besessener.«

»Das gibt sich wieder«, versprach Laure. »Bei seiner letzten Freundin war er auch so, und dann hat er sich doch ganz plötzlich in dich verliebt!«

»Ich bin nicht sicher, ob mich das beruhigt«, meinte Eva mürrisch.

»Versuch vor allem nicht, Kontakt zu Eva Foresta aufzunehmen. Das wäre der sicherste Weg, alles zu verderben«, schärfte Gwendal seinem Freund Erlé ein. »Außerdem ist sie augenblicklich gar nicht in Paris. Vergiss sie und verhalte dich so, als sei nichts geschehen. Ich kümmere mich um alles.«

Er verschwieg, dass Erlé wahrscheinlich in Haft genommen worden wäre, falls es bei dem Unfall Schwerverletzte oder gar Tote gegeben hätte. Die Klage und das Verfahren waren zwei verschiedene Dinge. Die Ermittlungen sollten strittige Fragen klären und Fakten liefern. Der Richter würde wahrscheinlich zu der Einschätzung gelangen, dass eine Verhaftung von Erlé nicht notwendig sei, da er einen festen Wohnsitz und Arbeit hatte. Seine Familienangehörigen waren unbescholtene Leute und wohnten in der Nähe, sodass keine weitere Gefahr von ihm ausgehen würde.

»Versuchen Sie vor allem nicht, Eva Foresta zu treffen, Doktor Murat. Das wäre mit absoluter Sicherheit Ihr beruflicher Untergang«, schärfte David Benaïm Gildas ein. »Vergessen Sie sie; konzentrieren Sie sich auf Ihre Patienten, ich kümmere mich um Ihre Verteidigung.«

Erlé und Gildas versprachen hoch und heilig, sich an diese Abmachungen zu halten. Und so warteten alle auf den Bericht der Autopsie und den Tag der Urteilsverkündung.

32

Schon als Kind war Gwendal Diquélou beim Anblick der Île-Tudy vorgelagerten Häuser ins Träumen geraten. Seine Eltern waren Kaufleute und bewohnten ein komfortables Häuschen im Landesinneren, wo es ihm an nichts fehlte. Sein Wunsch hatte sich beinahe erfüllt, als ein alter, kinderloser Onkel starb und eines dieser Häuser seinen Eltern vererbte. Gwendal war damals zehn Jahre alt gewesen und hatte sie vergeblich angefleht, es zu behalten. Diese Fischerhäuschen trotzten dem Wind und dem Meer: Sie wiesen dem Wasser den Rücken zu, der Eingang und die Zimmer gingen zur Straße hinaus. Das Augenmerk der Pariser und der Ausländer hatte sich noch nicht auf sie gerichtet. Die Preise für ein solches Objekt waren erschwinglich.

»Diese Bruchbuden sind nichts wert«, hatte ihm sein Vater erklärt. »Wenn du später eines haben möchtest, wirst du es dir kaufen können.«

Sie hatten es also verkauft und waren nach Quimper in eine Stadtvilla gezogen. Sechzehn Jahre später waren die Preise für diese am Wasser liegenden Häuser in die Höhe geklettert, die Nachfrage stieg von Jahr zu Jahr und das Angebot war gleich null. Gwendal lebte mit Frau und zwei Kindern immer noch in Quimper, aber er hatte seinen Traum noch nicht aufgegeben. Er stand auf den Wartelisten aller Immobilienagenturen sowie aller Notare der Gegend und rief sie regelmäßig an, um sich in Erinnerung zu bringen.

An diesem Morgen klingelte das Telefon, als er gerade unter der Dusche stand. Beim Herausspringen aus der Wanne stieß er sich den großen Zeh, rutschte beinahe auf den nassen Fliesen aus und bekam den Hörer genau in dem Augenblick zu fassen, als der Anrufbeantworter ansprang.

»Hallo? Hallo? Bleiben Sie dran!«

Unbeirrbar erklang die Ansage.

»Guten Tag, Sie haben die Nummer von Rechtsanwalt Gwendal Diquélou gewählt. Bitte hinterlassen Sie eine Nachricht …«

»Hallo? Warten Sie, warten Sie!«

»Herr Diquélou? Hier ist Louis Le Gall von der Immobilienagentur ›Meerblick‹. Sie haben um Nachricht gebeten, falls ein Haus frei würde …«

»Ganz vorne?«, Gwendal schrie es fast heraus.

Louis grinste. Der Kunde hatte angebissen. Anwälte sind solvente Leute. Das Geschäft sah viel versprechend aus.

»Es ist das blaue Haus.«

Gwendal keuchte: Das allerschönste Haus. Selbst in seinen kühnsten Träumen hatte er nicht zu hoffen gewagt, dass es eines Tages zum Verkauf stünde.

»Der Eigentümer, ein Österreicher, kehrt in seine Heimat zurück. Wir haben für vierundzwanzig Stunden das alleinige Verkaufsrecht. Sie sind nicht der einzige Interessent …«

»Ich komme«, versicherte Gwendal. »Ich sage meine Termine ab und bin in zwanzig Minuten bei Ihnen. Warten Sie auf mich! Bieten Sie bitte niemandem sonst das Haus an!«

Zehn Minuten später warf sich Gwendal – an dem rechten Ohrläppchen klebte noch ein wenig Rasierschaum – in den Peugeot 206 seiner Frau. Normalerweise fuhr er den Renault Espace, aber er hatte den kleineren Wagen gewählt, um dem Agenten keinen Anlass zu bieten, den Preis zusätzlich in die Höhe zu treiben. Deshalb trug er auch statt seiner Reverso-Armbanduhr eine Swatch.

Er fand dieses Haus wundervoll. Der Preis war nicht so wichtig und wäre in jedem Fall angemessen. Er würde einen Kredit über dreißig Jahre aufnehmen. Er musste nur den Typen von der Agentur davon abhalten, bei einem anderen Käufer mehr herauszuschlagen.

Mit der wunderbaren Aussicht auf die mitten in der Bucht verankerte Boje und die nassglänzenden, farbenprächtigen Boote war das Haus noch schöner, als er es in Erinnerung hatte.

»Ich kann den Vertrag sofort unterzeichnen«, beteuerte er.

»Das freut mich«, sagte Louis, der auf eine höhere Provision spekulierte. »Ich werde Ihr Angebot dem Besitzer überbringen, Sie sind der zweite Interessent. Der erste ist ein Chirurg …«

Gwendal fühlte einen eiskalten Schauer seinen Rücken hinunterlaufen. Gab es tatsächlich einen anderen Interessenten oder tat der Mann nur so, um den Preis in die Höhe zu treiben?

»Ich will es haben«, sagte er.

Louis setzte die beleidigte Miene eines unbescholtenen Mannes auf, dem man ein schmutziges Geschäft vorschlägt.

»Ich bin nicht derjenige, der entscheidet. Ich überbringe lediglich die Angebote. Wenn Ihres am interessantesten ist, wird die Wahl sicherlich auf Sie fallen.«

Der Österreicher hatte ohne mit der Wimper zu zucken einen Vertrag mit der Klausel unterzeichnet, nach der er zwar eine bestimmte Summe für sein Haus fordern konnte, aber den eventuell erwirtschafteten Mehrwert dem Unterhändler überließ.

Fieberhaft dachte Gwendal nach. Als Anwalt stand er für Recht und Gesetz ein. Würde er sich dabei erwischen lassen, wie er bei einem Geschäft Schmiergeld zahlte, könnte er seinen Beruf an den Nagel hängen. Jeder Mensch hat einen schwachen Punkt – wie konnte er an diesen untersetzten und feisten Typen herankommen?

»Ich habe Ihren Namen nicht richtig verstanden«, sagte er freundlich.

»Louis Le Gall.«

Gwendal zog die Augenbrauen hoch.

»Sind Sie etwa mit meinem Freund Erlé verwandt?«

Louis schluckte. Normalerweise waren Erlés Freunde weder reich noch Anwälte. Das Haus war wunderschön, aber viel zu teuer. Er würde es nur an einen Liebhaber verkaufen können.

»Das ist mein Bruder«, erklärte er zaghaft.

»Die Welt ist klein«, staunte Gwendal fröhlich. »Ich habe gestern und sogar heute Morgen noch mit ihm telefoniert.«

Louis zeigte keine Regung, aber seine Alarmglocken schrillten. Sein Bruder, der Schreiner, hatte einen Anwalt angerufen? Warum wohl?

»Sie werden ihm also helfen können?«, fragte er ins Blaue hinein.

Gwendal ging davon aus, dass sein Gegenüber Bescheid wusste, und da er sich seine Gunst sichern wollte, eröffnete er ihm vertrauensselig:

»Er sitzt ganz schön in der Patsche, aber ich hoffe, dass ich ihn da herausbekomme oder zumindest ein mildes Urteil erwirken kann.«

Louis wurde hellhörig.

»Gut, dass er Sie hat«, ermunterte Louis ihn fortzufahren.

»Das Urteil wird in Paris gesprochen, das ist nicht besonders günstig für uns. Es war dumm von ihm, sich ans Steuer zu setzen, aber zumindest war er beim zweiten Mal nüchtern! Er ist ein Romantiker, kein Wiederholungstäter. Problematisch ist, dass das Opfer gestorben ist. Wenn der Richter nun ein Exempel statuieren will ... Sagen Sie ihm aber nichts davon, damit er nicht den Mut verliert!«

Louis lächelte breit.

»Natürlich nicht«, freute sich Louis schon im Voraus.

»Wann sprechen Sie mit dem Besitzer?«, wollte Gwendal wissen und kam damit auf sein eigentliches Anliegen zurück.

»Jetzt, wo ich weiß, dass Sie ein Freund von Erlé sind, werde ich Ihnen einen Gefallen tun. Geben Sie sich einen kleinen Ruck, legen Sie noch einmal fünfzigtausend Euro drauf, und das Haus gehört Ihnen!«

Erlé bearbeitete ein paar Regale, die früher einmal in einer Bäckerei gestanden hatten. Er roch die groben dunklen und weichen hellen Brotlaibe. Er stellte sich einen kleinen Landhandel in der Übergangszeit vor, von der Epoche, in der alle Leute ihr Brot selbst backten, zu jener, in der die Frauen anfingen, arbeiten zu gehen.

Die Bäckerei war später zu einem Nähgeschäft geworden, in den Regalen wurden nun Knöpfe, Bänder, Garn und Gummizüge aufbewahrt. Wieder später nähten die Leute ihre Kleidung nicht mehr selbst und bemühten auch keine ortsansässigen Schneider mehr, sondern erstanden in den billigen Kaufhäusern Kleider von der Stange.

Das Geschäft wurde wieder verkauft und bot nun CDs und DVDs an. Diese glänzenden Scheiben hatten die Vinylplatten komplett verdrängt und verstopften nun als Werbeangebot der Internetserver die Briefkästen, um schließlich die Vogelscheuchen auf den Feldern zu zieren.

Die Regale hatten all diese Veränderungen gleichmütig

ertragen, das Holz hatte den unterschiedlichen Lasten und Temperaturen standgehalten.

»Bald seid ihr wieder ganz in Ordnung«, beruhigte Erlé sie.

Er benutzte nie die Worte »wie neu«, denn das empfand er als Beleidigung: Die Bretter hatten viel hinter sich, und er war da, um sie zu pflegen und ihnen ihren alten Glanz wiederzugeben und nicht, um ihnen die Spuren ihrer Geschichte wegzuhobeln.

Vor dem Fenster zeichnete sich ein Schatten ab. Erlé sah auf, erkannte seinen Bruder und bedeutete ihm hereinzukommen.

»Was ist?«, brummte er, ohne von seiner Arbeit abzulassen.

»Störe ich dich?«, fragte Louis.

»Was willst du?«, wollte Erlé misstrauisch wissen. »Soll ich deiner Frau etwas vorlügen und sagen, dass du bei mir bist, oder soll ich einen Hausbesitzer spielen, der dringend verkaufen will? Ein für alle Mal nein, das mache ich nicht. Ich pfeife auf einen Anteil an deiner Kommission. Mach's gut, ich habe zu tun.«

Louis' breites Grinsen hätte ihn warnen sollen.

»Wie geht es dem verlorenen Sohn?«, hub er genüsslich an. »Dem verfluchten Sohn, der betrunken Auto fuhr und sich dann noch einmal ohne Führerschein ans Steuer setzte? So etwas ist gar nicht gut, nein, nein, nein!«

Erlé ließ die Bretter fahren und sah seinen Bruder an.

»Gerüchte verbreiten sich schnell«, stellte er fest. »Und, freust du dich?«

»Ich muss zugeben, dass ich das alles ganz hinreißend finde«, erwiderte sein Gegenüber. »Mama wird begeistert sein.«

»Zieh sie nicht in diese Sache hinein«, stieß Erlé hervor. »Sie braucht das nicht zu wissen.«

Louis gab sich heiter.

»Natürlich braucht sie das nicht. Aber ich werde es ihr trotzdem so schnell wie möglich erzählen, wie du dir denken kannst!«

Erlé baute sich in seiner ganzen Größe vor Louis auf.

»Wir sind keine kleinen Kinder mehr«, sagte er mit müder Stimme. »Die Streitereien vom Pausenhof sind vorbei. Wir sind keine echten Geschwister, wir müssen einander nichts beweisen, und ich habe keine Lust mehr, mich zu schlagen. Das ist verlorene, verschenkte Zeit ...«

Louis lachte los.

»Mich amüsiert das außerordentlich, mein Lieber!«

Erlé zuckte die Achseln.

»Woher weißt du es?«

»Das willst du gerne wissen, was? Ein Kunde ...«

»Wer?«

Louis genoss den Augenblick.

»Dein Anwalt, mein Lieber. Er wollte mit seiner Vertraulichkeit schneller an das Haus kommen, für das er sich interessiert.«

Erlé verschlug es die Sprache. Er hatte fest an die Verschwiegenheit seines ehemaligen Mitschülers geglaubt.

»Ich habe vor, es ihm zu verkaufen«, fuhr Louis fort. »Von meiner Kommission kann ich dir dann ein paar Crêpes in deine Zelle bringen. Dein lieber Anwalt Diquélou ist der Meinung, dass du ganz schön alt aussehen könntest, wenn der Richter ein Exempel statuieren möchte ...«

»Das hat er dir gesagt?«

»Genau das!«

Wie erstarrt nahm Erlé die Worte seine Bruders zur Kenntnis, dann ballte er die Fäuste.

»Hau ab!«, sagte er nur.

»Wie bitte? Du bist nicht in der Situation, so hochnäsig zu sein, kleiner Bruder! Du solltest mich lieber bitten zu schweigen. Mama ist schon ziemlich alt, und ein solcher Schlag könnte ihrem Herzen sehr zusetzen. Vor allem jetzt … hat sie dir nicht erzählt, dass wir beide gerade große Geschäfte machen?«

Erlé wurde blass.

»Kannst du mir das erklären?«

»Ich habe sie auf einen dicken Fisch angesetzt. Am Ufer des Odet ist ein Grundstück zu verkaufen, das nach den neuen Gesetzen hinsichtlich des Küstenstreifens eigentlich nicht bebaut werden darf. Aber ich spiele mit einem hohen Tier Tennis, der mir eine Genehmigung beschaffen kann. Nach den Unterlagen des Katasteramts war dort einmal ein Reiterhof mit einem großen Grundstück. Man müsste die Pläne nur ein klein bisschen verändern und die Grenzen um ein paar Meter verschieben.«

»Und weiter?«

»Ich habe es gekauft«, erklärte Louis. »Natürlich nicht persönlich. Ich habe schließlich schon zwei Kredite am Hals. Deshalb hat Mama es gekauft.«

»Was? Mit welchem Geld denn?«

»Mit dem Geld, das die Bank ihr auf ihre Lebensversicherung geliehen hat.«

Erlé glaubte seinen Ohren nicht zu trauen.

»Aber das sind doch ihre Ersparnisse, Louis! Es ist das Geld, das sie beiseite gelegt hat, falls sie einmal etwas braucht, für später …«

»Na und? Ich habe es jetzt eben früher gebraucht!«

Außer sich vor Wut schüttelte Erlé den Kopf.

»Ich werde nicht zulassen, dass du sie überredest. Du hast keine Chance. Das ist Betrug. Du wirst auf die Schnauze fallen und am Ende mit einem unverkäuflichen Grundstück dastehen.«

»Du hast mich nicht richtig verstanden«, sagte Louis. »Ich frage dich nicht um deinen Rat: Alles ist bereits gelaufen. Mama ist meinem Rat gefolgt, wir haben gestern den Vertrag unterzeichnet. Der Bankangestellte war sehr entgegenkommend.«

Erlé runzelte die Stirn.

»Hat er denn keine Garantien verlangt?«

Zum ersten Mal wurde Louis verlegen.

»Nur eine Formalität. Alles ist bombensicher, ein Jahrhundertgeschäft!«

»Welche Garantie hat er verlangt, Louis? Doch nicht etwa ihr Haus?«

Ihr Haus, das mit seinen weißen Mauern und blauen Fensterläden, den Hortensien, Heckenrosen und der sich auf dem Fenstersims räkelnden getigerten Katze ein würdiges Motiv für eine Postkarte abgab, stand ihm vor Augen.

»Er hat darauf bestanden, und so habe ich nachgegeben. Aber sie geht kein Risiko ein. Es handelt sich nur um eine nichts sagende, lächerliche Hypothek …«

Erlé war erschüttert.

»Ich renne gleich zur Bank und erkläre ihnen, dass sie nichts verstanden hat und dass du sie überredet hast …«

»Das Problem ist, dass das Opfer gestorben ist, sagte mir dein Anwalt. Er hält dich für einen Romantiker, nicht für einen Wiederholungstäter. Aber du wirst in Paris verurteilt werden, und das ist ungünstig für dich. Ich bin der mustergültige Bürger, Familienvater und brave Steuerzahler. Du verdienst nicht einmal genug, um steuerpflichtig zu sein, und wirst bald im Kittchen sitzen. Wer wird dir schon glauben?«

»Mama«, sagte Erlé aus tiefstem Herzen.

Louis begann zu lachen.

»Wer hat ihr denn Enkel geschenkt? Wer wird ihr helfen, wenn sie eines Tages in finanziellen Schwierigkeiten steckt? Und wer wird denn deinen Anwalt bezahlen? Er wird sein Traumhaus kaufen und dafür braucht er Kohle. Glaubst du etwa, er arbeitet für dich nur wegen deiner schönen Augen?«

Niedergeschlagen schwieg Erlé.

»Du hast allen Grund, vernünftig zu sein«, tadelte ihn Louis. »Ich werde deinem Anwalt dieses Haus verkaufen, er wird dich aus der Sache heraushauen, und du wirst endlich wieder zu einer ehrenwerten Person, die Mama keine Schande mehr macht …«

Wie von selbst schoss Erlés Faust nach vorn und donnerte auf die Nase seines Bruders. Blut tropfte auf das schöne kurzärmlige, zartgelbe Hemd. Fassungslos tastete Louis mit der Hand nach seinem Gesicht.

»Ich werde dir einen Prozess anhängen!«, presste er hervor.

»Dann habe ich schon zwei am Hals«, erwiderte Erlé trocken und rieb sich dabei die Finger. »Weißt du was? Darauf habe ich sechsundzwanzig Jahre gewartet.«

Louis' Nase schwoll zusehends an. Immer noch verdutzt wich er zum Ausgang zurück.

»Du wirst von mir hören«, schimpfte er schnaubend.

»Geh doch gerichtlich gegen mich vor. Ich kann dir einen guten Anwalt empfehlen, Gwendal Diquélou. Er hat jetzt Zeit, denn ich feuere ihn. Wenn du ihm billig zu seinem Haus verhilfst, wird es ihm sicher gelingen, mich lebenslänglich hinter Gitter zu bringen.«

Louis blieb auf der Schwelle stehen und sah seinen Bruder wütend an.

»Du hättest mich besser nicht angerührt«, zischte er.

»Du hättest Mamas Ersparnisse besser nicht angerührt«, seufzte Erlé resigniert.

Louis ging hinaus, drückte die Fernbedienung, um seine dicke rote Limousine zu entriegeln, sprang hinein und zog die Tür so schnell zu, dass er sich den Ellbogen stieß. Mit trauriger Genugtuung beobachtete Erlé den überstürzten Aufbruch.

Der Kai war überfüllt von Feriengästen, die auf den Terrassen vor dem »Winch«, dem »Tribord«, der »Crêperie de la Cale«, dem »Café du Port« und dem »Malamok« am Wasser saßen. Erlé blieb ein paar Minuten vor dem Fischereigeschäft in der Rue de la République stehen, um mit Karine zu plaudern, dann ließ er sich ebenfalls am Kai nieder und faltete seine Zeitung, »Ouest-France«, Ausgabe Quimper, auseinander, während sich Jack zu seinen Füßen zusammenrollte.

Zuerst überflog er den Regionalteil von Fouesnant und Douarnenez, etwas mehr Aufmerksamkeit schenkte er dem, was über Bigouden berichtet wurde, und gelangte schließlich zum Regionalteil von Pont-l'Abbé ...

Er traute seinen Augen nicht. Rechts unten informierte ein Artikel über den plötzlichen Tod des Anwalts Alexis Foresta, der in der Bretagne hinlänglich bekannt war. Vor ein paar Jahren hatte er einen Freispruch für einen Einheimischen erwirkt, der in einen Bankraub verwickelt gewesen war. Der Zeitung zufolge hatte der andere Beteiligte, einer aus dem Norden, eine lange Haftstrafe erhalten, während der Bretone dank eines Verfahrensfehlers das Gericht als freier Mann verlassen konnte.

»Er trug keine Waffe, er war gerade erst volljährig, sein Freund hat ihn überredet, er brauchte Geld für seine bevorstehende Hochzeit. Sie haben ihn zum Geständnis gezwungen, Sie haben die Zeugenaussage der Kassiererin beeinflusst. Wir wollen doch nicht den jungen Gorun mit einem Gewohnheitsverbrecher, einem Vergewaltiger oder einem Pädophilen verwechseln. Er hat eine Chance verdient!«, so hatte das Plädoyer von Anwalt Foresta gelautet.

Er hatte alle Register gezogen, und die Bretonen haben es ihm gedankt.

»Ihn hätte ich jetzt gut für meine Verteidigung gebrauchen können …«, dachte Erlé im Wissen um die Absurdität dieses Gedankens.

Er trug nicht die geringste Schuld am Tod des Anwalts. Er sah die Szene in jeder Einzelheit vor sich: Das junge Mädchen war ohne aufzupassen vor sein Auto gerannt, er hatte das Lenkrad herumgerissen, um ihr auszuweichen, dabei aber noch ihr Bein erwischt. Der Radfahrer, viel zu schnell, erschrak und machte ein Ausweichmanöver zur Seite, bei dem er stürzte.

»Ich habe ihn nicht einmal berührt«, dachte er. »Warum glauben die Leute mir nicht?«

In dem Artikel wurden noch andere gewonnene Prozesse erwähnt und die Tatsache, dass der Anwalt der Bretagne sehr verbunden war, da er »auf der Insel Groix ein Haus besaß«.

Diesen Satz las Erlé drei Mal. Als Gwendal ihm geraten hatte, keinen Kontakt zu der Tochter von Foresta aufzunehmen, hatte er erwähnt, dass sie nicht in Paris sei. Groix war nur fünfundvierzig Minuten von Lorient entfernt, und das wiederum nur fünfundvierzig Minuten mit dem Zug von Quimper.

Erlé sah nur noch eine Lösung: Er musste sein Finistère verlassen und sich nach Morbihan aufmachen.

33

»Er vergisst alles, Herr Doktor. Er geht in Pantoffeln nach draußen, und ich habe Angst, dass er das Gas nicht abdreht«, wiederholte die Tochter des Patienten bedrückt.

Gildas seufzte. Der Mann litt an Alzheimer.

»Wir können ihn nicht zu uns nehmen«, fuhr sie fort. »Unsere Kinder sind noch klein und die Wohnung auch.«

»Es gibt Wohnheime, die extra auf Alzheimer-Patienten abgestimmt sind. Dort findet ein Gedächtnistraining statt, und der Tagesablauf wird durch bestimmte Markierungen so gestaltet, dass die Patienten sich leichter orientieren können.«

Die Tochter sah ihren Vater an, als wolle sie sich entschuldigen. Mit seinem würdevollen Aussehen und seiner stattlichen Gestalt hätte der alte Mann auf der Bühne die Rolle eines englischen Lords spielen können. Dabei wusste er nicht einmal, wie er hieß.

»Welche Vorkehrungen werden denn getroffen, dass die Patienten nicht weglaufen?«, fragte sie beunruhigt.

»Ihre Schuhe werden mit elektronischen Meldern versehen. Am Eingang des Wohnheims ist ein Detektor angebracht, sodass ein Pfeifton dem Personal anzeigt, wenn ein Bewohner durch die Tür geht.«

Die Frau lächelte gequält. Sie stand auf und bedeutete

ihrem Vater, sich ebenfalls zu erheben. Der gut aussehende Greis kam ihrer Aufforderung nach und fragte leise:

»Sie wollen schon gehen?«

»Nein Papa, wir gehen. Sag dem Doktor auf Wiedersehen.«

Der Mann runzelte die Stirn.

»Bist du krank?«, fragte er besorgt. »Kümmern Sie sich um sie, Herr Doktor. Sie ist meine Frau, und wir sind schon fünfzig Jahre miteinander verheiratet!«

Seine Tochter schüttelte den Kopf.

»Ich bin doch deine Tochter, Papa.«

Leise, sodass nur Gildas es hören konnte, fügte sie hinzu:

»Meine Mutter ist gestorben. Seither glaubt er, dass ich …«

Sie gingen den Flur entlang Richtung Ausgang. Gildas sah prüfend um sich und wollte gerade den nächsten Patienten aufrufen, als die Oberschwester auf ihn zukam.

»Sie sollen zum Dekan kommen. Er erwartet Sie in seinem Büro. Beeilen Sie sich.«

»Zum Dekan?«

Gildas runzelte die Stirn.

»Zu Professor Murat, der nicht Ihr Vater ist«, unkte Evelyne, und der Schalk blitzte aus ihren Augen. »Da haben Sie uns ganz schön an der Nase herumgeführt, nicht wahr?«

»Warum?«, stammelte Gildas.

»Mit Ihren Geschichten von den Päckchen pro Jahr und den Eltern, die noch Schüler waren. Ich habe Ihnen geglaubt und Sie haben mein Vertrauen missbraucht. Ihre Kollegen haben überall herumerzählt, dass Sie behaupten, sein Sohn zu sein, um sich wichtig zu machen.«

Gildas, wie versteinert, verteidigte sich nicht einmal.

»Sie sollen zu Ihrem Namensvetter Professor Murat kommen«, wiederholte Evelyne bissig. »Sie täten gut daran, sich jetzt auf den Weg zu machen. Vielleicht hat er schon von Ihren angeblichen Familienbanden gehört!«

Einen Augenblick lang erwog Gildas, ihr die Wahrheit zu sagen, verzichtete dann aber darauf.

»Was machen wir mit den Patienten?«, fragte er nur.

»Normalerweise müssten Sie lebend wieder von ihm zurückkommen. Er ist wie Saturn und frisst nur seine eigenen Kinder«, sagte sie schulterzuckend.

Gildas machte sich auf in die Höhle des Löwen. Die Sekretärin des Dekans, eine hübsche Blondine mit kirschroten Lippen und ebensolchen Schuhen, bedeutete ihm, ohne Anklopfen hineinzugehen.

Er hatte seinen Vater seit fünfzehn Jahren nicht mehr gesehen. Damals hatte seine Mutter ihn wegen ausbleibender Unterhaltszahlungen verklagt. Auf den ersten Blick sah Patrick Murat jünger aus, als er war, aber dann verrieten die kleinen Fältchen um seine Augen doch, dass er um die vierzig sein musste. Mitten in seinem großzügigen Büro stand ein moderner Schreibtisch mit Rauchglasplatte. Ein futuristisch anmutender Bücherschrank dominierte den Raum. An den Wänden hingen abstrakte Bilder mit geometrischen Formen. Das Ganze wirkte neu und künstlich und hatte nichts mit dem Büro von Daniel Meunier gemein, das mit seinen Schiffsaufnahmen und dem angenehmen Pfeifengeruch Wärme ausstrahlte.

»Sie wollten mich sprechen, Herr Professor«, begrüßte ihn Gildas.

»Setzen Sie sich«, sagte Patrick Murat mit einem Lächeln, das ebenso kalt war wie die Metalllehnen des Ledersessels, auf den er wies.

Gildas gehorchte. Der Sessel war unbequem, aber er begriff, dass das so sein sollte.

»Es hat den Anschein, als hätten wir ein Problem mit

Ihnen«, hub Patrick Murat an und trommelte mit den Fingern auf der vor ihm liegenden Akte herum. »Die Tochter eines verstorbenen Patienten hat Klage wegen fahrlässiger Tötung erhoben. Daniel Meunier stellt sich vor Sie. Er nimmt es offenbar auf die leichte Schulter.«

Gildas saß wie versteinert da.

»Bis zum Abschluss der Untersuchungen sind Sie vom Dienst suspendiert«, erklärte Patrick Murat in einem Ton, der keinen Widerspruch duldete. »Ihre Kollegen werden Ihre Schichten übernehmen. Wir werden auch eine Vertretung für Ihre Stelle als Assistenzarzt finden. Natürlich handelt es sich hierbei nur um provisorische Maßnahmen.«

Niedergeschmettert schwieg Gildas. Murat stand auf.

»Ich wollte Ihnen das alles selbst sagen. Ich hoffe, dass sich diese Geschichte rasch erledigt.«

Er streckte seine Hand aus, aber Gildas machte keine Anstalten, sie zu ergreifen, und so ließ der Dekan seinen Arm wieder sinken.

»Ist das alles?«, fragte Gildas mit erstickter Stimme.

Patrick zog die Augenbrauen hoch.

»Reicht das etwa nicht?«

Gildas Augen blitzten ihn an.

»Meunier hat mir versichert, dass das Krankenhaus hinter mir steht. Wollen Sie mich fertig machen, nur weil ich Ihr Sohn bin?«

Damit hatte Patrick Murat nicht gerechnet. Überrascht fing er an zu blinzeln.

»Ich kann Ihnen keine Sonderbehandlung zukommen lassen. Ich bin sicher, dass Sie das verstehen.«

Gildas lachte gequält.

»Ich bin der verständnisvollste Bursche auf der ganzen Welt. Sie sind mein Vater, aber Sie haben Mama und mich einfach hängen lassen. Und jetzt, wo ich hier bin, setzen Sie noch eins drauf, nur weil ich Ihr Sohn bin. Ich habe niemals darum gebeten, Ihr Y-Chromosom zu erben! Daran ist allein Ihr Sperma schuld. Ich kann nichts dafür!«

»Das ist nicht der rechte Ort, um derartige Unterhaltungen zu führen«, fuhr der Dekan ihn an.

»Ach nein? Dann treffen wir uns doch an einem anderen Ort, wenn Sie ein Mann sind!«

Patrick Murat klatschte Beifall.

»Bravo! Nein, ganz ehrlich. Echt cool! Super Angriff! Alle Achtung!«

»Was für eine Ausdrucksweise!«, höhnte Gildas. »Das passt überhaupt nicht mehr zu deinem Alter.«

»Wie bitte?«

Patrick Murat stützte sich mit seinen Handflächen links und rechts neben dem Computer ab und beugte sich vor. Dass er geduzt wurde, traf ihn mehr als alle Provokation.

»Du machst auf jugendlich, aber du bist es nicht mehr. Dafür warst du, als ich geboren wurde, viel zu jung«, sagte Gildas. »Echt cool! Alle Achtung! Super Angriff! Glaubst du, du bist hier in der Star Academy oder in Loft Story?«

»Ich verbiete Ihnen …«, brauste Patrick Murat auf.

Gildas lachte laut.

»Vom Alter her könntest du mein großer Bruder sein, du hast mir nichts zu verbieten, lieber Papa!«

Patrick Murats Gesichtszüge entgleisten.

»Ich hätte etwas darum gegeben, dass du mich liebst. Aber jetzt ist mir das scheißegal«, sagte Gildas gedehnt. »Ist das nicht lustig?«

Er wich zurück, als sei er mit einem Mal von einer großen Last befreit. Das linke Augenlid des jungen, exzellenten Dekans zitterte vor Nervosität.

»Es ist wirklich verrückt«, fuhr Gildas fort. »Ich hatte gehofft, dass du mich ermutigst. Ich wollte, dass du mich magst, und umgekehrt, dass ich dich mag. Von jetzt an kümmert mich das nicht mehr.«

Er fühlte sich unglaublich erleichtert. Er hatte Lust zu tanzen, zu singen und sich zu berauschen.

»Du wolltest nicht mein Vater sein, jetzt will ich nicht mehr dein Sohn sein. Nicht du lässt mich fallen, ich will dich los sein. Mach dir keine Sorgen, ich werde die Uni wechseln. Ich habe dich satt. Salut!«

Er machte auf dem Absatz kehrt, verließ den Raum und warf die Tür hinter sich zu. Patrick ließ sich auf seinen Stuhl fallen, die widersprüchlichsten Gedanken wirbelten ihm durch den Kopf. Er hatte so sehr darum gekämpft, die Vergangenheit zu vergessen …

Und nun tauchte sein Sohn in seiner Universität auf, in seinem Krankenhaus, mit seinem Namen und sogar seinem Blick. Für ihn war er der Vorwurf in Person.

»Idiot«, murmelte er.

Gildas begab sich auf seine Station, um der Oberschwester mitzuteilen, dass er vom Dienst suspendiert war und seine Morgensprechstunde nicht beenden konnte.

»Das ist doch nicht möglich«, ereiferte sie sich erschreckt. »Sie müssen mit Doktor Meunier sprechen und ihm alles erklären. Sie müssen sich wehren und den Betriebsrat einschalten!«

Gildas leerte jedoch bereits seine Taschen und zog den Kittel aus.

»Nicht nötig. Ich gehe.«

Evelyne legte ihm die Hand auf den Arm.

»Warten Sie, wir werden gemeinsam protestieren. Der Dekan kann nicht einfach –«

»Er kann sehr wohl«, schnitt Gildas ihr das Wort ab. »Das ist doch der beste Beweis!«

»Haben Sie denn wenigstens Ihre Unschuld beteuert?«, beharrte die Oberschwester.

Gildas lächelte.

»Es war von vornherein aussichtslos. Ich bin wirklich sein Sohn, Evelyne.«

Sie musterte ihn entsetzt.

»Ich genieße nicht den geringsten Vorteil wegen unserer Blutsbande. Im Gegenteil, ich habe nur Ärger. Ich habe ihm gesagt, dass ich ihn nicht mehr zum Vater will.«

»Das haben Sie ihm doch hoffentlich nicht so gesagt!«

Gildas zielte auf den Korb mit der schmutzigen Wäsche und warf seinen Kittel hinein.

»Doch, wortwörtlich, und ich fand es wunderbar!«

Mit einem Lächeln verließ er das Gebäude und stimmte *Non, je ne regrette rien* an, während er über den Hof zu Doktor Meuniers Büro ging und dort anklopfte. Der Chef der Ambulanz öffnete ihm, wie üblich mit seiner Pfeife im Mundwinkel. Er war bereits auf dem Laufenden.

»Ihr habt alle beide einen verdammt ausgeprägten Starrsinn. Das ist mit Sicherheit erblich bedingt«, begrüßte er Gildas.

»Ich konnte nicht anders«, sagte Gildas aufrichtig. »Ich habe an jenem Unglückstag einen Fehler gemacht, das stimmt. Aber die Entscheidung des Dekans ist ungerecht. Ich werde die Universität wechseln.«

»Steigern Sie sich nicht in etwas hinein, ich werde die Angelegenheit regeln.«

Gildas musste lachen.

»Und in der Zwischenzeit habe ich Zwangsurlaub. Die anderen haben alle drei Tage Dienst und werden mir ewig dafür dankbar sein!«

»Machen Sie das Beste daraus«, riet ihm Meunier. »Der Dekan hat Unrecht. Ich habe ihm bereits gesagt, wie ich über die Sache denke. Nutzen Sie die Zeit. Fahren Sie eine Woche weg und rufen Sie mich an, wenn Sie wieder da sind. Dann gibt es sicher etwas Neues. Nicht ich habe ihm von dieser Angelegenheit erzählt, sondern David Benaïm. Er wusste nichts von Ihrer Familienbande.«

»Streichen Sie ›Bande‹ und belassen Sie es bei ›Familie‹. Danke, dass Sie sich bemüht haben«, sagte Gildas und schüttelte ihm die Hand.

Er war schon an der Tür, als er sich noch einmal umwandte.

»Haben Sie eigentlich Kinder?«

»Vier«, antwortete Meunier. »Ihnen wäre es lieber gewesen, ich wäre Bäcker oder Postbeamter, dann hätten sie mich öfter gesehen.«

»Man ist nie mit dem zufrieden, was man hat«, gab Gildas zu bedenken.

Als Gildas das Büro betrat, hellten sich die Gesichtszüge der Sekretärin auf und wie im Reflex schob sie ihr Haar zurecht.

»Was kann ich für Sie tun, Doktor Murat?«

»Ich brauche die Akte eines Patienten, den ich vor acht Tagen untersucht habe, Herrn Foresta.«

Die Sekretärin versuchte sich zu erinnern.

»Foresta, Foresta … Was wollen denn alle mit dieser Akte? Sie geht von einer Hand zur anderen! Doktor Meunier hat sie mir erst heute Morgen zurückgebracht. Warten Sie … hier ist sie!«

Gildas schlug den weißen, blau beschriebenen Aktendeckel auf und merkte sich die Adresse des Patienten: Avenue du Maine.

Am Ende der Avenue erhob sich der mächtige Montparnasse-Turm. Gildas stellte sein schweres Motorrad auf dem Gehweg ab, zog den Helm vom Kopf und sah sich um. Allein die Tatsache, dass er sich morgens unter freiem Himmel aufhielt, hatte etwas Außergewöhnliches. Seit er das

Internat verlassen hatte, verbrachte er seine Tage im Krankenhaus, und wenn er am Wochenende keinen Dienst hatte, holte er den fehlenden Schlaf nach. So hatte er ganz und gar vergessen, wie Paris im Sommer aussah: die alten Leute, die sich im Schatten der Bäume auf einem der zahllosen Plätze ausruhen, Touristenfamilien, die schwitzend durch die Straßen bummeln, spärlich bekleidete, hübsche Au-pair-Mädchen, die sich über süße Babys in ihren Kinderwagen beugen, und Männer, deren Frauen im Urlaub waren, sie mit gierigen Blicken auszogen wie Tex Avery.

Mit seinem Helm in der Hand blieb Gildas vor der in der Akte angegebenen Nummer stehen. Ein Metalllöwe schmückte das Eingangstor. Er holte tief Luft und ging durch den Türbogen. Er wollte seine Unschuld beteuern und Eva Foresta davon überzeugen, dass sie ihre Klage zurückziehen musste. Die Concierge sah ihn durch den oberen Teil der Glasscheibe, wo das Milchglas endete, neugierig an. Er lächelte ihr zu, aber sie blieb ungerührt. Wenn er im Krankenhaus seinen weißen Kittel trug, hielten die Leute ihn für den Messias und sahen mit unterwürfigem Hundeblick zu ihm auf. Im normalen Leben, mit Jeans und T-Shirt, war er nichts weiter als ein gewöhnlicher junger Mann, und man musste ja weiß Gott auf der Hut sein vor der heutigen Jugend, bei all den Gaunern und Ganoven.

»Suchen Sie jemanden?«

»Achille Foresta«, sagte er einfältig.

Der Gesichtsausdruck der Concierge veränderte sich. Gildas bemerkte seinen Schnitzer.

»Ich meine, äh …, seine Tochter natürlich …«

Die Concierge setzte eine bedeutungsvolle Miene auf.

»Ich habe ihn gefunden, müssen Sie wissen. Das war ein richtiger Schock für mich! Fräulein Eva ist nicht in Paris. Ich glaube, sie ist auf Groix.«

»Wo ist das?«

»Auf Groix, in der Bretagne, in ihrem Haus!«

Gildas nickte. Das machte die ganze Sache noch komplizierter.

Gildas verließ das Haus und ging geradewegs zu dem Zeitungsladen, den er an der Ecke gesehen hatte. Er erstand eine Karte der Bretagne und faltete sie auseinander, um Groi, Groit, Grois – wie auch immer das geschrieben wurde – zu suchen. Schließlich wandte er sich an den Inhaber.

»Guten Tag, ich bin mit dem Motorrad nach Groi unterwegs, aber ich finde diese Stadt auf Ihrer Karte nicht …«

Der Inhaber grinste.

»Seit wann können Motorräder denn schwimmen?«

Gildas sah ihn verdutzt an.

»Groix mit einem ›X‹ am Ende ist eine Insel im Morbihan«, sagte er.

34

Inzwischen gab es beinahe alles auf der Insel, außer einem Gefängnis (auch wenn während des Krieges Gefangene dort untergebracht waren) und einer Videothek. Eva kümmerte das nicht: Sie hatte sich ihr eigenes, inneres Gefängnis gebaut und es lag ihr nichts an Filmen, die ihr glückliche Menschen, lebendige Väter und unbeschwerte junge Frauen vor Augen führten. Stattdessen brauchte sie spezielle Holzstücke und Lammleder, um ihre alte Drehorgel wieder instand zu setzen. Außerdem wollte sie unbedingt Abzüge von allen Fotos ihres Vaters machen lassen.

So klingelte ihr Wecker an diesem neunten Tag um halb sieben, als die Flut ihren höchsten Stand erreicht hatte. Sie duschte schnell, zog sich an und schob die Papierabzüge und die Negative, die sie am Abend herausgesucht hatte, wie auch den Zettel mit den Maßen für die fehlenden Teile an der Orgel in ihre Tasche. Dann fuhr sie mit dem Fahrrad durch den noch ruhig daliegenden Ort. In den Fenstern der älteren Einwohner war bereits Licht, die jungen waren noch nicht auf den Beinen. In den Hotels und Gästezimmern erholten sich die Sommerfrischler von den Ausschweifungen der Nacht. Die Pedale quietschten und die Kette rasselte in der Morgendämmerung, ohne Mühe rollte das Fahrrad seinem Ziel entgegen. Eva hatte den Ort bereits hinter sich gelassen und kontrollierte noch einmal die

Bremsen, bevor sie sich den Abhang zum Hafen hinunterstürzte – schließlich wollte sie sich nicht den Hals brechen. Unten angekommen schloss sie das Fahrrad mit einer Kette ab, kaufte eine Fahrkarte und ging zur Fähre.

Es war wieder die »Kreiz«. Die Autofahrer mussten, angeleitet von den Seeleuten an Bord, ein wahres Meisterstück vollbringen, wenn sie im Rückwärtsgang auf das Boot fuhren, damit ihr Fahrzeug bei der Ankunft bereits in der richtigen Richtung stand. Ganz anders Eva, die auf ihren zwei Beinen mühelos an Bord gelangt und aufs obere Deck hinaufgestiegen war. Die Sonne ging langsam auf und warf ihr Licht nach und nach auf die Häuser. Sie tauchte das »Letzte Bistro vor Lorient« in ein zartes Rosa, das allmählich zu einem kräftigen Orange wurde. Die auf dem Festland arbeitenden Inselbewohner betraten das Boot mit dem festen Schritt der täglichen Gewohnheit, aufgeregte Touristen wiesen mit dem Finger auf die vor Anker liegenden Schiffe, die Granatinsel erwachte. Mehrere Segelboote verließen mithilfe ihres Motors den Hafen und waren schon bald nicht mehr als helle schaukelnde Punkte auf dem dunklen Wasser.

Um Viertel nach sieben begann der Motor endlich zu rumoren, die schwere Fähre wendete vorsichtig, um aus dem Hafen auszulaufen, und schwenkte auf die Fahrrinne ein. Trotz ihres Kummers fühlte sich Eva im Einklang mit dem Meer, den hinausfahrenden Fischerbooten, dem Wind, dem Himmel und der ganzen Welt. In der Gewissheit, in ein paar Stunden hierher zurückzukehren, konnte sie Groix ohne Abschiedsschmerz verlassen. Ähnlich erging es den Inselbewohnern. Während diejenigen, die bald zurückkehren würden, nach vorn in Richtung Lorient sahen, richtete sich der Blick derjenigen, die für lange Zeit von der Insel Abschied nehmen mussten, zurück auf Groix.

Erschöpft und verärgert war sie vier Stunden später bereits wieder an der Anlegestelle. Sie hatte ihr Glück bei einem Tischler versucht, der sie an einen alten Geigenbauer verwiesen hatte. Der Mann kannte ihren Lehrer Pierre und hatte in seinem Atelier sowohl Lammleder als auch das spezielle Holz vorrätig, das er ihr für die Orgel passgenau zurechtschnitt. Aber bei ihrem Fotografen, der auch Abzüge in wenigen Stunden anfertigte, hatte sie kein Glück gehabt: Für die Entwicklung ihrer APS-Filme brauchte er mehr als einen Tag. Resigniert hatte sie sich geweigert, sie ihm anzuvertrauen. Die Vorstellung, dass diese kostbaren Erinnerungen mit anderen vertauscht werden oder gar abhanden kommen könnten, war ihr unerträglich. So hatte sie alles wieder zusammengepackt und in einer Plastikhülle ganz unten in ihrem roten Rucksack verstaut.

Auf einem unbequemen Sitz wartete sie auf die vierte Morgenfähre und betrachtete die Ausstellung über den Polarkreis, die das Hafengebäude zierte. Alexis und sie nahmen immer die Morgenfähre, um nach Groix zu fahren oder um die Insel wieder zu verlassen. Der Morgen stand für Hoffnung, Zukunft, das Licht des beginnenden Tages, für den Sonnenaufgang und das Leben. Der Abend hingegen für Sehnsucht, Vergangenheit, Sonnenuntergang, Krankheit und Tod. Nur ein einziges Mal war sie am Nachmittag gefahren – an dem Tag, an dem sie aus dem Radio von dem Tod ihres Vaters erfahren hatte.

Nur zehn Meter von ihr entfernt kaufte Erlé je eine Fahrkarte für sich und für Jack. Die »Saint-Tudy« konnte vierhundertvierzig Passagiere und einundzwanzig Fahrzeuge befördern, machte zwölf Knoten in der Stunde und legte die Strecke in fünfzig Minuten zurück. Nun füllte sie sich langsam. Erlé und Jack hinkten unter den Blicken der übrigen Reisenden elegant bis zum Schiff. Solange Erlé allein unterwegs war, sahen die Leute, nachdem sie seine Behinderung bemerkt hatten, diskret zur Seite. Nun aber bildete er mit dem Hund ein ungewöhnliches Paar, das alle Blicke auf sich zog.

Marie Le Gall war der Meinung, dass einer seiner Vorfahren zur See gefahren sein musste, da Erlé sich, ganz gleich bei welchem Wetter, so wohl auf einem Schiff fühlte. Aber er musste auch Chromosomen von einem Fisch besitzen, da er ein sehr geschickter Schwimmer war – eine Eigenschaft, die bei Seeleuten nicht sehr oft vorkommt.

Seine grauen Augen glitten über das obere Deck, um sich zu vergewissern, dass kein anderer Hund in der Nähe war, mit dem Jack sich hätte anlegen können.

In diesem Augenblick sah er sie.

Erlé hatte sich Delphine nahe gefühlt. Das Zusammensein mit einer Frau bedeutete ihm viel. Aber noch nie hatte er empfunden, was an diesem Freitag im August 2003 auf dem Deck der »Saint-Tudy« über ihn hereinbrach. Noch während das Boot vor Anker lag, verlor er sein Herz.

Auf dem Deck standen weiße Plastikstühle. Zu beiden Seiten befanden sich rechteckige Kisten, in denen jeweils dreißig Schwimmwesten lagen. Steuerbord und backbord waren Rettungsboote und Behelfsrutschen samt einem Schwimmfloß angebracht. Die junge Frau stand in der Nähe des Hecks, an das Geländer gelehnt, das sie von dem Rettungsboot am Schiffsheck trennte. Ergriffen gestand sich Erlé ein, dass er einfach alles an ihr liebte: das Goldbraun ihrer Haut, die schwarzen, verwuschelten Haare, die ihr auf die runden Schultern fielen, ihre blauen, unglaublich klaren und traurigen Augen, ihren stolzen Mund, ihre gerade Nase, ihre runden Brüste, die sich unter dem klassischen blau-weiß gestreiften Marinepullover abzeichneten, ihre schmale und biegsame Taille, ihre langen Beine in der engen, verwaschenen Jeans, ihre gelben Converse-Turnschuhe, ihren kleinen roten Rucksack und die Holzstücke, die sie wie einen kostbaren Schatz in der Hand hielt. Buche, stellte er fest.

Mit jeder Faser seines Körpers sehnte er sich danach, sie in seine Arme zu schließen. Wie versteinert stand er da und versperrte den Durchgang. Zwei deutsche, unter dem Gewicht ihrer Rucksäcke wankende Studenten rempelten ihn an.

»Können Sie nicht weitergehen?«, schimpfte ein Tourist mit grellbuntem Hemd und trat ihm auf den rechten Fuß.

Erlé reagierte nicht einmal. Jack schaute zu ihm auf.

»Schau sie dir an«, hauchte Erlé. »Sie ist ein Engel. Das ist *die* Frau. *Meine* Frau. Wenn sie mich nicht sofort ansieht, bekomme ich einen Herzanfall und dann stürzt sich irgendein dummer Ferienarzt auf mich und sucht mein Herz auf der linken Seite, hört nichts und behauptet, ich sei tot!«

Jack riss die Schnauze auf und gähnte.

»Als ich klein war, hatte ich furchtbare Angst davor, lebendig begraben zu werden«, erinnerte sich Erlé, halb an Jack gewandt.

Jack hatte am anderen Ende des Decks ein aufreizendes graues Pudelweibchen erspäht.

Wenn sie sich nicht in mich verliebt, wird es mir das Herz brechen. Was soll ich nur tun?, fragte sich Erlé verzweifelt. Wenn ich mit der Tür ins Haus falle und ihr ohne Vorwarnung verkünde, dass sie die Frau meines Lebens ist, wird sie mich für einen Lügner oder einen Spinner halten. Wenn ich ihr nichts sage, wird sie an Land gehen und verschwinden. In beiden Fällen lande ich in der Irrenanstalt …

Ein Paar versperrte ihm den Blick auf die junge Frau. Ohne sich von der Stelle zu rühren, beugte er sich so weit nach rechts, dass er sie wieder im Blick hatte. Es war ihm bewusst, wie absurd die Situation war. Er hatte sie niemals zuvor gesehen und würde sie vermutlich nie wieder sehen. Vielleicht war sie verheiratet oder hatte sich der Keuschheit verschrieben oder lebte am anderen Ende der Welt. Sicher gab es irgendein unüberwindbares Hindernis, irgendein unseliges Geheimnis, sodass sie niemals die Seine werden könnte …

Sie rührte sich. Mit anmutigen Bewegungen wandte sie sich nach links, stieß im Vorübergehen an einen Rettungsring, auf dem »Saint-Tudy, Lorient 614 592 K« stand, und erblickte schließlich Jack, der hinkend auf sie zukam. Erlé schluckte. Jack hatte nur noch Augen für die graue Pudeldame, die ihn noch nicht einmal bemerkt hatte. Armer Jack, auch er würde leiden. Willkommen im Club der unglücklichen Hinkefüße.

Und trotzdem, er war nicht halbgar, er nicht! Als er zehn Jahre alt war, hatte Louis ihm dieses Wort an den Kopf geworfen: »Du bist halbgar, du bist zu früh aus dem Ofen gekommen und noch nicht ganz fertig. Deshalb sitzt dein Herz nicht am rechten Fleck und deshalb gehst du so wacklig wie auf Stelzen!«

Noch zwanzig Jahre später verletzten ihn diese Worte. Halbgar, wie ein zu matschiger Mandelkuchen. Erlé lächelte und zuckte die Achseln, als wollte er die alte Beleidigung abschütteln. Ihm war sein Leben lieber als das seines Bruders. Louis hatte mehr Frauen (gleichzeitig), mehr Kinder, mehr Geld, aber auch mehr Steuerabgaben, mehr Bankanleihen und mehr Feinde als er. Er führte das Leben eines Durchschnittsmenschen. Bei Erlé hingegen war alles verkehrt herum, das Herz saß auf der rechten Seite und der Blindarm auf der linken. In der Medizin hieß so etwas »Situs inversus«. Dabei handelt es sich lediglich um eine umgekehrte Anordnung der Organe, die keinerlei Folgen für den Organismus hat und in seinem Fall mit keiner weiteren Missbildung einherging. Das musste er den Ärzten hin und wieder erklären, damit sie anlässlich seiner schwachen Herzgeräusche auf der linken Seite nicht nervös wurden oder ihm eine Blinddarmentzündung andichteten, die er auf der rechten Seite gar nicht haben konnte.

»Ist das Ihr Hund?«

Erlé wurde aus seinen Gedanken gerissen. Die Pudelbesitzerin, eine als Süßwassermatrose zurechtgemachte Blondine mit Matrosenbluse, nagelneuer Hose und grotesken Stöckelschuhen, versperrte ihm den Blick auf die wunderschöne, traurige junge Frau.

»Jaaa …«, gab er missmutig zur Antwort und drehte sich so, dass er sie wieder sah.

»Es wäre mir lieb, wenn Ihr Hund meinen in Ruhe lässt«, sagte sie und entblößte dabei ihr Zahnfleisch.

Die blond gelockte Schönheit sah aus, als hätte sie noch nie gesalzene Butter oder Crêpes gegessen, als würde sie rauchen wie ein Schlot und den Leuten ihren Qualm rücksichtslos ins Gesicht pusten. Vermutlich hielt sie sich für eine Bretonin, weil sie ihre Ferien im Land der Kelten verbrachte und hier ein mit kitschigen Souvenirs geschmücktes Haus besaß, in dem sie ihren Gästen bretonischen Kuchen zum Aperitif anbot. Offenbar ging sie zum gleichen Friseur wie ihr Hund.

»Warum?«, wollte er wissen.

Sie sah ihn überrascht an.

»Tatiana ist ein reinrassiger Hund und besitzt einen ausgezeichneten Stammbaum. Welcher Rasse gehört Ihr Hund denn an?«, fragte sie pikiert zurück.

»Mütterlicherseits Araber, väterlicherseits Afrikaner; aber er ist nicht gläubig und gehört keiner Kirche an.«

Es war ihm gelungen, zu antworten, ohne sein eigentliches Ziel aus den Augen zu verlieren. Das war schwierig. Sie musste glauben, dass er schielte. Zu ihren Füßen begrüßten sich Jack und Tatiana standesgemäß und beschnüffelten ihre Hinterteile.

»Sehr witzig«, befand die Blondine, deren Haarwurzeln schwarz hervortraten.

Sie ging ihm allmählich auf die Nerven und stand ihm im Weg.

»Das finde ich nicht«, sagte er und rückte zehn Zentimeter weiter nach steuerbord.

Jack schien von seiner neuen Bekanntschaft entzückt zu sein. Er wedelte freudig mit dem Schwanz und schmachtete den Pudel an. Zumindest seine Liebe wurde erwidert. Tatiana hatte offensichtlich eine Schwäche für große, hinkende Artgenossen.

Die »Saint-Tudy« glitt in ihrer Fahrrinne dahin und hatte nacheinander Handelshafen, Freizeithafen, Kriegshafen und Fischerhafen hinter sich gelassen. Die geheimnisvolle, schöne Unbekannte mit ihren Holzstücken in der Hand und ihrem kleinen roten Rucksack auf ihrem Rücken sah aufs Meer hinaus. Die Überfahrt dauerte fünfzig Minuten. Erlé blieben noch fünfunddreißig Minuten, bevor er nach Luft schnappend und zappelnd wie ein bei Ebbe an den Strand gespülter Fisch zurückbleiben würde, während sie an Land ging.

»Entschuldigen Sie mich bitte«, sagte er zu der Blondierten.

Seine Beine waren bleischwer. Mit ungeheurer Anstrengung gelang es ihm, einen Schritt zu machen, dann noch einen und noch einen und sich auf die junge Frau mit den blauen Augen zu zu bewegen. Es war ihm, als bestünde das Deck aus tiefem Treibsand. Jack zögerte und entschied dann, dass Erlé alt genug war und er nichts riskierte, wenn er sich erneut der Pudeldame zuwandte, die ihm sehnsüchtig nachsah.

Die Blondine maß Erlé mit verächtlichem Blick, schluckte eine abfällige Bemerkung hinunter und befand ihn für einen Bauerntrampel.

Zehn Schritte und dreißig Minuten entschieden für Erlé über Glück und Unglück. An Deck tummelten sich – abgesehen von den Hunden, Katzen und einem Meerschweinchen im Käfig – Babys, Kinder, Jugendliche und betagte Leute, aber Erlé sah niemanden. Nur sie allein zählte für ihn. Warum? Er wusste es nicht. Diese Frage würde er sich später stellen, wenn das Schicksal entschieden hatte. Die einen warten ihr ganzes Leben auf die große Liebe, die anderen finden sie im Handumdrehen. Das Leben ist ungerecht. Erlés Glücksstern ist am helllichten Tag über diesem verflixten Boot aufgegangen, und er wollte ihn zu fassen kriegen.

»Bei Fuß, Tatiana!«, mahnte die gefärbte Blondine und zog an der schicken Leine, um Tatiana von Jack wegzulotsen und sich an Erlé zu rächen.

Verzweifelt heulte Jack auf. Dieser fast menschliche Ton erinnerte Erlé an den Schrei eines Knurrhahns, der im Eimer eines Anglers landet.

Tatiana wimmerte jämmerlich, weil sie ihren neuen Freund schon wieder verlassen musste. Jack wollte ihr zu Hilfe eilen und machte einen Satz nach vorn, um die Blondine zu beeindrucken. Aber diese kläffte nur: »Halten Sie Ihren Hund zurück.« Ihre Stimme erinnerte an Popeyes Olivia.

Staunend wandten sich die Passagiere zu ihr um. Auch die schöne und geheimnisvolle junge Frau. Aber als sie sich umdrehte, rutschte ihr eines ihrer kostbaren Holzstücke aus der Hand und sie wollte es auffangen. Ein verhängnisvoller Fehler. Sie bekam das Buchenholz zwar zu fassen, aber bei dieser plötzlichen Bewegung rutschte ihr kleiner roter Rucksack von der Schulter und fiel ins Meer. Ein Klagelaut entfuhr ihren Lippen und zum ersten Mal hörte er ihre Stimme:

»Oh nein, nicht! Meine Fotos!«

Ihre Stimme klang warm, melodiös, sinnlich und unglaublich verzweifelt. Erlé schmolz dahin. Die junge Frau sah auf die Wellen, als würde sie selbst darin versinken, ihre Bestürzung war abgrundtief.

Für den Bruchteil einer Sekunde fragte sich Erlé, was auf diesen Fotos zu sehen war, ein Geliebter, ein Kind, oder waren es professionelle Aufnahmen, die nun unwiederbringlich verloren waren ... In jedem Fall spielte sich hier ein Drama ab, und er musste handeln. Die junge Frau streckte ihre Arme in einer zugleich zärtlichen und unnützen Bewegung nach dem Rucksack aus. Erlé hatte seinen Entschluss gefasst.

Der kleine rote Rucksack schwamm kühn auf den Wellen, bekam aber langsam Schlagseite. Das Schiff war nun auf der Höhe von Larmor und Gâvres. Alle Blicke waren auf den Rucksack gerichtet. Erlés Herz pochte auf der rechten Seite im Rhythmus des weißen Radarlichtes, das sich hoch oben am Fahnenmast drehte. Er riss sich die Jacke vom Leib, zog die Schuhe aus und beobachtete den schwarzen Rauch, der aus dem Schornstein aufstieg. Dann kletterte er über die Reling und machte sich zum Sprung bereit. Er musste ihn genau berechnen, damit er möglichst weit vom Schiff entfernt ins Wasser eintauchte und nicht vom Sog der Schiffsschraube erfasst wurde. Noch einmal zögerte er für den Bruchteil einer Sekunde, so sehr faszinierte ihn die blaugrüne Tiefe.

Die Blicke der Passagiere waren immer noch fest auf den roten Rucksack gerichtet. Nur Jack sah plötzlich, dass Erlé auf der falschen Seite der Reling stand. Er wollte Erlé davor bewahren hinunterzufallen, ließ Tatiana stehen und fing an zu bellen. Die junge Frau drehte den Kopf und erstarrte vor Schreck angesichts des waghalsigen Ansinnens von Erlé. Erlé befürchtete, Jack könnte es ihm gleichtun und rief ihr zu:

»Halten Sie meinen Hund fest!«

Nun sahen auch andere Passagiere zu ihm herüber, und ihre Gesichter verzogen sich zu staunenden Fratzen. Die junge Frau versuchte Jack festzuhalten, aber der Hund war schneller und raste in Richtung Reling. Erlé drohte das Gleichgewicht zu verlieren, sagte sich *alea iacta est,* die Würfel sind gefallen. Und ohne noch einmal Halt zu suchen, sprang er ins Meer.

Ein Raunen ging durch die Menge auf dem Oberdeck, unten beugten sich die Passagiere und ein Seemann weit über das Geländer hinaus.

Erlé tauchte in den Ozean ein. Die Kälte wirkte wie ein Schock, und sein Herz setzte für einen kurzen Moment aus. Seine Kleider sogen sich innerhalb von Sekunden voll Wasser. Noch nie zuvor war er in Kleidern geschwommen. Er hatte das seltsame Gefühl, eine schwere Rüstung zu tragen, die ihn auf den Grund hinabzog. Schnell besann er sich, spannte alle Muskeln an und schnellte mit einer kraftvollen Bewegung nach oben. Seine nassen Kleider verwandelten sich in glatte Schuppen, an denen das kalte Wasser unaufhörlich abperlte.

Er kam wieder an die Oberfläche.

»Machen Sie sich keine Sorgen, ich schwimme wie ein Fisch!«, rief er und kämpfte gegen die Strömung.

Die Mannschaft an Bord war mit den unterschiedlichsten Rettungsmanövern vertraut; für jedes gab es ein eigenes Alarmzeichen. Bei einem Brand ertönte die Sirene ein Mal kurz und drei Mal lang. Musste das Schiff verlassen werden, ertönte die Sirene sieben Mal kurz und ein Mal lang. Jetzt wurde das Signal für »Mann über Bord« gegeben. Die gesamte Mannschaft – vom Kapitän bis zum einfachen Matrosen – wusste, was zu tun war. Sie warfen einen Rettungsring aus und leiteten ein Manöver ein, um nach der Aktion wieder auf den richtigen Kurs zu kommen: Dabei wird der genaue Standort geortet, das Steuer zwanzig Grad nach rechts gezogen, eine Drehbewegung ausgeführt und nach einer Kursänderung von achtzig Grad wird das Steuer zwanzig Grad in die entgegengesetzte Richtung gezogen. Nach einer Drehbewegung links herum kehrt man auf den ursprünglichen Kurs zurück. Natürlich müssen dabei neben der Trägheitskraft des Schiffes der Wind, die Strömung, die Sicht und der Seegang berücksichtigt werden.

Nur Erlés Kopf ragte aus dem dunklen Wasser. Klar und beherrscht, als würde er seinen Gegner abschätzen, vermaß er die Strömung. Es war sicher eine Dummheit gewesen zu springen, aber darüber würde er später nachdenken. Im Augenblick hatte er anderes im Kopf. Die salzigen, unberechenbaren Wellen drohten ihn unter Wasser zu drücken.

Mit angstvoll aufgerissenen Augen verfolgte die junge Frau mit den blauen Augen die Szene, während Jack, den sie an seinem Halsband festhielt, das Schauspiel mit äußerst missbilligendem Blick beobachtete.

Um sie herum waren die unterschiedlichsten Kommentare zu hören.

»Der Typ ist verrückt!«

»Er ist gesprungen, um den Rucksack der jungen Frau zu holen.«

»Schon wieder ein Depressiver, der sich umbringen will …«

»Sicher hat er Liebeskummer oder ist arbeitslos!«

»Wahrscheinlich ist er voll wie ein Weinfass …«

Erlé hatte seine Schwimmbewegungen dem Rhythmus der Wellen angeglichen. Von der ersten großen ließ er sich tragen, auf den nachfolgenden kleinen schwamm er mit kraftvollen Zügen. So kam er voran. Er näherte sich dem Rucksack, oder zumindest entfernte er sich nicht noch weiter.

Da beging er den Fehler, sich zum Schiff umzuwenden, um alle zu beruhigen. Er vergaß, dass seine schwere Kleidung ihn in seiner Bewegungsfreiheit einschränkte. Eine hohe Welle packte ihn und drückte ihn nach unten.

»Er ist nicht mehr zu sehen!«, kreischte die Blondine.

»Ist er ertrunken?«, schrie eine ebenso aufgeregte wie entsetzte Stimme.

»Dort ist er wieder!«

»Ich sehe ihn, er ist dort hinten!«

»Nein, das ist der Rettungsring!«

»Rettungsringe haben doch keine Arme!«

Erlé hustete, spuckte und schnappte nach Luft. Er dachte nicht daran, dass er sein Leben aufs Spiel setzte, sondern befürchtete vielmehr, sich lächerlich zu machen: Würde er den Rucksack nicht zu fassen bekommen, hätte er das ganze Theater umsonst veranstaltet, und die schöne Unbekannte würde ihn für einen Versager halten.

Auf der »Saint-Tudy« traf man Vorbereitungen, das Rettungsboot ins Wasser zu lassen. Der Motor sprang beim ersten Versuch an. Die Menge seufzte erleichtert auf. Die Geschichte würde ein gutes Ende nehmen und reichlich Erzählstoff und reichlich Spekulationen für den abendlichen Aperitif liefern.

Erlé nahm noch einmal all seine Kräfte zusammen. Jetzt oder nie, der Rucksack war nicht mehr weit weg, aber seine Arme wurden bereits schwer. Er reckte den Kopf hoch hinaus, atmete tief ein und konzentrierte sich ganz auf den roten Punkt, der in geringer Entfernung auf dem Wasser tanzte.

Das nahende Motorengeräusch spornte ihn zusätzlich an, er spannte seinen ganzen Körper, stieß sich nach vorn, holte noch einmal Luft und bekam den Rucksack zu fassen, bevor er in die Tiefe hinabsank.

»Er hat ihn!«, schrie jemand auf dem oberen Deck.

Die Farbe war aus dem Gesicht der jungen Frau gewichen. Sie schloss die Augen und atmete erleichtert auf. Jack wand sich hin und her, um diese unbekannte Hand abzuschütteln, die ihn an seinem neuen, kratzenden Halsband festhielt.

Das Rettungsboot glitt, ja sprang beinah von Welle zu Welle. Als es in die Nähe des Schwimmers kam, drosselte der Steuermann das Tempo, um ihn nicht durch sein Kielwasser zu gefährden. Erlé presste den Rucksack an sich, und schon wurde er ins Innere des Bootes gezogen.

»Na, Sie haben uns vielleicht einen Schreck eingejagt!«, empfing ihn der Seemann und half ihm auf eine Bank.

Plötzlich spürte Erlé eine ungeheure Erschöpfung und nickte bloß, da ihm jetzt das ganze Ausmaß dieses Wahnsinns vor Augen stand.

Auf dem oberen Deck drängten sich die Passagiere, um nichts zu verpassen. Er hielt ihren Blicken stand und schien trotzig zu fragen: Habe ich Sie vielleicht um etwas gebeten, trocken und feige wie Sie sind? Seine kleine, nasse Gestalt winkte mit den Armen und hielt den Rucksack hoch. Die junge Frau mit den blauen Augen lächelte. Endlich erreichte das Rettungsboot die Bordwand.

Die Schiffsmannschaft schwankte zwischen Staunen, Erleichterung und Verärgerung über ein so leichtsinniges Unternehmen und seine Folgen: Die »Saint-Tudy« war von ihrer Route abgekommen und würde nun zu spät in Groix anlegen.

Erlé kletterte auf das Schiff, und als er barfuß über das kalte Deck ging, hinterließ er bei jedem seiner Schritte eine Wasserlache. Man legte ihm eine Decke über die Schultern und wusste nicht, ob man ihn nun für einen Helden oder einen Verrückten halten sollte. Das Schiff nahm seine Route wieder auf.

Eva eilte mit dem Hund, der Jacke und den Schuhen die Treppe hinunter. Unten stieß sie geradewegs auf den durchnässten Unbekannten mit den grauen Augen, den nackten Füßen und den blonden Haaren. Er sah sie mit einem rätselhaften Blick an und reichte ihr ihren roten Rucksack. Immer noch verwirrt schüttelte Eva den Kopf und beugte sich zu dem Hund hinunter.

»Weißt du, dass du einen vollkommen verrückten Herrn hast?«

Jack wedelte hochzufrieden mit dem Schwanz. Erlé nahm die Form der Kommunikation auf, die sie gewählt hatte. Er beugte sich nun seinerseits zu Jack hinunter.

»Sag der Dame, dass mich ihr Dank freut, dass ich aber nur meine Pflicht getan habe. Ich bin sicher, sie hätte das Gleiche getan, wenn *du* ins Wasser gefallen wärst.«

»Sag deinem Herrn, dass man einen Hund nicht mit einem Gegenstand vergleicht«, setzte Eva das Spiel fort.

»Sag der Dame, dass es mir so schien, als wäre der Inhalt des Rucksacks ganz außerordentlich wichtig für sie, sonst wäre ich nicht gesprungen!«

Mit einem Schlag war das Spiel vorbei.

»Meine Fotos!«, fuhr Eva zusammen.

Sie stürzte unter Deck, öffnete den Rucksack und breitete seinen Inhalt auf einem Stuhl aus. Papiere, Geld, Kreditkarte, Schlüssel, Sonnenbrille und Federhalter würden wieder trocknen. Das Adressbuch war durchweicht. Aber die Filme und die Papierabzüge waren in der Plastikhülle unversehrt geblieben …

»Gott sei Dank …«, murmelte Eva wie verwandelt.

Die Fotos unter der Folie zeigten einen lächelnden Mann, gegen den Erlé, der ihr gefolgt war, unverzüglich eine furchtbare Eifersucht hegte. Er sah sportlich aus und hinkte sicher nicht. Sein Gesicht kam ihm irgendwie bekannt vor, vermutlich, weil er den Männern glich, die Werbung für Eau de Toilette, Kaffee oder Automarken machten.

Erlé wurde plötzlich klar, wie unverantwortlich er gehandelt hatte. Der Schiffsrumpf hätte ihn zerschmettern, die Blätter der Schiffsschraube hätten ihn zermalmen, die Wellen hätten ihn unter Wasser drücken oder die Strömung rasend schnell ins Meer hinausziehen können. Was er getan hatte, war weitaus schlimmer, als im Zug die Notbremse zu ziehen. Möglicherweise drohte ihm auch hier eine Gefängnisstrafe, aber daran hatte er sich inzwischen gewöhnt.

»Enez-er-Groa'ch«, die Insel Groix, zeichnete sich am Horizont ab.

»Ich weiß nicht, wie ich Ihnen danken soll …«, murmelte Eva und reichte ihm die Hand.

Immer noch tropfend schüttelte Erlé ihre Hand und lächelte.

»Viel Glück«, sagte er.

»Viel Glück wofür?«

Sein Lächeln wurde noch strahlender, und auf seiner linken Wange bildete sich ein Grübchen.

»Für alles, was Sie wollen. Sie sind nicht von hier, stimmt's? Sie sind aus Paris?«

»Woran sehen Sie das?«

Er zuckte die Achseln.

»Ich bin Bretone. Es sind ganz kleine Unterschiede. Für die Einwohner des südlichen Finistère wie mich sind bereits die Einwohner des nördlichen Finistère ein bisschen wie Fremde. Die Einwohner des Morbihan sind ganz anders. Aber für alle Bretonen gleichermaßen sind die Pariser so etwas wie …«

Er zögerte, denn er wollte sie nicht kränken. Aber sie brachte seinen Satz zu Ende.

»… wie Exoten. Gut. Ich wohne auf Groix, aber nicht immer. Woran erkennen Sie, dass ich aus Paris bin?«

»An Ihren Augen, wenn Sie aufs Meer hinaus schauen«, antwortete er, nachdem er kurz nachgedacht hatte. »Alle Bretonen haben Vorfahren, die einmal vom Meer abhängig waren, ob Fischer, Bauern oder Funktionäre. Jede Familie hat mindestens ein Mitglied durch Ertrinken verloren und jeder kann Geschichten von Seenot und Schiffbruch erzählen. Man hat Achtung vor dem Meer, man weiß, dass man es niemals bezwingen kann. Das spiegelt sich in der Art und Weise wider, wie man es betrachtet: Man bietet ihm die Stirn.«

»Ach so! Und ich betrachte es ehrfürchtig und mit den Augen eines gegrillten Merlans?«

Er schüttelte feierlich den Kopf.

»Ich meine es ernst ...!«

»Eva. Meine Familie stammt aus Italien.«

Erlés Augen strahlten.

»Sehen Sie, ich hatte Recht.«

»Ihre Eltern sind wohl bretonische Bretonen?«, bemerkte Eva süffisant.

Erlé sah den kampfeslustigen Schimmer in ihrer hellen Iris.

»Keine Ahnung. Ich wurde unter X geboren«, parierte er. »Wollen Sie wissen, wie die Pariser das Meer betrachten? Naiv und gelassen, als wäre es ein Spielplatz an der Autobahn. Sie halten es für einen großen Tümpel, ein großes Schwimmbecken, auf dem man mit goldener Matrosenmütze in einem kleinen, stolzen Schiff herumtuckert! Und sie wundern sich, wenn plötzlich der Regen niederprasselt, wenn der Seegang zu spüren ist und das Meer sich aufbäumt ...«

Inzwischen nahm die Insel Groix den gesamten Horizont ein. Eva sammelte ihr nasses Hab und Gut wieder ein. Erlé zog seine Schuhe wieder an, die Jacke aber behielt er in der Hand.

»›Drei weite Meilen Land, fortgeschleudert von der großen Erde, steigt meine Insel schwarz mitten aus der grünen See‹«, zitierte Eva. Die Verse stammten von Jean-Pierre Calloch, dem im Ersten Weltkrieg gefallenen Dichter und Sänger von Groix.

Die »Saint-Tudy« legte vorsichtig an. Familien und Freunde standen am Hafen, um ihre Ankömmlinge zu empfangen. Die Sammeltaxis warteten auf ihre Kunden, und auf der Mole erstreckte sich die lange Schlange der Autos, die mit dem nächsten Schiff zurückfuhren.

»Kennen Sie den Wahlspruch von Groix?«, fragte Eva. »Es ist ein Ausdruck der Seeleute und stammt aus der großen Zeit der Thunfischfänger, die noch mit Segelschiffen unterwegs waren: ›Hatoup‹, das heißt so viel wie ›Alle Segel setzen und volle Kraft voraus!‹«

Erlé und Eva verließen das Schiff unter den vorwurfsvollen Blicken der Mannschaft. Das Wasser rann noch immer an Erlé herab und sammelte sich in seinen Schuhen. Zumindest hatte man ihn nicht festgehalten und er war frei! Jack war glücklich, das schaukelnde Gefährt zu verlassen, begann unverzüglich zu schnüffeln und begrüßte den festen Boden mit einem ausgiebigen Pipi.

Eva bemerkte, dass der Mann und auch der Hund hinkten.

»Haben Sie eine persönliche Rechnung mit einer goldenen Matrosenmütze aus Paris zu begleichen?«, wollte sie wissen.

Erlé entfuhr ein leises Lachen.

»Ein ganz besonderes Exemplar dieser Herzensbrecher hat mir meine Frau gestohlen«, sagte er ruhig.

Er suchte in der Menge den Mann von den Fotos, aber er sah ihn nicht. Eva fragte sich, ob jemand auf Erlé wartete, aber es hatte nicht den Anschein.

»Machen Sie Ferien hier?«, fragte sie. »Werden Sie erwartet?«

»Nein. Ich bin hergekommen, um mit jemandem zu sprechen, aber derjenige weiß nichts davon.«

Eva zögerte. Sie wollte nach Hause, aber sie musste diesem seltsamen Typen, der sich in solche Gefahr begeben hatte, um ihren Rucksack zu retten, ihre Dankbarkeit zeigen.

»Darf ich Sie, obwohl ich aus Paris bin, allerdings keine Matrosenmütze habe, heute Abend auf ein Glas in die ›Auberge du Pêcheur‹ einladen? Das ist gleich hier unten vor der Steigung«, erklärte sie und wies auf die Straße, die vom Hafen aus steil hinaufführte.

Erlé lächelte breit.

»Diese Einladung nehmen Jack und ich gerne an«, sagte er.

Jetzt konnte sie mit ruhigem Gewissen fortgehen. Als er sich nicht mehr an ihrem Blick erwärmen konnte, begann Erlé plötzlich zu zittern. Das Wetter war schön und mild, aber die nassen Kleider klebten an seinem Körper. Er nahm Kurs auf das zwischen zwei Fahrradverleihern gelegene Bekleidungsgeschäft.

Die »Saint-Tudy« fuhr nach Lorient zurück und machte sich dann für die erneute Tour nach Groix bereit. Zehn Minuten bevor sie ablegte, erreichte Gildas den Hafen. Er stellte sein Motorrad ab und rannte in das Gebäude, ohne seinen Helm abzusetzen. Mit einer Fahrkarte in der Hand rollte er mit seiner Maschine in den weit geöffneten Schlund der Fähre.

Er empfand die Überfahrt nach den endlosen Stunden auf seinem Motorrad als eine wahre Erleichterung. Mit verspannten Schultern, gefühllosen Armen, steifen Fingern und schmerzendem Rücken streckte er sich auf einer Bank aus und dämmerte vor sich hin. Neben ihm diskutierten zwei Seeleute über den Vorfall, der sich während der letzten Überfahrt ereignet hatte: Ein Typ war ins Meer gesprungen, um die Tasche einer Frau zu retten! So etwas war auf ihrer Route bisher noch nicht vorgekommen.

Gildas schauderte, als er an diesen Unbekannten dachte, der im eiskalten Ozean sein Leben riskiert hatte. Er liebte heiße Bäder, in denen er mit Vorliebe Krimis von Danielle Thiery und Maud Tabachnik verschlang. Er wusste, dass das Wasser ein für das Leben ebenso unentbehrliches Element wie die Luft war. Zwei Drittel des menschlichen Körpers bestanden aus Wasser, das sich auf fünfhundert Milliarden Zellen verteilte. Man konnte einen Monat lang fasten, aber ohne Wasser konnte man nur fünf Tage lang auskommen. Während der glühenden Hitze im August hatte er alte ausgetrocknete Leute wieder auferstehen sehen wie gut bewässerte Pflanzen, sobald man die Ventile ihrer Infusionen öffnete. Das Wasser war lebenswichtig für den Menschen, aber er mochte Wasser am liebsten heiß und mit duftendem Badeschaum oder als Eiswürfel in einem Glas Wodka …

Das Schiff legte an. Ein Wirrwarr von Geräuschen drang an sein Ohr, und so stand er auf, nahm seinen Helm und begab sich zu seinem Motorrad. Auf der Mole folgte er den Schildern, die zum Informationsbüro wiesen.

Den ganzen Nachmittag über waren Gildas und Erlé in der gleichen Angelegenheit unterwegs, und so kreuzten sich ihre Wege immer wieder, ohne dass sie voneinander wussten.

Einer nach dem anderen versuchten sie in der Post vergeblich ihr Glück.

»Wenn es zu der Person, die Sie suchen, keinen Eintrag gibt, kann ich Ihnen auch keine Auskunft erteilen«, erklärte die Beamtin hartnäckig.

Im Telefonbuch tauchten immer wieder die gleichen Namen auf: Tonnerre, Bihan, Jego, Baron, Yvon, Gouronc, Calloch, Tristan, Kersaho, aber einen Foresta schien es auf der Insel nicht zu geben.

Schließlich landeten sie im Rathaus, wo sie von unterschiedlichen Beamten empfangen wurden, aber die gleiche Antwort erhielten:

»Wir können Ihnen die Adresse von unseren Mitbürgern nicht geben, versuchen Sie es bei der Post ...«

Es wurde Abend, die Geschäfte schlossen, die Strände leerten sich und die Feriengäste bummelten durch die Straßen. Die Suche nach dem Haus von Alexis Foresta auf einem acht Kilometer langen und vier Kilometer breiten Streifen Erde war für Erlé und Gildas ohne Erfolg geblieben.

Eva hatte sich in der »Auberge du Pêcheur« an jenen Tisch gesetzt, an dem sie vor neun Tagen, in einem anderen Leben, mit Laure gesessen hatte.

Gefolgt von Jack kam Erlé herein. Mit seinem grauen Pullover, der schwarzen Hose und den mittlerweile trockenen blonden Haaren sah er besser aus als vor ein paar Stunden.

»Was möchten Sie trinken?«

Er ließ seinen Blick durch den gemütlichen Raum und über die hübschen, hinter dem Tresen aufgereihten Flaschen schweifen.

»Keinen Alkohol«, sagte er getreu seinem Versprechen.

Eva zog erstaunt die Augenbrauen hoch und entschied für beide:

»Also zwei Perrier.«

»Die Fotos schienen so unglaublich wichtig für Sie zu sein. Darf ich Sie fragen, wessen Porträt ich gerettet habe?«, fragte er.

»Jemand, den ich sehr geliebt habe und der vor kurzem gestorben ist. Wenn Sie nicht getaucht wären ...«

»Gesprungen«, verbesserte er, um sie zum Lächeln zu bringen.

Ohne das Lächeln zu beachten, korrigierte sie:

»Wenn Sie nicht gesprungen wären, so hätte ich sie für immer verloren. Vielen Dank …«

Er sah, dass sie ihre Tränen nur mit Mühe zurückhielt. Er wollte etwas Lustiges sagen, eine einfühlsame und geschickte Wendung, sodass sie ihn einfach wunderbar und unwiderstehlich finden musste. Wenn der Mann, den sie liebte, tot war, so war noch alles möglich. Diese Chance musste er nutzen!

Ein unglaublicher Hunger machte sich bemerkbar. Es fiel ihm ein, dass weder Jack noch er selbst seit dem Morgen etwas gegessen hatten.

»Sind Sie nicht hungrig?«, fragte er.

Eva nickte.

»Doch. Sie machen hier eine ganz ausgezeichnete Muschelpfanne mit Ingwer und Orangenschale. Haben Sie Lust?«

»Gelinde gesagt, ja. Dazu ein Schinken-Sandwich für Jack, der nicht besonders auf Meeresfrüchte steht. Und nur unter einer Bedingung: Ich lade Sie ein!«

»Ich bin hier zu Hause«, protestierte Eva. »Und ich schulde Ihnen das wirklich …«

Er fragte sich, ob er einen Vorstoß wagen sollte, und gab sich einen Ruck.

»Ich nehme die Einladung an. Aber beim nächsten Mal bin ich dran. Haben Sie morgen Mittag schon etwas vor?«

Sie wirkte verlegen, und er begriff, dass er zu schnell vorgegangen war.

»Brigitte«, wandte sie sich an die blonde Wirtin, »dieser Gast aus dem Finistère möchte mein Lieblingsgericht probieren, und ich werde ihm dabei helfen.«

Sie setzten sich an einen Tisch im angrenzenden Speisesaal, der mit einer beeindruckenden Sammlung von Kaffeekannen dekoriert war, deren Inhalt seinerzeit die Fischer auf den Thunfischfängern aufgewärmt hatte.

»Ich habe Ihnen meinen Vornamen gesagt, aber ich weiß Ihren gar nicht …«, hob Eva an.

»E-r-l-é«, buchstabierte er. »Das war ein einfacher Mönch, der mit zwei anderen Mönchen von Irland in die Bretagne kam. Als sie an Land gingen, beschlossen sie, dass der Erste auf dem Hügel vor ihnen diesem seinen Namen geben sollte. Erlé war schlauer als die anderen und zog seine Stiefel aus, um schneller laufen zu können. So ließ er die beiden anderen hinter sich, und der Hügel wurde Plouerlé genannt, was so viel bedeutet wie ›das Dorf von Erlé‹. Später wurde daraus Ploarlé. In der Nähe von Douarnenez gibt es eine Kapelle von Ploarlé. Der Namenstag des heiligen Erlé ist der 7. August. Er ist der Patron der Seemänner. Der erste Sohn der Seemänner hieß stets Erlé. Aber ich wurde, wie ich schon gesagt habe, unter X geboren, sodass diese Geschichte vielleicht gar nichts zu bedeuten hat …«

Zwei duftende Teller wurden vor sie hingestellt, und genüsslich klaubten sie die Muscheln aus ihren Schalen.

»Was haben Sie mit den Buchenstücken vor, die sie auf dem Schiff in der Hand hatten?«, wollte Erlé wissen.

»Kennen Sie sich mit Holz aus?«, fragte sie überrascht zurück.

»Das ist mein Beruf.«

Sie klopfte mit ihren Fingern leicht auf die lackierte Tischoberfläche.

»Und das ist meiner.«

»Informatik?«

Sie schüttelte den Kopf.

»Die Musik. Früher das Klavier. Und jetzt die Drehorgel. Ich habe eine Orgel bei einem Trödler erstanden, aber ich muss mehrere Teile auswechseln. Es ist eine Thibouville mit vierundzwanzig Tasten. Der Hersteller hat 1918 mit der Produktion aufgehört. Der andere Hersteller, Limonaire, hat 1936 zugemacht. Damals wurden tausende von Orgeln gebaut, und heute gibt es nicht einmal mehr tausend in ganz Frankreich.«

»Was ist denn an Ihrem Stück kaputt?«

»Es sind vor allem Wasserschäden. Das Holz ist gesplittert, und der Blasebalg aus Lammleder ist von Mäusen angefressen. Ich habe Buche gewählt, um die zerborstenen Stücke zu ersetzen, aber ich hätte genauso gut Tanne nehmen können, es ist kein wertvolles Instrument.«

»Wenn Sie Hilfe brauchen, fragen Sie mich ruhig!«, bot er an.

Ihre Teller waren mittlerweile leer, und Jack hatte sein Sandwich verspeist. Zum Dessert wählten sie einen kleinen Ziegenkäse mit Thymianmarinade und Feigen-Chutney. Er bestellte einen »Far« mit Dörrpflaumen, um den Unterschied zu dem bretonischen Kuchen des Finistère zu schmecken.

Dieser Kuchen war eine von Marie Le Galls Spezialitäten. Für ihren »Far« brauchte sie: 250 Gramm Mehl, 125 Gramm Zucker, 4 Eier, 1 Liter Mich, 200 Gramm Dörrpflaumen, ein Stück Butter und 2 Esslöffel Rum. Sie vermengte Eier und Mehl in einer Schüssel, fügte Zucker und die lauwarme Milch hinzu, dann den Rum und die Dörrpflaumen. Anschließend goss sie den Teig in eine mit Butter bestrichene Form und ließ den Kuchen 45 Minuten backen. Sie nahm ihn aus dem Ofen, ließ ihn abkühlen und schon war er fertig.

Erlé musste sich allmählich von Eva losreißen und nach einer Unterkunft für die Nacht suchen. Mit einem Mal überkam ihn eine unbändige Lust zu lachen. Er war von der Fähre ins Meer gesprungen wie ein Idiot, nur wegen der schönen Augen einer unbekannten jungen Frau, die herzzerreißend litt, aber womöglich furchtbar untreu war. Er war doch auf diese Insel gekommen, um die Tochter eines Unfallopfers davon zu überzeugen, dass er nichts mit dem Tod ihres Vaters zu tun hatte. Was machte er hier eigentlich, mit diesem räudigen, lahmen Hund an seiner Seite?

»Gibt es hier im Haus auch Zimmer?«, fragte er.

Eva nickte. Aber Brigitte erklärte, dass die acht Zimmer belegt seien.

Als Eva das Essen bezahlt hatte, traten sie gemeinsam in die Dunkelheit hinaus. Auf der anderen Straßenseite lag das »Ti Beudeff« verlassen da. Holzplanken verdeckten den Blick auf die Überreste einer Brandstätte.

»Das war einmal eine sagenumwobene Bar, alte und junge Seeleute aus der ganzen Welt sind hierher gekommen«, erzählte Eva. »Ende Juli hat es dort gebrannt. Die Bar gab es schon seit dreißig Jahren, und jeder, der vorbeikam, kehrte ein, um ein Glas zu trinken. Die Wände waren übersät mit Texten und Graffiti, die unbekannte oder berühmte Seeleute dort hinterlassen hatten. Die Stimmung war einmalig, über dem Tresen hing permanent eine Wolke von Rauch, Alkohol und Seefahrergeschichten. Sie werden die Bar so schnell wie möglich wieder aufbauen. Zum Glück sind die Erinnerungen nicht zu Asche geworden!«

Sie gingen die Steigung zum »Hôtel de la Marine« hoch, das im Ortszentrum lag. Auch hier waren die zweiundzwanzig Zimmer belegt, das letzte hatte jemand aus Paris vor einer Stunde genommen.

»Im August sind noch viele Feriengäste hier, und außerdem findet gerade das Inselfilmfestival statt. Wir hatten ohnehin nur noch dieses eine Zimmer frei. Sie hätten etwas früher kommen müssen!«

Sie gingen weiter die Straße entlang, kamen an der Apotheke und der Galerie von Gérard Leurette vorüber, dann an der Buchhandlung »L'Ecume des jours«, mit der blauen Fassade, die auch ein kleines Café unterhielt.

»Das ist ein ganz außergewöhnlicher, wundervoller Ort«, sagte Eva. »Man verschlingt neue und alte Bücher, trinkt eine leckere heiße Schokolade, und das alles wird begleitet von den Klängen eines mechanischen Klaviers.«

Jack trottete vor ihnen her und schnüffelte mit gleichbleibender Neugier im Dunkeln herum. Musik und ausgelassene Fröhlichkeit waren überall im Dorf zu hören. Ferienhausbesitzer in Bermudashorts, Gäste in leuchtenden K-Way-Oberteilen und Inselbewohner in weniger grellem Aufzug flanierten durch die Straßen. Eva wusste nicht, wie sie diesen seltsamen Typen loswerden sollte. Erlé wusste nicht, wie er es anstellen sollte, sie am nächsten Tag wiederzutreffen. Sie gingen an der Kirche mit ihrer Thunfisch-Wetterfahne vorbei und gelangten an den Dorfausgang.

»Wohnen Sie hier in der Nähe?«, fragte Erlé, um die Unterhaltung wieder in Gang zu bringen.

Eva wurde misstrauisch.

»Nein, unser Haus ist etwas weiter weg, auf der anderen Seite der Insel. Hören Sie, ich kann Sie nicht einladen, bei mir zu übernachten …«

Beleidigt schnitt er ihr das Wort ab.

»Darum habe ich Sie nicht gebeten!«

»Ich weiß«, beschwichtigte sie ihn. »Aber ich hätte Ihnen raten sollen, schon heute Nachmittag ein Zimmer zu reservieren. Selbst wenn die Hotels voll sind, hätten Sie eine Privatunterkunft finden können. Ganz bei mir in der Nähe, im ›Criste Marine‹, vermieten sie zwei schöne Zimmer direkt am Meer. Jetzt ist es zu spät dafür. Ich wollte mich bei Ihnen bedanken, und jetzt habe ich Sie in eine missliche Lage gebracht.«

Sie gingen weiter durch die Dunkelheit. Sie überlegte wieder, warum er hinkte, wagte aber nicht, ihn danach zu fragen. Der Weg führte zwischen der Schule und der Kirche »La-Trinité« hindurch, dann am Atelier von Vesuvio, dem Glasbläser, vorbei, der maßgefertigte Ringe, winzige Figürchen und luftige Kugeln herstellte und Sektflöten, deren Fuß in eine Kugel mündete, damit der Champagner nicht durch die Hand erwärmt wird, und die man nur abstellen konnte, nachdem sie geleert worden waren.

»Ich bin ein großer Junge«, scherzte Erlé. »Wir haben August, und ich kann sehr gut draußen schlafen.«

Das dachte er wirklich, und trotzdem ärgerte er sich über seine Worte. Er war schließlich kein Landstreicher und brauchte kein Almosen. Zum zweiten Mal an diesem Tag reichte er ihr die Hand.

»Gute Nacht, hier trennen sich unsere Wege. Ich werde schon zurechtkommen. Wenn Sie mir morgen immer noch Ihre Orgel zeigen wollen, können wir uns ja verabreden.«

Eva schüttelte den Kopf.

»Warten Sie«, sagte sie, »das ist einfach zu dumm.«

Er hatte sie in der Tat um nichts gebeten. Aber sie hatte drei leere Schlafzimmer und konnte ihn nicht einfach so gehen lassen, nach allem, was er für sie getan hatte.

»Es ist genug Platz bei mir im Haus«, fuhr sie fort. »Ich habe mich vorhin dumm verhalten, entschuldigen Sie. Kommen Sie mit mir, es freut mich, wenn ich Ihnen eine Unterkunft geben kann. Ehrlich. Sie können ja morgen Früh aufbrechen. Kommen Sie doch mit.«

»Ich lege keinen Wert darauf«, sagte er trocken.

Sie musterte ihn in der Dunkelheit und sah seinen Zorn.

»Wissen Sie, dass Sie bescheuert sind?«, fuhr sie ihn an. »Sie benehmen sich wie eine aufgescheuchte Jungfrau! Wir werden in getrennten Zimmern schlafen, und Jack wacht vor Ihrer Tür … Reicht das?«

Er musste lächeln.

»Nur wenn Sie mir versprechen, dass Sie keinerlei Annäherungsversuche machen, ich bin schamhaft und schüchtern!«

Er hätte alles darum gegeben, mit ihr unter einem Dach zu schlafen und so das Glück zu haben, sie morgen wiederzusehen.

»Ich schwöre es«, versprach Eva feierlich. »Versprochen ist versprochen ...«

Das hatte Alexis immer zu ihr gesagt. Ihr Gesicht verfinsterte sich. Wütend warf sie ihr Haar zurück, als wollte sie den Kummer vertreiben.

»Haben Sie erledigt, weswegen Sie hergekommen sind?«

Er runzelte die Stirn.

»Was erledigt?«

»Die Angelegenheit, die Sie nach Groix geführt hat ... Sie wollten doch mit jemandem sprechen?«

Er nickte.

»Ich hoffe, dass der Überraschungseffekt etwas bewirkt. Ich werde mich morgen darum kümmern.«

»›Morgen ist auch noch ein Tag‹, wie Scarlett O'Hara sagt?«

Er zuckte die Achseln.

»Ashley Wilkes ist ein Waschlappen und Rhett Butler ein Idiot, ich habe noch nie verstanden, was die Frauen an diesem Film finden!«

»Sie haben ihn also immerhin gesehen«, erwiderte Eva schlagfertig.

Sie gingen über das freie Feld. Ganze Heerscharen von Kaninchen wollten sich vor ihnen in Sicherheit bringen, kleine braune Kugeln mit weißen Schwänzen hoppelten zu beiden Seiten der Straße davon.

»Natürlich habe ich den gesehen«, sagte Erlé brüsk. »Halten Sie die Bretonen etwa für komplett ignorant? Wir sehen die gleichen Filme wie Sie, lesen die gleichen Bücher, wir tragen keine Holzschuhe mehr und fahren sogar diese

Maschinen mit vier Rädern und Motor, die man Automobile nennt!«

»Hören Sie auf, so zu schimpfen«, beschwichtigte Eva. »Wir sind da.«

Sie schwiegen, als sie das schlafende Dorf durchquerten und in einen Seitenweg einbogen, der sie zu dem niedrigen blauen Zaun führte. Eva öffnete das Tor. Das Meer rauschte. Jack erkundete den kleinen Garten und verjagte übermütig eine streunende Katze.

Sie gingen ins Haus. Eva machte Licht, und Erlé betrachtete die Einrichtung. Er erblickte die blau gestrichene Küche, den ausladenden Kamin, die Umrisse der farbigen Fotos an den Wänden. Es verschlug ihm die Sprache, er trat näher an sie heran.

»Sie haben unglaubliches Talent«, murmelte er zutiefst beeindruckt.

»Woher wissen Sie, dass ich die Fotos gemacht habe?«, fragte sie staunend.

Er lachte.

»Als ich gesehen habe, wie Sie das Meer betrachten, war mir klar, dass Sie nicht von Groix stammen. Und dass Sie diese Fotos gemacht haben, weiß ich, weil dieser Fotograf die Welt betrachtet und gleichzeitig ihre Musik hört.«

Er fand nicht die passenden Worte, es war eher eine konfuse Empfindung. Er hatte es intuitiv gewusst. Verlegen biss sie sich auf die Lippen. Er holte zu Erklärungen aus.

»Zum Beispiel diese halb fertigen Boote dort …«

»Im Hafen von Essaouira?«

»Das wissen Sie besser als ich. Diese Boote sind noch nie aufs Meer hinausgefahren. Derjenige, der das Motiv gewählt hat, ist kein Seemann, aber er liebt das Meer. Wahrscheinlich eine Frau, weil die Farben um die Boote herum hervorgehoben sind und nicht die des Gerüstes in der Ecke dort unten. Sie lebt oft am Wasser, denn sie gibt den Fußgängern ebenso viel Raum wie dem Hintergrund des Hafens. Und sie ist jung, weil sie den alten Mann im Hintergrund aufgenommen hat. Junge Leute fotografieren oft alte Menschen, weil sie interessante Gesichter haben, ältere Fotografen bevorzugen dagegen meist junge Menschen.«

Eva dachte nach und nickte.

»Haben Sie nie daran gedacht, das Fotografieren zu Ihrem Beruf zu machen?«, wunderte er sich. »Sie hätten das gekonnt.«

Eva sträubte sich.

»Ich habe mich eben für die Musik entschieden«, sagte sie gereizt.

»Man hat jeden Tag die Möglichkeit, alles zu ändern. Ich habe ein Studium an der Filmhochschule begonnen, ich habe meinen ersten Kurzfilm gedreht, der sogar ausgezeichnet wurde. Aber ich habe aufgehört und mich der Arbeit mit Holz gewidmet. Alle haben mich für verrückt erklärt.«

»Stimmt das?«, fragte sie wie gebannt.

Auf dem Deck der Fähre hatte er sie schön gefunden, in dem Restaurant hübsch, anbetungswürdig auf ihrem Gang durch die Nacht, nun aber schien sie ihm unglaublich zart und zerbrechlich.

»Es ist spät«, sagte er. »Ich habe immer noch meine nassen Kleider in der Tasche. Kann ich sie zum Trocknen aufhängen?«

Sie besann sich darauf, dass sie die Rolle der Hausherrin spielen musste.

»Natürlich. In der Garage.«

Er hängte Hemd und Hose auf die dort angebrachte Wäscheleine, seine Unterhose ließ er in der Tasche.

»Die Schlafzimmer sind oben. Ihres ist auf der linken Seite …«

Ihr eigenes Zimmer ging zum Garten, das Zimmer von

Alexis nach hinten hinaus. Sie hatte sein Zimmer seit ihrer Rückkehr nicht mehr betreten.

»Ich werde Ihnen ein Handtuch bringen, und Sie können dann als Erster ins Bad gehen.«

Er nickte still. Er spürte ein unbändiges Verlangen, sie in seine Arme zu schließen. Sie ging noch einmal in die Küche hinunter und kam mit einer Flasche Wasser und einer Schüssel zurück.

»Hier«, sagte sie.

»Haben Sie kein Glas?«, fragte er verwundert.

Sie wies mit dem Kinn auf Jack.

»Das ist für ihn. Sie scheinen nicht an Hunde gewöhnt zu sein. Wie lange haben Sie ihn schon?«

Erlé zählte an den Fingern nach. Bevor er antwortete, steckte er sie in die Hosentaschen zurück, anstatt Eva zu umarmen.

»Neun Tage. Danke für Ihre Gastfreundschaft. Gute Nacht.«

Auf dem Flur trennten sie sich. Sie schloss die Tür und drehte, während sie hustete, damit er das Geräusch nicht hörte, leise den Schlüssel herum. Dann legte sie sich aufs Bett und starrte die Decke an. Sie musste verrückt geworden sein, dass sie diesen Unbekannten von der Statur eines Menhirs bei sich übernachten ließ. Alexis hätte das für sehr leichtsinnig gehalten … Aber Alexis war nicht mehr da. Sie hatte ihre Fotos ins Wasser fallen lassen, und Erlé, der Mönch aus Irland, war ohne Zögern hinterhergesprungen, um sie zu retten. Das war zugegebenermaßen vollkommen übergeschnappt, zeugte aber von einem guten Herzen.

Sie lachte und stellte sich vor, wie Laure sie ansehen würde, wenn sie ihr davon erzählte: »Dieser Typ, der dich noch nie zuvor gesehen hat, ist für dich ins kalte Wasser gesprungen? Vom oberen Deck des Schiffs?«

Sie hörte, wie Erlé leise die Badezimmertür schloss.

»Vielen Dank noch einmal für die Fotos«, sagte sie laut.

Er suchte krampfhaft nach einer feinsinnigen Antwort.

»Ja«, murmelte er schließlich nur.

Dann ging er in sein Zimmer. Jack lag der Länge nach auf dem Bett, sein Kopf ruhte auf dem Kopfkissen.

»Weg da, das ist mein Platz!«, flüsterte er und schubste den Hund hinunter.

Würdevoll trollte sich Jack ans Fußende des Bettes und rollte sich zusammen. Erlé seufzte, legte sich hin, ließ seine Füße seitlich heraushängen und schlief ein.

35

Samstag, 30. August, zehnter Tag

Kemal Djemad lag seit fünf Uhr morgens vor dem Wohnheim für junge Mädchen auf der Lauer. Seit achtundvierzig Stunden folgte er Zaka wie ein Schatten. Er verfluchte diesen Wuschelkopf, diesen Spross reicher Eltern, mit seinem lächerlichen Piercing in der Augenbraue, der an ihr hing wie eine Klette und sich als Chauffeur aufdrängte, sobald sie nur einen Fuß auf die Straße gesetzt hatte. Heute würde Zaka achtzehn Jahre alt werden und es war höchste Zeit zu handeln, selbst wenn es Zeugen geben sollte. Er hätte das alles lieber still und ohne Aufsehen geregelt, aber jetzt hatte er keine Wahl mehr. Die Anzahlung von Karim Hamoud war bereits ausgegeben.

Kemal war hungrig, unterzuckert, aber er konnte seinen Posten nicht verlassen. Die Tür öffnete sich, und ein Junge schlich eilig im Schutz der Hausmauern davon. Dabei war das Wohnheim doch für Männer streng verboten. Kemal hatte am Abend zuvor versucht hineinzukommen, um seine Schwester zu sehen: Die Leiterin hatte ihn mit einer so entsetzten Miene davongejagt, als hätte er splitternackt und wild fluchend vor ihr gestanden. Kemal schüttelte den Kopf. Diese jungen Westeuropäerinnen besaßen keinen Anstand. In dieser Hinsicht vertraute er seiner Schwester blind. Zaka war rein und ehrlich, im Übrigen bedeutete ihr Vorname auf Arabisch Reinheit. War sie erst einmal verheiratet, so würde sie zur Vernunft kommen, davon war er überzeugt. Ihre Schulkameradinnen hatten ihr den Kopf verdreht.

Ein Polizeiauto bog in die Straße ein. Kemal entfernte sich, um nicht das Misstrauen der Polizisten zu wecken. Auf seiner Höhe fuhr das Auto langsamer, und der Polizist auf dem Beifahrersitz musterte ihn eingehend. Kemal zeigte keine Regung. Würde er ihn ansehen, so würde ihm das als Provokation ausgelegt, würde er seinen Schritt beschleunigen, so würde er sich verdächtig machen. Er ging also in gleichmäßigem Tempo weiter wie ein armer, demütiger und bescheidener Araber auf dem Weg zu seiner Arbeit.

Der Streifenwagen verschwand um die nächste Ecke. Kemal machte kehrt. Er war noch etwa zehn Meter vom Eingang entfernt, als dieser schreckliche Autobianchi wieder auftauchte. Dieser verwöhnte Bursche parkte in der zweiten Reihe, sprang aus dem Auto und betrat seelenruhig das Wohnheim. Bei seinem Aussehen war das offenbar kein Problem. Zehn Minuten später tauchte er mit Zaka, ihren rosa Krücken und einer Plastiktasche wieder auf. Die Leiterin hielt ihnen die Tür auf, drückte Zaka die Hand und half ihr sogar noch ins Auto, bevor sie wieder verschwand.

Sollte Zaka heimlich am frühen Morgen ausziehen wollen … um zu diesem Burschen zu ziehen? Kemal biss sich auf die Lippe. Seine Schwester entwischte ihm. Aber seine Familie brauchte das Geld von Karim.

Er trat aus dem Schatten und baute sich vor dem Auto auf. Erstaunt öffnete der Junge am Steuer das Fenster.

»Ja bitte?«

»Misch dich da nicht ein«, drohte Kemal.

Zaka kauerte mit versteinerter Miene auf ihrem Sitz. Sie hatte ihren Bruder in der Beschreibung der Heimleiterin wiedererkannt und gehofft, ihm durch den frühen Aufbruch zu entkommen.

Kemal öffnete die Tür und riss den Jungen von seinem Sitz. Dieser schimpfte und wehrte sich nach Kräften, er war mutig. Kemal hielt ihn im Würgegriff.

»Schluss jetzt, halt die Schnauze, okay?«

Sein Gegner schrie weiter und wand sich hin und her, um sich aus dem Griff zu befreien. Von dem Lärm alarmiert, kam die Leiterin wieder heraus, sah das Gemenge und verschwand eilig wieder. Ein paar Sekunden später erschien sie wieder, diesmal mit einem Handy bewaffnet.

»Ich warne Sie, ich rufe die Polizei!«

»Kein Problem«, sagte Kemal und gab Jules aus der Umklammerung frei. »Ich bin ihr großer Bruder. Ich werde der Polizei sagen, dass Sie einer Minderjährigen zur Flucht verholfen haben. Das finden die sicher großartig!«

Das Gesicht der Leiterin verfinsterte sich. Sie wandte sich an Zaka, die, weiß wie die Wand, immer noch zusammengekauert im Auto saß.

»Doktor Murat hat doch versichert ... Haben Sie mich angelogen?«

»Sie wird heute achtzehn«, antwortete Jules an ihrer Stelle und rieb sich den schmerzenden Hals. »Ihre Familie will sie zur Heirat zwingen, lassen Sie das nicht zu!«

»Sie war also noch minderjährig, als sie zu uns kam«, stellte die Leiterin verbittert fest.

Zaka senkte den Kopf, es war vorbei, sie hatte verloren. Jules wollte seinen Ohren nicht trauen.

»Sie verstehen nicht ganz. Man will sie mit einem alten Mann verheiraten, damit er irgendwelche Papiere erhält. Das muss man doch verhindern ...«

Die Leiterin wandte sich an Zaka.

»Hat man Sie misshandelt? Wurden Sie geschlagen, beschimpft oder hat man Ihnen nichts zu essen gegeben?«

Mit Tränen in den Augen schüttelte Zaka den Kopf.

»Sag doch einfach ja!«, flehte Jules sie an.

Zaka hob die Hände, als wolle sie sich ergeben. Kemal hatte gewonnen. Sie öffnete die Tür, erhob sich mühsam von ihrem Sitz und stolperte, auf ihre Krücken gestützt, auf den Gehweg.

»Was machst du denn?«, protestierte Jules.

»Sie wird vernünftig«, sagte Kemal. »Sie weiß, dass ihr keine Wahl bleibt. Los, Zaka, wir gehen nach Hause!«

Jules erhob erneut Einspruch.

»Nein!«

»Es ist nicht rechtswidrig, was er tut«, stellte die Heimleiterin hilflos fest. »Lassen Sie ihn gehen, junger Mann …«

Wieder fuhr der Streifenwagen durch die Straße, diesmal mit eingeschaltetem Blaulicht. Neben ihnen hielt er an. Zwei Polizisten stiegen aus und versuchten, die Szene einzuschätzen.

»Was geht hier vor?«, fragte der Kräftigere von beiden.

Eine verrückte Idee fuhr Zaka durch den Kopf. Sie hatte in der Schule nie am Theaterkurs teilgenommen, da sie ihre ganze Zeit dem Zeichnen widmete. Aber ihre Darbietung war einer echten Schauspielerin würdig: Sie stützte sich mit dem gesunden Bein ab, ließ die Krücke auf der Seite des kranken Beins fahren und begann zu taumeln.

»Hoppla!«, rief der Polizist und kam ihr zu Hilfe.

Zaka hob eine Hand zur Stirn, sah wirr um sich und murmelte schwach: »Alles dreht sich«, und schon sackte sie in sich zusammen. Der kräftige Polizist fing sie auf, schützte ihr Gipsbein und ließ sie sanft zu Boden gleiten. Dort ausgestreckt, schloss das junge Mädchen die Augen.

»Sie ist bewusstlos«, sorgte sich der Polizist.

»Sie ist ohnmächtig«, schrie Jules.

»Sie führt uns an der Nase herum«, wetterte Kemal.

Der Polizist warf ihm einen misstrauischen Blick zu.

»Gehören Sie zur Familie? Ist sie Diabetikerin? Nimmt sie irgendwelche Medikamente? Ist sie schwanger?«

Kemal schüttelte erschreckt den Kopf.

»Sie spielt uns etwas vor, ich sage es Ihnen.«

»Wir werden sie ins Krankenhaus bringen«, entschied der Polizist.

Zum zweiten Mal innerhalb von zehn Tagen wurde Zaka, die niemals zuvor in ihrem Leben krank gewesen war, auf einer Bahre in die Ambulanz getragen. Sie bat darum, Doktor Murat sehen zu können, aber Clarisse erklärte ihr, dass der Assistenzarzt in den Ferien sei.

»Wie lange denn?«, wollte Zaka tief enttäuscht wissen.

Clarisse hatte ihren Dienst beinahe hinter sich gebracht und war sehr müde.

»Mindestens eine Woche, vielleicht noch länger. Gut. Ich muss noch den Fragebogen mit Ihnen ausfüllen. Was ist geschehen?«

»Ich bin ohnmächtig geworden …«

»Sind Sie gefallen oder konnten Sie sich festhalten? Denken Sie nach, es ist wichtig, dass Sie genau antworten.«

Sie senkte den Blick auf das Blatt und wartete auf die Antwort.

»Was ist denn schlimmer?«, wollte Zaka wissen.

Clarisse musste lachen.

»Beschreiben Sie mir, was Sie gefühlt haben.«

»Ich habe ihnen etwas vorgespielt«, gestand Zaka. »Ich dachte, dass mir Doktor Murat helfen könnte wie beim letzten Mal.«

Sie erzählte ihr die ganze Geschichte. Clarisse hatte Mitgefühl.

»Der Assistenzarzt, der heute Dienst hat, ist ein Pedant. Wir müssen vorsichtig sein und Sie heimlich wieder hinausbringen. Er darf nicht wissen, dass Gildas Ihnen geholfen hat, Ihrer Familie zu entkommen. Er spekuliert auf seinen Posten in der Chirurgie.«

»Will er ihm etwa seine Stelle während seiner Ferien wegnehmen?«

Clarisse seufzte.

»Gildas hat Ärger. Man weiß nicht einmal, ob er zurückkommt.«

»Was für Ärger?«

Clarisse erzählte ihr von dem Unfallpatienten, der vor zehn Tagen eingeliefert wurde, nicht bleiben wollte und entgegen der Anweisung von Gildas keine Computertomografie hatte machen lassen.

»Gildas hat vergessen, die Akte auszufüllen, und die Familie hat nun Klage gegen ihn erhoben. Damit läuft er Gefahr, seinen Beruf nie wieder ausüben zu dürfen, und vielleicht kommt er sogar ins Gefängnis. Und all das nur, weil ein Fahrradfahrer von seinem Rad gefallen ist. Paris ist gefährlich, noch dazu, wenn man ohne Helm und Blech um sich herum unterwegs ist. Man muss schon ein potenzieller Selbstmörder sein, wenn man in einer so großen Stadt aufs Fahrrad steigt!«

Zakas Herz schlug wie verrückt. Bisher war es ihr gelungen, die Erinnerung an den Unfall zu verdrängen und die Abfolge der traumatischen Ereignisse von jenem schrecklichen Donnerstag aus ihrem Gedächtnis zu streichen: den Schock, als sie entdeckte, dass ihre Mutter und ihr Bruder Kemal sie verraten hatten, ihre Flucht, ihre Angst um Aziz und Ali auf dem Fensterbrett dort oben, ihre Furcht eingeholt zu werden, das Auto, das sie angefahren hatte, der Schmerz in ihrem Bein, der aufgewühlte Blick des blonden Autofahrers, der weiße Bart des alten Mannes, der wirre Blick des Fahrradfahrers, der mit seinen blauen Augen auf sein demoliertes Rennrad schaute – ein Fahrrad, wie es ihre Brüder niemals besitzen würden.

Ein Unfallpatient vor zehn Tagen … Ein vom Rad gefallener Fahrradfahrer … Doktor Murat darf vielleicht nie wieder seinen Beruf ausüben … Wie Puzzleteile setzte sich alles zusammen und ergab ein stimmiges Ganzes.

»Wurde der Radfahrer am frühen Abend eingeliefert?«

Clarisse dachte nach und nickte.

Zaka schloss die Augen und ging die Szene noch einmal durch. Sie hörte den Hall ihrer eigenen Schritte, der sich von dem Galopp der beiden Männer hinter ihr abhob, und den pfeifenden Atem von Karim. Dann hörte sie plötzlich das Auto auf sich zukommen und die quietschenden Bremsen. Sie spürte den harten Reifen gegen ihr Bein stoßen. Sie hörte, wie der Fahrradfahrer aufschrie und dann mit einem dumpfen Geräusch zu Boden stürzte.

»Geht es ihm inzwischen besser?«, brachte Zaka mühsam hervor und richtete sich auf der Bahre auf.

»Wem?«, fragte Clarisse unbeteiligt.

»Dem Fahrradfahrer.«

»Er ist tot. Deshalb hat seine Familie Anklage erhoben.«

Zaka fühlte, wie das Blut aus ihren Adern wich, und klammerte sich an der Bahre fest. Diesmal spielte sie kein Theater.

»Hoppla!«, rief Clarisse.

Sie fing das junge Mädchen auf, brachte sie wieder in liegende Position und schlug ihr zweimal auf die Wangen, bis Zakas Augenlider zu flackern begannen.

»Wachen Sie auf!«, rief Clarisse und überlegte derweil, ob sie den Assistenzarzt holen musste oder ob sie allein zurechtkommen würde. »Sind Sie sicher, dass Sie nicht schwanger sind?«

Peinlich berührt nickte Zaka.

»Ich habe noch nie …«

Sie kam wieder zu sich.

»Es geht mir schon besser«, murmelte sie. »Wir sind bei demselben Unfall verletzt worden. Ist er wirklich gestorben?«

»Ja. Es tut mir Leid. Wenn ich gewusst hätte, dass Sie ihn kennen, hätte ich Ihnen das Ganze schonender beigebracht.«

»Ich habe ihn umgebracht«, stammelte Zaka.

Clarisse starrte sie mit weit aufgerissenen Augen an.

»Er ist gestürzt, weil das Auto mir ausweichen musste. Seine Familie müsste mich verklagen. Doktor Murat kann nichts dafür.«

Sie hatte den Unfall verschuldet. Der Assistenzarzt hatte lediglich versucht, die von ihr verursachten Schäden wieder gutzumachen. Er hatte ihr geholfen, vor Kemal zu fliehen, und deshalb war sie es ihm schuldig, die Wahrheit ans Licht zu bringen.

»Ich muss Doktor Murat sehen«, beschloss Zaka. »Wissen Sie, wo er wohnt?«

Clarisse suchte Evelyne, um sie nach Gildas' Adresse zu fragen. Die Oberschwester rückte sie mit einem Augenzwinkern heraus, sie glaubte, die junge Praktikantin habe es auf den schönen, schüchternen Assistenzarzt abgesehen.

Clarisse ging zu der wartenden Zaka zurück.

»Mein Ruf ist dahin, aber dafür habe ich seine Telefonnummer.«

Als sie Gildas anriefen, sprang der Anrufbeantworter an. Eine geschlechtslose Computerstimme teilte ihnen mit, dass er abwesend sei, dass man ihm eine Nachricht hinterlassen, ein Fax schicken oder ihn auf seinem Handy erreichen könne.

Sie wählten die genannte Nummer. Die Verbindung war schlecht, aber am anderen Ende hörte man, unterbrochen von Pfeifgeräuschen, Gildas' abgehackte Stimme.

»Hier ist Clarisse, ich rufe Sie wegen eines Notfalls an«, begann die Praktikantin.

»Mitten in der Nacht?«, brachte Gildas, der aus dem Schlaf hochgeschreckt war, heiser hervor.

»Ihre Patientin Zaka Djemad ist hier. Sie will Sie unbedingt sprechen.«

»... bin in der Bretagne ... Insel Groix ... muss die Tochter von Foresta überzeugen ... nicht mein Fehler ... höre Sie nicht ...«

Die Leitung war unterbrochen, und ein unerträglich kreischender Ton quälte Gildas' Trommelfell. Er verzog das Gesicht und riss das Handy von seinem Ohr. Dann sah er auf die Uhr: Es war halb sieben. Clarisse war nicht bei Sinnen, dass sie ihn um diese Zeit anrief. Er schlief tief und fest in seinem Bett im »Hôtel de la Marine«, wo er am Abend zuvor das letzte freie Zimmer bekommen hatte. Dort, in dem mit schönen alten Möbeln bestückten Bürgerhaus hatte er auch zu Abend gegessen: ein herrliches Couscous mit Fisch und Muscheln und danach eine Crème brûlée mit glasierten Maronen.

Wütend beschloss er, die Ambulanz nicht zurückzurufen. Er hatte schon genug Zeit mit dieser kleinen Zaka verschwendet und war sich reichlich dämlich vorgekommen, als er sie mit diesen gleichaltrigen Jungen vor der Zeichenschule gesehen hatte. Er war ihren Worten aufgesessen: »Mein Vater hat mehrere Frauen, er wurde sehr jung verheiratet, meine Mutter war seine erste Frau«. Er hatte sich ihr verbunden gefühlt ...

Er schwor sich, Clarisse zurechtzuweisen, sollte er jemals wieder den Fuß in dieses Krankenhaus setzen. Wie ist sie nur darauf gekommen, ihn mitten in der Nacht anzurufen, wenn er keinen Dienst hatte. Und überhaupt, wer hatte ihr seine Nummer gegeben?

Er seufzte, legte das Handy auf den Nachttisch und schlief wieder ein.

»Er hat aufgelegt«, sagte Clarisse niedergeschlagen. »Ich habe nur die Hälfte von dem verstanden, was er gesagt hat. Er ist in der Bretagne, auf der Insel Groix. Dort will er die Tochter des Fahrradfahrers finden und sie von seiner Unschuld überzeugen.«

Zaka presste die Kiefer aufeinander.

»Ich kann nicht warten, bis er wiederkommt«, sagte sie. »Ist das weit weg?«

Clarisse versuchte sich zu erinnern.

»Neben der Belle-Île. Vor drei Jahren habe ich mit Freunden eine Bootstour dorthin gemacht. Kennen Sie den Satz von Aragon: ›Wenn Sie aufs Meer hinaus wollen, ohne einen Schiffbruch zu riskieren, dann kaufen Sie bloß kein Boot, sondern vielmehr eine Insel …‹«

»Nein, ich kenne überhaupt nichts«, gestand Zaka mit entwaffnender Aufrichtigkeit. »Nicht einmal das Meer. Ich habe immer davon geträumt. Morgen werde ich achtzehn Jahre alt. Jetzt ist die Zeit dafür gekommen, dass ich es kennen lerne.«

Jules, der geduldig im Wartezimmer ausgeharrt hatte, lächelte, als er Zaka mit vor Aufregung geröteten Wangen und strahlenden Augen kommen sah.

»Hast du ihnen etwas vorgespielt oder hattest du wirklich Angst?«

»Beides. Du musst mir einen riesigen Gefallen tun, Jules. Du hast mir versprochen, dass du mir das Meer zeigst. Ich nehme an. Aber nicht in Deauville, sondern in der Bretagne.«

»Wann?«

»Jetzt gleich!«

Jules sah sie entsetzt an und schüttelte den Kopf.

»Das geht nicht, Zaka. Meine Eltern kommen heute Nachmittag für zehn Tage nach Paris. Ich habe eine Abmachung mit ihnen: Ich kann tun und lassen, was ich will, solange ich ihnen keine Probleme mache, aber wenn sie hierher kommen, muss ich die gesamte Zeit mit ihnen verbringen. Das ist Gesetz.«

Zakas Lächeln wich aus ihrem Gesicht.

»Ich verstehe«, sagte sie. »Ich habe eine große Schuld auf mich geladen. Dafür muss ich geradestehen.«

Jules lächelte sie an.

»Was verstehst du? Dass du allein fährst?«

Der Autobianchi fuhr den Boulevard Pasteur hinauf, bog vor der Place des Cinq Martyrs du Lycée Buffon links ab und verschwand in den Kurven des Parkhauses unter dem Bahnhof Montparnasse.

»Sieht der Schnellzug genauso aus wie die Regionalbahn oder die Metro?«, wollte Zaka nervös wissen.

Jules wollte sich schon lustig über sie machen, aber er bemerkte ihre angespannten Gesichtszüge.

»Du fährst auch zum ersten Mal mit dem Zug, nicht wahr?«

Sie nickte. Jetzt würde er sie für dumm halten. Dabei kannte sie andere Seiten des Lebens sehr gut. Im vorigen Jahr war die Frau aus der Nachbarwohnung in ihren Armen gestorben. Eine Französin, wie sie im Buche steht: katholische Witwe, der Ehemann im Krieg gefallen, sie selbst Mitglied der Ehrenlegion. Auch ihre Söhne hatte man posthum geehrt, aber ihr war niemand geblieben, der sich um sie hätte kümmern können. Zaka hatte ihr beigestanden und sogar die Schule geschwänzt, um sie in ihren letzten Stunden zu begleiten.

»Ich weiß«, sagte sie zu Jules. »Es ist einfach idiotisch …«

»Nein, nur seltsam. Du wirst es toll finden. Hast du etwas zum Zeichnen mit?«

Zaka schüttelte den Kopf. Ihr Bruder wollte sie entführen, die Heimleiterin hatte sie ihrer Lügen überführt, Doktor Murat kam womöglich ins Gefängnis und sie war schuld am Tod eines Mannes ... und da fragte Jules, ob sie etwas zum Zeichnen dabeihatte.

»Ich hol dir etwas«, rief er. »Du wirst es brauchen, wenn du das Meer siehst. Bleib hier, und wenn du deinen Bruder siehst, dann schrei los!«

Sie saß mit ihren rosa Krücken und dem Gipsbein im Schnellzug, Wagen Nummer zehn, Sitz Nummer zwölf, Nichtraucher.

Jules hatte die Fahrkarte bezahlt, und sie hatte versprochen, ihm das Geld, sobald sie konnte zurückzuzahlen. Er hatte das Geld am Automaten gezogen und ihr fünfhundert Euro in die Tasche gesteckt. Zaka war zwar stolz, aber ebenso realistisch: Ohne Geld würde sie nicht weit kommen. Sie hatte das Geld dankbar angenommen. Sie würde es ja zurückgeben.

Der Zug setzte sich in Bewegung. Jules winkte ihr vom Bahnsteig aus zu, dann war er verschwunden. Zaka schluckte. Der Zug wechselte die Gleise und fuhr an den Hochhäusern der Rue Vercingétorix vorbei. Zum ersten Mal befand sich Zaka auf der anderen Seite des Spiegels, nicht auf der Zuschauerseite derer, die zurückbleiben, sondern im grellen Rampenlicht: Sie war eine echte Reisende. Sie blickte auf die zum Trocknen aufgehängte Wäsche vor den Fenstern, die weißen Parabolantennen, die den Empfang arabischer Sender ermöglichten und Träume von fernen, sonnigen Orten weckten; die auf den Balkonen verstauten Fahrräder; die kleinen staunenden Zakas hinter den Scheiben. Von ihrem Platz auf der rechten Seite des Abteils aus erblickte sie den roten Leuchtturm des Fischmarktes in der Rue Castagnary, der über die Dächer hinausragte wie eine Landmarke. Sie liebte dieses Wort: Da es auf dem Meer, umgeben von Wasser und nichts als Wasser, so schwierig war, Kurs zu halten, orientierten sich die Seeleute an Landmarken wie Festungen, Funktürme, Wassertürme, Leuchttürme und Kirchtürme.

Der Schnellzug beschleunigte. Trotz der schweren Last, die sie drückte, musste sie lächeln. Endlich fuhr sie zum Meer, und morgen würde sie volljährig sein.

36

Am Fußende des Bettes fuhr Jack plötzlich aus dem Schlaf. Er gähnte, reckte sich, sprang auf den Holzboden und kratzte energisch an der Tür. Erlé blinzelte murrend. Er fühlte sich wie zerschlagen, seine Beine hatte er die ganze Nacht aus dem Bett hängen lassen.

Er schlüpfte in seine neue Hose und seinen neuen Pullover und öffnete die Tür. Jack stürzte die Treppe hinunter, während Erlé ihm barfuß folgte. Eva war bereits aufgestanden und wartete in der Küche. Sie hatte die CD »Rozbras« von Didier Squiban aufgelegt, die Erlé sofort erkannte.

»›Zwölf Bilder‹, der letzte Teil seiner Trilogie. Ich liebe es …«

»Kaffee oder Tee?«, wollte Eva lächelnd wissen.

»Kaffee, danke.«

»Das versteht sich«, sagte sie.

Man nannte die Einwohner der Insel Groix auch die Griechen, weil sie große Mengen Kaffee tranken, die sie in einer Kanne vorbereiteten, die »Die Griechische« hieß. Die Frauen hatten diese Tradition eingeführt, als ihre Männer noch zum Fischfang hinausfuhren. Die Seeleute von Groix hatten stets literweise Kaffee dabei, und so ist dieser Spitzname entstanden.

»Ein Nachbar von uns hat einem Freund, der zu Besuch kam, sogar einmal weisgemacht, dass man auf der Insel mit griechischem Geld bezahlen müsste. Und er ist damals tatsächlich zur Bank gegangen und wollte seine Francs umtauschen!«, erzählte Eva.

Amüsiert nahm Erlé vor einer bunten Henkeltasse Platz und versuchte, seine Gedanken zu ordnen, während er das dampfende Gebräu trank. Vor ihm saß die Frau seines Lebens, was wollte er mehr? Sie stellte einen Teller mit Katzenfutter auf den Boden, und Jack verschlang es mit großem Appetit.

»Hier füttert jeder die streunenden Katzen«, erklärte sie.

»Sie lesen ja auch Leute aus dem Finistère von der Straße auf«, gab er zurück.

Eva trug die gleichen Kleider wie am Tag zuvor, eine ausgewaschene Jeans und einen blau-weiß gestreiften Pullover. Sie war barfuß wie er, ihre Zehennägel waren rot lackiert. Er fand sie umwerfend.

»Sprechen Sie bretonisch?«, wollte sie wissen.

»Sehr wenig. Ich weiß, dass ›bihan‹ klein heißt, ›braz‹ groß, ›du‹ schwarz, ›enez‹ Insel, ›gwenn‹ weiß oder heilig, ›ker‹ Dorf, ›men‹ Stein, ›penn‹ Kopf, ›ti‹ Haus. ›Finis-tère‹ bedeutet Ende der Welt, ›Mor-bihan‹ kleines Meer. Um sich zu unterhalten, reicht das kaum. Und Sie?«

»Ich kenne nur ein paar Ausdrücke hier von der Insel: ›Garceller‹ heißt streiten. ›Gwak‹ heißt lahm, energielos und schlaff sein. ›Au skenuche‹ heißt Liebe machen und ›capeller‹ sich den Mantel anziehen. Manchmal bedeuten die Worte auch das Gegenteil von dem, was man meint: Wenn jemand trinkt, so heißt ›caler‹ nicht etwa mit dem Trinken aufhören, sondern sich mit Alkohol voll laufen lassen, so wie ein Schiff voll Wasser läuft.

Er nickte. Auch Marie Le Gall benutzte oft alte, volkstümliche Ausdrücke.

»Brot, Butter, Marmelade?«, bot Eva an.

»Die Drehorgel. Ich fühle mich alles andere als ›gwak‹«, sagte er lächelnd. »Wo ist sie?«

»Oben auf dem Treppenabsatz.«

Er war daran vorübergegangen, ohne es zu merken. Die Orgel verbarg sich unter einem Tuch. Nun stieg er die Treppe hinauf und zog das Tuch herunter.

»Das ist der Stoff, aus dem Ihre Träume sind?«

Eva lächelte. Erlé stellte sich vor das Instrument. Er wollte von ihr nicht für einen Spinner gehalten werden. Als Kind hatte er einmal den Fehler gemacht, Louis anzuvertrauen, dass er sich die Vergangenheit von allen möglichen Gegenständen ausdachte. Sein Bruder hatte ihn verspottet und in der ganzen Schule herumposaunt: »Erlé hält sich für einen Hellseher«. Seither hatte er nie wieder mit jemandem darüber gesprochen, nicht einmal mit seiner Mutter oder Delphine.

Nun ließ er seiner Fantasie freien Lauf. Die Drehorgel hätte zuerst einem jungen, enthusiastischen Straßenmusiker gehören können ... danach einer verliebten Frau ... dann einem glücklichen Mann, aber er war krank geworden, und ein Kind, vermutlich sein Sohn, hatte die Kurbel für ihn gedreht ... Und schließlich war sie bei dem Trödler gelandet, wo Eva sie aufgestöbert hatte.

»Und, wie lautet das Urteil?«

»Es gibt viel zu tun. Die Reparatur wird Zeit brauchen, ist aber nicht kompliziert. Man muss nur Geduld haben.«

»Davon habe ich mehr als genug. Wann fahren Sie wieder?«

»Die Angelegenheit, wegen der ich hergekommen bin, wird heute Abend geregelt sein. Entweder lautet die Antwort ja oder nein. Danach kann ich noch ein paar Tage hier bleiben. Ich werde mir ein Zimmer im Hotel nehmen. Soll ich nachher zurückkommen und Ihnen zeigen, wie man die Reparatur am besten angeht?«

Sie nickte. Die Arbeit an der Orgel würde sie beruhigen. Seit Alexis' Tod war es das erste Mal, dass sie wieder etwas interessierte. Die unbändige Woge des Schmerzes hatte sie mit sich gerissen und auf den Sand gespült. Es blieben ihr nur zwei Möglichkeiten: unterzugehen oder weiterzuleben. Unterzugehen war leichter. Weiterzuleben und wieder auf die Beine zu kommen hieß, sich aus dem tiefen Abgrund emporzukämpfen und wieder lernen zu atmen, zu hören, zu schauen und auf die erschreckende Leere eines neuen Tages ohne Alexis zuzusteuern.

»Einverstanden. Sagen wir ab zwei?«

Das bedeutete gleichzeitig, dass sie ihn nicht zum Essen einlud. Eigentlich mochte sie ihn recht gern, seine hoch gewachsene Gestalt, seine grauen Augen, sein aschblondes Haar, das leichte Hinken, das seinen Charme betonte, und die Geschichte seiner plötzlichen Kehrtwende – vom Filmemacher zum Schreiner. Aber er würde wieder fortgehen und sie fühlte sich zu elend, um sich auf neue Freundschaften oder gar noch mehr einzulassen.

»Ich werde da sein«, versprach er.

Er stand auf, holte seine Kleider aus der Garage und sah sich noch einmal um.

»Es ist wirklich ein sehr friedliches Fleckchen hier.«

Sie verzog das Gesicht. Seit sie zurückgekehrt war, schien es ihr, als würde sie sich in einem Haus ohne Seele bewegen, einem Entwurf aus Pappmaschee.

»Das Haus war der Traum meiner Eltern ... Jetzt muss ich ihn weiterträumen.«

Fragend sah er sie an. Sie erklärte:

»Meine Mutter ist vor zweiundzwanzig Jahren gestorben, mein Vater vor zehn Tagen. Ein Raser hat ihn in Paris über den Haufen gefahren.«

Erlé wankte.

»Wie hieß er?«

»Alexis Foresta. Es wurde in den Medien darüber berichtet. Er war Anwalt und sollte einen ehemaligen Abgeordneten verteidigen, der vor dem Untersuchungsausschuss steht.«

Erlé fühlte, wie sich sein Magen zusammenkrampfte, und vor seinen Augen begann es zu flimmern. Das war einfach nicht möglich! Er hatte einen Albtraum und würde gleich wieder aufwachen. Die Frau seines Lebens konnte doch nicht Klage gegen ihn erheben wegen fahrlässiger Tötung!

»Er war mit dem Fahrrad unterwegs. Ein Betrunkener, der ohne Führerschein am Steuer saß, hat ihn angefahren, und ein nichtsnutziger Arzt hat sich bei der Diagnose geirrt.«

Evas sonst so warme und sinnliche Stimme hatte einen metallischen Klang angenommen.

»Es sind Mörder, und sie werden für das bezahlen, was sie angerichtet haben! Mein Vater war ein außergewöhnlicher Mann. Auf den Fotos und den Filmen, die Sie aus dem Wasser gerettet haben, ist er zu sehen, als er noch etwas jünger war ...«

Erlé erinnerte sich vor allem an das junge Mädchen. Um den Fahrradfahrer hatte sich der alte Mann mit dem weißen Bart gekümmert. Aber er wusste jetzt, warum ihm das Gesicht auf den Fotos bekannt vorgekommen war.

Niedergeschmettert schloss er die Augen. Niemals würde er Eva Foresta zärtlich und leidenschaftlich in die Arme schließen. Es gab keine gemeinsame Zukunft für sie, weil sie eine gemeinsame, schreckliche Vergangenheit hatten.

Eine Erinnerung aus der Schulzeit kam ihm in den Sinn. Schwer atmend und mit feuchten Händen stand er auf der Bühne und spielte den »Cid« vor seiner Klasse. Der Konflikt bei Corneille ließ ihn kalt. Es war ihm furchtbar egal, ob Rodrigue in Chimène verliebt und gleichzeitig der Mörder ihres Vaters war. Als Rodrigue sich, nachdem er seiner Geliebten die Tat gestanden hat, von ihr verabschiedet mit den Worten »Adieu, ich werde von nun an das Leben eines Toten führen«, hatte Erlé dies als lächerlich und verlogen empfunden.

Jetzt verstand er. Er wollte nur noch eines, sich bis zur Besinnungslosigkeit betrinken und im Boden versinken.

»Ist alles in Ordnung?«, fragte Eva, als sie bemerkte, wie blass er geworden war.

»Ja.«

Er wandte sich zur Tür.

»Bis später!«, rief Eva ihm nach.

Er nickte, ohne sich noch einmal umzuwenden, und verschwand mit Jack im Schlepptau durch den Garten.

37

Nächster Halt, Lorient!«

Vom Lautsprecher verzerrt, schallte die Stimme durch das Abteil. Einige Passagiere standen auf, suchten ihre Sachen zusammen und drängten in den Gang. Zaka hatte außer ihren Krücken nur eine kleine Plastiktüte. Sie stand ebenfalls auf.

»Haben Sie Gepäck?«, fragte ein Glatzkopf, der seine gute Tat für den heutigen Tag erledigen wollte.

Sie schüttelte den Kopf. Nur noch wenige Minuten und sie würde endlich das Meer erblicken. Es würde ganz anders aussehen als die Seine oder das öffentliche Schwimmbad. Es würde unglaublich groß, stark, wild, einfach unvorstellbar sein. Sie würde es zeichnen und immer wieder zeichnen, und sie hätte vor Freude schreien mögen.

Der Zug hielt. Der Glatzkopf half Zaka beim Aussteigen, dann ging sie ins Bahnhofsgebäude, indem sie sich vorsichtig zwischen den Ankömmlingen und den Wartenden hindurchlavierte. Es versetzte ihr einen Stich, als sie sah, wie Eltern zärtlich ihre Kinder begrüßten oder Verliebte sich in die Arme schlossen. Auf sie wartete nur das Meer.

Sie fragte einen Bahnangestellten, wie sie nach Groix käme und er zeigte ihr den Bus, der sie zum Hafen brachte, wo sie eine Fahrkarte für die Fähre erstand.

In Paris hatte sie oft den Motorschiffen auf der Seine zugeschaut, aber sie war nie mit einem gefahren. Sie staunte, dass das Deck der »Kreiz Er Mor« genauso sicher und fest war wie der Fußboden ihres Zimmers oder der Beton der Gehwege. Sie ging ohne zu zögern bis ans andere Ende, um zu sehen, ob die Fähre bereits abgelegt hatte. Aber sie lag noch fest vertäut am Kai. Wie eine Verliebte wartete sie voller Vorfreude auf die herbeigesehnte Begegnung. Das Wasser im Hafen war noch nicht das Meer, es war nur ein Becken, ein trauriger und ruhiger See, ein Kurzfilm vor dem eigentlichen Hauptfilm. Endlich legte die Fähre ab.

Auf die Reling gestützt, sog Zaka die Luft ein. Ihre Nasenflügel bebten. Mit Leib und Seele drängte es sie zu der bevorstehenden Begegnung. Es existierte nichts anderes mehr für sie, nicht der Verrat ihrer Mutter, nicht die Gier von Kemal, nicht der Schmerz darüber, ihre kleinen Brüder zurückgelassen zu haben, und nicht ihre Angst vor Karim. Nur die Entdeckung des Meers, als die Kreiz Er Mor die schützenden Kaimauern hinter sich ließ und, nahezu winzig, in den weiten Atlantik stach …

Endlich sah sie es. Es war weder blau noch grün, sondern hatte eine undefinierbare Farbe, ähnlich wie die Augen von Jules. Nass war es in der Tat. Es war nicht riesig, es war überall, und die Schiffe wirkten winzig und fremdartig, als würden sie ganz ohne ihr Zutun von den Wellen hin und her geworfen. Das war es, was sie beeindruckte: Die Seine und das Schwimmbad waren wie die Schiffe und die Schwimmer. Jeder zog seine Bahn, alle waren gewissermaßen gleichberechtigt. Aber der Ozean beherrschte alles, Segelboote, Fähren, Kreuzfahrtschiffe. Es stand ihm frei, sie zu verschlucken oder sie sicher in den Hafen zu bringen. Der Atlantik war allmächtig, und die Seeleute lediglich seine Marionetten.

Zutiefst ergriffen schloss sie die Augen. Sie dachte an einen anderen Text von Loti:

»Vor mir tauchte etwas auf, etwas Dunkles und Rauschendes, das von allen Seiten gleichzeitig auf mich einströmte und nicht zu enden schien: eine sich bewegende Fläche, die mich in einen gefährlichen Rausch versetzte … Das musste es sein; nicht einmal eine Minute zögerte, wunderte ich mich. Das musste es sein.«

Sie fühlte diese Worte mit jeder Faser ihres Körpers. Um sie herum war Kinderlachen zu hören, Erwachsene plauderten miteinander, ein Paar hielt sich fest umschlungen. Sie waren nicht aufgewühlt, der Ozean war ihnen vertraut.

»Kann ich Ihnen helfen?«, bot sich eine Frau mit Haarknoten an, als sie Zaka mit ihrem Gipsbein an der Reling stehen sah.

Sie lehnte das Angebot ab, denn sie war es nicht gewohnt, dass man sich so um sie sorgte. Voller Respekt gegenüber dem Meer wollte sie dieses Aufeinandertreffen in voller Größe – wie ein Mann; oder eben wie ein Mädchen, das sich nun daranmacht, die Welt zu erobern.

Alles um das Schiff herum war fließend, belebt, vergänglich. Das Meer erstreckte sich in seiner unendlichen Weite vor Zaka, deren Horizont bisher in Häuserfluchten, an Plätzen, Straßen, dem Montparnasse-Turm oder dem Eiffelturm in Paris geendet hatte. In der Bibliothek ihrer Schule hatte sie Fotos vom Meer betrachtet, aber sie waren glatt, tot, erstarrt. Während das Schiff seiner Fahrrinne, der »Passe des Courreaux«, folgte, entdeckte Zaka am Ende ihres achtzehnten Lebensjahres eine fünfte Dimension, einen sechsten Sinn, einen neuen Klang.

Die Passagiere schauten zu, wie die Insel Groix näher kam. Die fünfundvierzig Minuten der Überfahrt waren für Zaka im Nu verflogen. Sie war die Einzige, die unablässig dem weiten Meer zugewandt stand. Die Insel bedeutete ihr nicht viel. Der Ozean war ihr genug.

38

Gildas wachte spät auf. Nach einem reichhaltigen Frühstück in der Bar des »Hôtel de la Marine« mit starkem Kaffee, Crêpes, gesalzener Butter und Marmelade, fühlte er sich gut in Form und bereit, seiner Anklägerin entgegenzutreten. Er ging in die nahe gelegene Buchhandlung, in der neben Zeitungen, Schreib- und Bürowaren auch italienisches Eis zu haben war.

»Guten Tag«, begrüßte er den Buchhändler. »Kennen Sie die Adresse von Alexis Foresta?«

»Sind Sie Journalist?«

»Nein, Arzt«, antwortete er und zog seinen Arztausweis hervor, um seine Behauptung zu untermauern.

»Den braucht er nicht mehr«, sagte der Buchhändler.

Gildas sah ihn eindringlich an, als wollte er herausfinden, ob dieser Antwort ein derber Humor zugrunde lag oder ob sie eine schlichte Abfuhr für ihn bedeutete. Dann zuckte er die Achseln und verließ entmutigt den Laden.

An diesem letzten Augustsamstag drehte sich das Kinderkarussell neben der Kirche zum letzten Mal in diesem Sommer. In den Regalen der Geschäfte lagen biologisch angebautes Gemüse, Käse, frisch gefangener Fisch, Austern, Muscheln, Schnecken, Konserven aus Groix und einfache Blumensträuße. Michel Le Quinquis signierte seinen Fotoband »Escale à Groix«, in dem jeder sein Lieblingsplätzchen auf der Insel wiederfand. Hunde streunten herum und hielten ihre Nase in den Wind, Kinder lachten, alte Damen füllten ihre Einkaufskörbe, Feriengäste sprachen über die bevorstehende Abreise und die Inselbewohner über den anstehenden Schulbeginn.

»Bevor das verdammte ›Ti Beudeff‹ abgebrannt ist, haben wir uns abends da getroffen«, monierte ein Seemann in seiner blauen Jacke. »Höchste Zeit, dass es wieder aufmacht …«

»Die Jungs von Groix, die sind nicht dumm, sie gehen niemals ohne Rum«, sang ein Seemann in gelber Jacke.

Gildas Blick fiel auf eine lächelnde junge, blonde Frau, die blaue Tische und Stühle auf einer Terrasse zurechtrückte. In ihrem Geschäft, dem »Bleu Thé«, gab es eine große Auswahl Teesorten, hausgemachter bretonischer Kuchen, handgearbeiteter Spitze und Dekorationsartikel.

»Ich suche die Familie Foresta, aber niemand will mir Auskunft geben«, sagte er, während er auf sie zuging. »Wollen Sie mich auch fortjagen? Ich wusste nicht, dass es auf den bretonischen Inseln eine Mafia gibt.«

Gwenola lächelte ihn an. Er sah nett aus mit seinen Sommersprossen und dem Bart, den er mit Sicherheit trug, um älter zu wirken.

»Ich wünsche Ihnen auch einen guten Tag«, sagte sie. »Die Leute hier auf der Insel sind zurückhaltend und respektieren das Privatleben. Wen suchen Sie denn genau?«

»Der Vater ist tot. Ich will also die Tochter der Familie Foresta …«, setzte Gildas gereizt an.

»Ich habe die Tochter der Familie Foresta nicht«, nahm Gwenola seinen Ton auf. »Aber ich habe ihre Telefonnummer, und ich kann sie anrufen. Welchen Namen soll ich ihr nennen?«

Gildas zögerte kurz, dann wagte er den Sprung ins kalte Wasser.

»Doktor Murat. Ich habe ihren Vater im Krankenhaus behandelt. Ich muss unbedingt mit ihr sprechen.«

»Warten Sie …«

Gwenola ging in den Laden. Gildas ließ sich auf einen der blauen Stühle fallen. Würde sie ihm hier gegenübersitzen, so würde er die richtigen Worte finden, aber am Telefon würde sie sicher über ihn herfallen …

»Sie wird sich mit Ihnen treffen«, verkündete Gwenola, als sie zurückkam. »Locmaria um drei Uhr, vor der ›Bar de la Plage‹.«

Gildas nickte.

»Drei Uhr, Locmaria. In Ordnung. Ist es zu Fuß weit dorthin?«

»Hier ist nichts weit. Sie haben viel Zeit. Es hatte nicht den Anschein, als hätte sie Sie besonders in ihr Herz geschlossen.«

»Sie glaubt, dass ich ihren Vater umgebracht habe«, seufzte Gildas.

39

Eine ganze Weile starrte Eva wie betäubt auf den Hörer, nachdem sie aufgelegt hatte. Der Assistenzarzt, der Alexis hatte sterben lassen, wagte es tatsächlich, hierher zu kommen …

In einer ersten Gefühlsaufwallung hatte sie sich weigern wollen, ihn zu sehen, in einer zweiten wollte sie ihn dann aber doch treffen, um ihm eine Kugel in den Kopf zu jagen. Natürlich nur mit Worten, denn sie hatte keine Waffe. Alexis war Pazifist gewesen, und selbst wenn er während heikler Prozesse Drohungen erhielt, lehnte er Polizeischutz ab.

Einer dritten Eingebung folgend hatte Eva als Treffpunkt Locmaria gewählt, ehemals das größte Dorf auf der Insel, bevor Port-Tudy nach 1880 prosperierte. Im Jahre 1696 hatten die Flamen das Dorf Locmaria geplündert und niedergebrannt, bevor sie in der Bucht Schiffbruch erlitten und anschließend von den Inselbewohnern genüsslich niedergemetzelt wurden. Die Dünen am dortigen Strand bargen immer noch ihre Knochen. Konnte es einen besseren Ort geben, um mit jemandem abzurechnen?

Sie hatte Erlé gesagt, dass sie ab zwei zu Hause sein würde. Wenn er vor ihr kommen sollte, würde er gewiss auf sie warten. Hier auf der Insel hatte man eine andere Vorstellung von Zeit. Er hätte sicher Verständnis – der Tod ihres Vaters hatte ihn ja sichtlich gerührt heute Morgen.

40

Der Sporthafen von Groix heißt Port-Tudy. Er liegt auf 47°39' nördlicher Breite und 3°27' westlicher Länge. Es gibt zweihundertzwanzig Anlegeplätze an der Laufbrücke und einhundertdreißig weitere an Ankerbojen im Vorhafen. Die nordöstliche Mole ist den Fischern vorbehalten, der Yachtclub und die sanitären Anlagen befinden sich am südlichen Kai, an dessen Ende der Treibstoff gelagert wird. An der zentralen Mole legen die Fährschiffe an, die zwischen Lorient und der Insel verkehren.

Zaka war am späten Vormittag an Land gegangen und konnte sich seitdem nicht vom Hafen losreißen. Plötzlich befand sie sich mitten in der Kulisse, die sie ihr ganzes Leben lang gezeichnet hatte, und sie musste sich mit zwei Augen zufrieden geben, um alles zu sehen. Vom Orient zum Okzident, von Nord nach Süd, vom Zenith zum Nadir, sie war trunken vor Glück. Dann machte sie sich auf den Weg zum »Café de l'Escale« auf dem westlichen Kai, weil das Haus rosafarben war, und bestellte dort einen Kaffee, weil er günstig war. Versunken betrachtete sie die Boote, während sie ihr verletztes Bein auf einen Stuhl legte, weil es schmerzte.

Segelboote, Kutter und kleine Ruderboote tanzten auf dem Wasser. Sie holte ihren Skizzenblock und ihren Stift hervor und vergaß alles um sich herum. Der Bleistift tanzte ebenso über das Blatt. Masten, Schiffswandungen, die Lichter am Hafeneingang, Seeleute und Freizeitsegler erstanden auf dem Papier. Soaz, die junge, freundliche Wirtin sah ihr über die Schulter, als sie den Kaffee brachte.

»Sie zeichnen wirklich gut …«

Nicht an Komplimente gewöhnt, sah Zaka auf.

»Es ist alles so wunderschön!«

Sie skizzierte das Schild der Bar »Chez Soaz – letztes Bistro vor Lorient«.

»Was soll das heißen?«

»Falls Sie Durst haben und mit dem Postschiff fahren wollen, müssen Sie bedenken, dass es mitten auf dem Wasser kein Bistro gibt. Und da das der letzte Tresen ist, bevor Sie an Bord gehen, ist es Ihre letzte Chance, ein Glas zu trinken!«

Zaka lächelte vorsichtig.

»Ich suche den Arzt, der mir in Paris den Gips angelegt hat«, erklärte sie. »Er ist jung, braun, hat Sommersprossen und einen rötlichen Bart. Er heißt Gildas Murat. Ich kann mir vorstellen, dass Sie viele Leute hier vorbeikommen sehen …«

Die Beschreibung erinnerte Soaz an etwas.

»Als ich die Zeitung holte, sprach dort gerade ein junger Arzt mit dem Buchhändler. Er hat ihm seinen Dienstausweis gezeigt.«

»Wissen Sie, wo er wohnt?«, fragte Zaka gespannt.

Soaz schüttelte den Kopf.

»Nein. Er suchte das Haus von Alexis Foresta.«

»Das ist er! Haben Sie die Adresse der Familie Foresta?«

Soaz sah sie prüfend an.

»Kennen Sie Eva denn?«

»Ich muss mit ihr sprechen. Es gibt etwas, das sie nicht weiß über den Tod ihres Vaters …«

»Sie braucht Ruhe«, sagte Soaz.

Drei Tische von Zaka entfernt saß ein alter bärtiger Seemann in einer roten, verwaschenen Jacke vor einem Glas mit bernsteinfarbenem Inhalt. Nun drehte er sein von Wind und Wetter gegerbtes Gesicht zu ihr und sagte:

»Auf einer verdammten Insel, trifft man sich immer irgendwann. Man muss nur warten!«

»Ich habe es aber eilig«, erwiderte Zaka.

Sie bezahlte ihren Kaffee und ging mit ihren Krücken und ihrem Skizzenblock unter dem Arm davon.

Sie kam an dem Ständer mit den Postkarten vorüber und wählte eine aus, die das berühmte Lied »Die drei Seeleute von Groix« illustrierte. Wie oft hatte sie ihre kleinen Brüder »die drei Piraten« genannt. Wenn sie morgen aufwachte, würde sie tatsächlich achtzehn Jahre sein, und damit wäre die drohende Gefahr gebannt.

In der Reihenfolge ihres Alters schrieb sie die Namen in das Adressfeld, Saïd, Aziz und Ali Djemad, Rue Vercingétorix, Paris, klebte eine Briefmarke darauf und warf die Karte ein. Weiter schrieb sie nichts, sie würden sie verstehen.

41

Der »Höllenschlund« lag an der Steilküste auf der Südseite von Groix und bestand aus einer tiefen Felsspalte, um die sich im Lauf der Jahre viele Legenden gerankt hatten. Früher tanzte man dort, um die bösen Geister, die ›Gorrigez‹, zu vertreiben. Auch wurden dort Fehden ausgetragen. Es gab eine Zeit, in der Jungverheiratete über die Felsspalte springen mussten, um eine glückliche Ehe zu haben – mit dem Ergebnis, dass manche junge Ehefrau bereits am Tag ihrer Hochzeit zur Witwe wurde.

Erlé beugte sich über die Spalte und hörte, wie unten das Meer brodelte und gegen die Felsen schlug. Er durchlebte die wahre Hölle. Jack heulte besorgt auf und wich seinem Herrn nicht von der Seite. Mechanisch tätschelte Erlé ihm den Kopf, dann setzte er sich im Schneidersitz ganz nah an den Rand.

Warum sie? Warum er? Musste unter allen Menschen der Erde dieser Fahrradfahrer ausgerechnet der Vater der Frau sein, die er liebte? Warum hatte sich Delphine für diesen jämmerlichen Typen entschieden, der sie wie einen Punchingball behandelte? Er würde ins Gefängnis kommen und Eva, die Frau seiner Träume, für immer verlieren. Er griff in die losen Kieselsteine und bewunderte die ineinander spielenden blauen, grünen, silbernen und gelben Reflexe, bevor er die Steine ins Meer warf.

Eva war überzeugt, dass ein betrunkener Raser ihren Vater überfahren hatte. Dabei hatte Erlé ihn überhaupt nicht berührt, aber wer würde ihm das glauben?

»Diese furchtbare Verkettung von Umständen muss doch wenigstens zu irgendetwas gut sein …«, murmelte er vor sich hin.

Er zog das Handy aus seiner Tasche, ging die Nummern der Anrufer durch und fand auf diese Weise die Nummer von Delphine, die er nun wählte.

»Ja bitte?«, fragte sie misstrauisch.

»Hier ist Erlé. Bist du allein?«

Ein kurzes Zögern.

»Ja. Ich hätte nicht geglaubt, dass du noch einmal anrufst.«

»Geh weg, Delphine. Hau ab. Verlass diesen Typ sofort.«

Ein bitteres Lachen klang durch die Leitung.

»Es geschieht mir recht, Erlé. Ich nerve ihn, wenn er müde nach Hause kommt, oder aber ich halte ihn nicht vom Trinken ab. Ich bin selbst schuld …«

»Nein!«, schrie er auf. »Man schlägt niemanden und man lässt sich auch nicht schlagen, ganz gleich ob Mann oder Frau. Das ist einfach eine grundlegende Verhaltensregel ohne Ausnahme!«

»Er hat mich nur gestoßen«, verbesserte sie ihn. »Er ist sehr empfindlich, ein wenig nervös. Es wird nicht wieder vorkommen, da bin ich sicher. Ich war zu spät dran. Ich war im Unrecht.«

Erlés Finger verkrampften sich um das Handy.

»Es war nicht das erste Mal, stimmt's? Wie viele Veilchen und blaue Flecken hattest du in den letzten sechs Monaten?«

Sie antwortete nicht.

»Wenn man sich liebt, verletzt man sich nicht, nicht einmal mit Worten«, Erlé ließ nicht locker.

Sie schniefte. Weinte sie?

»Geh zurück in die Bretagne, Delphine. Sonst nimmt es ein schlechtes Ende.«

»Er wird mich holen …«, hauchte sie. »Wenn er wütend ist, macht er mir Angst. Er wird mich überall finden.«

»Was macht er gerade?«

»Er spielt Golf.«

»Geh zum Bahnhof Montparnasse und nimm den nächsten Zug. Ich werde deinen Vater anrufen, damit er dich abholt.«

»Nein, bitte nicht! Ich schäme mich so sehr …«

»Warum? Weil du dich falsch entschieden hast? Du hattest einen schlechten Geschmack und bist auf einen miesen Drecksack hereingefallen. Aber vor ihm hattest du dich für einen ganz außergewöhnlichen Typen entschieden, das war ich!«

Sie lachte traurig.

»Mein Vater wird mir nicht helfen«, sagte sie und fasste mit diesen Worten zum ersten Mal die Möglichkeit in Betracht, auf Erlé zu hören. »Ich habe mich nicht mehr bei ihm gemeldet, seitdem ich mit Paul nach Paris gegangen bin …«

»Ich werde es ihm erklären, Delphine. Tu, was ich dir gesagt habe. Lauf zum Bahnhof, bevor dieser Idiot zurückkommt. Jetzt gleich.«

»Ich habe Angst«, wiederholte sie.

»Ich auch, ich habe Angst um dich. Ruf mich an, wenn du im Zug sitzt. Mach schon, verdammt noch mal!«

Er hatte die letzten Worte in den Wind geschrien. Sie schwieg so lange, dass er schon glaubte, sie hätte aufgelegt.

»Ich gehe«, sagte sie endlich.

Danach beendete sie das Gespräch. Er war schweißgebadet und verspürte unbändige Lust, das Handy in die Spalte zu werfen, aber er beherrschte sich. Er hatte versprochen, den Vater von Delphine anzurufen. Der Mann war Finanzbeamter und nahm sofort ab.

»Meine Tochter wohnt nicht mehr hier«, sagte er trocken, als er Erlés Stimme erkannte. Sie hatten sich noch nie gut verstanden, und als Delphine im Schlepptau von Erlé ihr Studium in Rennes aufgab, hatte sich ihre Beziehung weiter verschlechtert.

»Ich weiß. Ihr Freund schlägt sie, und sie hat furchtbare Angst. Ich habe sie dazu gebracht, den nächsten Zug zu nehmen. Ich habe ihr versprochen, dass Sie auf dem Bahnsteig sein werden, um sie abzuholen …«

»Was sagen Sie da?«

Die Stimme des Mannes hatte sich verändert.

»Er misshandelt sie, und sie hat eine Riesenangst. Holen Sie sie am Bahnhof ab!«

Der Mann schwieg, als müsste er sich erst einmal klar machen, was er da hörte.

»Ich werde da sein«, sagte er schließlich.

Ohne noch etwas hinzuzufügen, legte er auf. Erlé zuckte die Achseln.

»Die ganze Welt hält mich für einen anständigen Kerl, nur die Frau, die mir etwas bedeutet, hält mich für einen Mörder. Das ist mein Schicksal …«

Lange blieb er an dem Abgrund sitzen. Urlauber und Ausflügler kamen vorüber, Junge und Alte, mit und ohne Kinder, mit und ohne Hund und sogar ein Kleinbus mit Rentnern, deren Gespräche allein um die Vielfalt ihrer Gebrechen kreisten.

Endlich klingelte sein Handy. Die Verbindung war schlecht, das Rauschen des Zuges verschluckte das meiste.

»Ich bin im Zug«, sagte Delphine.

»Das ist gut. Dein Vater wird am Bahnhof sein.«

»Erlé …«

»Schon in Ordnung«, sagte er, »Geh nie wieder zurück zu dem Typen.«

Er beendete das Gespräch nun seinerseits und warf das orangefarbene, achtundneunzig Gramm schwere Handy mit WAP-Navigator, vierzig Klingeltönen und integriertem Faxmodem mit einer weit ausholenden Bewegung in den »Höllenschlund« hinab.

Kaum hörbar klatschte das Handy ins Wasser.

42

Florent hatte sich mit Laure in der Cafeteria des Krankenhauses verabredet. Die Arbeit wuchs ihm über den Kopf, Plädoyers mussten vorbereitet und Akten durchgesehen werden, aber er war nicht in der Lage, sich auf etwas anderes zu konzentrieren als auf Eva. Während er auf seine Schwester wartete, unterzog er die Frauen an den Nachbartischen einer eingehenden Musterung. Keine von ihnen konnte Eva das Wasser reichen. Ihre Haare waren nicht so dunkel und nicht so glänzend, ihre Augen nicht so blau, ihre Taille nicht so schlank, ihre Beine nicht so lang, ihre Stimme nicht so klangvoll.

»Ich kann sie einfach nicht vergessen«, empfing er seine Schwester. »Wenn ich sie nicht wieder zurückerobern kann, drehe ich durch.«

»Es ist vorbei. Das musst du akzeptieren und abhaken. Es gibt so viele schöne junge Frauen auf der Welt. Sie liebt dich nicht mehr.«

»Das ist mir egal. Ich will sie heiraten und mit ihr zusammenleben.«

Laure lachte laut heraus.

»Das ist dir egal?«

»Ich liebe sie auch nicht mehr, aber ich will sie haben. Das ist alles. Sie ist für mich bestimmt. Das muss sie einfach einsehen. Ob sie will oder nicht, niemand außer mir wird sie anrühren.«

Laure runzelte die Stirn. Würde einer ihrer Patienten ihr so etwas erzählen, wäre sie beunruhigt, aber hier handelte es sich um ihren Bruder.

»Das sollte sie selbst entscheiden, findest du nicht?«

Florent spürte, dass er zu weit gegangen war und versuchte einzulenken.

»Wie geht es ihr? Hast du Neuigkeiten von ihr?«

»Ich erkenne sie nicht wieder. Sie hat eine Klage gegen zwei arme Typen angestrengt, die sie für den Tod ihres Vaters verantwortlich macht …«

Er sprang auf.

»Sie hat es gewagt, einen anderen Anwalt als mich zu nehmen?«

»Sie hat sich einer Freundin ihres Vaters anvertraut, Sophie Davoz.«

Florent stieß einen wütenden Seufzer aus.

»Wenn ich sie anrufe, erreiche ich nur ihre Mailbox. Ich habe ihr schon drei Mal geschrieben …«

»Sie ist nicht mehr in Paris«, sagte Laure. »Hör auf damit.«

Florent ballte die Fäuste.

»Ist sie mit einem anderen Mann abgehauen?«, stieß er mit gepresster Stimme hervor.

»Sie ist abgehauen, um sich in ihrem Kummer zu vergraben, du Idiot!«

»Wohin?«

Laure sah ihn eindringlich an.

»Das geht dich nichts an.«

Florent stieß seinen Stuhl heftig zurück und stand auf.

»Wohin gehst du? Mach keine Dummheiten, Florent!«

Ihr Bruder stürmte mit großen Schritten zum Ausgang der Cafeteria.

»Warte doch! Was hast du denn …«

Aber er hörte sie nicht mehr.

Über die Internetseite der Anwaltskammer fand Florent die Ordnungsnummer der Anwaltskanzlei, das Datum ihrer Vereidigung und die genaue Anschrift von Sophie Davoz. Zuerst wollte er ihr eine kurze Nachricht schicken, aber dann hielt er es für besser, es so einzurichten, dass er ihr auf dem Flur begegnete. Ein Kollege beschrieb sie ihm als »eine schöne Frau mit langen kastanienbraunen Haaren, sinnlich und verführerisch – ein echter Trumpf, wenn du sie auf deiner Seite hast, und eine Plage, wenn sie den Gegner vertritt.« Schon von weitem sah er sie in ihrer Anwaltsrobe aus feiner Serge und Wolle den Gang entlangkommen. Da ging er in seiner neuen, eleganten Robe aus Merino-Wolle auf sie zu und stellte sich als Eva Forestas Freund vor.

»Wir sind uns auf der Beerdigung ihres Vaters begegnet«, sprach er sie mit dem offenen, sympathischen Lächeln an, das seine weißen Zähne offenbarte und ihm das Wohlwollen des weiblichen Geschlechts einbrachte. »Eva hat mir anvertraut, dass sie gegen zwei für den Tod ihres Vaters verantwortliche Personen klagt. Da ist sie bei Ihnen ja in guten Händen!«

»Danke für Ihr Vertrauen«, sagte Sophie und blieb stehen.

Sie erinnerte sich daran, dass Alexis den jungen Mann gern mochte. Er war charmant. Früher hätte sie durchaus Interesse für ihn gezeigt. Nun hatte sie anderes im Kopf: Sie wollte die Tochter zufrieden stellen und den Vater rächen.

»Ich habe ihr geraten, wegzufahren und sich auszuruhen«, fuhr Florent fort und ging höflich voraus, um ihr die Tür aufzuhalten. »In Paris kommt sie nicht zur Ruhe …«

»Die Luft auf Groix wird ihr gut tun«, stimmte Sophie ihm zu. »Außerdem ist man auf einer Insel geschützt vor allem.«

»Das wollte ich auch gerade sagen. Ich werde sie dort treffen. Wenn ich etwas für sie mitnehmen soll, kann ich das gerne tun.«

Bei dem letzten Satz legte er seinen ganzen Charme in die Stimme. Sie zögerte nicht eine Sekunde. Er war Kollege, Alexis hatte ihm vertraut und deshalb war er auch für sie vertrauenswürdig.

»Ich habe einen Umschlag für sie. Könnten Sie in meiner Kanzlei vorbeischauen? Ich werde meiner Sekretärin Bescheid sagen.«

»Ganz zu Ihren Diensten«, antwortete Florent mit seinem schönsten Schwiegersohnlächeln.

43

Gildas spazierte durch den Ort Le Bourg und wartete darauf, dass es drei Uhr wurde. Er ging in die Metzgerei, um die hiesige Pastete und den Speck zu probieren, dann kostete er in der Bäckerei eine Spezialität namens »Tchumpôt«. Ordentlich voll gestopft ging er zu Fuß bis Kerliet, stellte sich an die Straße und wartete, bis ihn ein alter, stinkender Renault mit nach Locmaria nahm.

Er hatte noch Zeit und schlenderte am Strand entlang, während sich seine Mokassins mit Sand füllten. Die ersten Worte würden entscheidend sein, wie also sollte er sich der jungen Frau vorstellen? »Hallo, ich bin der Arzt, den Sie anklagen, Ihren Vater um die Ecke gebracht zu haben, dabei war er selbst schuld und nicht ich«; »Guten Tag, werte Dame, Sie klagen mich der fahrlässigen Tötung an und es wäre mir lieb, Sie würden Ihre Meinung ändern«; »Sie gehen mir allmählich auf die Nerven, wegen Ihrer Kindereien habe ich meine Arbeit verloren«; »Ich bitte Sie, lassen Sie mich in Ruhe, ich bin unschuldig« …

Entmutigt setzte er sich ans Wasser und blätterte in einem Prospekt mit Rezepten der regionalen Küche. In der Chirurgie brauchte man ebenfalls eine Methode, bei der man Schritt für Schritt vorging. Den gestrigen Abend hatte er damit verbracht, die »Chirurgische Behandlung der Transposition großer Gefäße bei Neugeborenen« durchzuarbeiten.

Die Gefäße durch die Verlegung der Kranz-Arterien an die richtige Stelle versetzen. Die Verschlüsse der alten Aorta öffnen. Sie ohne Drehung, Zerrung oder Riss mit der alten Lungen-Arterie verbinden. Die neue Lungen-Arterie mit der rechten Kammer verbinden usw. Wie beim Kochen musste man beim Operieren eine bestimmte Reihenfolge einhalten. Ein Operationsplan glich durchaus einem Kochrezept.

Er vertiefte sich in das Rezept des berühmten »Tchumpôt«. 1 kg Mehl, 3 Eier, 40 cl Sahne, 100 g Butter, 2 Becher Jogurt, Rosinen und brauner Zucker. Mehl, Eier, Sahne und Jogurt vermengen. Den Teig ausrollen und in mehrere Stücke teilen. Butter, Rosinen und Zucker hinzufügen und jedes Teil verschließen. In ein feuchtes Tuch legen ohne zu pressen, dreißig Minuten in kochendem Wasser kochen lassen.

Gildas lief das Wasser im Mund zusammen. Für den Inseleintopf »Cotriade groisillonne« brauchte man 1,5 kg gemischten Fisch (Makrele, Meeraal, Lippfisch, Seehecht, Merlan, Knurrhahn, Quappe, Dorade – alles, was angeboten wird), einen Meeraalkopf, Zwiebeln, Butter, trockenen Weißwein, Knoblauch, Suppengrün, Kartoffeln, Petersilie, eine Vinaigrette aus Öl, Essig, Senf und Petersilie. Die Zwiebeln in der Butter sanft andünsten. Kartoffeln hinzufügen. Topf schließen und fünf Minuten dämpfen. Mit Weißwein ablöschen. Das Suppengrün und kochendes Wasser hinzufügen. Den ausgenommenen und in Stücke geschnittenen Fisch nach der halben Garzeit der Kartoffeln dazugeben. Kartoffeln fertig garen. Mit der Vinaigrette und Petersilie servieren. Die Bouillon in einer separaten Suppenschüssel mit trockenem Schwarzbrot auftragen.

Gildas legte den Prospekt beiseite. Sein Magen knurrte schon wieder. Um fünf vor drei ging er auf die Straße zurück, wo er seine Mokassins auszog, um den Sand auszuleeren. Als er den Kopf hob, stand sie vor ihm.

»Guten Tag«, sagte er, während er den rechten Schuh in der linken Hand hielt und ihr seine rechte sandige Hand entgegenstreckte.

Sie machte keinerlei Anstalten, die Hand zu ergreifen, und musterte ihn stattdessen eingehend. Er wischte mechanisch seine Hand an der Hose ab und erinnerte sich daran, dass er genauso wie sie reagiert hatte, als Patrick Murat ihm die Hand geben wollte.

»Ich bin Gildas Murat«, fuhr er fort.

»Ich kenne Ihren Namen.«

Er fand sie schön und streng. Sie fand ihn furchtbar jung. Sie hatte mit einem etwa vierzigjährigen Mann gerechnet.

»In welchem Jahr sind Sie?«, wollte sie wissen.

»Im sechsten. Ich bin Assistenzarzt in der Chirurgie und übernehme regelmäßig Dienste in der Notfallambulanz, um besser mit dem Geld auszukommen ...«

Er hielt inne. Jetzt würde sie auch noch denken, dass er ihren Vater aus reiner Geldgier umgebracht hatte.

»Ich bin vierundzwanzig Jahre alt«, fügte er hinzu. »Ich sehe jünger aus als ich bin. Frau Foresta, ich wollte Ihnen erklären ...«

»Machen Sie schon«, sagte sie mit bebender Stimme. »Es ändert zwar nichts, aber ich bin von Natur aus neugierig.«

Für eine Sekunde verlor er den Boden unter den Füßen, dann hatte er sich wieder im Griff.

»Ich wollte Ihren Vater im Krankenhaus behalten. Ich habe ihm alle Gefahren aufgezählt, ohne sie zu verharmlosen. Aber er hat nicht auf mich gehört!«

»Sie hätten hart bleiben müssen!«, zischte sie aufgebracht. »Er war Anwalt und nicht Arzt. Es war Ihre Aufgabe, ihn zu überzeugen! Sie haben nicht die richtigen Worte gefunden. Sie haben Ihre Arbeit schlecht gemacht und ihn wieder gehen lassen, damit er krepiert wie ein Hund!«

Ihre Lippen zitterten, aber er spürte ihre Entschlossenheit. Sie wollte ihn fertig machen. Es war das erste Mal in seinem Leben, dass ihm ein solcher Abscheu entgegenschlug. Patrick Murat nahm ihm übel, dass er existierte, aber er hasste ihn nicht.

»Wir können einen Patienten nicht zwingen, sich verarzten zu lassen. Ihr Vater wusste das ganz genau«, sagte er. »Er sprach immer wieder davon, dass er nach Hause müsste, um mit seiner Tochter zu reden. Er betonte, dass es unbedingt sein müsste. Sind Sie die einzige Tochter?«

»Ja«, antwortete Eva bedrückt.

Hatte Alexis sich mit ihr versöhnen oder die Auseinandersetzung fortsetzen wollen? Das würde sie nie herausfinden.

»Wir haben eine Abmachung getroffen«, fuhr Gildas fort. »Er hat mir versprochen, so lange zu bleiben, bis eine Computertomografie gemacht worden ist. Ich wollte ein Hämatom im Gehirn ausschließen, was die größte Gefahr bei einem Schlag gegen den Kopf darstellt.«

»Hat er sich nicht an die Abmachung gehalten? Er war doch ein Mann des Wortes. Warum hat er sein Versprechen nicht gehalten?«

Gildas breitete seine Arme zu einer ohnmächtigen Geste aus.

»Ich weiß es nicht. Ich wurde zu anderen Patienten gerufen. Als ich wieder zurückkam, war er weg!«

Seine Stimme wurde scharf.

»Hätten wir diese Computertomografie gemacht, so hätten wir das Hämatom sehen und ihn operieren können. Ich habe mir nichts vorzuwerfen, ich habe keine falsche Diagnose gestellt, und deshalb habe ich ein reines Gewissen.«

Eva sah ihn an und schüttelte langsam den Kopf.

»Wenn Sie sich nichts vorzuwerfen hätten, wären Sie nicht hierher gekommen«, schloss sie logisch. »Ich habe

Sie der fahrlässigen Tötung beschuldigt. Der Fall wird zur Verhandlung kommen. Das Gericht wird entscheiden.«

Er zitterte.

»Sie haben mir gar nicht zugehört, nicht wahr? Wird es Ihren Schmerz lindern, wenn ich ins Gefängnis komme oder meinen Beruf nicht mehr ausüben darf?«

Sie nickte langsam. Ihre hellen blauen Augen blitzten.

»Ich glaube ja«, sagte sie. »Um ihn zu rächen.«

Gildas senkte den Blick, drehte sich um und ging davon.

Eva sah ihm nach, bis sich in der Ferne am Meer nur noch der Umriss seiner Gestalt abzeichnete. Im Geiste schob sie die geschmeidige Gestalt ihres Vaters über die kleiner werdende Silhouette und stellte sich vor, wie er auf eben diesem Weg auf sie zukommen und ihr zurufen würde: »Wie wär's, wenn wir heute Abend in der rosa Crêperie im Dorf essen?«

Sie stand aufrecht da, die Augen auf die verlassene Straße geheftet, und begann haltlos zu weinen.

44

Verzweifelt ließ sich Erlé durch den Ort Kermarec treiben. Er wusste nicht, ob er Eva alles gestehen oder für immer aus ihrem Leben verschwinden und mit dem nächsten Zug nach Lorient zurückfahren sollte. Dann würde er sie erst am Tag der Urteilsverkündung im Gericht wieder sehen.

Er ging an traumhaft gelegenen Häusern vorbei, von denen man freien Blick auf den Ozean hatte. Jedes Anwesen hatte sein eigenes persönliches Detail: eine Sonnenuhr, ein Modellschiff als Briefkasten, rote oder blaue Zäune, ein Badezimmer in Form eines Leuchtturms oder verschiedenfarbige Tür- und Fensterrahmen. Ein neugieriger Collie kam auf sie zu, beschnüffelte Jack und begleitete die beiden ein Stück auf ihrem Weg.

Würde er Eva die Wahrheit gestehen, so würde sie ihn hinauswerfen, ohne seine Geschichte ganz anzuhören. Würde er hingegen schweigen, auf einen günstigen Moment warten und ihr außerdem helfen, die Drehorgel zu restaurieren, und sie dabei besser kennen lernen, so hatte er vielleicht eine winzige Chance, auf Verständnis zu stoßen.

Sechsundzwanzig Jahre hatte er gewartet. Nun hatte er sie endlich gefunden, und das machte ihn unendlich traurig. Er befand sich in der grotesken Situation eines Mannes, der in eine Frau verliebt ist, die ihn aus tiefstem Herzen verabscheut. Ein solches Schicksal widerfuhr also nicht nur den anderen. So etwas geschah nicht nur in Romanen oder auf der Bühne.

An einem Pfeiler wies eine Fotokopie auf den Brunnen von Saint-Gildas hin, der hier in der Nähe lag, und gab die Adresse des Vereins von Saint-Gunthiern an, der jeden Mittwochnachmittag für die Reinigung und Instandhaltung der Waschstätten und Brunnen auf der Insel sorgte.

Erlé hatte immer in den Tag hineingelebt, ohne Pläne und ohne Verpflichtungen. Er hatte Delphine nichts versprochen, er hasste es, Dinge im Voraus festzulegen, sich einzwängen zu lassen. Zum ersten Mal in seinem Leben dachte er voller Bedauern daran, was hätte sein können. Er hätte mit Eva auf dieser wundervollen, wilden Insel mit ihrer tief zerklüfteten Felsküste leben können; sie hätten alles tun können, was ein verliebtes Paar tut. Sie hätten mittwochs helfen können, die Brunnen zu säubern, jeden Morgen bei Wind und Wetter mit Jack am Strand entlangspazieren, jeden Sommer die von dem Salz in Mitleidenschaft gezogenen Fensterläden streichen können. Sie hätten an Rettungsübungen auf dem Meer teilnehmen können, so wie er es im Finistère getan hatte. Er hätte sich für Eva Geschichten zu den Möbeln des Hauses ausgedacht und abends ein Feuer im Kamin gemacht, bevor sie sich bretonisch und französisch liebten …

Ein Stein rollte auf den Weg. Er fuhr zusammen und drehte sich um. Eva kam den Weg entlang. Er sah, dass sie geweint hatte.

»Eva?«

Zärtlich sprach er ihren Vornamen aus. Gerührt fuhr sie sich über die Augen.

»Ich bin ein wenig durcheinander«, entschuldigte sie sich. »Ich habe einen der beiden Mörder getroffen.«

Er erstarrte.

»Der Arzt, der ihn nicht behandelt hat«, fuhrt sie fort, ohne seine Verwirrung zu bemerken. »Stellen Sie sich vor, er hat es gewagt, bis hierher nach Groix zu kommen, um mich davon abzubringen, Klage gegen ihn zu erheben!«

Er riss die Augen auf, was sie offenbar als Bestätigung deutete.

»Danke, dass Sie gekommen sind«, sagte sie herzlich.

Sie hatten den blauen Zaun erreicht. Sie trat in den Garten und drehte sich zu ihm um. Er stand noch immer auf dem Feldweg und rührte sich nicht.

»Haben Sie zu Mittag gegessen?«

Er log und nickte.

»Ich habe seit dem Anruf dieses Mistkerls noch nichts herunterbringen können. Wie dreist, mir bis hierher zu folgen!«

Er glaubte, er müsse explodieren, wenn er jetzt nicht den Mund auftat.

»Ich muss Ihnen etwas sagen ...«, setzte er an und nahm seinen ganzen Mut zusammen.

Aber sie war schon vorausgegangen und hörte ihn nicht mehr. Im Wohnzimmer ließ sie sich auf das blaue Sofa fallen, zog die Beine an und schlang die Arme um ihre Knie.

»Ich habe die Leute immer für verrückt gehalten, die einen Menschen verloren haben und dann im Fernsehen oder in den Zeitungen bei der Verurteilung des Schuldigen auftauchen und sich befriedigt über das Urteil zeigen. Ich dachte: Was nutzt das schon? Es bringt den Toten nicht zurück! Aber jetzt verstehe ich sie. Es tröstet nicht, aber es erleichtert, und das ist wichtig ...«

Erlé setzte sich auf einen Teaksessel ihr gegenüber. Jedes ihrer Worte quälte ihn.

»Ich kann es nicht ertragen, dass dieser Raser Weihnachten glücklich bei seiner Familie verbringt oder dass dieser Assistenzarzt ausgelassen Silvester feiert, während mein Vater in seinem Sarg neben Serge Gainsbourg und Baudelaire liegt«, stieß sie hasserfüllt hervor.

Erlé senkte niedergeschmettert den Kopf. Jack legte sich neben seine Füße.

»Ich gehe Ihnen auf die Nerven mit meinen Geschichten«, murmelte Eva.

»Überhaupt nicht«, stammelte Erlé.

Sie schüttelte ihre Mähne, um sich zu beruhigen, und lächelte zaghaft.

»Man muss sich wohl erst daran gewöhnen, eine Waise zu sein. Niemanden mehr zu haben, zu dem man gehört, niemanden, dem man allein durch die Blutsbande verbunden ist ...«

Bei diesem Thema fühlte er sich wohler und griff es rasch auf.

»Ich weiß nicht, ob ich Waise bin. Vielleicht lebe ich in der gleichen Straße wie meine Eltern, ohne es zu wissen. Manchmal begegne ich Leuten, die mir ähnlich sehen. Dann muss ich aufpassen, dass ich sie nicht mit der Frage aufschrecke, ob ich ihr Sohn bin.«

»Da würden Sie schnell in Sainte-Anne landen«, sagte sie.

»Was ist das denn?«

»Ein psychiatrisches Krankenhaus in Paris.«

»Amerika hat im Vergleich zum alten Europa eine recht kurze Vergangenheit. Meine eigene Vergangenheit besteht nur aus sechsundzwanzig Jahren«, fuhr er fort. »War meine Mutter eine Hure oder ein junges Mädchen aus gutem Hause? Warum hat sie mich weggegeben? War mein Vater Seemann oder Handelsreisender? Weiß er überhaupt, dass es mich gibt? Ich liebe das Meer und mag die Berge nicht, mein Vorname ist der typische Vorname eines bretonischen Seemanns ... Aber was beweist das schon?«

»Haben Sie nie versucht, mehr herauszufinden?«

»Das französische Gesetz schützt das Recht auf eine anonyme Geburt. Die schlauen Gesetzgeber, die ihre Eltern natürlich kennen, vertreten die Ansicht, dass auf diese Weise illegale Abtreibungen und das Aussetzen der Kinder verhindert werden.«

Es bekümmerte ihn, dass er es als Erleichterung empfand, unablässig Worte aneinander zu reihen wie kleine Wachsoldaten, die die Katastrophe fern halten sollen. Solange sie miteinander redeten, war noch alles möglich. Er hatte niemals mit irgendjemandem über seine Eltern gesprochen, aber für Eva würde er alle Ausnahmen dieser Welt machen.

Sie spürte seine Traurigkeit und wollte ihn besser kennen lernen.

»Sie haben mir gestern erzählt, dass Ihnen ein Mann mit einer lächerlichen Matrosenmütze Ihre Frau weggenommen hat. Waren Sie verheiratet?«

Er schüttelte den Kopf. Der Situation haftete etwas Schizophrenes an, denn er sah zwei Bilder von sich: einmal den Erlé, der mit Eva plauderte, einmal den Erlé, den sie den Mörder ihres Vaters nannte.

»Nein. Das hatten Delphine und ich nie ins Auge gefasst. Die Ehe gleicht einer Insel mitten im Meer, einem Traum, den man zu zweit träumt, einer Crew, die auch eine Sturmwarnung nicht schreckt und die dennoch hinausfährt. Seit sie weg ist, habe ich den Atlantik allein überquert ...«

»Möchten Sie einmal Kinder haben?«

Er nickte, behielt aber für sich, dass er große Angst davor hatte, ihnen seine seltsamen Gebrechen zu vererben. In seinem Fall waren die Organe lediglich seitenverkehrt angeordnet, seine Lebenserwartung war dadurch nicht eingeschränkt. Bei seinen Kindern jedoch bestand die Gefahr, dass die Anomalien sich verstärkten und zum Beispiel zu einem so genannten Kartagener-Syndrom führten. Es konnte zu so furchtbaren Krankheitsbildern kommen, dass der Gedanke daran ihn nachts manchmal aus dem Schlaf schrecken ließ. Hätte er seine Eltern gekannt, so hätten die Ärzte die Art der Übertragung innerhalb der Familie untersuchen können … Aber in seinem Fall war das unmöglich.

»Haben Sie schon einmal wirklich geliebt?«

Sie stellte Fragen wie ein pubertierendes Mädchen, aber sie hatte den Körper einer Frau und den Blick einer Sirene. Es überkam ihn das unbändige Verlangen zu antworten: »Ja, Sie.« Sprach sie von Sex oder von Gefühlen? Es gab Frauen, die ihn gerührt hatten, die er begehrt hatte, mit denen er Nächte verbracht hatte und eine Zeit lang zusammen war. Es hat innige Umarmungen, starke und wundervolle Augenblicke gegeben, aber das alles hatte nichts zu tun mit dem tiefen Schmerz, den er verspürte, seit er auf der »Saint-Tudy« in ihre Augen gesehen hatte. Er wusste nicht, dass Liebe so sein konnte.

»Nein, bis heute noch nicht«, antwortete er. »Und Sie?«

»Ja.«

»Der Glückliche!«

»Nicht wirklich«, erwiderte Eva. »Es war mein Vater.«

Erlé hatte das Gefühl, einen Schlag in die Magengrube zu erhalten.

»Ich bete meine Mutter an«, sagte er schnell, »aber ich dachte, dass Sie eine andere Art Liebe meinten.«

Eva runzelte die Stirn.

»Ich dachte, Sie wären unter X geboren?«

»Seit Oliver Twist haben sich die Zeiten geändert, das gilt auch für Waisenkinder. Ich wurde von meiner Grundschullehrerin Marie Le Gall adoptiert und trage auch ihren Namen. Ihr erster Adoptivsohn Bruno starb, bevor ich zu ihr kam. Nach ihm kam Louis, der heute achtundzwanzig Jahre alt ist, und dann ich.«

Sie beneidete ihn, denn sie hatte es stets bedauert, das einzige Kind zu sein.

»Gibt es augenblicklich jemanden in Ihrem Leben?«, wagte er sich nun vor.

Sie schüttelte den Kopf.

»Ich habe nichts übrig für Geschichten, die nur einen Abend dauern. Nicht, dass ich verklemmt wäre, aber das liegt mir einfach nicht. Ich habe zwei ernsthafte Beziehungen gehabt. Mein erster Freund war ein süßer, aber recht schrulliger Cellist; der zweite war ein ernsthafter Anwalt, aber er war einfach unerträglich und noch dazu untreu. Ich warte noch auf ›Mogambo‹ …«

Er bedeutete ihr, dass er verstand. Das konnte sie kaum glauben.

»Wissen Sie denn, was das bedeutet?«

»Na klar: Es ist Suaheli und heißt Leidenschaft. Ich verehre Ava Gardner und habe Ihnen ja gestern Abend erzählt, dass ich an der Filmhochschule studiert habe.«

Das hatte sie vergessen.

»Sollen wir uns nicht duzen?«, schlug sie vor und stand auf.

»Wie wär's, wenn wir uns jetzt um den Patienten kümmern?«

Er brauchte ein paar Sekunden, bevor er begriff, dass sie von der Drehorgel sprach.

Sie waren schon eine ganze Weile mit der Arbeit an dem Instrument beschäftigt, als es klopfte. Jack stürzte bellend zur Tür.

»Ich hoffe, es ist nicht dieser Assistenzarzt«, sagte Eva ärgerlich.

Sie ging die Treppe hinunter um aufzumachen. Es waren Freunde ihres Vaters aus der Nachbarschaft, die auch zu seiner Beerdigung nach Paris gekommen waren.

»Wir fahren morgen zurück«, sagte die blonde Dominique mit ihrem Yorkshire Cérise auf dem Arm. Für Jeanne geht die Schule wieder los.«

»Wir wollten uns von dir verabschieden«, fügte Claire hinzu.

»Isst du mit uns zu Abend?«, schlug Andréas vor.

Am Abend vor der Abreise trafen sich die befreundeten Bewohner der umliegenden Häuser stets, um sich mit einem Glas Champagner zu verabschieden. Eva dankte ihnen für die Einladung, lehnte jedoch ab, und sie beharrten nicht weiter darauf.

»Morgen schließen die Leute, die hier einen Zweitwohnsitz haben, ihre Fensterläden«, erklärte sie Erlé, als die Freunde wieder gegangen waren. »Dann kommen sie erst zu Pfingsten zurück, und das Dorf verfällt in seinen ruhigen herbstlichen Trott.«

Dann gab es nur noch die Nachbarn, die das ganze Jahr über hier lebten, und die Rentner, die länger bleiben konnten. Aber auch sie würden irgendwann abreisen. Das Leben in den Dörfern pulsierte im Rhythmus der Jahreszeiten.

»Zum ersten Mal werde ich außerhalb der Feriensaison auf der Insel sein«, bemerkte sie. »Mein Vater musste sich nach den verhandlungsfreien Zeiten richten, und ich bin immer mit ihm zurück nach Paris gefahren.«

Sie arbeiteten noch mehrere Stunden an der Drehorgel. Erlé passte die neuen Holzstücke an, um sie möglichst unauffällig einarbeiten zu können, und versenkte sich hingebungsvoll in die Arbeit, um an nichts anderes denken zu müssen.

»Man vergleicht den speziellen Klang der Drehorgel auch mit dem Summen der Hummeln, daher der Ausdruck ›Brummer‹ oder ›Brummbass‹«, erklärte Eva. »Die Leute verbinden diesen Klang immer mit einer Melancholie, das liegt wohl an den Moritaten, die oft darauf gespielt wurden, aber es gibt auch ganz andere Stücke für die Drehorgel!«

Eva liebte ihr Instrument, und als sie darüber sprach, wirkte sie weniger traurig, so fühlte sich auch Erlé nicht mehr ganz so niedergeschlagen. Er liebte das Holz, er war verrückt nach ihr und er gab sich noch eine Galgenfrist bis Mitternacht, um ihr die Wahrheit zu sagen. »Man erkennt das Glück an dem Geräusch, das es macht, wenn es geht«, hatte Jules Renard einmal geschrieben. Für Erlé würde die Drehorgel von nun an stets klingen wie tausende verzweifelter Hummeln.

»Wo hast du dir ein Zimmer genommen?«

»Am Hafen.«

Die wichtigsten Stücke waren wieder angebracht, nun brauchte das Holz Zeit, um zu arbeiten und sich der Temperatur und der Feuchtigkeit anzupassen. Eva sprang auf.

»Lass uns einen Spaziergang machen, Jack muss sich doch die Beine vertreten ... Fährst du gerne Fahrrad?«

Plötzlich erinnerte sie sich daran, dass er hinkte, und hoffte, dass sie nicht etwas vollkommen Blödsinniges vorgeschlagen hatte.

»Das ist mein liebstes und wichtigstes Fortbewegungsmittel«, sagte er.

Eva ging mit ihm in die Garage. Dort standen drei Fahrräder, das von Alexis, ihr eigenes und eines für Gäste, dessen Sattelhöhe man auf die jeweilige Körpergröße einstellen konnte. Mit aller Kraft löste er eine verrostete Schraube und zog die Sattelstange weiter heraus. Dann fanden sie sich vor dem Haus wieder, vier Pfoten und zweimal zwei Räder.

»Ich werde dir einen Strand zeigen, der wandert«, sagte Eva.

Bei jedem Sturm veränderte sich die Insel, die Südwestwinde peitschten mit zunehmender Intensität auf sie ein, aber die größte Besonderheit auf Groix war der einzige gewölbte Sandstrand in ganz Europa, der seit zwanzig Jahren unablässig seine Form veränderte. Einst reichte der Strand bis zu dem so genannten »Roten Sand« im Osten, jetzt schob er sich nach Norden Richtung Port-Mélite. Immer wieder musste das Bürgermeisteramt den Parkplatz neu vermessen und einen neuen Zugang zum Strand bauen. Anhand alter Fotos konnte man verfolgen, wie er sich ausdehnte: Der Zipfel ist heute beinahe doppelt so breit. Würde er sich weiterhin in diesem Tempo verschieben, so bestünde eines Tages die Gefahr, dass er die Einfahrt zum Hafen versperrt.

»Es waren schon Wissenschaftler hier, die Mikrofone im Sand eingegraben haben. Sie haben herausgefunden, dass der Strand spricht und dass der Sand lebt und singt, sein Gesang erinnert ein bisschen an den der Walfische …«

»Dann hören wir ihm doch einfach zu!«, schlug Erlé begeistert vor.

Sollte das Glück dieses Abends alles sein, was das Leben für ihn bereithielt, so wollte er es bis zur letzten Sekunde auskosten. Es blieben ihm nur noch ein paar Stunden, dann würde sie ihn hassen.

Anfangs fuhren sie langsam, um zu sehen, wie Jack damit zurechtkam. Er rannte hinkend neben ihnen her, als hätte er sein Lebtag nichts anderes gemacht. Auf der Straße traten sie schneller in die Pedale und genossen die Geschwindigkeit und den Wind in ihren Haaren. Die Insel war ziemlich hügelig, und Eva riet Erlé, seinen Schwung zu halten, um eine noch nicht einsehbare Steigung nehmen zu können. Nach einer Viertelstunde ereichten sie den »Großen Sandstrand«.

Von dort war das Festland deutlich zu sehen. Eva erzählte, dass zwei Deutsche, die ein Haus auf der Insel hatten, jedes Jahr mit einem amphibienmäßig ausgerüsteten R4, der zehn Knoten, das sind achtzehn Stundenkilometer, machte, von Lorient nach Groix übersetzten. Bei gutem Wetter und ruhiger See brauchten sie dazu vierzig Minuten.

An diesem letzten Wochenende vor der großen Abreise waren viele Leute unterwegs, vor allem Väter, die draußen mit ihren Kindern spielten. Die Mütter räumten die gemieteten Ferienhäuser auf und packten die Koffer. Zwar gab es mittlerweile Kosmonautinnen und Premierministerinnen, aber die Aufgabenverteilung bei den Feriengästen schien noch immer die gleiche zu sein.

»Früher ging es anders zu auf Groix«, erklärte Eva, während sie den Pfad zum Strand hinuntergingen. »Du musst das Ökomuseum am Hafen besuchen. Es ist faszinierend, denn man hat das Gefühl, in eine andere Zeit zu reisen. Die Männer fuhren alle zur See, und die Insel lag in den Händen der Frauen, Kinder und Alten …«

Die Frauen kümmerten sich um die Kinder, die Häuser und die Feldarbeit. Das Land war nicht sehr fruchtbar und in kleine Parzellen geteilt, das Leben war hart. Mehrere Familien teilten sich eines der für Groix typischen Arbeitspferde, das sie aus Kostengründen abwechselnd fütterten. Sie bauten Kartoffeln, Weizen, Korn, Gerste und Erbsen an und sammelten Tang. Die Dreschplätze benutzten alle gemeinsam. Die Frauen kamen nur zurecht, weil sie einander halfen und füreinander da waren, weil sie zusammen sangen, lachten und unendliche Mengen Kaffee tranken. Alle waren gleichberechtigt, es gab fast keine höher gestellten Persönlichkeiten. Man veranstaltete Feste, wenn die Boote hinausfuhren, wenn eine neue Dreschdiele eingerichtet wurde oder eine Hochzeit stattfand.

»Es war eine matriarchalische Gesellschaft, in der der Pfarrer die Oberaufsicht führte.«

»Du meinst den Rektor?«, fragte Erlé und benutzte das bretonische Wort für Pfarrer.

»Dazu weiß ich eine schöne Geschichte. Im Jahr 1696, als Abbé Uzel Rektor war, kamen die Engländer und die Holländer nach Groix und brannten alles nieder, Häuser, Kirchen und Tiere. Im Jahr 1702 berichtete man ihm, dass eine englische Kriegsflotte vor der Küste kreuzte. Da die Männer im Dienst des Königs auf See waren, stellten die verbliebenen Dorfbewohner eine leichte Beute dar. Da hatte Abbé Uzel den genialen Einfall, die Frauen und Alten, ihre Kühe und Pferde auf einem Hügel über dem Meer zu versammeln. Die Frauen sollten sich ihr Haar mit schwarzen Algen bedecken, rote Korsagen und Mützen tragen, Holzstöcke und Ruten in die Höhe recken und auf die Rücken ihrer Tiere steigen. Außerdem ließ er Butterfässer entlang der Steilküste aufstellen, mit der hohlen Öffnung dem Meer zugewandt, um Kanonenöffnungen vorzutäuschen. Aus der Ferne musste der englische Admiral glauben, dass königliche Dragoner auf der Insel waren, um sie zu verteidigen. Er verzichtete auf den Angriff und drehte bei. Der Rektor hatte Groix also gerettet. Schlau, was?«

Sie waren an dem berühmten gewölbten Strand angelangt. Erlé ließ sich auf die Knie fallen und begann im Sand zu graben. Jack hielt es für ein Spiel und tat es ihm eifrig nach.

»Was macht ihr da, ihr beiden?«, wollte Eva wissen.

Erlé legte sich der Länge nach hin und presste sein Ohr auf den Boden.

»Ich höre den Geheimnissen des Sandes zu«, murmelte er. »Dem Rauschen der Erde, den Mysterien der Insel, dem Gesang der Steine … Daraus solltest du ein Stück für deine Orgel komponieren!«

Eva lächelte und legte sich neben Erlé.

»Ich höre es auch«, flüsterte sie. »Die Musik des Strandes maximal verstärken und einen Rap daraus machen – das wäre doch schrecklich!«

Sie wollte auf andere Gedanken kommen, ihren Kummer für ein paar Minuten vergessen, irgendeinen Unsinn erzählen, die zentnerschwere Last abwerfen, die sie bedrückte. Dank Erlé kehrte ein wenig Lebensfreude zu ihr zurück, und dafür war sie ihm unendlich dankbar.

»Danke«, sagte sie und drehte sich auf die Seite, sodass sie nur noch ein Zentimeter voneinander trennte.

Erlé wich zurück, als bestünde die Gefahr, sich zu verbrennen.

»Ich beiße nicht«, sagte sie erstaunt.

»Ich meinte einen Ton im Sand zu hören«, gab Erlé vor.

Blieb sie ihm so nahe, würde er sich nur schwer zurückhalten können, sie zu umarmen, und das würde sie ihm nie verzeihen, wenn sie erst einmal Bescheid wusste.

Eva glaubte seinen Worten.

»Nicht nur der Strand verändert sich. Vor zehn Tagen war ich noch ein glückliches Mädchen, das sich mit seinem Vater stritt, heute bin ich ganz allein«, sagte sie und rollte sich auf den Rücken.

Erlé tat es ihr gleich, bewahrte jedoch einen sicheren Abstand zu ihr. Jack legte sich zwischen sie und dämmerte vor sich hin.

»Weißt du was? Ich habe nicht die geringste Lust nach Paris zurückzufahren«, sagte Eva und starrte in den Himmel. »Niemand wartet auf mich in Paris, und meine Musik kann ich auch hier machen.«

»Die Bretagne im Winter ist etwas vollkommen anderes als die Bretagne während der Sommerferien. Im Sommer wimmelt es in Île-Tudy von Touristen, wir brauchen sie, aber sie sind auch lästig – es gibt keine Parkplätze mehr, sie versperren Garagen und Hauseingänge, in der Post und auf dem Rathaus muss man Schlange stehen. Im Winter dagegen fahren alte graue Autos die Mauern entlang, der Wind fegt durch die kleinen Straßen, Parkplätze gibt es mehr als genug, Post und Rathaus sind dunkel und verlassen, die Händler beklagen sich und die Hälfte der Läden schließt ganz einfach. Der Sommer steht für Beschäftigung, der Winter für Leere.«

»Auf Groix ist dieser Gegensatz noch stärker ausgeprägt: Während der Saison wird man überrannt, drei Fähren fahren hin und her, der Preis für die Häuser steigt so sehr an, dass junge Leute sie nicht mehr bezahlen können. Außerhalb der Saison entvölkern sich die Dörfer, und es fährt nur noch die ›Saint-Tudy‹. Aber ich glaube, das würde mir gefallen. Meine Musik und das Meer bleiben mir, außerdem sind da noch die Nachbarn und der Ort. Das Haus muss neu gestrichen und der Garten neu angelegt werden. Wenn es sehr kalt ist, ab und zu eine kleine Soiree mit Lucien Gourong, dem Dichter und Geschichtenerzähler von Groix. Außerdem gibt es hier auch ein paar Vereine, die mich interessieren …«

Sie setzte sich auf und schüttelte den hellen Sand aus ihren dunklen Haaren.

»Ich weiß nicht, warum ich dir das alles erzähle. Du gehst ja wieder weg.«

»Jetzt noch nicht. Ich muss die Arbeit an der Orgel noch zu Ende bringen. Ich lasse das Holz nie im Stich. Wenn ich etwas anfange, bringe ich es auch zu Ende.«

»Wenn ich dich richtig verstehe, bleibst du also wegen der Orgel, nicht wegen mir?«

Er richtete sich auf, der helle Sand in seinen Haaren hob sich farblich kaum ab.

»Wegen beiden«, antwortete er ernst.

Erschreckt über die eigene Kühnheit, wechselte sie das Thema.

»Du bist doch hergekommen, um jemanden zu treffen … Du hast mir nicht gesagt, ob es gut gelaufen ist.«

»Morgen werde ich es wissen«, erwiderte er heiser.

»Ist es wichtig?«

»Überlebenswichtig …«

Jack begann wie ein Verrückter zu graben und bewarf beide so sehr mit Sand, dass sie eilig aufsprangen.

»Hast du schon einmal roten Sand gesehen?«, fragte Eva.

Es drängte sie, die Geheimnisse der Insel mit ihm zu teilen. Bevor sie auseinander gingen, wollte sie diese Augenblicke der Verbundenheit auskosten.

Sie stiegen wieder auf ihre Räder und fuhren einen steilen Hang hinunter. Eva raste voraus, während Erlé vorsichtiger war – ein Unfall reichte ihm. Nach einer scharfen Kurve kamen sie an einem hübschen, am Meer gelegenen Haus vorbei, das den Namen »Les Grands Sables« trug und kleine Appartements vermietete. Nur wenige Meter tiefer erblickte Erlé den »Roten Strand«, der von dem durch die Wellen zu rotem Pulver zermahlenen Granatstein rötlich schimmerte. In seiner tiefen Traurigkeit schien es Erlé, als würde der Strand bluten.

»Gehen wir hinunter?«, schlug Eva vor.

Er schüttelte den Kopf. Enttäuscht fuhr sie auf der Straße weiter und stieg aus dem Sattel, um eine Steigung zu nehmen. Ein Bauernhof tauchte auf, der auf einem Schild Kartoffeln und Eier anbot.

»Ich werde dir die ›Pointe des Chats‹, die Katzenfelsen, zeigen. Das ist einer meiner Lieblingsplätze …«

Sie bogen nach links und fuhren weiter, bis sie einen kleinen roten Leuchtturm erreichten, der im Jahr 1897 mitten in einer Befestigungsanlage aus dem achtzehnten Jahrhundert errichtet worden war und nun über das kleine angrenzende Wäldchen hinausragte. Sie ließen ihre Räder stehen und kletterten über die Felsen zum Meer. Die Strahlen der untergehenden Sonne überzogen die Steine mit unzähligen silbernen und bunten Reflexen.

»Hier ist es immer anders«, sagte Eva und hob einen seltsam gesprenkelten, glitzernden Stein auf.

Sie befanden sich im Naturschutzgebiet »François-Le-Bail«. Groix weist viele geologische Besonderheiten auf. Der Boden enthält weißes Mikanit, das in einer Verbindung mit Quarz die Felsen im Sonnenschein versilbert.

An anderen, dunkleren Felsen, den Amphiboliten, ragen spitze dunkelblaue Zacken aus Glaukonit empor, die auch pistaziengrünes Epidot oder rotes Granat enthalten.

»Es ist verboten, Kiesel, Pflanzen oder Steine in diesem Naturschutzgebiet zu sammeln, aber ich kann es nicht lassen«, gestand Eva. »Ich stopfe sie heimlich in meine Taschen wie früher die Schokolade oder das Kleingeld aus der Geldbörse meines Vaters. Ich nehme sie mit nach Hause, halte sie unters Wasser und sehe zu, wie sich ihre Farben verändern. Dann bringe ich sie wieder dorthin zurück, wo ich sie gefunden habe.«

Es kam ihnen vor, als schritten sie über einen mit Silber und Edelsteinen gepflasterten Weg. Vor ihnen schnüffelte Jack eifrig am Boden. Die glitzernden Partikel in den Felsen verunsicherten ihn. Sie setzten sich an den Strand und sahen aufs Meer hinaus. Ein Fischerboot fuhr weit draußen vorüber. Eva hielt ein dunkelblau gesprenkeltes Felsstück in der Hand.

»Die Geschichte der Insel hängt mit der Entstehung der Welt zusammen«, sagte sie. »Vor vierhundert Millionen Jahren, als die Kontinente auseinander drifteten, stießen zwei von ihnen zusammen. Unter dem starken Druck wurde ein Stück, eine Masse aus sehr hartem Basalt, vom Grund des Ozeans, aus dreißig Kilometern Tiefe, an die Oberfläche geschleudert. Einer der Kontinente, Armorica, hatte sich mit zwei anderen verbunden, aus dem nach weiteren Millionen von Jahren Europa und Amerika entstanden sind. Groix war also ein Stück Ozean, das nach der Kollision unter einer Bergkette verborgen lag. Erst nach mehreren Eiszeiten und Wärmeperioden ist Groix dann zu einer Insel geworden.«

Das Meer dröhnte, Wind kam auf und trug den jodhaltigen Geruch der Heide zu ihnen herüber. Überall tanzten weiße Schaumkronen auf den Wellen. Ein Segelboot legte sich weit draußen in den Wind. Eva lehnte ihren Kopf an Erlés Schulter, und die Berührung ließ ihn erbeben. Er konnte es kaum noch aushalten. Jack war ihm keine Hilfe, denn ihm war es das Liebste, sie nah beieinander zu sehen. So trat endlich Ruhe ein, er konnte sich zwischen sie legen und einem genussvollen Schlaf überlassen.

»Was ist deine Lieblingsfarbe?«, fragte Erlé.

»Orange. Und deine?«

»Hellblau. Das Blau des Morgenhimmels, wenn die Schiffe hinausfahren, die Augenfarbe der Schlittenhunde in Sibirien und die Farbe deiner Augen. Deine Augen haben die Farbe der Husky-Augen, aber deine Stimme ist ganz anders. Husky bedeutet heiser, ihr Bellen ist mehr ein Heulen, ihre Stimme ist rau und kratzig.«

Sie lächelte, ließ aber ihren Kopf an seiner Schulter, denn sie fühlte sich wohl bei ihm. Sie atmete den Geruch seiner Haare, sie mochte den sanften Blick seiner grauen Augen, den Schwung seiner Lippen und die Kraft seiner Hände.

»Ich habe also Hundeaugen. Gut. Soll ich das als Kompliment auffassen?«

»Wie du willst«, grummelte Erlé.

Er atmete ihren Duft, er liebte ihren Nacken, das leichte Gewicht ihres Kopfes an seiner Schulter, ihr verhaltenes Lachen, ihre zarten Gelenke.

»Heute endet das Inselfilmfestival mit einem Freiluftkino in Locmaria. Sie bauen eine riesige Leinwand mitten ins Meer. Sollen wir hingehen?«

Er nickte und fühlte sich für den Augenblick gerettet.

Sie gingen zu ihren Rädern zurück und fuhren zur Bucht hinunter. Niemand war dort, denn es hatte leicht zu nieseln begonnen. Ein Mann kam vorüber und teilte ihnen mit, dass die Vorführung aufgrund des unbeständigen Wetters im Ort stattfinden würde, abschließend gäbe es ein Fest mit Musik und Tanz.

»Ich tanze nicht, ich hinke«, sagte Erlé ungehalten.

»Ich mag so etwas auch nicht«, log Eva.

»Ich gehe ins Hotel zurück«, beschloss Erlé. »Sehen wir uns morgen?«

Sie sah ihn überrascht an.

»Hast du keinen Hunger? Ich habe Thunfisch- und Lachskonserven zu Hause. Und auch frisches Brot und Cidre. Verdirb uns doch nicht den Abend, bitte …«

Noch bat sie ihn um etwas, bald würde sie ihn verabscheuen.

»Ich mag ja Hundeaugen haben, aber deine Augen haben die Farbe einer Turteltaube«, sagte sie plötzlich. »Mit Jack sind wir ein tolles Trio.«

»Ich bin müde«, schützte er vor.

Wenn er jetzt nicht fortging, würde er mit ihr reden müssen. Er wollte lieber mit dem ersten Schiff morgen Früh zurückfahren.

»Im Finistère scheint es nur Schwächlinge zu geben«, sagte sie angriffslustig. »Da besitzen wir hier im Morbihan aber mehr Ausdauer! Wer zuletzt am Haus ist, der …«

Sie beendete den Satz nicht und trat mit aller Kraft in die Pedale, um die Erinnerung an ihr abendliches Wettrennen mit Laure zu vertreiben, kurz bevor ihr Vater gestorben war.

Er wollte ihr zurufen, dass sie stehen bleiben sollte, aber sie war schon verschwunden. Da nahm er all seine Kraft zusammen, um sie einzuholen. Sie rasten durch die Dämmerung und hörten nur den Wind, das Meer und das Klappern ihrer Räder. Die Flut hatte um 19.23 Uhr ihren Höchststand erreicht, und das Wasser ging nun langsam zurück. Myriaden von Kaninchen gerieten ihnen beinahe unter die Räder, weil sie wie angewurzelt im schwachen Schein ihrer Fahrradlampen stehen blieben. Fasanen schreckten aus dem Feld auf, rote Rebhühner rannten einen Hang hinunter – Jack wusste vor lauter Begeisterung nicht mehr, wem er den Vorzug geben sollte. Angesichts der unglaublichen Vielzahl der Tiere, kostete es Eva und Erlé eine große Anstrengung, keines unter die Räder zu bekommen und zu verletzen. Im Mondschein hüpften die Schatten wild durcheinander.

Endlich hatte Eva das Dorf erreicht, drosselte das Tempo und bremste schließlich vor dem blauen Zaun. Erlé kam neben ihr zum Stehen. Beide waren außer Atem.

»Der Letzte ... öffnet die Konservendosen?«, schlug Erlé vor und beendete damit ihren Satz.

Sie lächelte im Dunkeln, und ihre weißen Zähne blitzten. Eine Möwe segelte über der Meeresoberfläche wie der Geist eines Verstorbenen.

»Der Letzte ... küsst den anderen«, flüsterte sie.

Sie hatte nichts geplant. Sie tat es, um weiterzuleben, um Zärtlichkeit zu spüren. Es war der unwiderstehliche Drang, ihm dafür zu danken, dass sie hier war und sich lebendig fühlte. Sie beugte sich über den Lenker, und ihre Lippen berührten seine. Sie waren warm, sie mochte es, wie er schmeckte ...

Er vergaß all seine Vorsätze und küsste sie mit leidenschaftlicher Hingabe.

Sie hatten sicher die Tür aufgeschlossen, die Fahrräder in die Garage gestellt und das Feuer angezündet. Sie hatten sich zweifellos ausgezogen, bevor sie sich vor den Kamin gelegt hatten. Einer von ihnen hatte gewiss »Ballades« von Didier Squiban aufgelegt. Der Wind pfiff über die Heide, die Wellen brandeten an der zerklüfteten Küste empor, auf dem Festival im Ort tanzten die Leute, die Flammen knisterten im Kamin. Jack schlief auf dem Sofa und drehte ihnen den Rücken zu. Eva und Erlé lagen nackt und eng umschlungen unter einer großen Wolldecke vor dem munter flackernden Feuer. Sie hatten sich nichts vorgenommen, nichts im Voraus geplant, nichts besprochen. Dieser Kuss vor der Tür inmitten des schlafenden Dorfes musste seine Fortsetzung finden. Einer ungestümen und zugleich zärtlichen Umarmung folgte ein leidenschaftliches Spiel der Hände, die den Körper des anderen suchten, die Reißverschlüsse, Knöpfe, Gürtel öffneten, Kleider abstreiften, um dann, als sie einander unverhüllt gegenüberstanden, ergriffen und voller Verlangen zu schweigen.

Wie das Feuer im Kamin war ihre Leidenschaft aufgelodert. Er erriet, was sie erregte, und sie wusste, was er mochte. Während sie sich liebkosten, tauschten sie in verschlüsselten Worten ihre Empfindungen aus. So lernten sie die Hoffnungen und Ängste des anderen kennen. Sie waren zu Liebenden und Gleichgesinnten geworden, zu Steuermännern, die es verstanden, ihrer Zärtlichkeit eine Richtung zu geben, zu Seeleuten, die eine Ausfahrt zum Vergnügen veranstalten, zu Tauchern in den Tiefen ihrer Leidenschaft. Es gab keinen Unterschied mehr zwischen dem Bretonen und der Pariserin, es war ganz gleich, woher sie kamen, wenn sie nur zusammen sein konnten. Eva hatte den Gesang der Welt von neuem vernommen. Erlé hatte alle Wälder der Erde gerettet.

Niemals zuvor hatte Eva die Liebe so intensiv erlebt. Weder mit dem Cellisten noch mit Florent. Der Hunger nach dem anderen, das Verliebtsein, die Erregung, die Lust, die Erleichterung, das Lachen und Weinen, die körperliche und seelische Aufgewühltheit waren zum ersten Mal in ihrem Leben rein, unverstellt und offenkundig.

Niemals zuvor hatte Erlé einen solchen Augenblick erlebt. Weder mit Delphine noch mit den anderen Frauen, mit denen er eine Nacht verbracht hatte. Nach ihr dürsten, zittern, spielen, jubeln, explodieren, mit ihr schlafen, lachen, überwältigt, erschöpft, befriedigt sein: Die Liebe mit ihr war Poesie, Wahnsinn und unermessliche Weite. Sein Herz schlug an seinem falschen Platz mal langsam und dann wieder sehr schnell.

»Es gibt keinen Zufall«, murmelte Eva und stützte sich auf ihren Ellbogen, um ihren Geliebten ansehen zu können. »Ich habe gerade die zehn traurigsten Tage und nun den schönsten Abend meines Lebens erlebt. Das Schicksal hat dich mir geschickt, weil ich so unendlich traurig war …«

Erlé spürte, wie das Glück wich, als würde es durch den Kamin abziehen. Jetzt war der Augenblick gekommen.

»Es gibt keinen Zufall«, sagte er langsam. »Eva, ich muss dir etwas Schreckliches gestehen …«

»Ich bin sicher, du übertreibst«, erwiderte sie lachend.

»Du wirst mich hassen, wenn du es erst einmal weißt.«

Sie bekam Angst. Sie war davon überzeugt, dass Alexis Erlé hierher geleitet hatte, um sie zu trösten.

»Seit zwei Tagen fühle ich mich durch dich wieder lebendig«, sagte sie ernst. »Ich habe geglaubt, dass diese bedrückende und abgrundtiefe Niedergeschlagenheit für den Rest meines Lebens anhalten würde, dass ich alles Glück, das es für mich im Leben geben sollte, ausgeschöpft hätte und nun auf ewig verloren wäre! Du hast mir die Lust zurückgegeben zu lachen und zu lieben, zu zittern und zu beben, Musik zu machen und Pläne zu schmieden. Ich will, dass das so bleibt, Erlé. Ich will nicht mehr glauben, dass alles leer, unwichtig und vergeblich ist.«

»Ich muss mit dir sprechen«, beharrte er mit fester Stimme.

Jack schreckte plötzlich hoch, dreht sich dreimal um sich selbst, kratzte am Kissen, sprang vom Sofa wie ein Schlafwandler und legte sich neben sie.

Eva flehte Erlé an.

»Ich bitte dich, sag mir heute Abend nichts. Wenn deine Frau schwanger ist, wenn du ein Mönch oder homosexuell bist, wenn es dich gar nicht gibt und ich mir nur so jemanden wie dich erträumt habe, wenn es einen triftigen Grund gegen unsere Liebe gibt, dann will ich ihn heute nicht erfahren. Morgen biete ich allem die Stirn, ich werde mich den Dämonen und Parzen stellen, ich werde alle Prüfungen auf mich nehmen, die du mir auferlegst. Aber heute Abend gehört die ganze Welt nur uns allein. Ich will mich daran erinnern, um das andere zu ertragen. Ich flehe dich an, sag nichts!«

Er zögerte, rutschte zur Seite und legte die Decke wieder über sie, dann erhob er sich und ging zum Fenster. Sein Blick fiel auf den hölzernen Kaminsims, der mit Steinen von der Insel eingefasst war, und auf die zu beiden Seiten eingemeißelten Löwenköpfe. Mit zusammengekniffenen Augen konzentrierte er sich darauf, eine passende Geschichte dazu zu erfinden …

Das ursprünglich um diesen Kamin herum gebaute Haus hatte sicher einmal einer Fischer- oder Seefahrerfamilie gehört. Sie führten ein hartes Leben, aber sie liebten sich, die Mutter arbeitete auf dem Feld und erzog die Kinder, der Vater fuhr zur See und fing Thunfisch. Die Kinder wuchsen heran und verließen irgendwann die Insel, um Arbeit zu finden. So zerfiel das Haus bis auf die Mauer des Kamins. Er stellte sich vor, dass es später von einem verliebten und mutigen Paar vom Festland gekauft worden war. Sie hätten es mit ihren eigenen Händen wieder aufgebaut, um mit ihrer Familie dort zu wohnen, das Meer zu malen und Löwenköpfe zu meißeln. Dann musste es irgendwann den Eltern von Eva gehört haben, aber ihre Mutter war gestorben, bevor sie es genießen konnte.

»Es gibt etwas Gemeinsames zwischen all den Leuten, die dieses Haus bewohnt haben«, murmelte er. »Sie haben sich geliebt.«

»Woher willst du das wissen?«, fragte sie misstrauisch.

»Ich fühle es. Nun gehört es dir, Eva. Vorhin hast du von den Möglichkeiten gesprochen, glücklich zu sein. Wir haben alle die gleichen Möglichkeiten, aber wir nutzen sie nicht auf die gleiche Weise. Manche machen etwas daraus, manche verspielen sie. Du wirst hier geliebt werden.«

»Von wem? Von dir?«

Er seufzte, legte sich wieder neben sie und schloss sie in seine Arme. Von seinen Gefühlen ergriffen, vom Schmerz und der Müdigkeit überwältigt, schlief er mit dem Gedanken ein, dass er sie nun zum letzten Mal an sich presste.

45

Der Seemann in der verwaschenen roten Jacke hatte Zaka gesagt: »Auf einer verdammten Insel trifft man sich immer irgendwann. Man muss nur warten!« Da es nicht allzu ratsam war, mit ihrem Gipsbein und den Krücken ziellos umherzuirren, wartete sie also. Sie hatte sich einen Teller Muscheln im »Café de la Jetée« vor dem alten Schuppen des Rettungsbootes gegönnt und konnte sich nicht satt sehen an den Schiffen, Möwen und Seeleuten, die sich an diesem kleinen Zipfel des Ozeans im Schutz des Hafens tummelten. Es wäre der schönste Tag in ihrem Leben gewesen, wenn nicht der Fahrradfahrer zu Tode gekommen wäre und Doktor Murat nicht ihretwegen so großen Ärger hätte …

Der Nachmittag verging wie im Fluge. Immer wieder legte ein Fährschiff an, spuckte fröhliche Festivalbesucher aus und nahm missmutige Feriengäste mit auf den Weg zurück. Zaka hatte Paris zum ersten Mal verlassen und konnte deshalb das alljährliche Hin und Her Ende August nicht einschätzen. Die Bretonen kehrten in ihren ruhigen Alltag zurück, während sich die Pariser zurück in die Zwänge des Großstadtlebens begaben.

Es wurde allmählich Abend und Zaka fröstelte in der frischen Seeluft. Der brütend heißen Hauptstadt entkommen, hatte sie nicht daran gedacht, eine Jacke mitzunehmen. Sie war müde und versuchte ihr Glück in dem winzigen Hotel neben dem Café, aber es war besetzt. Man nannte ihr mehrere Adressen im Ort. Sie wartete einen Augenblick auf ein Taxi, bis ihr klar wurde, dass diese im gleichen Rhythmus wie die Fähren verkehrten. Also gab sie sich einen Ruck und nahm die Steigung hinter dem Hafen in Angriff. Vor ihr machte sich eine Gruppe ausgelassener junger Leute ebenfalls auf den Weg.

Nach der niederschmetternden Begegnung mit der Tochter seines Patienten in Locmaria war Gildas zuerst entschlossen, das nächste Boot zu nehmen und nach Paris zurückzufahren. Aber an diesem Wochenende des allgemeinen Aufbruchs würden die Straßen noch am Montagmorgen überfüllt sein. Also ließ er sich von der Menükarte des Restaurants »Les Courreaux« verführen und kehrte dort ein. Die bei seiner Rückkehr anstehende Verurteilung und berufliche Entehrung waren Grund genug, sich eine Henkersmahlzeit zu gönnen.

Er setzte sich allein an einen Tisch in der Nähe des Fensters, umgeben von Gästen, die sich angeregt unterhielten. Er dachte an die Feigheit von Patrick Murat, an den Mut seiner Mutter, an Daniel Meunier, den er so sehr achtete, an die Ambulanz, in der er gern gearbeitet, und an jenes rote Stethoskop, das er so stolz um seinen Hals getragen hatte. Er hatte sich an den Adrenalinausstoß gewöhnt, den die Einlieferung eines Patienten mit Atemnot oder Herzstillstand hervorrief. Es war wie eine Droge: Es ging ein machtvoller Reiz davon aus, einen Mann, eine Frau oder ein Kind den Klauen des Todes, dessen Anwesenheit fast greifbar war, entreißen zu können.

Er seufzte traurig, lächelte dann aber, als er seinen auf Schikoreeblättern angerichteten, gebackenen Camembert mit der salzigen Karamellkruste erblickte. Die junge Frau, die ihn bediente, erinnerte ihn ein wenig an Clarisse. Er dachte an den Anruf der Praktikantin heute Morgen, sie hatte wirklich Nerven! Plötzlich kam ihm Zaka in den Sinn, ihr Gips, ihr Bruder und ihre panische Angst. Er interessierte sich nicht für Schulmädchen und hatte kein Auge auf sie geworfen, er wollte sie nur beschützen wie eine kleine Schwester, die er nie gehabt hatte. Albern war er sich vorgekommen, als er am Tag ihrer Prüfung auf sie gewartet hatte.

Während der Camembert in seinem Mund schmolz, fragte er sich, mit welchen besonderen Kräutern er gewürzt war.

Das Restaurant lag etwas oberhalb des Hafens an der steil bergauf führenden Straße gegenüber der »Auberge du Pêcheur« und kurz vor der berühmten »Bar des marins«, die nun abgebrannt war. An den Tischen um Gildas herum sprachen die Gäste über das Festival, das morgen zu Ende gehen würde, und über die bevorstehende Entscheidung der Jury. Ein Trupp junger Leute wankte die Straße herauf und sang: »Wenn das Meer steigt, tut es mir Leid, tut es mir Leid, wenn das Meer weicht, wird mein Herz leicht ...« Hinter ihnen bewegte sich eine seltsame Gestalt mit vier Beinen. Die Gruppe legte zu, in einem Fenster ging Licht an und Gildas begriff, dass die Dunkelheit ihm einen Streich gespielt hatte. Es handelte sich um ein junges Mädchen mit rosa Krücken. Sie ähnelte Zaka ein wenig, ziemlich sogar und mehr noch, es war doch nicht ...

Er legte sein Besteck und seine Serviette beiseite, schob den Stuhl zurück, stürzte mit drei Sätzen zur Tür und sprang auf die Straße.

»Zaka?«

Das junge Mädchen blickte auf.

»Der Seemann hatte Recht«, stellte sie keuchend fest.

Gildas führte Zaka an seinen Tisch und half ihr, sich mit ihrem Gipsbein möglichst bequem zu setzen.

»Was machen Sie hier?«

»Ich habe Sie gesucht!«

Erstaunt lachte er auf.

»Deshalb sind Sie doch wohl nicht extra hierher gekommen?«

»Doch. Ich bin wieder im Krankenhaus gewesen, Clarisse hat mir erklärt, dass Sie Ärger haben wegen eines Patienten, der gestorben ist –«

»Das unterliegt der ärztlichen Schweigepflicht«, schnitt er ihr das Wort ab, entsetzt über die Indiskretion seiner Praktikantin. »Warum sind Sie noch einmal gekommen? Tut Ihnen Ihr Bein weh?«

Zaka schüttelte den Kopf. Verführerische Düfte stiegen auf, hübsch dekorierte Teller wanderten durch den Raum und sie musste ihnen einfach nachsehen.

»Ich esse ungern allein zu Abend«, sagte Gildas. »Tun Sie mir den Gefallen und leisten Sie mir Gesellschaft.«

Zaka studierte die Karte und wählte eine Heringsterrine in Zuckerrübenvinaigrette, die ihr unverzüglich serviert wurde, denn Gildas hatte seine Vorspeise bereits verspeist.

»Ich habe eine Ohnmacht vorgetäuscht, um meinem Bruder zu entfliehen«, erklärte sie, als sie ihren ersten Hunger gestillt hatte. »Ich habe gehofft, dass ich Sie in der Notaufnahme wiederfinden würde. Ihr Patient ist nicht wegen Ihnen, sondern wegen mir gestorben!«

Gildas starrte sie fassungslos an. Niemand war seinetwegen gestorben, auch wenn Eva Foresta das glaubte. Aber was hatte Zaka mit dieser Geschichte zu tun?

»Mein Bruder war hinter mir her, ich wollte ihm entkommen, ich bin auf den Platz gerannt, und dann war da das Auto …«

Ihr Gesicht verzerrte sich bei der Erinnerung an die Situation. Alles war so schnell gegangen.

»Der Reifen rollte gegen mein Bein. Der Fahrradfahrer stürzte. Man brachte uns beide ins Krankenhaus. Sie haben ihn versorgt, ein anderer Arzt hat sich um mich gekümmert … Sie haben keinen Fehler gemacht. Ich allein bin dafür verantwortlich. Sie haben mir neulich geholfen. Jetzt bin ich gekommen, um meine Schuld zu begleichen.«

Sie war naiv und mutig.

»Seine Tochter wirft mir vor, ihn nicht richtig behandelt zu haben, dabei wollte er einfach nicht auf mich hören«, seufzte Gildas. »Man kann mir höchstens anlasten, dass ich die Patientenakte nicht ausgefüllt habe, als drei dehydrierte Patienten eingeliefert worden sind und ich mich sofort um sie gekümmert habe. Ich war zu Recht misstrauisch: Hätte er eine Computertomografie machen lassen, hätten wir das Problem gesehen und operieren können. Aber ich habe nichts schriftlich festgehalten, und das ist Vorschrift. Ich habe einen formalen, aber keinen medizinischen Fehler begangen. Da wollen sie mir nun einen Strick draus drehen.«

»Ich bin der Auslöser des Unfalls«, sagte Zaka. »Wenn ich nicht mitten auf den Platz gerannt wäre, wäre nichts passiert …«

»Wenn man eine solche Gleichung aufstellen will, dann ist ihr Bruder der Schuldige: Wenn er Sie nicht unbedingt hätte verheiraten wollen …«

»Wenn Karim keine französischen Papiere brauchen würde …«, spann Zaka die verhängnisvolle Verkettung von Ursache und Wirkung weiter.

»Wenn Ihr Vater nicht fortgegangen wäre …«, fuhr Gildas fort.

»Halt! Sagen Sie nichts Schlechtes über meinen Vater. Er ist nicht da, aber er ist ein guter Mensch.«

Entrüstet hielt Gildas inne und lachte dann darüber.

»Sollen wir uns nicht duzen? Willst du mich zum Narren halten? Er hat euch in einem fremden Land im Stich gelassen …«

Er lehnte sich zurück und die junge Bedienung servierte

ein duftendes Entenfilet mit Kräutern für ihn sowie einen Fisch in feiner Sauce für Zaka.

»Fremd für meine Mutter, aber nicht für mich. Es ist mein Land«, erinnerte ihn Zaka. »Ich habe Frankreich noch nie verlassen. Wenn man mich nach meiner Herkunft fragt, dann antworte ich, dass ich Pariserin aus dem vierzehnten Arrondissement bin. Ich brauche mich nicht zu integrieren, ich bin im Montparnasse-Viertel geboren. Die Leute wollen mich immer in irgendeine Schublade stecken: Marokkanerin, Algerierin, Tunesierin …«

»Bist du deinem Vater nicht böse, dass er euch hat fallen lassen wie einen Beutel schmutziger Wäsche?«

»Nein. Meine Eltern haben die Vielehe ebenso mit Anstand gelebt wie die Ehe. Alle Kinder meines Vaters sind legitim, und er liebt sie. Meine Mutter ist eine verheiratete Frau, selbst wenn ihr Mann nicht bei ihr ist. Sie sind nicht geschieden, er hat sie nicht verstoßen, er achtet sie. Nach dem französischen Gesetz würde sie als allein erziehende Mutter Unterhalt bekommen, aber es wäre eine Schande für sie, sich scheiden zu lassen!«

»Erscheint dir das nicht etwas zu einfach?«, ärgerte sich Gildas. »Mein Vater schwängert mit fünfzehn Jahren eine Mitschülerin, dann verliert er das Interesse an ihr und dem lästigen Balg, macht Karriere und alle klatschen Beifall. Er hat einen Fehltritt begangen – der bin ich –, sich dann aus dem Staub gemacht und ist Dekan der Universität geworden, der berühmte Professor Patrick Murat. Er hat sich für mich geschämt, also hat er mich verdrängt, einfach genial! Wie alt war dein Vater, als er deiner Mutter begegnet ist?«

»Er war sechzehn, sie fünfzehn, eine Heiratsvermittlerin hat sie zusammengebracht. Ein Jahr später wurde Kemal geboren, dann ich. Mein Vater ist zurück in die Heimat gegangen, um seine Papiere in Ordnung zu bringen, aber er ist dort geblieben und hat noch einmal geheiratet und auch Kinder bekommen. Zehn Jahre später ist er nach Frankreich zurückgekommen und drei Jahre bei uns geblieben. In dieser Zeit wurden meine drei kleinen Brüder geboren …«

»Und das hat deine Mutter akzeptiert? Er verschwindet für zehn Jahre, kommt zurück und man hält einen Festschmaus? Findest du das normal?«

»Ich bin als Französin und nicht in ihrem kulturellen Umfeld aufgewachsen«, sagte Zaka. »Ich bin in einer Republik geboren, in der Freiheit, Gleichheit und Brüderlichkeit ein hohes Gut sind. Hier verbietet das Gesetz die Vielehe und erlaubt die Scheidung. Für sie ist das ganz anders.«

»Trotzdem hat er euch zweimal im Stich gelassen!«

Zaka schüttelte den Kopf.

»Als er zurückkam, hatte er viele Geschenke, Gewürze und Stoffe dabei. Er sagte uns, dass er stolz auf uns sei. Er hat Kemal beim Fußballspielen zugesehen, und er hat meine Zeichnungen bewundert.«

Gildas hob die Arme zum Himmel.

»Einverstanden. Christoph Columbus hat den Indianern auch Berge von bunt schimmernden Glasperlen mitgebracht. Und trotzdem hat er sie gnadenlos übers Ohr gehauen!«

»Ich verdanke ihm, dass es mich gibt«, sagte Zaka zärtlich. »Er hat mir das Leben geschenkt, ich verdanke ihm jeden Augenblick meines Lebens. Ohne ihn hätte ich niemals zu zeichnen begonnen oder das Meer entdeckt. Heute ist mein Geburtstag. Ich werde heute achtzehn. Ich wollte dir die Sache mit dem Fahrradfahrer erklären und ich wollte das Meer sehen …«

Gildas stieß einen großen Seufzer aus.

»Herzlichen Glückwunsch«, sagte er. »Jetzt bist du frei.«

»Ja«, erwiderte Zaka mit strahlenden Augen. »Und das Meer ist noch schöner, als ich es mir vorgestellt habe!«.

Er stand auf und wechselte mit der Bedienung ein paar Worte, dann ließen sie sich gemächlich und gedankenverloren ihre Gerichte schmecken. Plötzlich erinnerte sich Gildas und er fragte:

»Hast du die Röntgenaufnahme der ersten Nachuntersuchung machen lassen?«

»Ich habe es vergessen«, gestand Zaka. »Ich werde mich gleich darum kümmern, wenn ich zurück in Paris bin. Ich muss erst mit der Familie des Fahrradfahrers sprechen.«

»Seine Tochter heißt Eva, und sie hätte mit Freuden die Klapperschlange aus dem Paradies auf mich gehetzt! Du brauchst nicht zu ihr gehen, es würde nichts bringen.«

»Ihr Vater ist tot«, sagte Zaka. »Sie hat ihn so sehr geliebt, dass sich diese Liebe nun in Hass verkehrt. Ich lege solche Gefühle in meine Zeichnungen. Jeder hat seine eigene Art und Weise ...«

Plötzlich ging das Licht aus. Beunruhigt drehte Zaka sich um. Die junge Bedienung brachte ihr einen kleinen Kuchen mit einer Kerze darauf. Gildas begann »Happy Birthday« zu singen, und alle Gäste stimmten mit ein.

Mit vor Freude geröteten Wangen sah Zaka auf die kleine Flamme, die zu ihren Ehren brannte. Sie hatte solche Szenen im Fernsehen gesehen, aber in ihrer Familie gab es nach dem neunten Geburtstag keine Glückwünsche mehr und gefeiert wurden nur die Geburtstage der Jungen.

Die Bedienung stellte den Kuchen vor Zaka auf den Tisch.

»Pusten!«, forderte Gildas sie auf.

Sie strahlte und blies die Kerze aus. Alle applaudierten, und sie errötete bis in die Haarspitzen.

»Danke«, murmelte sie.

Zaka hatte natürlich nicht daran gedacht, ein Zimmer zu reservieren. Aber in Gildas' Zimmer standen zwei Betten.

»Ich biete dir meine Gastfreundschaft an«, schlug er vor in der Hoffnung, sie nicht zu schockieren. »Dann bist du sicher untergebracht.«

»Du bist Arzt«, antwortete Zaka vertrauensvoll. »Ich nehme gerne an.«

Gildas machte sie nicht darauf aufmerksam, dass man seine Patienten behandeln und dennoch ein Triebtäter sein konnte. Er half dem jungen Mädchen, sich mit dem Gipsbein im Damensitz auf das Motorrad zu setzen, damit sie nicht zu Fuß die Steigung hinaufmusste. Dann begleitete er sie auf sein Zimmer, ging aber höflich in den Hotelgarten, um sie in Ruhe ihre Abendtoilette machen zu lassen. Als er wieder hinaufkam, lag sie schon im Bett. Nachdem er selbst im Bad gewesen war, löschte er das Licht.

»Ich fühle mich wirklich sehr wohl hier«, sagte Zaka leise im Dunkeln. »Ich liebe diese Insel. Weißt du auch, warum?«

»Weil sie vom Meer umgeben ist«, riet Gildas

»Weil man mich hier anders anschaut. In Paris hält man mich für eine Araberin. Aber hier auf Groix bin ich eine Touristin wie alle anderen auch. Ich könnte aus Marseille, Algier, Tunis, Marrakesch, Rom, London oder Berlin kommen. Zum ersten Mal in meinem Leben stehe ich auf einer Stufe mit allen anderen. Verstehst du mich?«

Gildas dachte nach.

»Ich fühle mich seit meiner Geburt anders: In der Grundschule und im Gymnasium war ich immer der Sohn von zwei Gören. Ich weiß, was es heißt, den Blick der anderen auf sich zu spüren. Ich hatte es vergessen, aber seitdem ich in der Ambulanz arbeite, zeigt man wieder mit dem Finger auf mich. Ich verstehe dich. Schlaf jetzt, das ist gut für die Knochen.«

46

Sonntag, 31. August, elfter Tag

»Willst du wirklich mit Eva Foresta sprechen?«, fragte Gildas Zaka am nächsten Morgen beim Frühstück, während er seine vierte Crêpe verschlang. »Wie willst du das anstellen?«

»Ich werde warten, bis ich ihr begegne«, erklärte Zaka und wiederholte ihm den Ratschlag des Seemanns. »Das hat bei uns geklappt, da wird es auch bei ihr klappen.«

Wenig überzeugt zuckte Gildas die Achseln.

»Ich hatte eigentlich vor, die Insel mit dem Motorrad zu erkunden, aber du kannst schlecht die ganze Zeit hinter mir sitzen. Ich gehe zum Hafen hinunter und miete einen Citroën Méhari für einen Tag. Das ist mein Geburtstagsgeschenk für dich, in Ordnung?«

Das war finanziell gesehen alles andere als vernünftig, aber wenn er schon über die Stränge schlug, dann wenigstens mit Pauken und Trompeten. Eine halbe Stunde später saßen sie in einem roten Méhari.

»Wohin fahren wir?«, wollte Zaka wissen.

»Wohin du willst. Sie haben mir eine Karte mit allen Sehenswürdigkeiten der Insel gegeben. Du brauchst nur zu wählen.«

Zaka wagte nicht, ihm zu gestehen, dass sie keinen Wert darauf legte, das Land zu erkunden, sondern dass sie einzig und allein das Meer interessierte.

Sie hielten zuerst in Port-Lay, einer malerischen Bucht, die sich nur bei Ebbe in ihrem vollen Umfang zeigte. Zu der Hochzeit des Fischfangs auf Groix standen hier eine Sardinenpresse, die Thunfisch-Konservenfabrik von Jégo und die erste, im Jahre 1895 gegründete Fischereischule Frankreichs. Heute war Port-Lay nur noch ein kleiner Hafen, in dem eine Unmenge bunter Boote auf dem Wasser vor sich hin dümpelte. Direkt daneben lag die Segelschule der Insel. Am Ende der Mole stand ein herrliches Haus mit Blick auf den Hafen und das Meer. Ergriffen schaute Zaka hinüber. Es müsste das reine Glück bedeuten, hier morgens die Fensterläden zu öffnen und auf das Meer hinauszusehen, anstatt auf Bahnschienen.

Anschließend führte Gildas sie zu dem neunundzwanzig Meter hohen Leuchtturm von Pen Men aus dem neunzehnten Jahrhundert.

»Was ist das denn?«, fragte Zaka und zeigte auf das in den Himmel reichende Gebäude.

»Der Signalmast.«

Schroff ragte die Steilküste empor, oben erstreckte sich weithin die Heide, Vögel schaukelten im Wind. Dieser Teil der Insel gehörte zum Naturschutzgebiet, und hier nisteten ganze Kolonien von Seevögeln: Silbermöwen, Seemöwen, braune Möwen, Sturmvögel, Haubenkormorane und große Raben. Das Meer ging zurück, und die Ebbe würde am frühen Nachmittag den Tiefststand erreicht haben.

»Es ist so beeindruckend, das alles in echt zu sehen«, flüsterte Zaka.

Sie hatte in der Schule gelernt, dass das Phänomen der Gezeiten durch den Einfluss der Sonne und vor allem des Mondes auf die Erde zustande kam. Das Meer kam und ging ungefähr ein Mal in zwölf Stunden und fünfundzwanzig Minuten. Für ein paar Minuten blieb es still und bewegungslos. Spitz zeichneten sich die Felsen vor dem Horizont ab und überragten das violett schimmernde Meer, das seinen salzigen Geruch verströmte. Eine junge Frau spazierte die Steilküste entlang. Zaka machte Gildas auf sie aufmerksam, aber er schüttelte den Kopf. Es war nicht Eva Foresta. Schade, dachte sie. Umso besser, dachte er.

Dann zeigte er ihr den Dolmen von Men Kamm, der aus dem vierten Jahrtausend vor Christi stammt und sich in der Nähe des überdachten Gangs von Men Yynn, einer Massengrabstätte aus dem dritten Jahrtausend, befindet. Den Legenden der Insel zufolge entsteigt Ankou, der Handlanger des Todes, nachts dem Men Kamm und zieht mit seinem steinbeladenen Karren umher, um Menschen zu jagen, die er in sein Reich bringt – eine verlassene Heide, über die ein eisiger Wind erbarmungslos hinwegfegt.

Die alten Bretonen glaubten, dass jedes Dorf eine eigene Pforte hatte, die in das Reich dieses Skeletts führte, das in ein Leichentuch gehüllt und mit einer Sense bewaffnet ist. Der letzte Ankou des Jahres wird zum Ankou des darauf folgenden Jahres. Für Muslime wie Zaka befand sich das Paradies über den sieben Himmeln und der Gläubige fand dort alles, was er sich nur wünschen konnte. Für Gildas als überzeugtem Atheisten kam beim Tod der Herzmuskel zum Stillstand und bewegte sich nicht mehr im Rhythmus der Systolen und Diastolen. Die Neuronen überbrachten keine Informationen mehr. Man verfaulte und existierte nur noch in der Erinnerung der Menschen oder im Körper eines anderen, falls ein Organ transplantiert wurde.

Früher gab es auf Groix, abhängig vom Wohlstand des Toten, drei Kategorien von Beerdigungen. Die Kirchenglocken läuteten je nach Geschlecht des Verstorbenen, die Spiegel im Haus wurden verhängt, in den Bäumen wurden Seidentücher aufgehängt und man holte schwarz eingefasste Taschentücher hervor. Der Tod eines Kindes wog weniger schwer als der eines jungen Erwachsenen, der zum Fischfang hinausfahren und seine Familie ernähren konnte. Die Frauen, deren Männer nicht mehr vom Meer heimkehrten, trugen zwei Jahre lang den doppelten Trauerschleier und danach die runde Haube zum Zeichen der nun beendeten Trauerzeit.

Zaka legte den Kopf in den Nacken, sog den Wind ein und verschlang das Meer mit den Augen. Yachten und Sturmsegel kreuzten auf dem Meer, es war ein ruhiger Sport in einer Zeit, in der das Meer nicht mehr für Schiffbruch und Tränen stand, sondern für Vergnügen und eine Fünfunddreißig-Stunden-Woche. Zaka atmete tief durch, gähnte und entspannte sich. Sie wusste nicht, was morgen sein würde, aber der heutige Tag erfüllte sie mit Freude.

»Danke für diesen Ausflug«, murmelte sie.

Sie schaute auf den Plan und entdeckte den Brunnen der Heiratswilligen. Früher warfen die jungen Inselmädchen eine Münze dort hinein: Fiel sie senkrecht hinunter, so würden sie in diesem Jahr nicht mehr heiraten, eckte sie hier und dort an, so hatten sie Glück. Der Magdeleine-Brunnen auf der Pfarrwiese versprach Heilung bei Darmproblemen. Der Brunnen von Kerampoule war ein Jungbrunnen und linderte Hautprobleme. Der von Kerlivio hatte gar die Kräfte eines Orakels: War man bestohlen worden, so reichte es aus, sich mit seinem Wasser zu besprengen, und schon würde der Dieb, falls er einem über den Weg lief, sich vor Schmerzen krümmen und damit entlarvt werden. Wollte man Neuigkeiten von einem Verreisten haben, so musste man an bestimmten Tagen dort Wasser schöpfen, und am darauf folgenden Morgen würde das Wasser anzeigen, ob der Abwesende wohlauf oder tot war.

»Wo gehen wir jetzt hin?«, fragte Gildas.

Zaka lächelte.

»Das Meer berühren.«

Breitete man den Plan vollständig aus, so erschien die

Insel riesengroß, aber in Wirklichkeit lag alles dicht beieinander. Gildas kaufte Schokoladencroissants, um seinen Hunger zu stillen und in den Besitz einer Plastiktüte zu gelangen. Dann ging er mit Zaka zum »Roten Strand«. An der Bucht steckte er ihr Gipsbein in die Plastiktüte, sie streifte den Turnschuh von ihrem gesunden Fuß und humpelte an ihren Krücken weiter. Das Wasser hatte sich weit zurückgezogen und auf dem feuchten Strand Algen und Muscheln zurückgelassen. Die Krücken und Zakas Fuß hinterließen eine gleichmäßige Spur in dem mit Granatsplittern durchzogenen Sand. Ein paar Urlauber badeten im Meer, ein Surfer zog an der Bucht vorüber, Meeresvögel attackierten die Wellen. Zaka ging zum Wasser, machte noch einen Schritt und legte ihr Gipsbein über die Armstütze der Krücke.

Der Höhepunkt des Festivals war das »Défi Grek«, ein Wettrennen zwischen prächtigen klassischen Yachten und alten Takelagen aus dem Schifffahrtsmuseum von La Rochelle rund um die Insel. Sprachlos vor Staunen sah Zaka diese Schönheiten des Meeres majestätisch über das Wasser gleiten.

Das Meer war sanft und mild. Sie beugte sich mühsam herab, der rote Sand gab unter ihren Zehen nach, das Wasser kräuselte sich um ihre Krücken. Der Ozean war so blau und unendlich, dass er mit dem Himmel eins wurde.

47

Von Kindheit an litt Florent unter einer Wasserphobie. Seine Kollegen schnorchelten und segelten in ihrer Freizeit oder rasten an der Côte d'Azur mit ihren Skootern übers Wasser. Er fuhr recht elegant Ski, stieg ohne mit der Wimper zu zucken auf ein Pferd, aber die kleinste Wasserpfütze ließ ihn leiden. Er hatte immer vorgegeben, dass er wie seine Schwester Laure schnell seekrank wurde. Nun aber stand er mit dem Rücken zur Wand, einer Wand aus wogendem, blaugrünem Wasser, das ihn in Panik versetzte.

Nachdem er in Lorient aus dem Schnellzug gestiegen war, erkundigte er sich nach dem Hubschrauberlandeplatz. Die Farbe wich aus seinem Gesicht, als er vernahm, dass es keine Luftverbindung nach Groix gab und der inseleigene Hubschrauberplatz ausschließlich Krankentransporten vorbehalten war.

»Auch wenn ich angemessen bezahle?«, beharrte er wild entschlossen.

Der Mann konnte nicht mehr an sich halten und lachte los.

»Das ist keine Frage des Geldes. Es geht nicht, ganz einfach. Sie werden schon nicht sterben, wenn das Meer Sie ein wenig nass spritzt! Wenn Sie es eilig haben, dann können Sie ja das Taxiboot nehmen.«

Florent schüttelte den Kopf. Zwar benötigte das Taxiboot nur zwanzig anstatt fünfundvierzig Minuten, aber es war viel kleiner als die regulären Fähren und damit noch viel grauenhafter.

Er fügte sich in sein Schicksal und löste einen Fahrschein für die »Kreiz Er Mor«.

Eva gehört mir, dachte er. Sie ist schuld, dass ich diese Prüfung auf mich nehmen muss. Sie steht mir zu und wird mir gehorchen!

Als die Abfahrt näher rückte, vergewisserte er sich, dass das grüne Röhrchen mit Lexomil in seiner Hosentasche war. Ein Viertel würde reichen, um seine Angst in den Griff zu bekommen. Er schluckte es hinunter, fühlte sich jedoch kaum besser. Er sah von Tankern gerammte Schiffe vor sich und dachte an die Bilder, auf die sich die Medien so gern stürzten, wenn sie beispielsweise eine auf den Wellen gleitende Mütze heranzoomten oder eine schluchzende Familie auf einer Kaimauer festhielten, bevor sie eine rote Rose ins schwarze Wasser hinunterwarf. Er sah sich schon in dem sadistischen Ozean treiben, Wasser schlucken und verzweifelt mit den Wellen kämpfen, um nicht unterzugehen …

Er konnte sich nicht mehr beherrschen, rannte nach draußen und übergab sich neben einer Laterne im Schatten des alten Leuchtturms, dem »Tour de la Découverte«.

Als er ins Hafengebäude zurückkam, war niemand mehr da.

»Kommen Sie endlich?«, fragte ihn ein Seemann.

Florent schluckte das letzte Viertel seines Lexomil und schritt wie ein zum Tode Verurteilter Richtung Kai. Mit fest auf den Boden geheftetem Blick ging er an Bord. Als das Tor hinter ihm geräuschvoll zuschlug, musste er unweigerlich an die Gitterstäbe einer Zelle denken. Die geölten Scharniere griffen ineinander, um ihn einzusperren. Er wollte schreien, dass man ihn wieder aussteigen lassen solle, riss sich aber zusammen und ließ sich schweißgebadet im Aufenthaltsraum auf einen Sitz fallen.

Es waren vor allem Rentner, Studenten und Inselbewohner an Bord. Florent sagte sich die Artikel des Bürgerlichen Gesetzbuches auf, um bloß nicht nachzudenken. Das Schiff legte ab, der Boden vibrierte, ein unangenehmer Geruch nach Öl oder Benzin breitete sich in dem Raum aus.

Florent begann zu zittern. Er verlor den Faden, fing sich wieder, um sich gleich darauf erneut zu verhaspeln. Angstvoll rief er sich beruhigende Bilder vor Augen und sah sich an Evas Arm bei ihrer Hochzeit. Sie würde ein weißes, traditionelles Kleid von einem hervorragenden Schneider tragen. Er würde den klassischen hohen Hut tragen und einen perlgrauen Frack mit langen, runden Schößen, der bis zu den Knien hinunterreichte. Dazu die passende Hose. Er würde Schuhe aus schwarzem Ziegenleder tragen, hätte hellgraue Lederhandschuhe, ein glattes weißes Hemd, eine graue Fliege und silberne Manschettenknöpfe. Diese Vorstellung beruhigte ihn …

»Wir verlassen den Hafen!«, rief eine Mitreisende aufgeregt.

Schreckensbleich begann Florent auf und ab zu gehen. Er sah starr zu Boden, sang und hielt sich dabei die Ohren zu.

Jahrhunderte später, wie ihm schien, wurde das Vibrieren unter den Schuhen so stark, als würde eine ganze Armee darüber hinwegmarschieren. Er sah auf. Die Fähre hatte angelegt, und die Passagiere gingen von Bord. Ein kleines Mädchen beobachtete ihn misstrauisch.

Er atmete tief durch, Farbe kehrte auf seine Wangen zurück, seine Hände entkrampften sich. Eilig rannte er über den Landungssteg und verspürte eine ungeheure Erleichterung, als er den Fuß wieder auf festen Boden setzte. Er tastete in seiner Aktentasche nach dem großen braunen Umschlag, den ihm die Sekretärin von Sophie Davoz gegeben hatte. Er kam als zukünftiger Ehemann. Zu Hause hatte er den Klebestreifen des Umschlags über Wasserdampf gelöst und die darin enthaltenen Dokumente studiert. Dieser Murat und dieser Le Gall taten gut daran, ihre Knochen zu nummerieren.

Florent stieg in ein Sammeltaxi und zeigte dem Fahrer die auf dem Umschlag angegebene Adresse.

»Wissen Sie, wo das ist?«

»Immer noch!«, sagte der Fahrer jovial.

Fünf Minuten später ließ er ihn am Ortseingang aussteigen. Draußen sah Florent sich um und ging auf einen Mann zu, der seine Fensterläden strich.

»Guten Tag, ich suche Eva Foresta.«

Der Mann ließ seinen Pinsel nicht ruhen und spritzte beim Streichen mit roten Farbtropfen um sich.

»Dort unten, der blaue Zaun ...«

Florent machte sich auf den Weg. Durch ein offenes Fenster im Dachgeschoss klang Musik einer Drehorgel. Er erkannte die Melodie von »Peter und der Wolf«.

»Eva?«, rief er.

Die Musik übertönte seine Stimme. Er drückte die Klinke herunter und schritt durch das Gartentor. Ein Mischlingshund tauchte auf und versperrte ihm den Durchgang. Florent hasste Tiere.

»Gib Ruhe! Pssst! Hau ab!«

Der Hund begann zu bellen. Drinnen rief eine männliche Stimme:

»Jack! Lass die Katzen in Ruhe!«

Florent runzelte die Stirn. Wer war das?

»Können Sie Ihren Hund zurückrufen?«, rief er verärgert.

Ein großer, blonder Mann kam aus dem Haus.

»Das ist seine Art, Sie zu begrüßen. Sind Sie ein Freund von Eva?«

»Ich bin *der* Freund von Eva«, entgegnete Florent. »Und Sie?«

Das Lächeln des Fremden erstarb. Er sah zum Dachgeschoss hinauf.

»Eva! Ein Anwärter für dich!«

Eva rannte die Treppe hinunter und erschien in der Haustür.

»Florent? Was machst du denn hier?«, fragte sie bestürzt.

Sie drehte sich zu Erlé um.

»Ich habe dir von ihm erzählt. Er hat mich betrogen, und ich habe Schluss gemacht. Seitdem hört er nicht auf, mich telefonisch oder brieflich zu belästigen. Florent, lass uns in Ruhe, du bist hier nicht willkommen.«

Florent war bis zum Äußersten angespannt, an seiner Schläfe zeichnete sich eine pochende Ader ab.

»Und er, er ist willkommen?«, stieß er hervor und wies auf Erlé.

»Ja«, erwiderte Eva. »Und das geht dich gar nichts an.«

Florent lächelte, als hätte sie gerade etwas sehr Lustiges von sich gegeben.

»Natürlich geht mich das etwas an. Du und ich, wir werden heiraten«, sagte er ruhig.

Eva schüttelte empört den Kopf.

»Nein, nie im Leben! Schlag dir das aus dem Kopf! Ich will dich nicht mehr wiedersehen!«

»Es wäre besser, Sie würden jetzt gehen!«, schaltete sich Erlé jetzt ein. »Ich glaube, sie hat klar und deutlich –«

»Mischen Sie sich da nicht ein! Wer sind Sie überhaupt?«

»Ich heiße Erlé.«

Florent runzelte die Stirn.

»Ach ja? Und wie lautet der Familienname?«

Erlé fühlte, wie sich eine tonnenschwere Last auf seinen Brustkorb senkte. Dieser Typ wusste Bescheid. Sein Blick verriet es. In wenigen Sekunden würde auch Eva Bescheid wissen und ihn hinauswerfen. Zumindest hatte er vierundzwanzig Stunden pures Glück erlebt, was nicht jedem Menschen zuteil wurde.

»Le Gall«, sagte er mit einer erschreckenden Ruhe.

Ein hämisches Grinsen breitete sich auf Florents Gesicht aus.

»Das ist ein starkes Stück«, sagte er. »Nein wirklich, ich ziehe meinen Hut vor Ihnen!«

Eva sah verwirrt von einem zum anderen.

»Habe ich etwas nicht mitbekommen?«

»Weißt du, wer dieser Herr ist, Eva?«, fragte Florent.

Er stellte seine Aktentasche auf den Boden, öffnete sie, fischte den braunen Umschlag heraus und reichte ihn ihr. Sie legte die Stirn in Falten und zog eine Akte aus dem Umschlag. Es war die Klageschrift gegen Gildas Murat, die Rechtsanwältin Sophie Davoz in ihrem Namen verfasst hatte.

»Woher hast du das?«

Florent wies mit dem Zeigefinger auf den Umschlag.

»Sieh dir die zweite Akte an«, sagte er. »Dann wirst du eine schöne Überraschung erleben …«

Eva suchte Erlés Blick, aber er wich ihr aus. Sie schlug die zweite Akte auf und kam nicht über den mitten auf der Seite geschriebenen Namen hinaus. Immer wieder las sie, was dort stand: Le Gall Erlé, Wohnsitz Île-Tudy, Sud-Finistère. Einen Augenblick lang verschwamm alles vor ihren Augen. Gedanken und Bilder wirbelten in ihrem Kopf durcheinander: Alexis' Beerdigung, die Kanzlei von Sophie Davoz, Erlé, der von der Fähre in das dunkle Wasser gesprungen, Gildas, der zu seiner Verteidigung nach Locmaria gekommen war, Erlé, der sie tröstete, Erlé, der ein Loch in den Sand grub, um dem Strand zu lauschen, Erlé, der vor dem Kamin mit ihr geschlafen hatte …

»Das ist nicht wahr«, murmelte sie mit erstickter Stimme und sah ihm tief in die grauen Augen. »Sag, dass es nicht wahr ist!«

»Es ist allerdings sehr wahr«, fuhr Florent triumphierend dazwischen. »Sag mir nicht, dass du mit ihm geschlafen hast, das würde dem Ganzen die Krone aufsetzen!«

»Eva«, stammelte Erlé und seine Augen hingen an ihr.

»Nein!«, rief sie fassungslos.

»Das wollte ich dir gestern Abend sagen. Als ich von der Fähre gesprungen bin, wusste ich nicht, wer du warst, das schwöre ich dir! Ich habe mich Hals über Kopf in dich verliebt, ich habe mein Leben für dich aufs Spiel gesetzt. Du hast mich dann eingeladen, hier zu übernachten …«

»Wunderbar!«, schnitt Florent ihm das Wort ab und rieb sich die Hände. »Es wird ja immer besser!«

Erlé reagierte nicht auf seine Worte, sondern sah Eva eindringlich an. Würden sie sich nur für eine Sekunde aus den Augen verlieren, so wäre alles verloren.

»Du hast mir deinen Namen erst am nächsten Morgen gesagt. Ich wusste nicht, was ich tun sollte. Ich war wie der Arzt hierher gekommen, um dich zu überzeugen, deine Klage zurückzuziehen.«

»Du widerst mich an!«, stieß Eva eisig hervor.

Sie wandte ihren Blick ab, und damit riss die zarte Verbindung, die noch zwischen ihnen bestanden hatte. Erlé sackte in sich zusammen. Nun hasste Eva ihn ebenso tief wie sie ihn geliebt hatte.

»Ihr werdet alle beide für das bezahlen, was ihr getan habt«, sagte sie und betonte jede Silbe. »Das kannst du mir glauben!«

Erlé sah sie flehend an.

»Ich habe deinen Vater nicht angefahren, Eva. Ich schwöre es dir bei allem, was mir teuer ist – bei meiner Mutter, bei deiner Liebe, bei Jack – ich schwöre es dir bei meinem Leben …«

»Das ist bereits verwirkt, mein Bester«, höhnte Florent.

Er kam jetzt richtig in Fahrt und äffte Erlés Stimme nach:

»Es wäre besser, Sie würden jetzt gehen! Ich glaube, sie hat klar und deutlich …«

»Warte, Eva …«, sagte Erlé tonlos.

»Hau ab«, fiel Eva ihm ins Wort. »Verlass dieses Haus!«

»Tu, was die Dame des Hauses verlangt!«, forderte Florent.

Erlé machte einen Schritt auf ihn zu. Eingeschüchtert wich der Anwalt zurück. Nun richtete Eva das Wort an ihn.

»Das gilt auch für dich, Florent. Verschwinde!«

Sie zitterte vor Wut und Demütigung. Trotz ihres Kummers hatte sie an Erlé geglaubt. Sie hatte an das Geschenk einer magischen Liebe geglaubt, das ihr im tiefsten Dunkel, im schlimmsten Augenblick ihres Lebens zuteil wurde. Und nun entpuppte sich ausgerechnet der Mann, dem sie ihr grenzenloses Vertrauen geschenkt hatte, als Verräter.

»Nicht Alexis, *du* hättest sterben sollen!«, warf sie Erlé an den Kopf. Sie wollte ihn verletzen, und so holte sie noch einmal aus: »Ich hoffe, dass sie dich ins Gefängnis werfen. Vielleicht kannst du dir im Spiegel des Ozeans noch in die Augen blicken, für mich bist du ein Mörder!«

Er zitterte. »Hör dir wenigstens meine Geschichte an, Eva! Delphine hat mich angerufen und um Hilfe angefleht, weil ihr Zuhältertyp sie geschlagen hatte. Ich musste mich einfach ans Steuer setzen. Ich bin langsam gefahren, weil ich nach ihrem Haus suchte, da tauchte ein junges Mädchen auf und rannte von der rechten Seite kommend direkt vor meinen Wagen. Ich versuchte auszuweichen, und da sah ich den Fahrradfahrer, der von links auf mich zuraste. Ich hatte Vorfahrt, er fuhr viel zu schnell …«

Sie ließ ihn nicht ausreden.

»Es wäre mir lieber gewesen, die Fotos von Alexis auf dem Grund des Ozeans zu wissen«, sagte sie hart. »Ich werde sie nie wieder ansehen können. Du wolltest den guten Samariter spielen, dabei bist du ein Mörder!«

Er wankte, so sehr fühlte er sich getroffen.

»Ich habe ihn nicht einmal berührt, Eva. Glaub mir doch bitte!«

»Sie hatten dir deinen Führerschein entzogen, weil du betrunken einen Unfall verursacht hast. War dir das noch nicht genug, musstest du weitertrinken?«

»Nein«, sagte Erlé. »Ich habe mich an dem Tag betrunken, an dem Delphine mich verlassen hatte. Vorher nicht und nachher auch nicht. Du hast nicht das Recht, so etwas zu sagen.«

Evas Wut stieg ins Unermessliche.

»Aber du, du hattest das Recht, meinen Vater umzubringen, nicht wahr?«, schrie sie. »Wenn ich daran denke, dass wir gestern …«

Sie sah ihn mit bitterer Verachtung an.

Erlé gab auf. Seine Exekution hatte nicht einmal drei Minuten gedauert. Wie hatte er nur eine Sekunde lang annehmen können, dass sie ihm vergeben würde? Warum hatte er ihr nicht sofort gestanden, wer er war? Er hatte geschwiegen, um sich ein Glück zu erschleichen, um die Erinnerung an eine unglaubliche und wunderbar gegenseitige Liebe festzuhalten. Vierundzwanzig wunderschöne und vollkommene Stunden im Leben eines Mannes, ein Tag von der Perfektion des goldenen Schnitts, den er für den Rest seines jämmerlichen Daseins in Ehren halten würde.

»Ich gehe«, sagte er. »Ich habe einen großen Fehler begangen, als ich mich ans Steuer gesetzt habe, aber das ist auch der einzige. Wenn ich schuldig wäre, wenn ich deinen Vater verletzt hätte, dann würde ich dir das sagen. Ich würde deine Wut verstehen und auch, dass du Rache willst. Aber ich kann nichts dafür, Eva. Hörst du?«

»Du hattest Unrecht gestern Abend«, sagte sie eisig. »Hier wird nie wieder ein glückliches Paar leben. Ansonsten hattest du Recht. Ich hasse dich.«

Verstört wandte sich Erlé ab, stieß das Gatter auf und ging davon, ohne sich noch einmal umzuwenden. Florent brach in Lachen aus.

»Der wäre weg!«

Jack machte sich an der geöffneten Aktentasche des Anwalts zu schaffen, hob elegant das Bein und pinkelte hinein.

»Dieser Hund ist ja vollkommen verrückt!«, schrie Florent und versetzte ihm einen Tritt.

Jack zeigte seine Zähne und rannte dann seinem Herrchen hinterher. Nun knüpfte sich Eva Florent vor. Sie wies auf den Weg und fuhr ihn an:

»Du hast mich genauso verraten. Auch dir werde ich nie vergeben. Hau ab.«

»Aber Eva, so sei doch vernünftig …«

»Raus!«, schrie sie.

Gekränkt trat Florent den Rückzug an.

Eva ging ins Haus zurück, wo sie sich, von ihren Gefühlen übermannt, auf das Sofa am Kamin fallen ließ. Aber der Gedanke, dass sie sich hier in diesem Zimmer mit dem Mörder ihres Vaters geliebt hatte, ließ sie wieder auffahren. Tränen der Wut standen ihr in den Augen. Sie fühlte sich gedemütigt, gequält und vernichtet. Niemals wieder würde sie einem Menschen glauben können. Allem und allen würde sie mit Misstrauen begegnen. Ein tonloses Stöhnen stieg in ihr auf. Sie wollte »Mogambo«, aber statt in einem Kultfilm spielte sie nun eine kleine erbärmliche Rolle in einem kitschigen Rührstück. Diese pathetische Geschichte, er sei unter X geboren und hätte sein Herz auf der falschen Seite, hatte er sicher erfunden, um sie dazu zu bewegen, ihre Klage zurückzuziehen. Er war mit seinem so sanft dreinschauenden Hund bei ihr eingedrungen, um sie zu verführen und zu beeinflussen. Sie hatte sich benommen wie eine Mischung aus kleiner Hure und einfältigem Stubenmädchen.

Sie grübelte, fasste einen Entschluss und ging die Treppe hinauf. Dort griff sie nach einem Werkzeug, das noch neben der Drehorgel lag. Unbarmherzig ließ sie es auf das Instrument niedersausen, ein Mal, zwei Mal, drei Mal. Das wehrlose Holz ächzte unter den Schlägen. Tränen liefen ihre Wangen hinab, während sie alles zerstörte, was Erlé und sie repariert hatten. Sie ruhte erst, als die Orgel wieder in dem armseligen Zustand war, in dem sie sie bei dem Trödler gekauft hatte. Dann ließ sie das Werkzeug fallen, ging in Alexis' Zimmer, warf sich auf das Bett und weinte sich die Seele aus dem Leib.

48

Ein Preisnachlass hatte zur Folge, dass das Festival mit einer gut gefüllten Nachmittagsvorstellung zum Thema »Groix« zu Ende ging. Zaka und Gildas kauften sich Karten und betraten mit gebührendem Respekt das »Familienkino«. Sie waren zu jung, um alte Kinosäle wie den der Gemeinde zu kennen. Aber im Gegensatz zu den ihnen vertrauten Multiplex-Betonklötzen mit ihren Glasfronten verströmte dieser Ort nostalgischen Charme. Das Kino trug den Namen »Le Korrigan« und hatte mehrmals den Besitzer gewechselt, bevor es 1985 renoviert wurde. Ihm war eine ganz besondere Atmosphäre zu eigen, man spürte die Eleganz und einen Hauch von dem Glanz vergangener Zeiten.

Die ganze Insel hatte sich an diesem Sonntag hier versammelt. Die Festivalbesucher, die sich extra vom Festland hierher bemüht hatten, die Ferienhausbesitzer und natürlich die Inselbewohner – sie hatten sich wegen des besonderen Programms dort eingefunden. Den Anfang der Vorführungen machte »La Madeleine Yvonne«, ein 1957 in Port-Tudy gedrehter Dokumentarfilm über das Ausfahren eines Fischerbootes aufs Meer hinaus. Einige Zuschauer hatten die Dreharbeiten damals verfolgt. Der Film gab den Alltag sehr genau wieder, und Zaka und Gildas entdeckten ein ganz anderes Groix.

Danach sollte »Arsénia, la dernière coiffe de Locmaria« folgen, ein 1993 gedrehter Dokumentarfilm über Arsénia Bihan, eine Insulanerin vom alten Schlag, die mittlerweile gestorben war, aber ihr Humor und ihre unzähligen Geschichten lebten fort. Ihre Kinder waren unter den Zuschauern, was der Vorführung eine sehr persönliche, rührende Note gab. Der in Super 8 gedrehte Film musste über einen Computer abgespielt werden, was einige technische Probleme mit sich brachte. So ging für einen Augenblick das Licht wieder an, und die Zuschauer begannen sich zu unterhalten.

Früher droschen die Frauen gemeinsam das Getreide, wuschen gemeinsam ihre Wäsche am Waschtrog oder tranken gemeinsam in der Küche Kaffee und unterhielten sich. Aber im Zeitalter des Fernsehens und der Waschmaschinen blieb jeder bei sich zu Hause. Im »Familienkino« kamen heute Inselbewohner und -besucher zusammen, die sich den ganzen Sommer über den Weg gelaufen waren, ohne drei Worte miteinander gewechselt zu haben.

Zaka und Gildas saßen mitten unter ihnen und lauschten ihren Unterhaltungen. Manche fügten ein »verdamich« oder ein »weiße« in ihre Sätze ein. Zaka wandte sich an ihre Nachbarin:

»Sprechen hier alle bretonisch?«

Die Frau lächelte und schüttelte den Kopf.

»Nein, warum? Wir sprechen die Sprache von Groix«, sagte sie.

Nur drei Meilen von Lorient entfernt, besaß die Insel ihre eigene Sprache, ihre eigene Vergangenheit und ihre eigene Kultur. Zaka beugte sich zu Gildas, um ihm das zu erzählen, als er plötzlich aufsprang.

»Da ist sie!«

Aufmerksam ließ Zaka ihre Augen durch den Saal wandern. Drei Reihen vor ihnen hatte sich eine junge Frau mit schwarzen Haaren und hellblauen, unendlich traurigen Augen umgedreht, um mit jemandem zu sprechen. »Auf einer verdammten Insel trifft man sich immer irgendwann. Man muss nur warten!«

»Gleich sieht sie mich!«, flüsterte er. »Ich gehe hinaus.«

»Ich wollte so gerne sehen, wie das Meer früher …«, sagte Zaka traurig.

»Bleib hier«, murmelte er, »ich hole dich nach dem Film ab. Ich warte im Auto auf dem Parkplatz auf dich.«

Damit wandte er sich ab, die ganze Reihe stand auf, er schlängelte sich hindurch und bemühte sich, möglichst wenig Füße zu erwischen. Zaka blieb allein zurück, fühlte sich nun aber ganz eins mit dem Saal, auf ihrem Gesicht lag eine konzentrierte Aufmerksamkeit. Einige der Gesichter erkannte sie wieder: Soaz, den Fischer mit der roten Jacke, die Frau aus dem »Hôtel de la Marine«, die junge Bedienung aus dem Restaurant.

»Die Vorführung geht weiter, entschuldigen Sie bitte die Verzögerung!«

Ein erleichtertes Raunen ging durch den Saal. Auf der Leinwand wiederholte Arsénia, eine alte Frau, die aus einer anderen Zeit zu stammen schien, aber dennoch lebhafte Augen besaß, wehmütig: »Das Leben war hart für meine Brüder und mich, aber wir waren glücklich.« Es folgte ein Film über »Zot Mitch«, eine Rockgruppe aus Groix. Dann wurde eine Filmmontage des Vereins für alte Karten und Dokumente gezeigt, die thematisch um Seewege, Fischfang und Schiffstaufen kreiste und mit Musik und Kommentaren unterlegt war. Als in dem dunklen Saal das von Jo Le Port gesungene Lied »Notre-Dame de Plasmanec« ertönte, stimmten viele mit ein, und Zaka konnte die Vergangenheit, den Zusammenhalt und den Mut der kleinen Insel förmlich spüren.

Ein paar Minuten später wurde es hell im Saal und man

kündigte einen weiteren Film an: »Der wandernde Strand«. Da stand Eva Foresta plötzlich auf und kämpfte sich durch die Reihe.

Eva stand immer noch unter dem Schock von Florents Enthüllungen und Erlés Verrat. Sie hätte viel darum gegeben, irgendwo anders zu sein, aber sie hatte einem an der Ausrichtung des Festivals beteiligten Nachbarn versprochen zu kommen und wollte ihr Versprechen halten. Die Filme würden sie ablenken. Aber der Anblick des Strands von »Les Grands Sables«, an dem sie gestern noch neben Erlé gelegen hatte, überstieg ihre Kräfte.

Sie bahnte sich einen Weg zum Notausgang, der offen stand, um frische Luft hineinzulassen, und verschwand in dem Rund der draußen neben dem Kino aufgestellten Zelte. Sie bemerkte ein junges Mädchen mit Gipsbein, das, auf ihre beiden rosa Krücken gestützt, ebenfalls das Kino verlassen hatte.

Mit vor Anstrengung verzerrten Gesichtszügen kam Zaka näher.

»Entschuldigen Sie bitte, sind Sie Eva Foresta? Ich bin Zaka Djemad.«

Eva wartete, der Name sagte ihr nichts.

»Ich war auf der Place de Catalogne«, erklärte Zaka.

Eva starrte sie fassungslos an. Es war ihr entfallen, dass es ja noch ein weiteres Opfer gegeben hatte. Der Arzt, Erlé und nun auch dieses junge Mädchen hatten sich verschworen, um auf ihrer Insel, in ihren Schlupfwinkel einzufallen und ihr das Leben zu vergiften.

»Mein Vater hatte nicht so viel Glück wie Sie«, sagte sie bitter.

»Ich bin hierher gekommen, um Ihnen zu sagen, dass ich schuld an dem Unfall war«, fuhr Zaka blass und angespannt fort. »Ich bin vor das Auto gelaufen, ich war auf der Flucht. Es ging um mein Leben! Mein Bruder war hinter mir her, um mich an einen Unbekannten zu verkaufen, der mich heiraten wollte, um französische Papiere zu bekommen. Ich bin wie eine Verrückte davongerannt und blind auf den Platz gestürzt …«

»Und das Auto hat Sie beide angefahren, ich weiß. Der Fahrer hat auch schon versucht, mich zu erweichen, tut mir Leid, der Zug ist abgefahren.«

»Er hat versucht, mir auszuweichen …«

»Aber bei meinem Vater hat es nicht mehr geklappt«, ergänzte Eva zynisch.

Zaka biss sich auf die Lippen. Je mehr sie zu erklären versuchte, desto schlimmer machte sie alles.

»Ich bin verantwortlich für das, was geschehen ist, nicht der Autofahrer und auch nicht Gildas!«

Eva sah sie mit blitzenden Augen an.

»Sie nennen ihn beim Vornamen?«

»Ich war im Krankenhaus auf seiner Station. Er wollte Ihren Vater auch dort behalten …«

Eva fiel ihr ins Wort.

»Warum sind Sie hergekommen? Um Ihre Schuld zu bekennen? Einverstanden, Sie sind ein sehr böses Mädchen. Aber Sie haben meinen Vater nicht angefahren, das war dieser Blödmann mit seinem Wagen! Und Sie haben ihn auch nicht nach Hause gehen lassen, das war dieser unfähige und bornierte Arzt!«

Eva zitterte vor Ohnmacht und Verzweiflung. Zaka begriff, dass Gildas Recht hatte und ihr Unternehmen von vornherein zum Scheitern verurteilt war.

»Sind Sie jetzt erleichtert?«, schleuderte Eva ihr entgegen. »Können Sie heute Nacht besser schlafen? Ich nicht, und deshalb habe ich auch keine Lust, Ihnen Erleichterung zu verschaffen. Was interessieren mich Ihre Gewissensbisse? Ich wünsche Ihnen schlaflose Nächte bis ans Ende Ihrer Tage. Mein Vater ist für immer eingeschlafen. Er wird nie mehr nach Groix kommen. Er wird nirgendwo mehr hingehen …«

Sie stockte, und Zaka griff nach ihrer Hand. Wütend entriss Eva sie ihr. Um sie herum war niemand. Vor zwei Wochen, als Alexis und Eva hier entlanggegangen waren, um die Fähre zum Festland zu nehmen, wimmelte es vor Menschen. Nur ein paar Meter entfernt richteten die Kinobesucher ihren Blick auf die Leinwand mit dem Strand, der Eva so viel bedeutete. Das war zu viel für sie. Sie konnte sich nicht länger beherrschen und schlug die Hände vors Gesicht.

»Gehen Sie«, stammelte sie. »Sie sind am Leben, freuen Sie sich darüber und lassen Sie mich in Ruhe trauern.«

»Ich würde Ihnen gern helfen«, murmelte Zaka.

»Ich muss allein sein …«

Evas Wut war gewichen, ihre Gefühle und ihr Schmerz hatten sie übermannt. Sie hatte genug von all diesen Unbekannten, die auf die Insel kamen, um ihr abstruse Geschichten zu erzählen. Alexis war an einem Schädelbruch gestorben. Das war die schlichte und grausame Wahrheit.

»Sie waren nicht dabei«, fuhr Zaka beharrlich fort. »Aber ich war dort. Ich sage Ihnen die Wahrheit, warum sollte ich Sie anlügen? Sie wollen sich an anderen rächen, weil Sie so furchtbar traurig sind.«

Eva rang um Fassung und blickte ihr ins Gesicht.

»Erzählen Sie mir …«, forderte sie Zaka mit tonloser Stimme auf.

Zaka nickte.

»Ich rannte die Rue Vercingétorix entlang und drehte mich um, um mich zu vergewissern, dass mein Bruder nicht hinter mir war. Als ich wieder nach vorn sah, kam das Auto schon auf mich zu. Es fuhr langsam, aber ich war schon zu nah, und dann tauchte auf der linken Seite ein weißer Blitz auf. Das war Ihr Vater ...«

Evas Augen hingen an ihren Lippen.

»Und dann?«

Zakas Gesichtszüge verzerrten sich.

»Das Auto stieß mich um. Als ich wieder zu mir kam, lag mein Kopf direkt neben dem Vorderreifen, und ein Mann beugte sich über mich. Es war der Fahrer des Wagens, ein blonder Mann mit sanfter Stimme und grauen Augen ... kein Dunkelgrau, das aus Schwarz und Weiß gemischt ist, sondern ein leuchtendes Grau aus Rot, Blau, Gelb und Weiß.«

Daran erinnerte sich Eva nur zu gut.

»Wo war mein Vater?«

»Auf der anderen Seite des Autos. Ich konnte ihn nicht mehr sehen, ein Kotflügel verdeckte ihn. Der alte Mann hat sich um ihn gekümmert.«

Evas Herz machte einen Satz.

»Welcher alte Mann?«

»Er sah aus wie der Weihnachtsmann. Dann hat der Autofahrer mit seinem Handy den Rettungswagen gerufen. Sie kamen sehr schnell und legten mich auf eine Trage.«

»Niemand hat bisher den alten Mann erwähnt«, sagte Eva verdutzt. »In dem Unfallbericht der Polizei taucht er auch nicht auf. War er in dem Auto?«

»Nein, der Autofahrer war allein. Der alte Mann war auf dem Gehweg und hat fotografiert.«

»Er hat fotografiert?«, wiederholte Eva verblüfft.

Sollte es einen Zeugen geben, von dem niemand etwas wusste?

»Haben Sie meinen Vater später noch einmal gesehen?«, fragte Eva.

Zaka nickte.

»Er sprach mit dem alten Mann, aber ich war zu weit entfernt, um zu verstehen, was sie sagten. Dann hat man uns beide ins Krankenhaus gebracht, und dort sind wir getrennt worden.«

Aufgeregt fasste Eva nach ihrem Arm.

»Dieser Mann hat den Unfall mit Sicherheit gesehen! Sie haben meinen Vater nicht stürzen sehen, aber er hat mit Sicherheit alles gesehen. Beschreiben Sie ihn mir so genau wie möglich!«

Zaka dachte nach.

»Weiße Haare und weißer Bart, nicht sehr groß, eher rundlich. Er lächelte ... ein richtiger Weihnachtsmann eben! Sogar ein rotes Hemd hat er getragen.«

»Sonst nichts?«, bedrängte Eva sie. »Einen Akzent? Ein besonderes Kennzeichen? Eine Brille?«

Zaka schüttelte bedauernd den Kopf. Eva war wie verwandelt, endlich hatte sie einen Hinweis, dem sie nachgehen konnte. Sie kramte in ihrer Tasche und zog ihre Kinokarte hervor.

»Haben Sie etwas zu schreiben?«

Zaka reichte ihr ihren Bleistift. Mit zitternder Hand schrieb Eva ihre Adresse und Telefonnummer auf Groix und in Paris auf.

»Wenn Sie sich noch an irgendetwas erinnern, dann rufen Sie mich unbedingt an, egal wann!«, sagte sie.

49

Montag, 1. September, zwölfter Tag

Von der Insel zum Festland nach Lorient brauchten Briefe manchmal mehrere Tage. Aber die Postkarte, die Zaka am Samstagmorgen an ihre kleinen Brüder geschickt hatte, kam bereits am Montag in Paris an.

Die Post, die Familie Djemad erhielt, bestand größtenteils aus Rechnungen und Verwaltungsschreiben. Kemal fischte die Karte aus dem üblichen Stapel und stieg, da der Aufzug wieder einmal nicht funktionierte, zu Fuß die Treppe hinauf.

»Saïd, Ali, Aziz, ihr habt Post!«, rief er, als er die Wohnung betrat.

Neugierig drängelten sich die Jungen um ihn. Ali griff als Erster nach der Karte, Saïd stieß ihn zur Seite, um selbst in ihren Besitz zu gelangen. Aziz verlor in dem Gemenge das Gleichgewicht und fiel zu Boden.

»Es steht gar nichts darauf«, sagte Saïd enttäuscht.

»Sie ist von Zaka«, heulte Aziz und rieb sich sein schmerzendes Knie. »Sie nennt uns doch immer ihre drei Piraten.«

»Aber sie hat gar nichts geschrieben«, sagte Ali traurig.

Kemal lächelte.

»Sie nicht. Aber der Poststempel verrät etwas ... das ist, als hätte sie uns ihre Adresse gegeben!«, sagte er und tippte mit seinem Zeigefinger darauf.

Eilig machte er sich auf den Weg zu Karim Hamoud in der Rue Raymond-Losserand.

»Ich weiß, wo meine Schwester ist«, teilte er ihm die Neuigkeit mit. »Ich hatte dir ja versprochen, dass ich dich auf dem Laufenden halte.«

Karim musterte ihn argwöhnisch.

»Keine Papiere, kein Geld. Keine Schwester, keine Heirat, kein Geld. Es war dumm von mir, dir die Hälfte des Geldes im Voraus zu bezahlen. Gib mir mein Geld zurück, und wir sind quitt ...«

Kemal sah ihn ungerührt an. Das Geld war bereits weg: Die Miete war fällig gewesen und Schulden hatten dringend zurückbezahlt werden müssen. Zaka hatte alles verdorben.

»Sie ist in der Bretagne, auf einer kleinen Insel. Ich habe es mir auf der Landkarte angeschaut und werde sie für dich zurückholen. Ich werde sie dir für die Hälfte der ausgemachten Summe überlassen. Du schuldest uns nichts mehr. Du machst ein gutes Geschäft!«

Karim Hamoud schüttelte den Kopf.

»Sie ist widerspenstig. Es wird nicht klappen«, sagte er mit seiner asthmatischen, pfeifenden Stimme. »Sie ist schön, das stimmt schon, aber sie ist verdorben. Ich will mein Geld zurück und suche mir eine andere Frau.«

Kemal lehnte ab.

»Versprochen ist versprochen.«

»Ich habe dir mein Geld gegeben und nichts dafür bekommen. *Du* bist derjenige, der sein Versprechen nicht hält!«, widersprach Karim.

Kemals Augen funkelten.

»Ich halte immer, was ich verspreche«, sagte er ganz hart. »Du hast mir vertraut und kannst es auch weiterhin tun. Du wirst sie für eine lächerliche Summe bekommen.«

»Aber sie ist jetzt volljährig«, gab Karim zu bedenken. »Was ist, wenn sie sich weigert?«

Ein beängstigendes Lächeln schlich sich auf Kemals Gesicht, als er antwortete: »Sie wird sich nicht weigern.«

50

Fünf Tage nach der Aufnahmeprüfung für die Zeichenschule wurden die Ergebnisse mit der Post verschickt. Jules wartete sehnlichst auf den Briefträger und sprang auf, als er den Briefschlitz klappern hörte.

Der Postbeamte verschluckte sich beinahe, als er ihn mit seiner gepiercten linken Augenbraue, seinen wild abstehenden Haaren und seinem Taucheranzug in der Tür stehen sah.

»Guten Tag!«, begrüßte Jules ihn freundlich. »Schönes Wetter für ein Bad!«

Er schlug dem verdatterten Briefträger die Tür vor der Nase zu und ging in sein Zimmer zurück. Dort setzte er sich in seiner Gummimontur im Schneidersitz auf sein Bett und wog die beiden Umschläge. Zwei waren es, weil Zaka ihren Wohnsitz vorübergehend bei ihm angegeben hatte.

Zuerst öffnete er seinen Umschlag. Er war sich sicher, dass man ihn angenommen hatte; schließlich wusste er, was er wert war. Das war keine Eitelkeit, sondern nur eine logische Folge: Seit seiner Kindheit hatte er sich für Kunst begeistert, fürs Zeichnen, Malen und die Informatik. Die anderen Fächer waren ihm gleichgültig. Er hatte sich den Zorn der Lehrer zugezogen, die etwas anderes lehrten als plastische Kunst. Er sah die ganze Welt in Zahlen und in Acrylfarben, in Ölfarben, als Aquarell oder

Kohlezeichnung. Die Schule war für ihn nur eine Durchgangsstation, ein Sprungbrett, eine Visitenkarte, ein notwendiges Übel.

Er lächelte. Angenommen. In zwei Tagen würde der Unterricht beginnen. Er begegnete seinem Spiegelbild in der Glasscheibe und spreizte Zeige- und Mittelfinger zu einem »V« für Victory. Seinen Taucheranzug hatte er heute Morgen angezogen, um sich per Gedankenübertragung mit Zaka in Verbindung zu setzen. Er hatte ihn letztes Jahr gekauft, als er mit seinen Eltern zum Tauchen auf den Malediven war. Es hatte ihn fasziniert, inmitten der exotisch bunten Vielfalt der Fische zu schwimmen. Dieser Sport interessierte ihn jedoch nur insofern, als er ihm neue Farbwelten eröffnete, die er auf Papier, Leinwand, Holz, Stein, Plastik oder Balsa reproduzieren konnte.

Eine Sekunde lang zögerte er: Hatte er das Recht, den Umschlag für Zaka zu öffnen? Eine Absage könnte er einfach ignorieren, wäre sie jedoch angenommen, so müsste sie das unbedingt erfahren. Entschlossen riss er den Umschlag auf und hielt den Atem an.

Angenommen! Er jauchzte vor Freude und las gespannt weiter. Sie hatte außerdem auch das Stipendium erhalten, das sie sich so sehr gewünscht hatte!

»Yesss!«, schrie er begeistert.

Jetzt musste sie die Neuigkeiten auch erfahren. Aber wie? Er kannte ihre Adresse auf der Insel nicht.

Er legte sich auf den Boden, streckte die Beine senkrecht in die Höhe, um sich Sauerstoff ins Gehirn zu pumpen und seine Neuronen zu stimulieren. Eine halbe Stunde lang dachte er angestrengt nach und verwarf einen Einfall nach dem nächsten. Ein Flugzeug mit einer Werbebanderole hinter sich, auf der stand »Zaka, du hast es geschafft«, ein Feuerwerk, das eben diese Buchstaben in die Luft schleuderte, ein Schiff mit einem Megafon, das um die Insel fuhr, nichts von all dem versprach einen hundertprozentigen Erfolg. Vielleicht sah Zaka gerade zu Boden und verpasste das Flugzeug, vielleicht schlief sie und sah das Feuerwerk nicht, vielleicht wohnte sie mitten auf der Insel und hörte das Megafon nicht. Unzufrieden mit sich, ließ er die Beine zu Boden gleiten.

Es klopfte an der Tür.

»Jules?«

»Ja, Papa, komm rein. Ich habe ein Problem.«

Seine Eltern waren wie abgemacht nach Paris gekommen und blieben noch acht Tage in Frankreich. Beim Anblick seines im Taucheranzug auf dem Boden liegenden Sohnes zog der Vater die rechte Augenbraue hoch.

»Ich höre …«

»Ich muss ganz dringend eine Freundin auf einer Insel in der Bretagne erreichen, aber ich weiß nicht, wo sie wohnt.«

»Sieh doch im Telefonbuch oder im Internet nach.«

»Sie ist nur für ein paar Tage dort.«

Sein Vater überlegte zehn Sekunden.

»Lass Aushänge machen«, schlug er vor.

Jules' Gesichtszüge erhellten sich.

»Du meinst, wie die Leute, die ihren Hund oder ihre Katze verloren haben?«

Das Gummi seines Anzugs quietschte, als er sich aufrappelte.

»Jules«, machte sich nun sein Vater noch einmal bemerkbar. »Du weißt, dass ich mich, seitdem du volljährig bist, eigentlich nicht mehr in deine Angelegenheiten mische. Aber heute Abend essen wir bei deiner Großmutter. Hast du zufällig vor, dich noch umzuziehen?«

»Mach dir keine Sorgen!«

Jules begann auf die Tastatur seines Computers einzuhacken. Über Google suchte er nach einer Druckerei auf der

Insel Groix. Dann griff er zum Telefonhörer und wählte die angegebene Nummer.

»Hallo? Guten Tag. Ich rufe Sie aus Paris an. Ich muss einer Freundin, die sich gerade auf Groix befindet, mitteilen, dass sie eine Prüfung bestanden hat. Es ist dringend und ich kenne ihre Adresse nicht. Könnten Sie Handzettel drucken und noch heute am Hafen und anderen strategisch günstigen Stellen anschlagen? Ganz gleich, was es kostet …«

Sie verhandelten kurz miteinander und formulierten den Text: »1-09-03, ZAKA! Bravo. Prüfung und Stipendium OK, Mittwoch geht's los!«

Der Drucker würde fünfzig Aushänge überall auf der Insel anschlagen. Jules teilte ihm seinen Namen mit sowie Nummer und Gültigkeitsdatum der goldenen Mastercard seines Vaters. Mit sich und der Welt zufrieden, öffnete er seinen Kleiderschrank und wählte den Anzug, den er heute Abend bei seiner Großmutter tragen würde.

51

Eva stieg auf ihr Fahrrad, um eine Tour zu machen. Sie brauchte frische Luft. Erlé hatte nicht nur den Vater getötet und die Tochter verraten, er hatte ihr auch ihre Lieblingsplätze auf der Insel genommen: Der Strand »Les Grands Sables« und die »Pointe des Chats« erinnerten sie daran nur allzu sehr.

Sie atmete die Seeluft und trat in die Pedale, um nach Le Bourg zu gelangen. In Lomener fiel ihr Blick auf ein Plakat am Waschhaus und sie fuhr darauf zu.

»1-09-03, ZAKA! Bravo. Prüfung und Stipendium OK, Mittwoch geht's los!«

Eine schlaue Idee. Sie biss sich auf die Lippe. Eine großartige Idee sogar. Sie stieg wieder aufs Rad und fuhr weiter Richtung Le Bourg. Auf dem Weg dorthin zählte sie mindestens zehn weitere Aushänge. Ganz außerordentlich schlau. Der Freund von Zaka hatte sich nicht lumpen lassen.

Paris war größer als Groix und es brauchte effizientere Mittel als Zettel auszuhängen. Sie fuhr um die Kirche herum, grüßte Gwenola, bog in Gegenrichtung in eine Einbahnstraße und stieg vor der Buchhandlung an der Hauptstraße von ihrem Rad. Sie fragte den Buchhändler, welche Zeitungen ein betagter Pariser nach seiner persönlichen Einschätzung vermutlich läse. Der Buchhändler nannte ihr mehrere Titel. Sie fuhr wieder nach Hause und breitete sie auf dem Tisch aus.

In allen Zeitungen gab es eine Rubrik mit Kleinanzeigen, aber die Preise dafür waren sehr unterschiedlich. Sie schaltete ihren Computer ein und begann, einen Text zu verfassen.

»Mein Name ist Eva Foresta«, kam nicht infrage, da sie durch die Angabe ihres Namens womöglich unseriöse Anrufe erhalten würde. »Ich bin die Tochter des Radfahrers, der angefahren wurde«, würde dem Adressaten womöglich Angst einjagen. »Wenn Sie dem Weihnachtsmann ähnlich sehen«, könnte er womöglich als anzüglich empfinden. Sie musste ein Detail nennen, das nur der echte Zeuge kannte, um Schwindler und Spaßvögel auszuschließen.

Endlich hatte sie den richtigen Satz gefunden: »Suche Kontakt zu dem Mann mit dem weißen Bart, der am Abend des 21. August Zeuge eines Unfalls an der Place Catalogne in Paris wurde«. Dazu die Nummer ihres Handys. Genau so. »Diskretion versteht sich« würde den Zeugen beruhigen, aber ihm auch unterschwellig zu verstehen geben, er hätte einen Fehler begangen. »Angemessene Belohnung« würde eher an einen verlorenen Hund oder eine gestohlene Tasche denken lassen. Wenn es sich um einen ehrlichen und anständigen Mann handelte, würde er keine Gegenleistung verlangen. Vielleicht würde ihn aber erst eine Belohnung hervorlocken. Sie zögerte und fügte dann »Angemessene Belohnung« hinzu, wählte die Nummern der verschiedenen Zeitungsredaktionen, hinterließ die Nummer ihrer Kreditkarte und verschickte den Text ihrer Annonce als E-Mail.

52

Gildas bezahlte sein Hotelzimmer und ging das Auto holen. Vor dem »Hôtel de la Marine« wartete Zaka auf ihn, ohne auf dem Pfeiler direkt neben ihr einen von Jules' Aushängen zu bemerken.

Sie waren gescheitert und es blieb ihnen nichts anderes übrig, als nach Paris zurückzukehren. Die nächste Fähre würde in einer halben Stunde auslaufen. Gildas setzte Zaka vor dem Schalter des Sporthafens nahe der Anlegestelle ab, um ihr den langen Weg mit den Krücken zu ersparen.

»Ich bringe den Wagen zurück, hole mein Motorrad und kaufe Fahrkarten für uns«, sagte er zu Zaka.

»Ich habe Geld …«

Sie gab ihm das Geld, das Jules ihr überlassen hatte, und er nahm an, da die Kosten für das Auto sein Budget bei weitem überschritten hatten.

»Ich bin gleich wieder da!«

Er machte sich auf den Weg ans andere Ende der Mole. Zaka ließ ihren Blick über den Hafen, die Boote, der Schalter, die Schaufensterauslage und den Anschlag an der Scheibe gleiten. Das Plakat war blau und in roten Großbuchstaben stand ihr Name darauf, »ZAKA! Bravo …«

»Was?«

Sie stutzte und ging näher heran. Der auf heute datierte Text sprang ihr förmlich ins Gesicht. Sie lachte laut heraus und ihre Brust hob sich vor Erleichterung. Sie hatte die Prüfung geschafft und ein Stipendium erhalten. Jetzt musste sie nur noch arbeiten, um ihnen zu beweisen, dass sie es ihr zu Recht zugesprochen hatten. Das Stipendium deckte die Studiengebühren und die Kosten für die Unterkunft. Den Rest würde sie auftreiben können, vielleicht brauchte der Onkel oder der Vater von Tan eine Serviererin …

Nur ein paar Meter entfernt, auf der anderen Seite des Schaufensters, saß Kemal und lächelte. Er hatte seine kleine Schwester aufgespürt. Seine Suche hatte ein Ende!

Er war mit der letzten Morgenfähre gekommen, und sofort waren ihm die Aushänge aufgefallen. Zaka befand sich also immer noch auf der Insel. Er hatte überlegt: Wenn die Schule am Mittwoch beginnt, musste sie zurück und zwangsläufig hier auftauchen, um die Fähre zu nehmen. Deswegen hatte er zwei Fahrkarten gekauft und hier Stellung bezogen, um sie abzupassen. Seine Erwartungen wurden noch übertroffen, denn der Bärtige hatte sie allein am Hafen abgesetzt.

Kemal hatte Gildas zuerst nicht wiedererkannt, bis ihn seine Sommersprossen verrieten, denn die waren ihm neulich im Krankenhaus aufgefallen. Er hatte ihn also angelogen. Warum halfen all diese Unbekannten seiner Schwester, der eigenen Familie zu entkommen? Er trat ins Licht dieses bretonischen Hafens, der keine Ähnlichkeit mit den Fotos der Häfen des Maghreb hatte.

»Es ist vorbei, Zaka«, sagte er. »Ich habe eine Fahrkarte für dich. Komm.«

Als sie ihn erblickte, erstarb all ihre Freude. Sie reckte ihren zarten Hals und entfernte sich so schnell sie konnte, um zweifelhaften Schutz unter den Passanten auf dem Kai zu suchen. Rennen konnte sie nicht, und Gildas war so weit entfernt, dass es nichts genutzt hätte, nach ihm zu rufen. Kemal würde sie auf die Fähre ziehen und nach Hause zurückbringen. Sie warf einen letzten verzweifelten Blick auf das himmelblaue Plakat, auf ihren in roten Lettern geschriebenen Namen, ebenso rot wie der Bug des kleinen Schiffes, das unten auf dem Wasser vor sich hin dümpelte.

»Nur wegen des Geldes?«, flüsterte sie.

»Ich habe alles ausgegeben«, sagte Kemal. »Und Karim wartet auf dich.«

Sie warf einen hilflosen Blick auf die wartenden Passagiere, aber Gildas war nicht unter ihnen. Er suchte sie vermutlich vor dem Schalter, da er davon ausgehen musste, dass sie noch keine Fahrkarte besaß und somit nicht an Bord gehen konnte.

»Vorgestern hast du mich ganz schön hereingelegt«, fuhr Kemal fort. »Gut gespielt, die Ohnmacht!«

»Ich bin achtzehn«, wagte Zaka sich vor.

»Du kommst jetzt mit mir oder es wird dir Leid tun!«

Zaka zitterte. Kemals dunkle Augen fixierten sie. Sie wich zurück. Ihr Bruder fasste nach ihrem Arm, aber sie riss sich heftig los.

»Fass mich nicht an!«, stieß sie hervor.

Überrascht ließ er von ihr ab, verstellte ihr jedoch den Weg.

Florent saß auf der Terrasse des Cafés vor dem Ökomuseum, hatte bereits sein Lexomil geschluckt und schob nun die leere Tasse zurück, um zum Schiff zu gehen. Er würde nach Paris zurückkehren.

»Vielleicht habe ich Eva verloren, aber dieser Idiot wird sie niemals kriegen!«, grummelte er, als er an Erlé dachte.

Das Meer war spiegelglatt, aber er fröstelte, als er sah, wie das dunkle Wasser den Bug des Schiffes umspielte. Seine Angst wuchs mit jeder Minute. Die Insel war ein Zufluchtsort für den, der sich zurückziehen will, und ein Gefängnis für den, der das Meer fürchtet.

Erlé saß eine ganze Weile auf der nördlichen Mole, den Rücken an eine Mauer gelehnt. Dann stand er plötzlich auf und ging mit Jack im Schlepptau auf die Fähre zu. Er kehrte ins Finistère zurück.

Gildas stieg auf sein Motorrad und blinzelte in die Sonne. Spiralförmig bewegten sich Erlé, Florent und er auf Zaka und Kemal zu, die einander gegenüberstanden. Sie erkannten sich gleichzeitig. Erlé und Florent warfen sich feindselige Blicke zu. Gildas presste die Kiefer aufeinander, als er Kemal sah. Zaka erkannte in dem Mann mit den hellgrauen Augen sofort den Fahrer des Autos, und Erlé erinnerte sich an das Mädchen, das auf die Place de Catalogne gelaufen war. Als er ihren Gips sah, zog sich sein Herz zusammen.

»Wie geht es Ihnen?«, fragte er.

Im gleichen Augenblick fragte Gildas:

»Was geht denn hier vor?«

Die Zeit schien stillzustehen. Erlé und Zaka durchlebten noch einmal den Unfall, Florent und Kemal gerieten in Wut und Gildas versuchte zu verstehen, wer wer war.

»Ich will nicht mit ihm gehen«, sagte Zaka flehend.

»Lassen Sie sie in Frieden!«, richtete sich Gildas an Kemal.

Um sie herum setzten sich die Passagiere in Bewegung, um an Bord zu gehen, allerdings nicht ohne diese seltsame Versammlung zu bestaunen, die eine knisternde Anspannung versprühte.

Zaka suchte Schutz hinter Gildas, der ihr mit seinem Körper Deckung bot. Kemal wollte ihn beiseite schieben, aber Gildas stieß ihn zurück, Kemal versuchte es erneut, Erlé trat zwischen sie und überragte beide um Haupteslänge. Kemal ballte die Fäuste. Er war nicht der Typ, der ein Messer oder eine Waffe zog, seine Körperkraft reichte ihm, um sich zu verteidigen. Trotzig sah er Erlé und Gildas an. Jack knurrte und zeigte ihm die Zähne. Florent wich instinktiv zurück, was für Erlé das Fass zum Überlaufen brachte.

»Sind Sie jetzt zufrieden, wo Sie erreicht haben, was Sie wollten?«, fuhr er ihn an, ohne Kemal zu beachten, der ihn mit seinen Blicken am liebsten getötet hätte.

Florent höhnte.

»Sie hätte dich sowieso schnell rausgeworfen. Du kannst ihr nicht das Wasser reichen. Sie wird sich beruhigen und zu mir zurückkommen!«

Erlé schüttelte den Kopf und duzte ihn ebenfalls.

»Sie kann dich nicht mehr ertragen, hör auf, ihr auf die Nerven zu gehen!«

»Ich gehe ihr vielleicht auf die Nerven, aber du bist der reinste Horror für sie«, erwiderte Florent. »Ich muss gestehen, dass mir das äußerst gut gefällt!«

»Lass dich nie wieder in ihrer Nähe blicken, sonst wirst du mich kennen lernen«, drohte Erlé.

Kemals Augen sprangen wie ein Pingpongball von Erlé zu Gildas und von Zaka zu Jack. Er versuchte rechts an Gildas vorbeizukommen, aber Gildas bewegte sich wie sein Schatten. So tanzten sie um Zaka herum, ein reichlich seltsames Ballett ohne jede Choreografie.

»Sie ist meine Schwester«, sagte Kemal hart. »Sie sind ein Fremder. Sie kennen unsere Familie nicht. Lassen Sie uns in Ruhe. Komm, Zaka!«

Verspätete Passagiere rannten die Mole entlang, um das Schiff noch zu erreichen. Leichenblass wartete Zaka auf das Ende der Auseinandersetzung, das über ihr Schicksal entscheiden würde. Florent, den die Blicke der Passanten wieder etwas zuversichtlicher gestimmt hatten, zauberte ein charmantes Lächeln auf sein hübsches Gesicht und entgegnete Erlé:

»Ich werde dich schwerlich kennen lernen können, denn du wirst im Gefängnis sitzen. Und ich nicht! Wenn ich meine zukünftige Frau in ihre Schranken weisen will, dann wird mich niemand daran hindern. Und wenn ich sie anrühren will, dann wirst du nichts dagegen tun können, und sie auch nicht ...«

Erlé packte ihn am Kragen und schüttelte ihn.

»Du gehst zu weit!«, schrie er ihn an.

»Und du gehst direkt und ohne Umwege ins Gefängnis! Du wirst mir das Feld überlassen müssen, du Held!«

Erlé ging ihm nicht ans Leder, sondern drehte seinen kräftigen Körper rasch herum, ohne Florent loszulassen. Und mit einem Mal balancierte Florent mit den Fußspitzen auf dem Rand der Kaimauer, unter sich das schwarze Wasser mit den schaukelnden Booten.

»Kaltes Wasser erfrischt den Geist«, spottete Erlé. »Wenn ich loslasse, machst du plumps.«

Erlé wollte ihn einfach nur vorführen und konnte dessen panische Reaktion nicht vorhersehen.

»Nein, nicht ins Wasser! Halt mich fest!«

Die Farbe war aus Florents Gesicht gewichen, seine Stimme hatte sich verändert, so sehr überkam ihn die Angst.

»Ein großer Junge wie du hat Angst vor dem Wasser?«

Wäre Florent nicht ein so mieser Kerl gewesen, hätte Erlé ihn für pathetisch gehalten, so aber fand er ihn einfach grotesk. Der Seemann, der die Fähre zum Ablegen klarmachte, rief ihnen zu:

»He, ihr da unten! Wir wollen ablegen!«

»Wir kommen!«, blökte Kemal und versuchte, Zaka hinter sich herzuziehen. Diese geriet aus dem Gleichgewicht und schrie vor Angst auf.

Gildas bekam den linken Arm des Mädchens zu fassen,

Kemal zog am rechten. Er war muskulöser und kräftiger als Gildas, der ihm angesichts der verzweifelten Lage seinen Motorradhelm in die Magengrube rammte. Gildas war eher daran gewöhnt, Schläger zur verarzten, als sich selbst zu schlagen, und seine Aktion wäre ohne Folgen geblieben, wenn Kemal sich in diesem Augenblick nicht am Rand der Kaimauer befunden hätte. Der Stoß warf ihn nach hinten, ein Fuß trat ins Leere, er versuchte sich zu halten, ließ Zaka los und fuchtelte wild mit den Armen, dann fiel er hintenüber und landete genau zwischen zwei Booten im Wasser. Sein Aufprall ließ einen Schwall schwarzen Wassers hochschießen.

Florent stöhnte entsetzt auf. Erlé schaute ihn an, lächelte und öffnete ganz sachte einen Finger nach dem anderen, erst von der linken, dann von der rechten Hand. Florent war wie versteinert und hatte nicht das nötige Reaktionsvermögen, sein Gleichgewicht zu halten. Er strauchelte und fiel.

Erlé und Gildas kannten sich keine fünf Minuten. Sie grinsten einander an, während sich die Fähre umsichtig zwischen den beiden Leuchtmarkierungen aus dem Hafen manövrierte. Unter ihnen keuchte, spuckte, schluckte und schimpfte es im Wasser.

»Ist das Wasser warm?«, spottete Gildas.

»Wenn man erst einmal drin ist, ist es gar nicht mehr so schlimm!«, setzte Erlé noch drauf.

»Hilfe … ich kann … nicht … schwimmen … Hilfe!«

Kemals Rufe holten sie mit einem Schlag in die Wirklichkeit zurück. Zakas Bruder schlug mit den Armen um sich und zappelte hin und her, um sich über Wasser zu halten. Er war so nah am Ufer, dass es eine Meisterleistung gewesen wäre, hier zu ertrinken, aber man sollte den Teufel nicht in Versuchung führen.

»Ich nicht«, sagte Erlé und schüttelte den Kopf.

»Scheiße!«, knirschte Gildas und zog Schuhe und Motorradjacke aus.

Er sprang ins Wasser und war mit zwei Zügen bei Kemal, der sich mit solcher Kraft an ihn hängte, dass sie beinahe beide untergegangen wären.

»Lass mich los, du Idiot, du erwürgst mich ja!«, ächzte Gildas und spuckte das bereits geschluckte Wasser wieder aus.

Verrückt vor Angst klammerte sich Kemal nur noch fester an ihn.

»Wenn du nicht loslässt, schlag ich dich bewusstlos!«, schrie Gildas.

Da ließ Kemal, die Augen immer noch weit aufgerissen, von ihm ab, sodass Gildas ihn zu einem Motorboot ziehen konnte, von dem eine Leiter ins Wasser reichte. Kemal kletterte hinauf, setzte einen Fuß auf das Deck, sprang vom Boot auf die Kaimauer und ging wortlos davon, während das Wasser an ihm herunterlief. Gildas rannte hinter ihm her.

»Worum geht es eigentlich? Um sie oder um das Geld?«

Blass vor Wut drehte Kemal sich um.

»Sie ist mir scheißegal. Soll sie doch krepieren. Aber ich habe jemandem mein Wort gegeben, und außerdem habe ich Schulden.«

»Wenn ich dir das Geld gebe, lässt du sie dann in Ruhe?«

Kemal zögerte. Karim hatte ihm klar und deutlich gesagt, dass er den Handel rückgängig machen würde, wenn er sein Geld zurückerhielt.

»Wie viel?«, fragte er möglichst gleichgültig, um sein Gesicht zu wahren.

Gildas drehte sich um und zeigte auf sein Motorrad auf der Kaimauer.

»Es ist neu«, sagte er. »Ich habe ein Jahr lang Nachtwachen geschoben, um es mir leisten zu können. Entscheide dich schnell, sonst überlege ich es mir anders.«

Kemal taxierte das Motorrad, zeigte sich aber unbeeindruckt.

»Wer sagt mir, dass du nicht sofort zu den Bullen rennst und behauptest, ich hätte es dir gestohlen?«

Gildas lief über den Steg zurück, kramte den Schlüssel und die Zulassungspapiere aus seiner Jacke hervor. Erlé wohnte dem seltsamen Handel bei und reichte ihm einen Stift. Gildas strich seinen eigenen Namen durch, setzte Datum und Unterschrift darunter und schrieb: »Verkauft an:« Dann übergab er Kemal die Papiere und die Schlüssel.

»Jetzt kannst du jeden beliebigen Namen einsetzen. Füll die Papiere aus, bring deine Geschäfte in Ordnung und lass deine Schwester in Ruhe.«

Kemal sah Gildas an, dann das Motorrad, Erlé, wieder das Motorrad, den Hafen und noch einmal das Motorrad, bevor er den Kopf schüttelte.

»Sie ist nicht mehr meine Schwester«, sagte er und zeigte auf Zaka.

Er steckte die Papiere ein, nahm den Schlüssel, drehte ihn herum und der Motor sprang an. Gildas beobachtete ihn mit hängenden Schultern.

»In Ordnung«, knirschte Kemal.

Er ließ den Motor aufheulen und fuhr davon. Gildas schritt auf Zaka zu.

»Er wird dich nicht mehr quälen.«

Immer noch zitternd nickte Zaka.

»Und der da wird auch niemanden mehr quälen«, sagte Erlé und blickte aufs Wasser.

Gildas beugte sich vor. Florent hing schlotternd am Heck des roten Bootes. Nur sein Kopf und seine Schultern waren zu sehen. Buchstäblich gelähmt vor Angst, klebte sein verstörter Blick an der Landungsbrücke, ohne dass er sich aus dem Wasser hätte ziehen können.

»Ist bei Unterkühlung eine Mund-zu-Mund-Beatmung erforderlich?«, fragte Erlé.

»Ich übernehme die Herzmassage. Du hast ihn ins Wasser geworfen, deshalb wirst du ihm auch in die Lungen pusten!«, erwiderte Gildas schlagfertig.

Mit vereinten Kräften zogen sie den steifen Anwalt aus dem Wasser. Er gab ein jämmerliches und groteskes Bild ab, als sie ihn auf die Landungsbrücke legten.

»Da spielt er sich als den großen Macker auf und kann nicht einmal schwimmen«, höhnte Erlé. »Wenn du dich noch einmal in ihre Nähe wagst, schmeiße ich dich in die nächstbeste Pfütze. In Paris wimmelt es von Brücken und Kaimauern, und Groix ist umgeben vom Ozean.«

»Und wenn mein Freund ins Gefängnis wandert und du seiner Freundin zusetzt, wird es mir ein Vergnügen sein, ihn zu vertreten«, pflichtete Gildas bei. »Weißt du, wie es vor sich geht, wenn man ertrinkt? Erst schluckst du das Wasser, und dein Magen füllt sich damit, dann inhalierst du es, und das ruft ein toxisches Ödem hervor. Ich warne dich, das ist schrecklich …«

Florent japste vor Angst.

»Du machst fünf Phasen durch«, fuhr Gildas ernsthaft fort. »Zuerst schlägst du um dich und gerätst zusehends unter Wasser, dann kommt es zu unwillkürlichen Atemstillständen, danach noch einmal zu unkontrollierten Atemzügen, zu Krämpfen, und schließlich stirbst du. Lass das Mädchen in Ruhe, dann geht es dir besser.«

Florent machte auf dem Absatz kehrt und suchte das Weite. Erlé reichte Gildas die Hand.

»Ich heiße Erlé Le Gall«, stellte er sich vor.

»Gildas Murat.«

Zaka seufzte.

»Er«, sie wies auf Erlé, »fuhr am Unfallabend das Auto. Er«, sie wies auf Gildas, »versuchte, den Radfahrer im Krankenhaus zu behandeln und hat sich um mein Bein gekümmert.«

Die beiden Männer sahen sich erstaunt an.

»Die Welt ist klein«, sagte Erlé.

»Nein, die Insel ist klein«, verbesserte Gildas. »Also, welche Frau soll ich denn beschützen?«

Erlé schüttelte den Kopf und seufzte aus tiefster Seele.

»Das ist eine lange Geschichte, auch wenn sie sich in nicht mal achtundvierzig Stunden abgespielt hat. Ich kenne einen Laden hier in der Nähe, der trockene Kleidung verkauft. Die scheinst du nötig zu haben. Übrigens war ich da auch schon mal. Zieh dich um, dann erzähle ich dir die Geschichte. Sie hasst mich, dieser ekelhafte Kerl hat tatsächlich Recht … aber deswegen höre ich nicht auf, sie zu lieben.«

53

Kurz darauf erschien Gildas wieder, nun von Kopf bis Fuß in Blau gekleidet. Soaz servierte ihm eine heiße Schokolade, und Gildas und Erlé tauschten ihre beiden Versionen aus. Eva glaubte immer noch, dass sie ihren Vater umgebracht hatten, und Zaka hatte ihr erzählt, dass es einen Zeugen gab.

»Das hatte ich vergessen«, murmelte Erlé. »Er hat gesehen, was geschehen ist, und könnte zu meinen Gunsten aussagen. Aber so alt wie er war, ist er womöglich nicht mehr ganz bei Trost oder fürchtet sich vor irgendwelchen Repressalien.«

»Vor ein paar Monaten habe ich mich für eine Krankenschwester eingesetzt, der ein Kollege auf dem Krankenhausparkplatz einen Scheinwerfer abgefahren hatte. Am nächsten Tag waren die Reifen meines Motorrads aufgeschlitzt.«

»Das kann dir heute nicht mehr passieren«, meinte Zaka. »Ich weiß gar nicht, wie ich dir danken soll.«

»Die nächste Fähre legt in zwei Stunden ab. Die nehme ich«, kündigte Erlé an.

»Ich auch«, sagte Gildas.

Zaka musterte die beiden ernsthaft.

»Ich habe noch nie im Leben solche Angst gehabt wie eben vor Kemal, aber jetzt fühle ich mich umso befreiter.

Ich muss noch einmal mit Eva reden. Ich brauche nicht lange und treffe euch nachher wieder.«

Es gelang ihnen nicht, sie umzustimmen. Sie nahm ein Taxi und zeigte dem Fahrer die Adresse, die Eva auf die Kinokarte geschrieben hatte. Dort angekommen bat sie den Fahrer, auf sie zu warten, sie würde spätestens in einer Viertelstunde zurück sein.

Zaka stieß das blaue Gartentor auf. Das Meer brandete laut gegen die Felsen, die hellen Mauern glänzten silbern in der Sonne.

»Hallo?«, rief Zaka.

Eva tauchte mit finsterer Miene und dunkel geränderten Augen auf.

»Ach, Sie sind es.«

»Ich hatte noch etwas vergessen«, sagte Zaka.

Sie erzählte, was im Hafen vorgefallen war. Bei der Vorstellung, sie hätte Kemal folgen müssen, zupfte sie nervös an ihren Haarspitzen. Sie schilderte, wie Florent, Gildas und Erlé hinzukamen. Eva warf ihr einen wütenden Blick zu, als sie seinen Namen nannte. Sie erklärte, wie es zum Streit gekommen war und wie sich Gildas der Bedrohung durch Kemal entledigt hatte.

»Das hat er gut gemacht«, haderte Eva. »Hätte er meinen Vater gerettet, so hätte er zwei Dinge gut gemacht.«

Zaka ließ sich nicht entmutigen und beschrieb ihr nun, wie Florent Erlé gedroht und was dieser geantwortet hatte.

»Da hat er die richtigen Worte gefunden«, schloss Eva. »Wäre er ebenso gut Auto gefahren, so wäre es nicht so weit gekommen.«

»Es gibt noch etwas, das ich Ihnen gestern nicht gestanden habe«, murmelte Zaka. »Ich habe es mir nicht einmal selbst eingestanden und erst vorhin im Hafen begriffen, als Kemal mich mitnehmen wollte … Alle dachten, dass das Auto mich angefahren hat, weil ich auf der Flucht war und blind auf die Straße gerannt bin. Aber das stimmt nicht. Ich war in Panik und hätte alles getan, um meinem Bruder zu entkommen. Ich wollte sterben und habe mich vor das Auto geworfen! Ich bin kein Opfer gewesen, sondern ich wollte mich umbringen und bin froh, dass es mir nicht gelungen ist. Niemand wird das jemals erfahren außer Ihnen. Ich wollte niemandem Schmerz zufügen, Eva. Ich bitte Sie um Verzeihung und um Milde gegenüber den anderen.«

Unendlich müde schüttelte Eva den Kopf. Zaka wollte sterben und Alexis war nun tot. Ein bunter Schmetterling setzte sich auf eine Hortensie. Eine grün schillernde Eidechse huschte über die glitzernde Wand. Eva stand auf und kehrte ohne ein Wort ins Haus zurück. Zaka verließ den Garten und ging zu dem wartenden Taxi.

Zaka, Gildas, Erlé und Jack gingen an Bord der Fähre, hinter ihnen schlich Florent mit unstetem Blick an den Wänden entlang und eilte auf schnellstem Wege unter Deck, um sich dort in eine Ecke zu kauern. Kemal kam auf seinem Motorrad und setzte sich ganz in die Nähe der Stellplätze, um es nicht aus den Augen zu lassen. Jeder kehrte nach Hause zurück. Die letzten Passagiere schifften sich ein.

Vom Oberdeck sahen Zaka und die anderen zu, wie die Mannschaft die Gleitschienen für die Autos einzog. Plötzlich stürzte Erlé zur Treppe, Jack heftete sich an seine Fersen. Er sprang die Stufen hinunter, rempelte die heraufkommenden Leute an und sprang gefolgt von Jack an Land, bevor sich die Klappe schloss. Der Seemann, der gerade zum Ablegen klarmachte, erkannte ihn:

»Da hast du ja was gelernt, mein Lieber. Besser, du springst vor als während der Fahrt!«

Außer Atem sah Erlé zu Zaka und Gildas hinüber. Er breitete die Arme aus und zog die Schultern hoch:

»Ich kann nicht anders!«

54

Dienstag, 2. September, dreizehnter Tag

Nestor Dumont strich den Punkt »Kaffee im ›La Coupole‹« von seiner Liste und blickte um sich. Er mochte die Bänke, die Kristalllüster, die Spiegel und das polierte Kupfer in der geschichtsträchtigen Bar am Montparnasse. Er nahm einen Schluck Kaffee, biss in sein duftendes Croissant und faltete mit einer raschen Handbewegung seine Zeitung auseinander, wobei er den Geruch des bedruckten Papiers aufsog.

Er las sie von vorn bis hinten, und seine Lektüre verlief wie die Unterhaltung mit einem alten Freund. Jeder Notiz folgte ein »Ach, habe ich dir das wirklich nicht gesagt?«, jeder Schlagzeile ging ein »Hör dir das an!« voraus. Bei den Todesanzeigen stellte er fest, dass ganz junge und noch viel ältere Leute als er vor ihm starben. Bei den Wohnungsanzeigen erschienen ihm die Preise exorbitant. Er hatte seine Wohnung von seinen Eltern geerbt, war dort geboren und hatte niemals anderswo gelebt. Beim Fernsehprogramm kreuzte er die Sendungen an, die er am Abend sehen wollte. Die Kleinanzeigen versprachen immer wieder lustige Unterhaltung. »Wenn du das Mädchen mit dem Minnie-T-Shirt und den schönen Beinen bist, das am Samstagabend gegen 22 Uhr in dem RER, Station Châtelet war, melde dich! Ich träume davon, dein Mickey zu sein«. Er erinnerte sich an die Anfänge der kleinen Zeichentrick-Maus mit ihren vier Pfoten. »Meine einzige Matrix, komm zu mir hinter den Bildschirm, ich stürze ab ohne dich«, worunter er sich nichts vorstellen konnte. »Suche Kontakt zu dem Mann mit dem weißen Bart, der am Abend des 21. August Zeuge eines Unfalls an der Place de Catalogne in Paris war. Angemessene Belohnung. Telefonnummer 06 …«.

Er runzelte die Stirn. Die Polizei gab keine Kleinanzeigen auf. Die angegebene Nummer war die eines Handys. Er wollte niemanden in Schwierigkeiten bringen. Er war kein Denunziant. Aber vielleicht konnte seine Zeugenaussage auch jemandem weiterhelfen.

Er kam zu dem Schluss, dass er kein Risiko einging, wenn er hier aus dem Café anrief. Er war alt, aber nicht dumm, und wusste, dass man heutzutage jemanden anhand seiner Telefonnummer aufspüren konnte.

Eine junge, weibliche Stimme meldete sich nach dem ersten Klingelton.

»Ich rufe wegen der Annonce an«, sagte er. »Wer sind Sie?«

»Ich heiße Eva Foresta.«

»Sind Sie die Frau des Radfahrers?«

Sie atmete tief durch. Er war derjenige, den sie suchte, denn in der Annonce stand nichts von einem Fahrradfahrer.

»Ich bin seine Tochter. Haben Sie gesehen, was passiert ist?«

»Ich bin achtzig Jahre alt, mein Fräulein, während des Krieges war ich Pilot, meine Beine wollen manchmal nicht mehr so ganz, aber meine Augen sind noch ausgezeichnet. Mein Beileid. Ich habe in der Zeitung gelesen, dass Ihr Vater gestorben ist.«

»Und ich habe es im Radio gehört. Können wir uns vielleicht irgendwo treffen? Ich weiß Ihren Namen noch gar nicht …«

»Nestor Dumont, Philosophielehrer. Ich sehe in meinem Terminplan nach.«

Er nestelte die Liste aus seiner Tasche, flog mit dem Zeigefinger über das Blatt.

»Morgen um sechzehn Uhr werde ich im ›Café de Flore‹ sein. Könnten wir uns dort treffen?«

»Perfekt«, sagte Eva.

»Sie werden mich ohne Schwierigkeiten erkennen, ich ähnele dem Weihnachtsmann«, sagte Nestor noch, bevor er auflegte.

55

Mittwoch, 3. September, vierzehnter Tag

Eva nahm die erste Fähre, dann den Schnellzug und war zu Mittag in ihrer Wohnung in Paris. Der Notar hatte ihr Papiere geschickt, die sie unterzeichnen sollte. Ihr Vater hatte sich für den Fall, dass ihm etwas zustoßen sollte, um alles gekümmert: Eine hohe Lebensversicherung wurde ausbezahlt, der Anspruch auf das Erbe war geklärt und weitere Details sorgten für ihre materielle Sicherheit, sodass sie sich ganz ihrer Trauer überlassen konnte.

Sie ging in den Keller hinunter, um die riesigen Mülltüten hochzuholen, die die Handwerker dort zurückgelassen hatten. Statt Bauschutt stopfte sie Alexis' gesamte Kleidungsstücke hinein: Mäntel und Trenchcoats, Zegna-Anzüge, Battistoni-Hemden, Missoni-Pullover, Mokassins und elegante Schuhe, Jeans, Sweatshirts und Polos, Gürtel, Strümpfe, Schlafanzüge, Morgenmäntel und Sportkleidung. Die vielfältige und elegante Garderobe eines modebewussten Mannes, der Freiberufler gewesen ist und kein kostspieliges Auto unterhalten hatte.

Sie brachte die Säcke zu einem karitativen Verein in der Nähe, der Kleider an Arbeits- und Obdachlose verteilte. Demnächst würden also äußerst schick gekleidete Arbeitssuchende im vierzehnten Arrondissement auftauchen oder elegant ausgestattete Stadtstreicher. Alexis' Armbanduhr, seine Manschettenknöpfe, seinen Federhalter, seine Aktentasche und sein abgewetztes weißes Lieblingssweatshirt behielt sie.

Sie ging zu Fuß zum »Café de Flore« und ließ ihren Blick über die Terrasse wandern, um einen Mann mit weißem Bart ausfindig zu machen.

»Frau Foresta?«

Da saß er und entsprach genau Zakas Beschreibung: klein, rundlich, weißer Bart, roter Pullover. Fehlte nur noch der Sack voller Geschenke.

»Sie ähneln Ihrem Vater«, sagte er.

Das Café stammte aus den Anfängen der III. Republik und verdankte seinen Namen einer Skulptur auf der anderen Seite des Boulevards. Nestor hatte sich noch nie zuvor allein hierher gewagt. Der Geist von Apollinaire, Aragon, André Breton, Prévert, Sartre, Beauvoir und Boris Vian flößte ihm allzu große Ehrfurcht ein. Dieser Ort war ein Mythos, eine Institution, ein Treffpunkt für Eingeweihte.

»Zwei Tassen Tee«, bestellte er, ohne Eva um ihre Meinung zu fragen. »Ich bin bereit. Stellen Sie Ihre Fragen.«

»Sie sind der Einzige, der nicht persönlich in den Todesfall verwickelt ist. Ich will die Wahrheit wissen. Könnten Sie für mich noch einmal erzählen, wie sich alles zugetragen hat?«

Sie stellte den Aschenbecher mitten auf den Tisch, griff nach Senfglas, Salz- und Pfefferstreuer sowie den Papierservietten eines Nachbartisches.

»Der Aschenbecher steht für die Place de Catalogne. Sie sind das Senfglas. Von wo sind Sie gekommen?«

»Ich war zu Fuß und habe den Brunnen in der Mitte fotografiert. Dann ging ich zu der Brücke zurück, die in der Verlängerung des Boulevard Pasteur steht, um einen größeren Winkel zu haben.«

»Gut«, sagte Eva und stellte den Senf auf die rechte Seite. »Und die anderen?«

Nestor dachte nach.

»Die junge Frau kam die Straße entlanggerannt, die am anderen Ende auf die Rue Vercingétorix trifft …«

Eva legte eine Papierserviette rechts neben den Senf.

»Okay. Und das Auto?«

»Das kam, wie ich selbst, von der Brücke.«

»Dafür nehmen wir den Pfeffer. Es fuhr schnell, nicht wahr?«

Nestor schüttelte den Kopf.

»Ich glaube nicht, nein.«

Eva presste die Lippen aufeinander.

»Und mein Vater?«

»Er kam zu meiner Linken aus der Rue du Commandant-René-Mouchotte. Geben Sie mir das Salz.«

»Nein«, sagte Eva. »Das bringt Unglück.«

Nestor blickte sie erstaunt an.

»Echt?«

Eva konnte sich ein Lächeln nicht verkneifen, als dieser würdevolle, alte Mann ein solches Wort gebrauchte.

»Man reicht das Salz nicht von Hand zu Hand, man legt keinen Hut aufs Bett, man überquert die Straße nicht hinter einer schwarzen Katze. Mein Vater war sehr abergläubisch, wie die Italiener eben sind …«

»Dann werden wir für Ihren Vater meine Brille nehmen«, sagte er und kramte sie aus seiner Tasche hervor.

Eva versuchte, sich die Szene vorzustellen, als würde sie anstatt Alexis mit dem Fahrrad dort entlangfahren. Zaka kam aus der gegenüberliegenden Straße hervorgestürzt, und Erlés Auto näherte sich auf der rechten Seite, von dort, wo sich auch der Weihnachtsmann befand. Ihre Gesichtszüge verzerrten sich. Alexis hätte Erlé die Vorfahrt gewähren müssen. Das Auto musste mit überhöhter Geschwindigkeit gefahren sein.

»Er muss einfach zu schnell gewesen sein«, beharrte sie.

»Das stimmt. Ich habe mich wirklich gewundert, warum er so rast ...«

Ihr Hass gegen Erlé loderte wieder auf und riss sie mit sich fort.

»Ich wusste es!«, sagte sie heiser. »Warum haben Sie mir vor zwei Minuten das Gegenteil erzählt?«

Nestor legte zweifelnd den Kopf auf die Seite.

»Ist das ein Gespräch zwischen Schwerhörigen?«, lächelte er sie mild an. »Wann habe ich Ihnen das Gegenteil erzählt?«

»Das Auto. Sie haben zuerst gesagt, dass es nicht schnell fuhr, und dann, dass es raste!«

Nestor begriff das Missverständnis und schob die Gegenstände, die die Protagonisten symbolisierten, noch einmal herum.

»Ich habe mich nicht klar ausgedrückt. Der Pfeffer fuhr langsam mit seinem Auto. Die Brille auf dem Fahrrad raste! Die Papierserviette rannte wie eine Verrückte ohne aufzupassen, die Brille gab Gas, als wäre ihr der Teufel auf den Fersen. Der Pfeffer hat versucht, das Schlimmste zu verhindern. Ihm kann man nichts vorwerfen!«

Wutentbrannt fegte Eva die Gegenstände vom Tisch, das Senfglas konnte Nestor gerade noch auffangen.

»Etwas mehr Vorsicht, bitte«, empörte er sich. »Sie haben mich beinahe zu Fall gebracht, ich bin zerbrechlich!«

»Mein Vater ist immer sehr umsichtig gefahren. Er war ein verantwortungsbewusster Mensch«, sagte sie verstimmt. »Es ist leicht, die Schuld einem Toten in die Schuhe zu schieben.«

Nestor sah sie fassungslos an.

»Ich habe ihn doch gar nicht gekannt. Warum sollte ich Sie anlügen?«

»Ich weiß es nicht«, sagte sie nur. »Vielleicht hat Erlé Ihnen Geld gegeben, damit Sie zu seinen Gunsten aussagen?«

Nestor lief rot an vor Wut und stieß seinen Stuhl zurück.

»Das verbitte ich mir! Meine Schüler haben mir manchmal Streiche gespielt, aber sie haben mich nie beleidigt. Sie wagen es, mir zu unterstellen, ich würde für Geld eine Falschaussage machen?«

Er bebte vor Zorn. Sie bereute ihre Worte und streckte den Arm aus, um ihn zu besänftigen und am Gehen zu hindern.

»Es tut mir Leid, Entschuldigung, ich habe es nicht so gemeint, ich hätte nicht …«

Sie fühlte, wie Tränen in ihr aufstiegen.

»Sie täten besser daran, erst zu denken und dann zu sprechen«, sagte er und warf ihr einen bitterbösen Blick zu, während er sich wieder setzte.

»Mein Vater ist tot«, brachte sie mühsam hervor. »Ich will einfach nur alles verstehen.«

Nestor beruhigte sich wieder.

»Ich bin auch Waise«, sagte er mit der ganzen Würde seiner achtzig Jahre. »Sie sind ganz schön weit gegangen mit Ihrer Beschuldigung. Das muss wohl in der Familie liegen. Ihr Vater scheint Ihnen auch ziemlich zugesetzt zu haben.«

Sie stutzte.

»Wieso?«

»Während wir auf den Rettungswagen warteten, hat er mit mir gesprochen«, erklärte Nestor. »Er erinnerte sich nicht einmal mehr daran, dass er einen Unfall hatte …«

Das hatte Doktor Meunier ihr ebenfalls gesagt, aber Eva konnte es nicht glauben.

»Wie kann man vergessen, dass man von einem Auto angefahren wurde?«

Nestor runzelte die Stirn.

»Das Auto hat ihn nicht berührt. Er ist gestürzt, weil er zu schnell unterwegs war.«

Zunehmend verwirrter versuchte Eva, die verschiedenen Probleme zu sortieren, und stellte erst einmal eine ganz andere Frage:

»Wie meinen Sie das, mein Vater hätte mir zugesetzt?«

»Sie hatten sich doch wohl gestritten, er hat jedenfalls versucht, Sie anzurufen, aber sein Handy ist bei dem Aufprall kaputtgegangen. Er wollte sich nicht behandeln lassen, er hatte nur eines im Kopf: mit Ihnen zu sprechen. Wenn ich ihn nicht zurückgehalten hätte, wäre er noch vor dem Eintreffen des Krankenwagens verschwunden. Sie haben auf ihn gewartet, oder?«

Überwältigt von ihren Gefühlen, senkte sie den Kopf.

»Nein«, hauchte sie, »und das wird mich mein ganzes Leben lang schmerzen. Wir hatten uns am Morgen gestritten, und ich bin in die Bretagne gefahren, ohne ihm etwas zu sagen. Wenn ich hier geblieben wäre, hätte ich ihn vielleicht retten können!«

Ihre Stimme versagte. Mühsam fuhr sie fort:

»Ich habe ihn im Stich gelassen, und ich habe ihn enttäuscht …«

»Im Stich gelassen vielleicht«, sagte Nestor nicht gerade sehr diplomatisch, »aber enttäuscht sicher nicht.«

Er versuchte, sich möglichst genau an die Unterhaltung mit dem Verletzten zu erinnern. Er hatte immer ein hervorragendes Gedächtnis besessen. Er brauchte nur die Augen zu schließen und schon konnte er in den Seiten seiner Lieblingsbücher lesen.

»Er sagte mir, dass Sie reif genug wären, um ihm die Stirn zu bieten. Dass Sie Persönlichkeit und Charakter hätten. Dass er so weit gegangen wäre, um zu sehen, wie Sie reagieren würden.«

Mit Tränen in den Augen fragte Eva ihn:

»Sie sagen das nicht etwa, um mir einen Gefallen zu tun?«

Nestor sah sie überrascht an.

»Sie haben wirklich kein Vertrauen zu Ihren Mitmenschen. Sie haben mich beleidigt. Warum sollte ich Ihnen da einen Gefallen tun?«

Eva wischte die Tränen aus ihren Augen.

»Sie können sich gar nicht vorstellen, was für ein Geschenk Sie mir gerade gemacht haben.«

Verlegen rutschte Nestor hin und her und hoffte, dass sie ihn jetzt nicht umarmen würde. Er hasste Gefühlsausbrüche.

»Er hat noch hinzugefügt, dass ihm Worte herausgerutscht wären, die er gar nicht sagen wollte, und dass er sich mit Ihnen versöhnen und die Dummheiten vergessen wollte, die Sie ihm an den Kopf geworfen hatten.«

»Danke«, stammelte sie aufgewühlt.

Eine unglaubliche Ruhe erfasste sie. Alexis war nicht im Streit gestorben. Er hatte sie sogar für reif befunden und ihren Streit vergessen wollen. Sie hatte ihn nicht enttäuscht, nicht enttäuscht, nicht enttäuscht …

Ihre Freude wich so wie die Wellen des Ozeans, die im Winter gegen die Steilküste von Groix donnern und sich dann wieder zurückziehen.

»Das Auto … Sind Sie sicher, dass es ihn nicht berührt hat? Fuhr mein Vater wirklich zu schnell?«

Nestor schüttelte den Kopf.

»Der Autofahrer hat schnell reagiert. Ihr Vater hat die Situation falsch eingeschätzt. Auch wenn Sie das nicht hören wollen: Ich glaube, dass er auch gefallen wäre, wenn das junge Mädchen nicht aufgetaucht wäre. Er hat die Vorfahrt missachtet. Er hat weder nach links noch nach rechts geschaut.«

»Aber worauf hat er dann geschaut?«

»Keine Ahnung. Ich bin kein Hellseher. Vielleicht kann man auf den Fotos etwas erkennen …«

Plötzlich begann es, in ihren Schläfen zu hämmern.

»Welche Fotos?«

»Die Fotos von dem Unfall, die in dem Apparat gespeichert sind, den mir meine Kollegen zu meiner Pensionierung geschenkt haben. Haben Sie einen Computer?«

Eva starrte ihn fassungslos an.

»Natürlich!«, rief sie heiser. »Ist es ein digitaler Fotoapparat?«

»Natürlich«, erwiderte Nestor.

Argwöhnisch stieg Eva in den beinahe schon antiken 2CV. Kein Airbag, kein Navigationssystem, keine ABS-Bremsen.

»Haben Sie keine Angst?«

»Nein«, sagte Nestor.

Der Geschwindigkeitsmesser war oben auf dem Armaturenbrett angebracht. Das hatte Eva noch nie gesehen.

»Finden Sie nicht, dass man weniger sicher ist als in einem … moderneren Auto?«

»Nein«, erwiderte er. »Letztes Jahr habe ich mir auf dem Land einen Wettbewerb angesehen, bei dem verschiedene 2CV auseinander genommen und wieder zusammengebaut wurden. Der Weltrekord liegt bei zwei Stunden, sechs Minuten und siebenundvierzig Sekunden. Das ist sehr lehrreich, und ich kann mein Auto selbst reparieren. Wie sagt man: Never change a winning team!«

Beim Fahren lagen seine Hände unten auf dem Lenkrad, sodass er in den Kurven stark hantieren musste.

»In Ihrer Anzeige war von einer Belohnung die Rede?«, fragte er unvermittelt.

Eva hatte ihn nicht für bestechlich gehalten, aber auch der Weihnachtsmann musste essen und Benzin in den Tank seines 2CV füllen. Der alte Citroën konnte durchaus eine moderne Version des Schlittens von Rudolf, dem Rentier mit der roten Nase, abgeben.

»Ja natürlich, was stellen Sie sich denn vor?«, fragte sie.

»Ich möchte gern, dass Sie mich für ein Wochenende auf Ihre Insel einladen. Auf diese Weise erfülle ich mir gleich zwei Wünsche, die auf meiner Liste stehen: ›auf eine Insel fahren‹ und ›an einem anderen Ort als zu Hause schlafen‹. Sie sind hoffentlich nicht schockiert?«

Eva schüttelte den Kopf. Nestor ging in seine Wohnung, holte den Fotoapparat samt Bedienungsanleitung, dann machten sie sich auf den Weg in die Avenue du Maine. Eva drehte und wendete die silberne Ixus in ihren Händen. Die Wahrheit verbarg sich im Herzen des Gehäuses.

Alexis' Computer begann sofort zu surren, als Eva ihn einschaltete. Sie folgte den Anweisungen, schloss die Ixus an den Computer an, drückte mit klammen Fingern ein paar Tasten. Ihre Schläfen pochten, als endlich ein virtuelles Foto auf dem Bildschirm erschien. Dann folgten der Reihe nach die Aufnahmen vom Brunnen auf der Place de Catalogne aus allen Winkeln, die umliegenden Gebäude, ein Auto …

Plötzlich fror das Bild ein, dann verdunkelte sich der Bildschirm. Eva hielt den Atem an.

»Ich muss eine falsche Taste gedrückt haben«, mutmaßte Nestor.

Eva schluckte, ihre Finger krallten sich um die Maus. Sie klickte alle möglichen Menüs auf dem Bildschirm an, aber der Ausschnitt für die Fotos blieb schwarz.

»Es tut mir so Leid …«, sagte Nestor.

Eva machte einen letzten verzweifelten Versuch und veränderte wahllos die Einstellungen der Ixus. Der Bildschirm flackerte, dann flimmerten graue Linien darüber. Eva stieß einen tiefen Seufzer aus. Ihre Hoffnungen waren vergeblich gewesen, sie würde nie erfahren, was geschehen war.

Aber plötzlich erschienen wie durch ein Wunder Bilder auf dem Monitor: Drei Minuten lang folgten pro Sekunde fünfzehn Bilder aufeinander. Auf Alexis' Computer wiederholte sich der Unfall, der ihn das Leben gekostet hatte. Am unteren Bildrand tauchten Zahlen auf:

21-08-03, 20h00, 01,02 …

Ein Radfahrer in Rennhaltung rast aus der Rue du Commandant-René-Mouchotte kommend auf die Mitte der Place de Catalogne zu …

Ein junges Mädchen mit langen dunklen Haaren taucht im Laufschritt aus der Rue Alain auf …

Der Fahrer eines Autos, das langsam aus dem Boulevard Pasteur kommt, reißt das Lenkrad herum und bremst, kann aber dem jungen Mädchen nicht mehr ganz ausweichen, das hinter der Karosserie verschwindet …

Der Radfahrer will dem Auto ausweichen ohne zu bremsen. Er vollführt einen wilden Schlenker und prallt bei seinem Sturz auf die Bordsteinkante …

Ein Hund beginnt in dem stehenden Auto zu bellen, dessen Fahrer inzwischen herausspringt und eilig zu den Verletzten läuft, wobei er leicht hinkt …

Mit stockendem Atem starrte Eva auf den dunklen Bildschirm.

»Ich wusste gar nicht, dass dieser Apparat auch eine Kamera ist!«, wunderte sich Nestor entzückt. »Haben Sie gesehen, ich hatte Recht, Ihr Vater fuhr viel zu schnell. Er hat zur falschen Seite geschaut und dem Auto die Vorfahrt genommen.«

Eva wollte ein winziges, aber entscheidendes Detail noch einmal ansehen. Sie ließ den Film zurücklaufen, drückte auf Start und nach ein paar Sekunden auf Pause.

»Haben Sie das auch gesehen?«, fragte sie mit gepresster Stimme.

Nestor schüttelte den Kopf.

»Schauen Sie in die Ecke dort«, sagte Eva und wies mit dem Finger auf den Bildschirm. »Neben der Laterne.«

»Ist das … eine Katze?«

Eva nickte.

»Eine schwarze Katze. Ihretwegen ist Alexis so gerast. Er wollte vor ihr die Straße überqueren. In Italien kreuzt man niemals den Weg einer schwarzen Katze, das bringt Unglück. Man muss warten, bis jemand anderes vor einem hergeht, und das kann lange dauern. Deshalb hat er Gas gegeben!«

Nestor runzelte die Stirn.

»Kann ich den Film noch einmal sehen?«

Eva wiederholte das Ganze, markierte diesmal aber die Katze mit dem Cursor, um ihren Weg zu verfolgen. Obwohl der Apparat die Szene in Realzeit festgehalten hatte, lief sie wie in Zeitlupe vor ihnen ab.

Die schwarze Katze springt vom rechten Gehweg und will die Straße überqueren. Alexis bemerkt sie, legt sich nach vorn über seinen Lenker, spannt seine Muskeln an und rast los, um ihr den Weg abzuschneiden und vor ihr die Straße zu passieren. Zaka taucht auf, rennt auf den Platz, genau vor Erlés Auto, der das Steuer noch herumreißt und bremst, aber nicht mehr ganz ausweichen kann. Zaka verschwindet hinter der Karosserie. Alexis will dem Auto ausweichen, allerdings ohne zu bremsen. Noch immer den Blick auf die Katze geheftet, vollführt er einen wilden Schlenker und stürzt auf die Bordsteinkante.

»Echt wahr!«, flüsterte Nestor, »Die Italiener haben Recht. Schwarze Katzen bringen Unglück.«

»Er hat ihn nicht berührt«, murmelte Eva und schob eine CD in den Brenner. Erlé hatte Alexis nicht angefahren. Er hatte die Wahrheit gesagt.

Völlig aufgelöst realisierte sie, was geschehen war: Sie hatte den Mann, den sie nach ihrem Vater am meisten auf der ganzen Welt liebte, beschuldigt, beleidigt und zu Unrecht davongejagt.

Nachdem Nestor gegangen war, schaute sie sich den Film noch gute fünfzig Mal an, so lange, bis sie sich auch das kleinste Detail eingeprägt hatte. Es kommt selten vor, dass man einem Unfall zusieht, der einen Menschen, den man liebt, das Leben kostet. Eva war einerseits aufgewühlt von dem, was sie gesehen hatte, aber auch beruhigt darüber, die Wahrheit zu kennen. Die Konsequenzen machten ihr zu schaffen.

Nestor hatte ihr erzählt, dass Alexis sich nicht behandeln lassen wollte, dass er, hätte man ihn nicht davon abgehalten, noch vor dem Eintreffen der Krankenwagen weitergefahren wäre – so sehr war er davon besessen, sich mit ihr zu versöhnen. Gildas Murat hatte nicht gelogen, als er beteuerte, sein Patient habe das Krankenhaus gegen seinen Rat verlassen.

Außerdem machte der Film deutlich, dass Erlé gut reagiert hatte: Zaka hatte sich vor sein Auto geworfen, er konnte nur noch das Steuer herumreißen, wenn er sie nicht überfahren wollte. Alexis hätte halten müssen und es sicher auch getan, wenn er weniger schnell und weniger abergläubisch gewesen wäre.

Alexis war also weder wegen ihres Streites noch wegen eines unachtsamen Autofahrers oder einer ärztlichen Schlamperei gestorben. Nicht einmal Zakas Impuls, sich vor das Auto zu werfen, war daran schuld. Das Schicksal hatte ihm ganz einfach eine schwarze Katze über den Weg geschickt …

Sophie Davoz kam mit ihrer Gucci-Sonnenbrille auf der Nase und ihrer Ferragamo-Tasche unter dem Arm vom Friseur. Sie hatte ihre langen kastanienfarbenen Locken, die Alexis so liebte, geopfert und trug nun einen Jeanne-d'Arc-Schnitt, der besser zu ihrem Kummer passte. Morgen würden ihre Kollegen am Gericht ihre Kommentare dazu abgeben.

Sie ging in ihr Büro und gab ihrer Sekretärin Bescheid,

dass sie wieder zurück sei. Plötzlich gewahrte sie Eva Foresta. Ein leichter Schauer erfasste sie: Die junge Frau hatte die Augen ihres Vaters.

»Sie haben Ihre Frisur geändert. Ich will meine beiden Klagen zurückziehen. Es tut mir sehr Leid«, brachte Eva in einem Atemzug hervor.

Sophie stellte ihre Tasche ab, zog den Mantel aus und setzte sich.

»Wie bitte?«, fragte sie verblüfft.

Eva zog die CD hervor und reichte sie ihr.

»Sehen Sie sich das an«, sagte sie. »Ein Zeuge hat den Unfall zufällig gefilmt. Erlé Le Gall kann nichts dafür, und auch bei Gildas Murat habe ich mich geirrt. Ich klage sie nicht mehr wegen fahrlässiger Tötung an. Im Gegenteil, ich möchte Sie bitten, die beiden zu verteidigen und ihnen zu helfen. Ich hätte beinahe eine große Dummheit begangen. Ganz gleich, was es kostet, helfen Sie ihnen. Bitte. Sie können nichts dafür und ich auch nicht!«

Einen Moment lang saß Sophie mit der CD zwischen den manikürten Fingernägeln wie versteinert da.

»Erlé darf nicht ins Gefängnis kommen«, fuhr Eva fort. »Tun Sie alles, was in Ihrer Macht steht, berufen Sie sich auf einen Formfehler, ein legales und unumstößliches Argument …«

»Es wird uns schon etwas einfallen«, versicherte Sophie. »Ich kann den Fall nicht selbst übernehmen, da ich die Klage in Ihrem Namen eingereicht habe, aber ich werde Ihnen einen Freund nennen, der ganz hervorragende Arbeit leistet. Es ist unser Beruf, die Guten gegen die Bösen zu verteidigen. Die beiden sind also keine Verbrecher mehr, sondern gehören jetzt auf die andere Seite?«

»Das sind Sie nie gewesen«, murmelte Eva.

Sophie warf ihren Kopf zurück und wunderte sich, dass sie ihre Locken nicht mehr auf den Schultern spürte.

56

An diesem Tag hatte Erlé frühmorgens auf der Kaimauer gestanden und gesehen, wie Eva die Fähre bestieg. Wie gern wäre er auf sie zugelaufen und hätte sie in seine Arme geschlossen. Dann hätte er ihr gesagt, dass nichts von allem stimmte, dass er nicht Erlé Le Gall hieße und das Ganze nur ein schrecklicher Albtraum gewesen sei. Er hätte Jahre seines Lebens dafür gegeben, die Zeit zurückdrehen zu können bis zu jenem verhängnisvollen 21. August, und zwar so weit, dass er den Zug nach Paris noch erreicht hätte. Aber natürlich war das unmöglich.

Es war frisch am Morgen, und Eva hatte sich in eine dicke Wolljacke mit zu langen Ärmeln gepackt, dennoch wirkte ihre Gestalt anmutig, und ihr Gang war geschmeidig. Erlé sog den Anblick auf und hätte am liebsten den ganzen Tag damit verbracht, sie anzusehen, denn mehr würde ihm nicht bleiben, da sie erst im Gericht, als Gegner, wieder aufeinander treffen würden.

Erst als die Fähre sich vom Kai entfernte, im Hafen drehte und Kurs auf Lorient nahm, trat Erlé aus der Nische, in der er sich wie ein Dieb versteckt hatte. Er konnte sich nicht entschließen abzufahren. Gestern schon hatte er den Zeitplan der Fähren studiert, dann war er ein zweites Mal im letzten Augenblick umgekehrt und geblieben. Hier auf diesem Felsen mitten im Ozean würde er sie zumindest wiedersehen. Sie war irgendwo in der Nähe, ihr Geruch, ihr Blick, ihr Körper, ihr Lachen – das alles war zu spüren und hielt in ihm die Hoffnung und das Leben wach.

Er fragte sich, ob sie nach Paris zurückkehren würde oder nur für einen Tag weggefahren sei. Um das herauszufinden, musste er nur nachsehen, ob sie ihr Haus winterfest zurückgelassen hatte. Er mietete ein Fahrrad im Hafen – es sah genauso aus wie das, das Eva ihm geliehen hatte. Sie musste es am Ende einer Saison hier erstanden haben, wenn die Fahrradvermieter ihre von den Feriengästen abgenutzten Gefährte verkauften.

Glücklich über die Herausforderung kämpfte er sich die Steigung hinauf. Jack lief keuchend, die Schnauze wie zu einem Grinsen verzerrt, neben ihm her. Erlé gönnte sich unterwegs den Luxus einer Wallfahrt zu den Stätten, die Eva so sehr mochte: die Buchhandlung an der Hauptstraße, dann die Buchhandlung »L'Ecume des jours« und das »Bleu Thé«. Er machte einen Schlenker am Schaufenster des Antiquitätenhändlers Joseph vorbei, der, wie sie ihm erzählt hatte, zugleich Herrenfriseur war. Seemannsmöbel mit geschichtsträchtiger Patina standen neben Barbierstühlen und Waschbecken. Dann blieb er vor der »Boutique de la Mer« stehen, die von Pat und Myriam, Freunden von Eva, geführt wurde und in der es maritime Bücher und Dekorationsartikel sowie Kleider und Schallplatten zu kaufen gab. Etwas weiter die Straße hinunter lagen der Souvenirladen von Marie-Aimée, der Frau von Joseph, und der Schuhladen, in dem man auch Schlüssel nachmachen lassen konnte. Erlé lächelte traurig: drei Buchläden für eine Insel von acht mal vier Kilometern, ein Antiquitätenhändler und Friseur, ein Schuh- und Schlüsselmacher, wie gern hätte er hier mit ihr gelebt …

Heftig trat er in die Pedale, kam an der Kirche mit ihrem Wetter-Thunfisch vorbei und an der rosa Crêperie, in die sie so gern einkehrte, um immer das Gleiche zu bestellen, dann fuhr er ins Dorf.

Die Fensterläden standen offen. Sie würde also zurückkommen. Die drei Flächen waren in drei unterschiedlichen Blautönen gestrichen, deren Mischungsverhältnisse im Computer des Farbengeschäftes gespeichert waren. So musste man nur den Namen »Foresta« angeben und die entsprechenden Farbmischungen würden geliefert werden. Erlé stieß das blaue Gartentor auf, eine graue Katze beobachtete ihn aus ihren Augenwinkeln heraus und verzog sich, als sie Jack erblickte. Eva hatte den Katzen vor ihrem Aufbruch zu fressen gegeben, und Jack machte sich nun über die restlichen Brocken her.

»Du bist und bleibst ein Vielfraß«, rügte Erlé.

Sie hatte die Tür nicht zugesperrt. Das ganze Dorf hatte gesehen, dass Erlé und sein Hund in den Garten gegangen waren, aber da man sie zusammen mit Eva gesehen hatte, hielt man die beiden nicht für Eindringlinge.

Er betrat die Küche, in der es noch nach Kaffee duftete. Dann warf er einen Blick in das Wohnzimmer und ging die Treppe hinauf. Er kam nicht als Voyeur, sondern als Handwerker. Er hatte begonnen, die Drehorgel zu restaurieren und wollte seine Arbeit zu Ende bringen, bevor er die Insel verließ.

Oben im Flur erwartete ihn ein schrecklicher Anblick. Das Instrument war zerschlagen, die abgesplitterten Stücke lagen auf dem Boden herum, ebenso die Werkzeuge, mit denen es erst zusammengefügt und dann wieder zerstört worden war. Erlé schüttelte den Kopf. Sie hatte sich an dem Holz gerächt, sie musste sich so elendig gefühlt haben, dass ihr der Gedanke unerträglich gewesen war, das Instrument könnte durch seiner Hände Arbeit Musik hervorbringen.

Er hingegen konnte den Anblick der geschundenen Orgel nicht ertragen. Er musste sie einfach reparieren, auch wenn Eva sie noch einmal in Stücke schlagen mochte. Vielleicht war dieses Zerstören und Wiederzusammenfügen von nun an die einzige Form der Kommunikation zwischen ihnen …

Er krempelte die Ärmel hoch und trennte zunächst die heilen und noch brauchbaren Teile von den kaputten. Jack legte sich hinter ihm auf die letzte Stufe der Treppe und schnarchte bald vor sich hin. Erlé listete auf, was er an Material benötigen würde, überließ das Haus seinem Hund und stieg wieder auf das Fahrrad.

Der erste Passant, den er fragte, riet ihm, zu dem Geschäft »Le Ménach« zu fahren. Früher hatte es einmal an der Hauptstraße im Dorfzentrum gelegen, dort wo sich inzwischen die größte Buchhandlung befand. »Le Ménach« befand sich jetzt samt einem großen Lager etwas außerhalb. Dort konnte man alles Notwendige für die Arbeiten im und am Haus erstehen. Handwerkerbedarf fand sich dort ebenso wie Gartenutensilien und Ausrüstungen für Freilichtmalerei.

Als er hereinkam, zauberte die junge Frau an der Kasse ein breites Lächeln auf ihr Gesicht.

»Ich bin Véronique, die Tochter von Lucette. Sie sind doch ein Freund von Eva, nicht wahr?«

Er brachte es nicht über sich, ihr die Wahrheit zu sagen. Zwanzig Minuten später kehrte er voll beladen zurück. Das neue Holz war spröde, aber ein geübter Schreiner wie Erlé konnte es gut verarbeiten. Die dem Buchenholz zugefügten Schläge schmerzten ihn, und er verbrachte den ganzen Tag damit, zu verbinden, zu kleben, zu dübeln, zu glätten, zu schleifen, zu schneiden, zu kitten und zu reinigen.

Der Blasebalg stellte allerdings ein Problem dar: Erlé hatte zwar Lammleder, aber keine Ahnung, wie man Hand anlegen musste. Neben dem Instrument hatte Eva einen ganzen Stapel perforierter Kartons von Pierre liegen lassen. Auf einem befand sich ein Etikett mit der Adresse und Telefonnummer des Organisten. Erlé zögerte nicht und rief ihn an.

»Ich bin Kunstschreiner«, sagte er, »ich restauriere eine Thibouville mit vierundzwanzig Tasten für Eva Foresta.« Er stockte, als er ihren Namen aussprach. »Es ist alles fertig bis auf den Blasebalg, aber dafür brauche ich Ihren Rat.«

Pierre gab ihm präzise Anleitungen für jeden Handgriff, bis alles richtig eingepasst war.

»Ich weiß nicht, wie ich Ihnen danken soll …«

»Spielen Sie«, forderte Pierre ihn auf.

»Wie bitte?«

»Spielen Sie, damit ich das Instrument höre! Haben Sie einen Karton?«

Erlé griff nach dem obersten Karton des Stapels. »Mon Dieu«, gesungen von Edith Piaf im Jahr 1960, Text von Michel Vaucaire, Musik von Charles Dumont. Während ihn Pierre genau anwies, kam ihm der herzzerreißende Text wieder in den Sinn: »Zeit sich zu lieben, es sich zu gestehen, und Zeit, sich in Erinnerungen zu ergehen«.

Die sehnsüchtige und traurige Melodie erfüllte den Raum, das schwingende Summen der Orgel stürzte Erlé in eine abgrundtiefe Traurigkeit. Sein Herz befahl seinem Arm, die Handkurbel anzuhalten. Die Musik verhallte.

»Gibt es ein Problem?«, wollte Pierre wissen.

»Dieses Lied macht mir eine Gänsehaut.«

Selbst Jack sah traurig drein. Erlé verabschiedete sich von Pierre. Eva hatte so heftig auf das Instrument eingeschlagen, dass auch seine Seele Schaden erlitten hatte: Die Töne hatten eine tragische Klangfarbe angenommen. Es würde viel Zeit und Glück brauchen, bis die Orgel wieder fröhliche Tanzlieder spielen könnte.

»Es wird dir nie wieder jemand so wehtun«, versprach Erlé.

Auf ein Blatt neben dem Telefon schrieb er: »Sie konnte nichts dafür und ich auch nicht.« Dann legte er es deutlich sichtbar auf das Instrument. Jetzt konnte er die Fähre nehmen und nach Hause zurückkehren.

57

Trotz ihrer Krücken bewegte sich Zaka anmutig den Flur entlang, der zu dem Büro von Patrick Murat führte. Eine sichtbare Verletzung war in einem Krankenhaus der beste Passierschein. Wäre Zaka auf beiden Beinen unterwegs gewesen, so hätte sich ihr die Sekretärin längst in den Weg gestellt, aber in ihrem Zustand hatte sie überall Zutritt.

Patrick Murat saß an seinem Schreibtisch mit der Rauchglasplatte. Hinter ihm stand seine futuristische Bücherwand. Zaka trat ohne zu klopfen ein und vergaß – ganz erfüllt von ihrer Mission –, dass sie schüchtern war. Erstaunt hob Patrick den Kopf.

»Sie müssen sich im Büro geirrt haben«, sagte er und erteilte seiner Sekretärin innerlich bereits einen Rüffel.

»Sie sind doch der Vater von Gildas?«, fragte Zaka. »Darf ich mich setzen?«

Auch hier waren die Krücken ihre Rettung. Patrick konnte nicht anders als auf einen seiner metalleingefassten Ledersessel zu weisen. Sie setzte sich und betrachtete das Bild mit den geometrischen Figuren an der Wand.

»Vasarély«, bemerkte sie. »Sie sehen Gildas ähnlich.«

»Es verhält sich wohl eher so, dass er mir ähnlich sieht, wertes Fräulein«, knurrte Patrick. »Ich habe sehr viel zu tun und werde Sie deshalb hinausbegleiten lassen …«

Er drückte auf den Knopf seiner Sprechanlage.

»Ich beanspruche nur fünf Minuten Ihrer kostbaren Zeit«, lächelte Zaka. »Dann werde ich gehen und Sie werden nichts mehr von mir hören. Ich bin bei dem gleichen Unfall verletzt worden wie Alexis Foresta …«

Patrick runzelte die Stirn.

»Wie dreist von Ihnen, hier einzudringen! Sie wollen gegen meinen Sohn klagen? Tun Sie sich nur keinen Zwang an!«

Die Sekretärin kam ins Zimmer und ihr entsetzter Blick fiel auf Zaka.

»Diese junge Person hat sich verlaufen. Können Sie ihr den Ausgang zeigen?«, zischte der Dekan mit funkelnden Augen.

Zaka war nun schon so weit gegangen, dass sie ihre Sache auch zu Ende bringen musste. Das Schlimmste hatte sie hinter sich, jetzt blieb ihr nur noch, das zu sagen, was sie sagen wollte.

»Ich will nicht gegen ihn klagen«, beteuerte sie schnell. »Im Gegenteil, ich will Gildas helfen. Er hat mich als Arzt behandelt und dann sind wir Freunde geworden. Er hat mir von Ihnen erzählt …«

Patrick bedeutete der Sekretärin hinauszugehen, denn er legte keinen Wert darauf, sein Privatleben vor ihr auszubreiten.

»Sie verlieren Ihre Zeit und stehlen meine«, sagte er mit leicht erhobener Stimme. »Wenn Gildas Sie schickt, so können Sie ihm von mir ausrichten …«

»Er weiß nicht, dass ich hier bin«, schnitt sie ihm das Wort ab. »Er wäre furchtbar wütend darüber! Er hat meinen Bruder zwei Mal daran gehindert, mich zu entführen …«

Patrick starrte sie an und wunderte sich darüber, was in seinem Krankenhaus alles vor sich ging.

»Ich bin gekommen, um meine Schuld zu begleichen«, erklärte Zaka. »Ich habe auch keinen Vater. Er hat, wie Sie, sehr jung geheiratet. Er brachte uns dann hierher und ging wieder ins Maghreb zurück, um dort eine neue Familie zu gründen. Haben Sie auch noch einmal geheiratet?«

Sie drang nicht nur in sein Büro ein, sondern wurde auch noch indiskret.

»Das geht Sie nichts an«, erwiderte Patrick.

»Mein Vater war sechzehn, als er zum ersten Mal Vater wurde. Nach meiner Geburt war er zehn Jahre lang nicht bei uns. Dann ist er zurückgekommen und drei Jahre später wieder fortgegangen. Er hat uns nicht gefehlt, wir haben immer ohne ihn gelebt. Aber ich achte und liebe ihn. Er hat mir das Leben geschenkt und hat es nie bedauert, obwohl ich doch nur ein Mädchen bin.«

Patrick Murat kochte vor Wut.

»Ihre Familiengeschichten sind wirklich mitreißend, aber ich habe zu tun. Gehen Sie, oder ich rufe das Sicherheitspersonal!«

Sie stützte sich auf ihre Krücken und erhob sich.

»Ich bin schon fertig«, sagte sie. »Sie sind sicher ein hervorragender Arzt auf Ihrem Gebiet, aber als Vater sind Sie eine Null. Gildas ist allein zurechtgekommen, er hat Sie nicht gestört. Sie haben nicht das Recht, ihm Ihre Achtung und Ihr Wohlwollen vorzuenthalten.«

Unter den wütenden Blicken des Dekans ging sie zur Tür. Als sie den Raum verlassen hatte, ließ sich Patrick auf seinen Designer-Sessel fallen und sah flehend zur Decke.

»Mein Gott, steht denn meine Tür jedem offen!«

Zuerst wollte er seine Wut an seiner Sekretärin auslassen, dann besann er sich, denn das würde seinem Ansehen schaden. Hätte diese kleine Göre keinen Gips gehabt, hätte er sie eigenhändig am Kragen gepackt und hinausgeschleppt. »Sie haben nicht das Recht, ihm Ihre Achtung und Ihr Wohlwollen vorzuenthalten«, das war nicht gerade die Wortwahl einer normalen Jugendlichen. Er grinste hämisch. Achtung hatte er nur vor Kollegen, Wohlwollen empfand er für keinen seiner Zeitgenossen.

Wer hatte ihm denn Achtung und Mitgefühl entgegengebracht, als er mit fünfzehn Jahren Vater geworden war? Niemand. Wie einen Kriminellen hatte man ihn behandelt. Die Lehrer, die ihm bis zu diesem Zeitpunkt alle eine glänzende Zukunft vorausgesagt hatten, wandten sich von ihm ab. In den Augen seiner Eltern war er ein Perverser, die Eltern von Gildas' Mutter sahen in ihm einen Geisteskranken. Er hatte sich geschworen, sich nie wieder an jemanden zu binden. Sein Aufstieg war überwältigend verlaufen. Er wurde beneidet und bewundert, und nur das allein zählte. Seine Eltern krochen vor ihm auf den Knien und nahmen am Ende des Monats demütig seine Schecks entgegen. Was für eine glorreiche Revanche!

»Sie mögen ein hervorragender Arzt auf Ihrem Gebiet sein«, hatte das gipsbeinige Gör gesagt. Von wegen hervorragend, er war der Beste! »Aber als Vater sind Sie eine Null«. Davon hatte er etwas! Er hatte sich seine Vaterschaft nicht ausgesucht. Gildas' Mutter, eine Klassenkameradin, hatte sich mit ihren fruchtbaren Tagen verrechnet. Kein Wunder. Sie war immer schon eine Niete in Mathe gewesen. Sein Name zierte die Visitenkarten: Professor Patrick Murat, Dekan der medizinischen Fakultät, Chefarzt. Was war aus all den anderen geworden, die auf ihn herabgesehen hatten? Nichts, aber auch gar nichts. Er schlug mit der Faust auf den Tisch. Sie hatten nichts geschaffen, nichts bewiesen, nichts gewonnen, nichts erreicht. Ihr Name würde in keinem Gedächtnis haften bleiben, ihr Auftauchen würde völlig folgenlos bleiben. Nur für ihre Eltern und ihre Kinder waren sie wichtig, während sein Name in der ganzen Fakultät, sogar im ganzen Krankenhaus bekannt war!

Ihm kamen die Worte wieder in den Sinn, die ihm Gildas bei ihrem letzten quälenden Aufeinandertreffen an den Kopf geworfen hatte:

»Du wolltest nicht mein Vater sein, jetzt will ich nicht mehr dein Sohn sein. Nicht du lässt mich fallen, ich will dich los sein.« Patrick hatte das nicht verstanden. Als junger Assistenzarzt hätte er doch vor Stolz platzen müssen; er konnte mit einem Vater prahlen, der auf der Erfolgsleiter ganz oben angekommen war.

»Er hat mir das Leben geschenkt und es nie bedauert«, hatte ihm diese Göre beteuert und damit unterstellt, es wäre ihm lieber gewesen, seinen Sohn niemals gezeugt zu haben. Dachte Gildas das Gleiche?

»So ein kleiner Irrer«, sagte sich Patrick. »Das muss er von seiner Mutter haben.«

58

Gildas klopfte an die Tür des Büros, bevor er eintrat und dem Dekan direkt in die Augen sah.

»Du hast mich rufen lassen. Hat sie noch eine weitere Klage eingereicht?«, brachte er angriffslustig vor.

Patrick blieb dabei, ihn zu siezen.

»Setzen Sie sich. Von wem sprechen Sie?«

»Von Eva Foresta. Ich war in der Bretagne, um mit ihr zu sprechen und ihr zu erklären, dass ich unschuldig bin. Aber es ist nicht gut gelaufen. Sie hat mich hinausgeworfen wie einen Pfuscher.«

»Heute Morgen hat ihre Anwältin angerufen …«

»Klagt sie mich jetzt auch wegen Quälerei an? Die Tatsache, dass ich mich auf ihre Insel gewagt habe, macht meinen Fall noch schlimmer. Gibt es nicht im Strafgesetzbuch einen Artikel, der besagt, dass alles noch schwerer wiegt, wenn man mit dem Schiff irgendwohin fährt, um jemandem auf die Pelle zu rücken? Für den Fall, dass auch die noch gegen mich klagen: Ich habe außerdem versucht, zwei Personen zu ertränken, einen Anwalt und den Bruder einer Patientin …«

Patrick schnitt ihm das Wort ab.

»Halten Sie mal für einen Minute den Mund! Sie waren überzeugender als Sie dachten. Sie zieht ihre Klage zurück.«

»Sie ... was?«

»Sie haben richtig gehört. Sie werden nicht mehr belastet. Von niemandem. Ihre Anwältin hat mir sogar gesagt, dass einer ihrer Kollegen Ihre Verteidigung übernehmen könnte, falls das Krankenhaus die Sache jetzt nicht auf sich beruhen lässt.«

Gildas traute seinen eigenen Ohren nicht.

»Es ist ... also alles vorbei?«

»Das kann man so sagen.«

»Das Krankenhaus geht nicht weiter gegen mich vor?«

»Es hat nicht den Anschein. Sie haben Empfehlungen von ganz oben.«

Gildas starrte ihn verwirrt an.

»Daniel Meunier?«

»Patrick Murat. Es heißt, Sie seien sein Sohn. Sie haben es abgestritten. Aber das Gerücht hält sich hartnäckig.«

»Ich verstehe nicht recht«, rätselte Gildas.

Patrick erhob sich und kam um seinen Schreibtisch herum.

»Sie wollten mich los und nicht mehr mein Sohn sein. Das ist Ihre Entscheidung. Meiner Meinung nach haben Sie sich den falschen Gegner ausgesucht: Die anderen müssen Ihren Familiennamen vergessen, nicht ich. Ich bin nur ein Zufall in Ihrem Leben, so wie Sie nur ein Zufall in meinem sind. Wir klopfen uns weder kumpelhaft auf die Schulter noch verpassen wir uns honigsüße Streicheleinheiten. Das ist einfach nicht unser Stil.«

»Nein, das kann man wohl sagen«, bestätigte Gildas. »Sie hat ihre Klage zurückgezogen ... so etwas aber auch!«

»Ich bin nicht wohlwollend und ich empfinde keine Achtung für einen Assistenzarzt, ganz gleich welchen. Aber ich halte es für positiv, dass Sie existieren«, sagte Patrick gedehnt und verfolgte aufmerksam die Wirkung seiner Worte auf Gildas' Gesicht.

Gildas zwickte sich, um sicher zu sein, dass er nicht träumte.

»Du hältst es für … positiv, dass ich existiere?«

»Ja.«

»Hast du getrunken? Einen Joint geraucht? Dir eine Spritze verpasst?«

»Nein.«

»Ich kann also wieder in der Chirurgie arbeiten? Und meine Nachtwachen in der Notaufnahme machen?«

»Ja.«

»Hast du Krebs? Stehst du mit einem Bein im Grab und willst noch schnell um Vergebung bitten? Willst du zu Weihnachten nicht mehr allein sein? Machst du eine Psychoanalyse und empfindest Schuldgefühle?«, fragte Gildas.

Patrick schüttelte den Kopf.

»Ich bin vollkommen gesund, ich verabscheue Familienfeste. Ich bedauere nichts und würde alles noch einmal genauso machen, wie ich es gemacht habe.«

Gildas runzelte die Stirn.

»Das heißt, mich auch?«

»Ja. Nur weil es Sie gibt, musste ich mich so durchbeißen und habe solchen Erfolg gehabt. Und nur weil es mich gibt, sind Sie hier gelandet. In gewisser Weise haben wir uns gegenseitig in den Hintern getreten.«

Gildas holte tief Luft, um sein Gehirn mit Sauerstoff zu versorgen.

»Okay. Ich werde dich weiterhin duzen, du wirst mich weiterhin siezen. Wir werden uns auch weiterhin nicht sehen und jeder wird den anderen nur als Zufall in seinem Leben betrachten. Aber du hältst es für positiv, dass ich existiere, habe ich dich richtig verstanden?«

Zum ersten Mal lächelte Patrick.

»Genau«, bestätigte er. »Besser hätte ich es nicht zusammenfassen können.«

Gildas erhob sich langsam.

»Dann gehe ich jetzt hinunter und arbeite wieder auf meiner Station.«

»In Ordnung«, nickte Patrick.

Auf der Schwelle drehte Gildas sich noch einmal um.

»Warum erst jetzt? Warum erst nach vierundzwanzig Jahren?«

»Eine Ihrer Freundinnen war bei mir.«

Gildas fragte sich, um wen es sich handeln könnte. Oberschwester Evelyne? Die Praktikantin Clarisse?

»Es war die, der Sie kürzlich einen schönen Gips angelegt haben«, klärte Patrick ihn auf. »Die rosafarbenen Krücken dürfen im Übrigen nicht außerhalb des Krankenhauses benutzt werden.«

Gildas schüttelte den Kopf und schloss die Tür hinter sich.

Mit dem Beginn der Schulzeit hatte sich die Atmosphäre in den Straßen verändert. Gildas, der nun wieder zum Fußgänger geworden war, sah alles in einem anderen Licht. Als er im August Evas Wohnung aufgesucht hatte, war das Pariser Straßenbild geprägt von alten Leuten, Au-pair-Mädchen und verheirateten Männern, deren Frauen im Urlaub waren. Nun wankten Kinder unter dem Gewicht ihrer Schulranzen nach Hause, Männer hasteten durch die Straßen, vor den Schulen hielten wartende Mütter ein Schwätzchen und mit Aktenordnern bewaffnete Studenten schlenderten umher.

»Mittwoch geht's los« hatte es auf den Aushängen für Zaka geheißen. Gildas fuhr mit der Metro zu der Zeichenschule im dreizehnten Arrondissement und setzte sich in das gegenüberliegende Café. Flankiert von ihren beiden Spießgesellen, Jules und Tan, erschien sie um die Mittagszeit oben auf den Stufen. So wie er es ihr aufgetragen hatte, war sie nicht mehr mit Krücken unterwegs, sondern hatte einen dicken Strumpf über ihren Gips gezogen und setzte ihn jetzt beim Gehen auf. Gildas winkte ihr zu.

»Das ist mein persönlicher Arzt«, erklärte sie ihren Freunden.

Aus den Augen der beiden Jungen schleuderten Blitze in Gildas' Richtung. Zaka hinkte lächelnd zu ihm hinüber.

»Diese Schule ist einfach umwerfend! Du müsstest einmal die Ausstattung sehen, die Lehrbücher, das Material, die Computerausrüstung, die Bibliothek. Ich habe ein Zimmer in dem Wohnheim direkt gegenüber, wo mir ein Computer zur Verfügung steht, und ich kann sogar das Schwimmbad benutzen und endlich schwimmen lernen, wenn ich meinen Gips los bin!«

»Du hast es verdient«, ermunterte Gildas sie. »Ich habe mir sagen lassen, dass du meinem Vater einen kleinen Besuch abgestattet hast?«

Das Lächeln verschwand aus Zakas Gesicht.

»Ich habe meine Zeit verschwendet, genau wie bei meinem Besuch bei Eva Foresta. Er ist borniert. Er hat mir gar nicht zugehört.«

»Sie haben dir alle beide zugehört«, sagte Gildas und lächelte. »Eva Foresta hat ihre Klage zurückgezogen, und mein Vater hält es für positiv, dass ich existiere, weil ich ihm in den Hintern getreten habe. Abgesehen davon hat er keine Lust, mich zu sehen, und jeder von uns ist lediglich ein Zufall im Leben des anderen, was allerdings trotz allem eine gewisse Bindung schafft.«

Zaka starrte ihn an. Gildas lachte los.

»Er hält es für positiv, dass ich existiere. Dieser Typ ist ein Masochist.«

»Ganz und gar nicht. Ich halte es auch für positiv, dass du existierst«

»Das Kompliment geht an dich zurück«, erwiderte Gildas. »Ich wünsche dir einen schönen Tag.«

»Wünsche ich dir auch!«

Zaka ging zu den anderen zurück, die an der Treppe auf sie warteten.

»Was wollte der von dir?«, fragte Jules misstrauisch.

»Er wollte mir Neuigkeiten von seinem Vater überbringen«, sagte Zaka.

Sie dachte an ihre kleinen Brüder, und ihr Herz zog sich zusammen. Sie hatte ihre Familie verloren, aber neue Freunde gefunden. Vor ihr lag ihre ganz eigene Zukunft. Sie legte den Kopf in den Nacken, um die Sonne auf ihrem Gesicht zu spüren. Der Preis für ihr Glück war hoch, aber sie bedauerte nichts. Eines Tages würde sie einen Weg finden, ihre Brüder wiederzusehen.

59

Donnerstag, 4. September, fünfzehnter Tag

Eva trug das weiße Lieblingssweatshirt ihres Vaters und saß im Schnellzug nach Lorient. Sie schlug eine Zeitung auf, biss in einen Apfel und trank einen Schluck Wasser. Sie kehrte nach Groix zurück, um wieder zu sich zu kommen und um Erlé um Verzeihung zu bitten. Nach all den schrecklichen Dingen, die sie ihm angetan hatte, war ihr klar, dass er ihr vielleicht nicht mehr verzeihen könnte und vielleicht nicht einmal mehr zuhören wollte. Sie hatte ihn als Mörder beschimpft und ihm entgegengeschleudert, dass sie ihn hasste, dabei hasste sie die Leere, die Alexis hinterlassen hatte, das Fehlen einer Zukunft, das unerfüllte Leben, das Schwindel erregende Nichts, das vor ihr lag.

In der Nacht zuvor hatte sie keinen Schlaf gefunden, immer und immer wieder war der Film des Unfalls vor ihren Augen abgelaufen. Sie fasste sich wieder, trank noch einen Schluck Wasser und sah erneut in die Zeitung. Der Irakkrieg, der heranrückende Jahrestag des Attentats vom 11. September, die Ergebnisse vom Fußball und der Formel Eins. Sie schüttelte den Kopf, blätterte ein paar Seiten weiter und staunte: In Spanien sollte zu Ehren des hundertsten Geburtstags von Salvador Dalí auf der Ruine einer Festung hoch über der Ebene von Katalonien eine besondere Orgel erbaut werden, die allein durch die Kraft des Windes spielte. Eine Orgel wie jene, die sie spielte, und wie diejenige, die sie zerstört hatte, eine Orgel hoch über einem Landstrich, der denselben Namen trug wie der Ort des Unfalls, Catalogne – Katalonien.

Seitdem sie den Videofilm gesehen hatte, dachte sie unentwegt daran, dass Erlé Alexis nicht angefahren hatte. Er hatte nicht gelogen. Nicht einmal berührt hatte er ihn. Er hat mir geholfen, die Orgel zu restaurieren, er hat mir wieder Lust am Leben und der Liebe gegeben. Und ich, ich habe, ihm zum Dank, unsere Liebe zerstört und die Thibouville-Orgel ...

Gegen ihren Willen fielen ihr die Augen zu. In ihrem Kopf zogen die Bilder von der schwarzen Katze vorüber, die vom Gehweg hinuntersprang, und von Alexis, der seine Fahrt beschleunigte. Zaka tauchte wie aus dem Nichts auf dem Platz auf. Erlé fuhr am Steuer seines Wagens darauf zu. Aber in Evas Traum trafen die drei Menschen nicht aufeinander, sondern gingen aneinander vorüber, jeder folgte unbeirrt seinem Weg. Noch einmal verkrampften sich ihre Hände um die Armlehnen des Sitzes, dann entspannte sie sich und überließ sich dem sanften Schaukeln des Zuges.

Die letzte Morgenfähre legte in Lorient ab und nahm Kurs auf die Fahrrinne »Les Courreaux«. In Paris war das Wetter schön, aber hier im Morbihan nieselte es. Eva schlug die Kapuze ihres Parkas hoch. Sie stand allein auf dem oberen Deck. Die »Kreiz Er Mor« würde noch bis Ende September verkehren, dann erst wieder im April. Über den Winter war nur die »Saint-Tudy« im Einsatz.

Die Fähre kam nun genau an der Stelle vorbei, an der Erlé ins Wasser gesprungen war, und Eva beugte sich über die Brüstung. Was für eine verrückte Idee, wie mutig und wie unüberlegt! Bei einem Wetter wie heute würde niemand den kleinen roten Rucksack hinunterfallen sehen.

Wenn sie jetzt selbst springen würde, könnte man sie inmitten des von Regentropfen gesprenkelten Ozeans nicht ausfindig machen.

Sie schwankte, und in ihrem Kopf begann sich alles zu drehen. Wem würde sie schon fehlen, wenn sie nun in dieses Wasser sprang, das grau war wie die Augen von Erlé? Sie hatte keine Familie mehr, und ihre Freunde würden schon darüber hinwegkommen. Niemand würde eine Anzeige in den »Figaro« setzen, niemand würde um sie weinen und hoffen, dass sie von nun an die Kurbel einer himmlischen Drehorgel auf der Milchstraße drehen könnte, wo die ertrunkenen Seeleute zu ihren Fängen ausfahren. Erlé würde nie erfahren, dass sie ihn um Verzeihung bitten wollte. Und die beiden Wünsche von Nestor Dumont würden nicht in Erfüllung gehen …

Eva sah zur Insel hinüber. Soaz' Bar hob sich rosa vor dem beigefarbenen Hintergrund des Hafens ab.

Das Sammeltaxi brachte sie zu ihrem Haus. Die Inselbewohner wärmten sich an ihren Kaminen, der schummrige Schein der Lampen drang durch die Spitzengardinen.

Sie zog ihre feuchten Kleider aus und wühlte im Kleiderschrank, bis sie eine alte Sporthose, einen dicken Pullover und ein Paar Hüttenschuhe gefunden hatte. Dann ging sie bedrückt die Treppe hinauf, um sich der Verwüstung zu stellen, die sie dort hinterlassen hatte …

Die Drehorgel thronte in ihrer ganzen Pracht an Ort und Stelle, sie war heil und wartete nur darauf, gespielt zu werden. Auf ihrem Deckel lag ein Blatt. Eva griff danach und las Erlés Abschiedsworte. Tränen rannen ihre Wangen hinab. Sie entfernte hastig das Edith-Piaf-Chanson, nahm den nächsten Karton vom Stapel und spielte Mozart. Sie achtete auf der rechten Seite darauf, dass sich der Karton richtig zusammenlegte, und auf der linken, wie sich die Perforationen entfalteten, um das Tempo der Kurbel anzupassen. Dann wählte sie einige Lieder von Haydn und schließlich einen Swing, der ihr heftig in die Beine fuhr, so konnte sie alles um sich herum vergessen.

Der Wind hatte die Regenwolken hinweggefegt, sodass sich gegen achtzehn Uhr schon wieder ein Stück Himmel zeigte – so blau wie das Hemd eines Polizeibeamten. Da Eva ihr Auto in Paris gelassen hatte, lieh sie den Kangoo eines hilfsbereiten Nachbarn aus und fuhr mit der letzten Fähre auf das Festland zurück. Die erste Ampel in Lorient, die nach einem Aufenthalt auf der ampelfreien Insel Groix einen leichten Schock hervorrief, zeigte Rot, und Eva blieb stehen.

Sie brauchte eineinhalb Stunden für die achtzig Kilometer bis nach Île-Tudy. Die Sonne versank im Ozean und färbte den Himmel orange, rot, violett und schließlich schwarz.

Sie parkte vor Erlés Werkstatt, öffnete die Heckklappe, entfernte das Tuch, das die Drehorgel abdeckte, und drehte die Seitenfenster herunter. Dann begann sie die Handkurbel zu drehen. Den ganzen Nachmittag über hatte sie mit Schere, Schneidemesser, Klebstoff und Pappkarton die Perforation ausgearbeitet. Sie hatte die Musik von »Porz Gwenn« von Didier Squiban in den Karton gestanzt, deren Hauptthema Grundlage für achtzehn Variationen für Klavier ist. Sie begann mit der Variation Nummer sechzehn »Ronds d'Iroise«. Nach der dritten Umdrehung der Kurbel stürzte Erlé aus der Werkstatt. Von Kopf bis Fuß schwarz gekleidet, die blonden Haare zerzaust, die taubengrauen Augen, sein Körper gebeugt, hinter ihm sein Hund mit dem goldschimmernden Blick.

»Eva?«, fragte er heiser.

Sie spielte weiter und ließ ihre huskyblauen Augen auf

ihm ruhen. Sie trug eine weiße Jeans, ihr Pullover und die Turnschuhe hatten das gleiche Rot wie der Leuchtturm an der »Pointe des Chats«. Die schwarzen Haare fielen auf ihre Schultern. Sie war noch schöner, als er sie in Erinnerung hatte. Das Laternenlicht von der gegenüberliegenden Seite ließ ihre Augen schimmern.

»Ich war in Paris«, murmelte sie. »Ich habe den Weihnachtsmann getroffen, der den Unfall gesehen hat. Du hast mir die Wahrheit gesagt, aber ich war zu verletzt, um dir glauben zu können. Du hast Alexis nicht angefahren … Verzeih mir bitte.«

Er verstand nicht alles, was sie sagte, da sie immer weiterspielte, aber es war nicht mehr wichtig. Die wesentliche Botschaft hatte er verstanden. Er war in ihren Augen kein Mörder mehr, sie hasste ihn nicht mehr, alles stand ihnen offen.

»Alexis ist zu schnell gefahren, ich habe den Film gesehen«, erklärte sie weiter.

Von welchem Film sprach sie? Er legte seine großen Hände auf Evas Schultern und fühlte das Beben der Töne. In ihnen lagen die Inseln, das Meer, die Trauer, die Wut und die Leidenschaft.

Er beugte sich zu ihr und küsste sie. Sie hörte auf zu spielen und schmiegte sich an ihn. Ein alter Seemann kam vorbei und wandte seinen Blick ab.

»Danke, dass du sie repariert hast …«

»Sie brummt jetzt nicht mehr, sondern ihr Klang erinnert an Wellen und Gischt. Verstehst du, wir haben eine Meeresorgel geschaffen!«

Sie lächelte.

»Ich habe meine Klage zurückgezogen. Ein Freund meiner Anwältin wird deine Verteidigung in den anderen Anklagepunkten übernehmen. Sie sagt, er ist unschlagbar und gewinnt seine Prozesse immer. Auf deinen Führerschein wirst du noch eine ganze Weile verzichten müssen, aber er wird es schon so hinbiegen, dass du nicht ins Gefängnis musst, und nur darauf kommt es an …«

»Fahrradfahren ist gut fürs Herz«, sagte Erlé.

Sie sah ihn zärtlich an.

»Glaubst du, wir haben noch eine Chance, glücklich zu werden?«, flüsterte sie.

»Schau oben im Schrank auf dem Brett nach. Es müsste noch eine dort liegen. Ich habe sie vorhin noch gesehen«, antwortete Erlé und schloss sie in die Arme.

Sie schöpfte neue Hoffnung.

»Wo willst du leben?«

»Auf drei Meilen Land mitten im Meer, wie dein Dichter. Mein Holz kann ich überall bearbeiten. Warum nicht dort?«

Sie nickte. Sie könnte auf Groix komponieren, Konzerte auf der Insel und in der gesamten Bretagne geben. Erlé drückte sie noch fester an sich.

»Als ich dich zum ersten Mal an Deck der Fähre gesehen habe, wusste ich, dass du die Frau meines Lebens bist. Und der Gedanke, dass du es vielleicht niemals erfahren würdest, war mir unerträglich.«

»Als du ins Meer gesprungen bist, dachte ich, du bist verrückt, aber auch ganz besonders und wunderbar.«

»Habe ich dir erzählt, wie der Kurzfilm hieß, den ich an der Filmhochschule gedreht habe? ›Wenn ich wüsste, dass die Welt morgen unterginge, so würde ich dennoch heute einen Apfelbaum in meinem Garten pflanzen‹. Ich will nicht, dass die Welt morgen untergeht, Eva. Ich will Hortensien, Stockrosen, Apfelbäume, Palmen, Zuckerrohr, Brotbäume und Feigenbäume pflanzen! Ich will an den Rettungsübungen auf dem Meer teilnehmen und die Waschhäuschen auf der Insel sauber halten, ich werde Möbel oder Musikinstrumente restaurieren und vielleicht sogar einen kleinen Schiffsjungen mit deinen Augen und dem Herzen am rechten Fleck zuwege bringen!«

Sie lachte befreit auf, eine ungeheure Last fiel von ihr ab. Alexis war tot, und das konnte sie nicht mehr ändern, aber das Leben lag vor ihr, und es war nun an ihr, die Kurbel zu drehen, um es in seinen schönsten Tönen zum Klingen zu bringen.

Eine alte Bretonin kam am Arm eines jungen Mannes mit goldenem Ohrring, der ihr Enkel sein mochte, die Straße entlang. Eva riss sich plötzlich aus Erlés Umarmung und rief:

»Halten Sie ihn! Er ist ein Dieb, er hat mich bestohlen!«

Die alte Frau und ihr Begleiter blieben stehen.

»Durchsuchen Sie ihn!«, rief Eva noch lauter.

Erlé wartete ruhig und fragte sich, was in sie gefahren sei. Der junge Mann machte einen Schritt auf sie zu.

»Er ist ein Dieb!«, wiederholte Eva. »Durchsuchen Sie ihn, ich sage Ihnen doch, dass er gestohlen hat!«

Sie sah Erlé an.

»Er hat gestohlen«, sagte sie mit einem Mal voller Zärtlichkeit. »Er hat mir mein Herz gestohlen!«

60

September 2003

Jeder hat schon einmal davon geträumt, auf einer Insel zu leben. Das war für Eva, Erlé und Jack nun Wirklichkeit geworden.

Hätte man ihnen vor einem Jahr erzählt, was während dieser zwei Wochen geschehen sollte, so hätten sie es nicht geglaubt. Alles hat seine Grenzen.

Hätte man Eva die Helden dieses Abenteuers beschrieben – Erlé, Gildas und Zaka, Florent und Kemal –, die von überall her auf dieser Insel zusammengetroffen waren, so hätte sie lauthals gelacht.

Die Ergebnisse der Autopsie bestätigten Daniel Meuniers Verdacht. Alexis war an einem Hämatom im Gehirn gestorben, das er sich bei seinem Sturz zugezogen hatte. Eine Computertomografie hätte Aufschluss darüber gegeben und man hätte es operieren können.

Erlé hatte sich nicht getäuscht: Das Haus war seit jeher für Menschen bestimmt, die einander liebten.

Wenn man Eva fragte, woran ihr Vater gestorben sei, antwortete sie: »An einer Verkettung unglücklicher Umstände.« Wenn man sie fragte, wo sie ihren Mann getroffen habe, antwortete sie: »Auf der Morgenfähre.«

Der Zufall zaudert nicht.

Rom, Montesson, Groix, 2004

Dich selbst kannst du nicht ändern – dein Leben schon!

Lorraine Fouchet
HUNDERT MÖGLICHKEITEN
SEIN LEBEN ZU ÄNDERN
BLT
384 Seiten
ISBN 3-404-92179-8

Hand auf's Herz – sind Sie mit Ihrem Leben zufrieden? Oder geht es Ihnen wie den meisten von uns und Sie würden lieber heute als morgen alles ändern? Dann ist dieser Roman genau das Richtige. Juliette hat die Nase voll: der Chef, der Job, das Liebesleben – alles andere als erfreulich. In einem kühnen Entschluss beschließt sie, alles hinzuwerfen, kehrt Paris den Rücken und gründet im Süden Frankreichs eine Lebensverände-rungsagentur für alle, die es noch mal wissen wollen. Ein höchst amüsanter, origineller und lebensnaher Roman mit vielen guten Tipps und Einsichten. Message: Don't dream it, do it!